dtv

Der jüdische Witz nimmt in der Weltliteratur eine Sonderstellung ein. Er ist tiefer, bitterer, schärfer, vollendeter, dichter, man kann auch sagen, dichterischer als der Witz anderer Völker. Er ist niemals Witz um des Witzes willen, immer enthält er eine politische, religiöse, soziale oder philosophische Kritik; und was ihn so faszinierend macht: er ist zugleich Volks- und Bildungswitz, jedem verständlich und doch voll tiefer Weisheit. Durch Jahrhunderte war der Witz die einzige und unentbehrliche Waffe des sonst waffen- und wehrlosen Volkes. Es gab – zumal in der Neuzeit – Situationen, die von den Juden seelisch und geistig überhaupt nur mit Hilfe ihres Witzes bewältigt werden konnten. So läßt sich behaupten: Der Witz der Juden ist identisch mit ihrem Mut, trotz allem weiterzuleben. – Salcia Landmann hat es unternommen, die verstreuten und oft nur mündlich überlieferten jüdischen Witze zu sammeln und zu ordnen. Ihrer Auswahl, die alle thematischen Bereiche umfaßt, geht eine soziologische Interpretation voraus, in der zugleich über Herkunft, Geschichte und Niedergang des jüdischen Witzes berichtet wird.

Salcia Landmann, am 18. November 1911 im Osten der Donaumonarchie geboren, am 16. Mai 2002 in St. Gallen/Schweiz gestorben, studierte Philosophie, Psychologie, Kunstgeschichte und Jura. Weitere Werke u. a.: ›Jiddisch. Abenteuer einer Sprache‹, ›Jüdische Anekdoten und Sprichwörter‹ und ›Wer sind die Juden?‹.

Jüdische Witze

Ausgewählt und eingeleitet
von Salcia Landmann

Deutscher Taschenbuch Verlag

Ausführliche Informationen über unsere Autoren und Bücher finden Sie auf unserer Website www.dtv.de

MIX
Papier aus verantwortungsvollen Quellen
FSC® C019821
FSC
www.fsc.org

Ungekürzte Ausgabe 2007
6. Auflage 2013
Veröffentlicht im August 1963 im
Deutschen Taschenbuch Verlag GmbH & Co. KG,
München
Zuerst erschienen 1960 im Walter Verlag, Olten

Umschlagkonzept: Balk & Brumshagen
Umschlaggestaltung: Stephanie Weischer unter Verwendung
eines Fotos von Bonifacio Marc
Gesetzt aus der Garamond 10/12·
Gesamtherstellung: Druckerei C. H. Beck, Nördlingen
Gedruckt auf säurefreiem, chlorfrei gebleichtem Papier
Printed in Germany · ISBN 978-3-423-21017-1

Inhalt

Die Sammlung: Der jüdische Witz

Geleitwort von Carlo Schmid

Den ersten ›jüdischen‹ Witzen bin ich in Witzblättern begegnet – in den Jahren vor dem Ersten Weltkrieg. Da war fast in jeder Nummer von einem ›Kleinen Kohn‹ die Rede, der sich entweder sonderbar benahm oder auf einfache Fragen dümmlich-schlaue Antworten gab. So oder so – dieser ›Kleine Kohn‹ war keine respektable Persönlichkeit, ein Gemisch von Schlaumeier, Dummkopf, dreistem Schacherer und immer im Verdacht, sich nicht sehr regelmäßig zu waschen. Wenn von jüdischen Witzen die Rede war, war ich der Meinung, es handele sich um Witze über Juden, denn jene, die ich zu lesen oder zu hören bekommen hatte, konnten unmöglich von Juden stammen, die sich noch Selbstachtung bewahrt hatten.

Im Kriege (es war der Erste Weltkrieg) war meine Einheit eine Weile einer K. u. K.-Division zugeteilt. Gelegentlich tauchten in der Unterkunft am Sitze des Stabes Kabarett-Truppen auf, deren Conférenciers – es waren offensichtlich Juden – Witze erzählten, die sich von der Art der oben gekennzeichneten unterschieden. Sie waren alles andere als schmeichelhaft für die Menschen jüdischen Glaubens (ich hatte damals noch nichts von einem ›jüdischen Volke‹ gehört; welcher zwanzigjährige Deutsche wußte damals etwas vom Zionismus?), und doch spürte ich darin etwas, was mich über die Situationskomik hinaus berührte: eine Melancholie eigener

Prägung, etwas wie Trauer darüber, daß Anspruch und Realität sich offenbar nie decken und man, um wenigstens ›im Wort‹ bestehen zu können, darauf angewiesen ist, Spiegelgefechte mit der Wahrheit zu führen. Dies hat mich sehr betroffen, und ich unterhielt mich eines Tages mit meinem Quartierwirt, einem recht weitgereisten jüdischen Kaufmann des kleinen wolhynischen Ackerstädtchens, über diese Dinge. Ich habe die Antwort nie vergessen, die er mir auf meine Fragen gab: »Wir leben eben in der Zerstreuung, und da ist es schwer, ein Jude zu sein. Am ehesten geht es noch, wenn wir uns mit unserem Anspruch, das auserwählte Volk zu sein, fragwürdig finden und dies auch den Nichtjuden sagen. Wenn die dann nichts anderes können als darüber zu lachen, dann weiß unsereiner wieder, warum wir das auserwählte Volk sind. Aber Sie dürfen raten, Herr Leutnant, wozu ...«

Ich habe seitdem anders auf jüdische Witze gehört als vordem und unterscheiden gelernt, ob ein jüdischer Witz von außen her in Frage stellt oder von innen her. Nur diese letzteren sind als jüdische Witze ernst zu nehmen. Man sollte sie sehr ernst nehmen. In den besten von ihnen steckt mehr als nur, was man gemeinhin als Volksweisheit zu bezeichnen pflegt. Sicher, viele dieser Witze enthalten nicht viel anderes als Situationskomik oder Spott über menschliche Torheit und Selbsteinschätzung, wie sie der Volkswitz überall kennt. Solche finden sich auch in diesem Buch. Aber in manchen dieser jüdischen Witze steckt etwas Spezifisches, das in Dimensionen führt, vor denen die Witze anderer Völker haltmachen. Da steht das Gesetz, streng, peinlich genau in seinen Vorschriften, das ganze Leben durchdringend wie nur irgendeines. Kein Buchstabe darf weggenommen werden, wenn die Welt nicht aus den Fugen gehen soll. Aber da ist auch das Leben mit seinen Ansprüchen und Notwendigkeiten; da ist die Schwachheit des Menschen, der Leben und Gesetz ohne die Hilfe von Misericordien nicht zusammen zu leben vermöchte. Da kann nichts anderes helfen als Ironie, die sich in all den kleinen Verrätereien dem Gesetz gegenüber durchschaut und indem sie einen enormen Aufwand an Witz – das Wort hier im mittelalterlichen Sinne verstanden – für nötig hält, um Gesetz, Leben und sich selber im Wort miteinander ins reine zu bringen, die Norm recht eigentlich bestätigt.

Und da gibt es abseits vom ›Gesetz‹ das Wissen darum, daß das Leben seine Wahrscheinlichkeiten hat, die man erkennen und für das eigene Verhalten in Regeln fassen kann und muß. Aber was hilft mir das Wissen um das Regelhafte, wenn die Natur vergißt, die konkrete Situation nach der Regel einzurichten? Ist man nicht der Hereingefallene, wenn man angesichts der allem Lebendigen innewohnenden Spontaneität das Wahrscheinliche mit dem Wirklichen gleichsetzt? Sicher: »Hunde, die bellen, beißen nicht« – aber weiß ich, ob der Hund es weiß?

Da gibt es den Mann, der sich so in der Logik eingesponnen hat, daß er vergißt, sich seiner Sinne zu bedienen. Wo ein Blick genügt hätte, um ihm zu weisen, wo ein Gegenstand liegt, richtete er ganze babylonische Türme von Syllogismen auf, die von irgendeinem apriorischen Axiom ausgehen. Gibt es eine köstlichere Ironie auf den Glauben an die Allmacht des Denkens als die Geschichte von dem Rabbi, der die Brille sucht, die er auf der Nase sitzen hat? Und auf der anderen Seite: steckt nicht in der Geschichte des Kleinen Schnorrers, der im Eisenbahnabteil den Namen seines Gegenüber ›ausrechnet‹, bei aller Selbstironie ein mächtiger Stolz auf die Macht des Geistes, auf sicheren Wegen vom Sinnfälligsten auf das Abstrakteste, ja sogar das Einmalige kommen zu können?

Doch da gibt es eben auch den Spott auf den, der glaubt, immer nur Schlauheiten kombinieren zu müssen – und der doch im Grunde exkulpiert ist, weil er weiß, daß er in einer Welt lebt, in der kaum einer einen Tatbestand schlechthin hinnimmt, so daß man einen Konkurrenten mit nichts sicherer in die Irre führen kann, als indem man ihm genau sagt, was man vorhat.

An dieses Wissen um solche Paradoxie reiht sich ein anderes: daß von einer bestimmten Größenordnung ab ein Sachverhalt in sein Gegenteil umschlägt, gar nicht metaphysisch, sondern recht irdisch verstanden: daß wenn einer einem Bankier eine Million schuldet, dieser seinen Schuldner in der Hand hat; daß dagegen, wenn die Schuld zwanzig Millionen beträgt, der Schuldner den Bankier in der Hand hat ... Daran hat mir in den Zwanziger Jahren in Berlin ein großer Bankier den eigentlichen politischen Kern des Reparationsproblems deutlich gemacht, das der Versailler Vertrag geschaffen hatte.

Die Krone aber gebührt den ›Witzen‹, die hinter und jenseits aller Gesetzhaftigkeit das Heilige aufleuchten lassen, aus denen man über Glaube und Liebe mehr erfahren kann als aus ganzen Regalen theologischer Bibliotheken. »Spricht Gott mit einem Lügner?« – sagt dieser ›Witz‹ nicht alles über das Phänomen des Glaubens aus? Und jenes Wort über den Rabbi, von dem es heißt, er steige am Sabbat zum Himmel auf, und den man dabei überrascht hat, wie er an diesem heiligen Tage im Walde Holz für eine Witwe schlug: »Er ist noch höher gestiegen!« – sagt das nicht alles über die Überwindung des Gesetzes durch die Liebe?

Wenn ich meine Meinung über den jüdischen Witz in eine Formel zu kleiden hätte, die einigermaßen in die Nähe des Wesentlichen treffen könnte, würde ich sagen, daß er immer wieder aufzeigt, daß gerade in einer am eindringlichsten mit dem Handwerkszeug der Logik begriffenen Welt die Gleichungen, die ohne Rest aufgehen, nicht stimmen können. Der jüdische Witz ist heiter hingenommene Trauer über die Antinomien und Aporien des Daseins.

Vorwort zur Taschenbuchausgabe

Diese Taschenbuchausgabe beruht im wesentlichen auf der 5. erweiterten und veränderten Auflage des ›Jüdischen Witzes‹,[1] welcher zum ersten Male im Herbst 1960 erschien. Es ging hier nicht darum, eine Auslese besonders schlagender Witze zu geben. Vielmehr wurde sorgfältig darauf geachtet, daß keine der verschiedenen Kategorien des jüdischen Witzes bei der Auswahl zu kurz kam, so daß der Leser dieser gekürzten Ausgabe dennoch einen guten Überblick über die Eigenart und alle typischen Formen des jüdischen Witzes erhält. Auch die soziologische Einleitung des Buches ist hier zwar in komprimierter Form gegeben, enthält aber alle wesentlichen Gedankengänge der Buchausgabe vom Walter Verlag. –

Zweierlei wollte ich mit meinem Buche: den tragischen Hintergrund des jüdischen Witzes aufzeigen, und diesen Witz selber heute, nach dem Untergang des europäischen Judentums, für den deutschsprachigen Leser sammeln und vor dem Vergessenwerden bewahren.

Zu meiner Beglückung ist der Sinn des Unternehmens von der überwiegenden Mehrzahl der Leser und Beurteiler richtig verstanden worden. Wenige Monate nach

[1] Salcia Landmann: Der jüdische Witz. Soziologie, Sammlung, Glossar. 5. erweiterte und veränderte Auflage. Walter Verlag, Olten 1962.

dem Erscheinen der ersten Ausgabe waren fünf Briefordner bei mir mit Leserbeiträgen von Christen und Juden aus aller Welt angefüllt. Ich erhielt neue Witze aus dem Sowjetgebiet, aus Israel, aus Mitteleuropa, aus Amerika, aus Emigrantenkreisen in allen Weltteilen. Einzelne Leser vertrauten mir uralte, längst vergriffene jüdische Witzbücher in allen Sprachen an.

Diese Sammlung ist daher nicht mehr mein eigenes Werk – wenn bei einer Kompilation von folkloristischem Gut überhaupt von »Werk« die Rede sein kann – sondern das kollektive Werk unzähliger Leser, deren Beiträge ich oft wörtlich übernommen habe und denen ich Dank schulde. Ihre Namen sind in einer Dankliste sowohl am Schluß der 5. Auflage des Buches wie auch der Taschenbuchausgabe genannt. Dieses Taschenbuch enthält auch einige von den Witzen, die mir von Lesern erst nach Erscheinen der 5. Auflage zugeschickt wurden.

Die neue Sammlung

Jüdische Witze sind wiederholt gesammelt und auch analysiert worden. Der jüdische Witz nimmt nämlich in der Witzliteratur eine Sonderstellung ein. Er ist das Ergebnis von einzigartigen Umständen und Voraussetzungen auf religiösem, historischem, geistigem und sozialem Gebiete, die besonders geeignet waren, Witze von ungewöhnlicher Tiefe und Schärfe zu erzeugen. Der Witz der Juden war durch Jahrhunderte hindurch die einzige und unentbehrliche Waffe des jüdischen Volkes. Es gab, zumal in der Neuzeit, Situationen, die der Jude ohne Hilfe des Witzes kaum hätte bewältigen können. Man kann sogar die Behauptung wagen: der Witz der Juden ist identisch mit ihrem Mute, trotz allem weiterzuleben.

Heute ist der jüdische Witz fast nur noch eine historische Erscheinung, genau wie das europäische Judentum. Daraus ergeben sich Probleme, die sich bei früheren Witzsammlungen nicht stellten.

Zunächst: in welcher Sprache soll der jüdische Witz heute erzählt werden? Im Osten Europas erzählte man ihn ursprünglich jiddisch. Jiddisch ist, entgegen einem häufigen Vorurteil, nicht ein »Jargon«, sondern eine Nahsprache des Deutschen. Es ist aus mittelhochdeutschen Dialekten hervorgegangen, die von den flüchtenden Juden nach dem Osten mitgenommen und dort mit hebräischen, aramäischen und slawischen Elementen durchsetzt wurden. Aramäisch ist eine Volkssprache des vorderen Orientes, welche zur Zeit Jesu das alte Hebräisch in Palästina längst verdrängt hatte. Ein Großteil des nachbiblischen Schrifttums der Juden ist in aramäischer Sprache abgefaßt. Und da die männlichen Juden im Exil immer ihr altes religiöses Schrifttum in den Originalsprachen studierten, ergab es sich ganz von selber, daß diese beiden Sprachen aus dem religiösen Studium auch auf die jiddische Volkssprache abfärbten. Jiddisch vereint in sich, auf einem deutschen Grundstock, die Schärfe, Prägnanz und Eleganz der scholastischen Religionsdebatte des Mittelalters mit der Weichheit und Melodik der slawischen Sprachen.

Indes wurde, wie gesagt, nur ein Teil der jüdischen Witze in Jiddisch erzählt. Ein Großteil der Witze entstand nicht im Osten, sondern an der Grenzscheide zwischen der östlichen, traditionsgebundenen Welt und dem Milieu der bereits assimilierteren Juden weiter im Westen. Ganz davon abgesehen, daß der Deutschsprachige Jiddisch nicht ohne weiteres versteht, ist für diese zweite Gruppe jüdischer Witze nicht das reine Jiddisch, sondern die Mischung aus Jiddisch und Deutsch charakteristisch. Eine Mischung, die sich heute, da keiner sie mehr spricht, nicht gut künstlich herstellen läßt, die obendrein mit Recht die Bezeichnung »Jargon« trägt.

Die Witze in unserm Buche sind daher im wesentlichen deutsch erzählt. Wenn mir aber ein älterer Leser Witze in einer solchen Mischsprache schickte, die er offenkundig nicht künstlich gemixt, sondern selber noch in den Zwanziger Jahren im lebendigen Umgang mit Ostjuden in Frankfurt, Berlin oder Wien erlebt hatte, dann habe ich die eingesandte Fassung unverändert übernommen. Wie ich überhaupt die Einsendungen im großen ganzen nicht überarbeitet, sondern wörtlich nachgedruckt habe. Auch auf die Gefahr hin, daß dadurch die Sammlung den einheitlichen Stil einbüßte. Aber was bedeutet schon stilistische Einheit bei einer Folklore-Sammlung? Auch die Brüder Grimm haben die Märchen in den verschiedenen Dialekten notiert, in denen sie ihnen erzählt wurden.

Bisherige Literatur

Wir sagten schon, es gibt unzählige Sammlungen jüdischer Witze in den verschiedensten Sprachen. Fünf besonders bekannte und interessante Sammlungen mögen hier zitiert sein: Immanuel Olsvanger: Rosinkes mit Mandlen.[1] Olsvanger war litauischer Jude. Er hat seine Witze und Schwänke in litauischem Jiddisch aufgezeichnet. Es gibt seit dem 19. Jahrhundert nur noch zwei Varianten der jiddischen Sprache, eine nördliche, auch li-

[1] Verlag der schweizerischen Gesellschaft für Volkskunde. Basel 1920.

tauische genannt, und eine südliche, die in Polen und der Ukraine gesprochen wurde. Die beiden Varianten unterscheiden sich fast nur durch die Aussprache der Vokale. Da das Jiddische normalerweise in hebräischen Buchstaben geschrieben wird, die hebräische Schrift jedoch die Vokale nicht mitschreibt, sondern im wesentlichen aus einem konsonantischen Gerüst und Stenogramm besteht, tritt die Unterscheidung zwischen den zwei Dialekten in der Schrift nicht in Erscheinung. Die Ostjuden hatten dadurch eine einheitliche Schriftsprache.

Olsvanger aber rechnete mit deutschsprachigen Lesern, mit Germanisten vor allem. Daher notierte er seine Schwänke in lateinischer Schrift. Sein Buch enthält auch viele ausführliche Anekdoten, die man nicht als eigentliche Witze bezeichnen kann, und deren Reiz mit der jiddischen Sprache steht und fällt. Es enthält ferner eine kurze Grammatik der jiddischen Sprache. –

Der zweite »Klassiker« des jüdischen Witzes nennt sein Buch: »Jidische wizen. Gesamelt un bearbejt fun J. Ch. Rawnizki.«[1] Rawnizkis Sammlung ist ebenfalls in originalem Jiddisch, jedoch in hebräischer Schrift niedergelegt. Stärker als Olsvanger hat er das Gewicht auf solche Witze gelegt, die sich nach Inhalt und Form eindeutig als spezifisch jüdisch ausweisen. Vieles aus seiner Sammlung ist nur religiös gebildeten Ostjuden zugänglich, während Olsvanger bewußt eher Witze abdruckte, die auch der deutsche Leser leicht verstehen konnte.

In noch weit höherem Grade gilt das vom dritten »Klassiker«, M. A. Wiesen. Seine Sammlung »Chochme un charifess«[2], ebenfalls in originalem Jiddisch und in

[1] Verlag Moria. Berlin/Jerusalem/Odessa.
[2] Wien, Selbstverlag, 1927

hebräischer Schrift verfaßt, setzt eine jüdisch-talmudische Schulung voraus, die selbst im Osten nicht selbstverständlich war. Nur der kleinste Teil seiner Witze läßt sich auch nur übersetzen.

Ich selber habe – dies nur nebenbei – in meinem Buche »Jiddisch, Abenteuer einer Sprache[1]« als Ergänzung zu meiner Analyse der jiddischen Sprache hundert jiddische Anekdoten sowohl in lateinischen wie auch in hebräischen Buchstaben abgedruckt und mit Übersetzung und genauer Worterklärung versehen. Das Buch ist aber primär als eine Einführung in die Geschichte und Eigenart der jiddischen Sprache und nicht als Anekdotensammlung zu betrachten. –

Der vierte bedeutende Witzfolklorist ist A. Drujanow. Als Zionist hat er es vorgezogen, seine Sammlung in hebräisch zu publizieren.[2] Immerhin macht Drujanow doch eine bestimmte Konzession an die ostjüdische Herkunft der Witze. Da das Jiddisch weit mehr mit dem nachbiblischen Aramäisch als mit dem biblischen Hebräisch versetzt ist, durchmischt auch er sein Hebräisch mit vielen späten, talmudischen Redensarten, obwohl man dies heute in Israel kaum mehr tut. Diese Sammlung enthält auch ganz untypische Witze. Der Autor hat alles aufgenommen, was die Juden sich im ostjüdischen Bereich als »Witz« erzählten, und er hat es mit Kommentaren und mit Parallelen aus dem Witzgut anderer Völker versehen.

Die fünfte bekanntere Sammlung ist in jargonhaft gefärbtem Deutsch in den Zwanziger Jahren erschienen.

[1] Walter Verlag, Olten 1962.

[2] Sefer habdicha w'hachidud. Omanut-Verlag. Frankfurt/Moskau/Odessa 1922. Eine zweite, wesentlich erweiterte Ausgabe ist 1951 im Verlag Dawar in Jerusalem erschienen.

Ihr Verfasser, Alexander Moszkowski, hat seine Auswahl durch einen Essay über den philosophischen Gehalt des jüdischen Witzes ergänzt.[1]

Daneben gibt es viele weniger bedeutende Sammlungen in deutscher, französischer und neuerdings auch englischer Sprache.

Es war für mich nicht immer leicht, zu entscheiden, welcher Witz einem deutschsprachigen Leser – wenn auch bei einigem Kommentar – noch zuzumuten ist, und welcher vielleicht sehr gute Witz zuviel spezifisch jüdische Voraussetzungen hat, um vom Außenstehenden noch genossen zu werden. Einige Witze mit starkem jüdischen Bildungskolorit habe ich immerhin als Beispiele für die Gattung aufgenommen. –

Möge mir im ganzen die Auswahl nicht zu schlecht gelungen sein!

Dr. phil. Salcia Landmann

[1] Der jüdische Witz und seine Philosophie. Juwelen, echt gefaßt. Verlag Dr. Eysler. Berlin. Viele rasch aufeinanderfolgende Ausgaben zu Beginn der zwanziger Jahre.

Der jüdische Witz und seine Soziologie

Das Phänomen des Witzes

Was ist Witz?

Definition und Wesensdeutung des Witzes sind wiederholt versucht worden. Dabei wurde manches richtig erkannt, jedoch die Grenze zwischen Witz, Komik und Humor nicht immer klar gezogen.

Ausnahmen bilden Henri Bergson[1] und Sigmund Freud[2].

Freud stellt zunächst fest, daß die meisten bisherigen Bemühungen eher dem Komischen galten als dem Witz. Immerhin finden sich mitunter auch Reflexionen über den Witz. So sagt in Shakespeares ›Hamlet‹ Polonius, der selber durch seine Weitschweifigkeit komisch ist: »Weil Kürze denn des Witzes Würze ist ...« Bei Kuno Fischer findet Freud die Bemerkung, der Witz hole »Verborgenes und Verstecktes« hervor. Lipps stellt fest, der Witz entstehe, wenn man in »zu wenig Worten«

[1] Le Rire: Essai sur la signification du comique. Bd. 2 der Gesamtausgabe. Verlag Albert Skira. Genf. 1945. Deutsch: Das Lachen. Jena 1914.

[2] Der Witz und seine Beziehungen zum Unbewußten. Bd. 9 der Gesamtausgabe in 12 Bdn. Internationaler psychoanalytischer Verlag. Leipzig/Wien/Zürich 1925–1934. – Fischer-Bücherei 1958, Nr. 193.

aussagt. Jean Paul meint: »So sehr sieget die bloße Stellung des Kriegers und der Sätze und Worte im Witz.« – Aus andern Quellen zitiert Freud als weitere Merkmale des Witzes: »Sinn im Unsinn«, Aktivität, spielendes Urteil, Paarung von Unähnlichem, Vorstellungskontrast, Verblüffung und Erleuchtung.

Das alles ist richtig. Aber ins Schwarze trifft erst Freuds eigene Definition, die er im Zusammenhang mit seiner Traumanalyse gewann.

Traum ist nach Freud im wesentlichen Wunschtraum, Wunscherfüllung. Die Wissenschaft konnte dies deshalb so lange verkennen, weil der Traum die Wunscherfüllung nur in Bildern und oft ganz unverständlich darstellt, zumal dann, wenn es sich um unerlaubte Wünsche handelt. Denn unsere moralischen Hemmungen verfolgen uns bis in den Schlaf und Traum hinein. Verdrängtes kann auch der Traum nur indirekt, auf Umwegen aussagen. Daher das merkwürdige Durcheinander aus Wort- und Sinnelementen. Oder die Verdichtung zweier Sinneinheiten zu einer einzigen. Oder der Versuch, eine Sache durch ihr Gegenteil auszusagen. Manchmal läßt der Traum etwas aus – die Lücke kann leer bleiben oder mit einer Ersatzbildung aufgefüllt sein. Der Traum arbeitet ferner mit Denkfehlern, mit Scheinlogik, mit Unifizierungen, Anspielungen, er koppelt auch gern Ungleichartiges mit einem »und« zusammen.

Die psychoanalytische Aufdeckung des Traumhintergrundes zeigt nun, daß dieses Versteckspiel zwar oft grob und primitiv, zumeist aber doch recht witzig ist. Und zwar reizt es aus zwei Gründen zum Lachen. Zunächst, weil jede Entlastung von Logik erholsam und erheiternd ist. Auch der sonst ganz und gar nicht harmlose Wilhelm Busch weiß das und arbeitet gern mit solchen leichten Scherzen. Von einem Bub, der in den Suppentopf fällt, heißt es bei ihm z. B.:

Mit einer Gabel *und* mit Müh
Fischt ihn die Mutter aus der Brüh.

Der zweite, wesentlichere Faktor besteht darin, daß dieses Spiel nur zur Fassade für einen hintergründigen Sinn wird. Wir sehen den Unterschied sofort, wenn wir Heines Beispiel neben das von Busch setzen: »(in Göttingen leben) Studenten, Professoren, Philister *und* Vieh.« Hier ist das »und« nur scheinbar unlogisch: es steht im Dienste einer boshaft aggressiven Parallelsetzung von Mensch und Vieh.

Fügen wir noch ein Beispiel für die Technik der Verdichtung hinzu, das wir ebenfalls aus Heine wählen. Heine ist aus Gründen, auf die wir später zurückkommen, überhaupt exemplarisch sowohl für Witz im allgemeinen wie für jüdischen Witz im besondern. Vom reichen Baron Rothschild in Paris berichtet Heine, er habe ihn ganz »famillionär« behandelt.

Witze, die sich mit der geistigen Entlastung durch kindliche Unlogik begnügen, nennt Freud »harmlose Witze«. Witze jedoch, die mit dieser eigentümlichen Technik verbotene und verdrängte Tendenzen ans Tageslicht reißen, nennt Freud »tendenziöse Witze«. Und er unterscheidet bei ihnen vier Varianten: 1. die obszönen Witze. Sie ersetzen die nackte Zote, die in guter Gesellschaft nicht zugelassen ist. 2. Aggressive Witze. Hierher gehören natürlich auch alle politischen Witze. 3. Zynische Witze. Sie attakieren sonst unangefochtene Grundsätze. In ihrer schärfsten Ausformung sind sie blasphemisch. 4. Skeptische Witze. Sie zweifeln überhaupt jede Möglichkeit der Erkenntnis an, negieren Wahrheitseinsicht also schon an der Wurzel.

Um aber wirklich anzukommen, muß ein Witz auf

Motiven beruhen, die sowohl dem Erzähler wie dem Zuhörer bekannt, geläufig und, womöglich, auch wichtig sind. Daher die Eignung der aktuellen Ereignisse für den Witz. Wo man erst lange erklären muß, wird ohnehin eine wesentliche Voraussetzung für die Wirkung des Witzes zerstört: die mühelose Rezeption.

Freud selber gibt ein gutes Beispiel für einen sehr zeitbedingten und dabei sehr guten Witz: »Diesem Mädchen geht es wie Hauptmann Dreyfus: die Armee glaubt nicht an seine Unschuld.« Ein großartiger Witz, vorausgesetzt, daß der Zuhörer im Bild ist über die aus antisemitischen Gründen erfolgte Verurteilung des unschuldigen Hauptmanns in Paris und über die weittragenden politischen Folgen, die dieser Prozeß damals für ganz Frankreich hatte. Muß man dem Zuhörer aber erst die ganze tragische Geschichte erzählen, dann ist ihm das Lachen über den Witz längst vergangen.

Am tiefsten und eindrucksvollsten sind aber jene Witze, bei denen zur Aussage des Unerlaubten noch das heimliche oder offene Eingeständnis hinzutritt, daß das Verdrängte nicht nur subjektiv angenehmer ist als das Erlaubte, sondern daß es sich im Grunde dem Erlaubten gegenüber auch im Recht befinde. Hier wird der Witz aus einem psychologischen zu einem kulturkritischen und philosophischen Ereignis …

Da Witze in ihre Fassade gern komische und humoristische Elemente einbauen, sei auch ein kurzer Hinweis auf diese beiden Quellen der Heiterkeit erlaubt: Freud selber erklärt die Wirkung des Komischen aus »erspartem Vorstellungs- und Besetzungsaufwand«. Für Bergson jedoch ist das Komische identisch mit leblos-mechanischem Verhalten eines Lebewesens, was mit seiner Metaphysik zusammenhängt, nach welcher unbelebte Materie nichts ist als ein Zerfallsprodukt des schöpferischen Lebensprozesses, und nicht, wie man sonst annimmt, umgekehrt eine Voraussetzung alles Lebendigen. Komisch ist daher z. B. der Hanswurst, der wie ein Automat, wie eine Maschine, auf jeden Vorgang mit dem gleichen Fluch oder Knüppelhieb reagiert.

Die beiden Definitionen widersprechen sich aber nicht; sie ergänzen sich: das »Mechanische« kennzeichnet das komische Objekt, der »ersparte Vorstellungsaufwand« spielt sich auf seiten des lachenden Subjektes ab.

Humor hingegen erklärt Freud aus »erspartem Gefühlsaufwand« und gibt selber das gute Beispiel von dem Delinquenten, der am Montag gehenkt werden soll und mit den Worten aufwacht: »Die Woche fängt ja gut an!« Zahllos sind auch die Beispiele bei Busch, in denen es sich ebenfalls nicht um Verdrängung beliebiger Gefühle, sondern der Todesangst handelt. Der im Humor ertränkte Tod nimmt bei ihm die abenteuerlichsten Gestalten an. Der »Held« wird »plattgewalzt, wie Kuchen sind«, er wird zu Schrot gemahlen und von Enten aufgefressen, er wird zu Eis gefroren und zerfließt beim Auftauen zu Brei, der im Einmachtopf »begraben« wird. Und beim Anblick des im Rausch erfrorenen Gatten sagt die ungerührte Witwe zur Milchfrau:

»Von nun an, liebe Madame Pieter,
Bitt ich nur um ein Viertel Liter.«

Die witzige Persönlichkeit und Situation

Witz ist, dies sahen wir schon, nur auf einer Kulturhöhe möglich, welche Verdrängungen nötig macht. Je strenger die Anforderungen, je schärfer der Druck, je geringer dabei die Möglichkeiten, sich durch befreiende Tat zu wehren, desto mehr und desto tiefere Witze werden entstehen. Vorausgesetzt natürlich, daß der Druck bewußt erlebt und kritisch abgelehnt wird. Witz ist eine Form, mit der eigenen Wehrlosigkeit seelisch fertig zu werden.

Von hier aus ist es verständlich, daß unter den Dichtern Deutschlands Heine zu den witzigsten zählt. Sein Schicksal ist geprägt von unabwendbarem Leid, dem er keinerlei »amor fati« entgegenbrachte. Zum Teil war sein Unglück rein privater Natur: die Armut. Schlimmer war der politische Druck, unter dem der Freiheitsliebende in einer reaktionären Epoche litt. Die Forderung nach politisch-sozialer Gerechtigkeit hängt aber bei Heine noch mit einem ganz bestimmten Gruppenschicksal zusammen: er war Jude. Zwar versuchte er dieser »angeborenen Krankheit« – so nannte er sein Judentum – durch Taufe zu entrinnen. Das gelang und gelingt auch heute jedoch nur solchen, die sich nachher vorbehaltlos mit der bisher feindlichen Umwelt identifizieren und den eigenen Ursprung, die Tradition der Väter rasch vergessen. Heine aber sah in seiner Taufe nur das »Entréebillet« zur europäischen Zivilisation. Er sah die Welt nach wie vor mit den unbestechlichen Augen des ungerecht Verfolgten. Seine Bitterkeit nahm die Farbe des Witzes an, des spezifisch jüdischen Witzes.

Die Herkunft der Witze

Diese besondere neuzeitliche Situation der Juden in Mitteleuropa, die nicht mehr die mittelalterliche Gläubigkeit und Gottergebenheit besaßen, zwang in der Tat entweder zur Flucht aus dem Judentum, zur Verzweiflung oder aber zum Witz. Und wirklich sind die Witze der Juden zahlreicher, tiefer, schärfer, schlagender als die der andern Völker. Sie weisen ganz andere Dimensionen und Variationen auf als etwa die Bobby- oder Schottenwitze. Sie verspotten überhaupt nur selten bloß einzelne komische Eigenschaften des Menschen, sondern stellen oft die gesamte menschliche Situation mit Schmerz und Bitterkeit in Frage. Ein Großteil der wirklich guten Witze, die wir kennen, läßt sich leicht auf den jüdischen Ursprung zurückverfolgen. Freud, der vom Individuum und nicht von sozialen oder nationalen Gruppen ausgeht bei seiner Witzanalyse, hat sich um diese Seite der Sache wenig gekümmert. Dennoch zitiert auch er fast nur jüdische Witze. Und daß er selber, der Analytiker des Witzes, Jude war, ist kein Zufall und wurde sicher auch von ihm selber nicht als Zufall empfunden.

Wie weit hängt nun der jüdische Witz nur mit bestimmten Situationen der Juden, wie weit hängt er vielleicht auch mit zeitlosen Eigenheiten des jüdischen Volkes zusammen? Wir können die Frage nur in einem kurzen Rückblick auf die jüdische Geschichte beantworten.

Der jüdische Witz

Witzlose Perioden

Bibel und Talmud

Oft findet man die Meinung, die Juden hätten als ursprüngliche Orientalen eine besondere Neigung zum Erzählen von schnurrigen Episoden und von Witzen. Tatsächlich aber enthält das älteste jüdische Dokument, die Bibel, zwar die eine oder andere unterhaltsame Geschichte, jedoch kaum eigentlichen Witz.

Auch die Propheten kennen, im Gegensatz etwa zu den Moralpredigern und Philosophen im alten Athen, den Witz ebensowenig wie der Pentateuch. Sie lehnen ihn sogar in schärfster Form ab, verurteilen den »lejzan«, den Spötter.

Von unserer Definition des Witzes her ist diese Haltung der Propheten verständlich: der Witz ist die seelische Waffe des Mannes, der den realen Kampf für aussichtslos hält und aufgegeben hat, der sich letztlich, wenn auch mit innerem Protest, abfinden wird. Die Propheten fanden sich nicht ab. Sie fürchteten weder die Folgen der Tat noch die der direkten, offenen Aussage, sie scheuten weder Tod noch Martyrium.

Ein wenig anders liegen die Dinge beim nachbiblischen Schrifttum der Juden im Altertum und Mittelalter.

Es besteht zum Großteil aus Bibelinterpretationen liturgischer und juristischer Art, wie sie durch die Zerstörung des Jerusalemer Tempels und das Leben im Exil notwendig geworden waren. Mitunter, vor allem in Zeiten so scharfer Unterdrückung, daß man das Leben kaum noch ertragen konnte, wurde der Bibeltext auch zum Ausgangspunkt für mystische Spekulationen. Daneben entstanden jetzt auch erzählende Schriften: Sagen, Anekdoten, ergänzende Ausmalung einzelner Bibelepisoden.

All dies wurde zunächst nur mündlich tradiert. Etwa im Jahre 200 nach Christus wurden dann die frühesten dieser Debatten und Erzählungen unter dem Namen »Mischna« kodifiziert. Auf der Mischna basieren der babylonische und der Jerusalemer Talmud.

Der Talmud bringt dem Witze nicht mehr die gleich strenge Ablehnung entgegen wie die Bibel. In seinen erzählenden Teilen, der »Agada«, gibt es eine Menge unterhaltsamer Anekdoten. Der babylonische Talmud kennt sogar in der Gestalt des »Rabba-bar-bar-Chana« einen Doppelgänger des Freiherrn von Münchhausen.

Wo sich der Talmud jedoch mit Interpretation von religiösem Ritus und biblischem Gesetz beschäftigt, verpönt er den Witz nach wie vor ausdrücklich.

Purimlegende und Anekdoten

Das nachbiblische Schrifttum entstand zum größeren Teil im Exil. Die Juden sahen sich jetzt fremden Majoritäten ausgeliefert, waren wehrlos und ganz auf den guten Willen der Umwelt angewiesen. Zeitweise ließ man sie in Ruhe. Zeitweise kam es sogar zu einer sinnvollen und fruchtbaren Symbiose mit den Wirtsvölkern. Meist aber wurden sie verfolgt, gehetzt, verleumdet, unterdrückt, enteignet und hingemordet.

Mochten nun nach wie vor unübersteigbare Hemmungen den kritisch-revolutionären Witz hindern, sich den religiösen Geboten und Zusammenhängen zuzuwenden – er hätte sich doch bereits entwickeln und die übermächtige, böse Umwelt aufs Korn nehmen können!

Tatsächlich findet man aber bei den Juden weder in der Spätantike noch im Mittelalter viel derartiges vor. Die Verzweiflung schuf sich statt dessen schon früh den etwas verträumten Ausweg in die Esterlegende, die heute noch von den Juden am Purimfest, der jüdischen Fastnacht, gelesen und lustig gefeiert wird. Es ist dies die alte, volkstümliche Erzählung von der schönen Ester, der jüdischen Gemahlin des Perserkönigs Ahasveros, welche die Juden vor den verderblichen Anschlägen des persischen Ministers Haman rettete. Diese Episode steht, wiewohl sie vermutlich auf historischen Tatsachen beruht, so völlig im Gegensatz zu allen Erfahrungen der Juden, daß sie schon früh wie ein Wunschtraum erschien und auch die Farben eines Märchens annahm. Daher wohl auch die mythischen Namen (Ester = Astarte; Mordechai [so hieß Esters Vetter] = Marduk; das sind die vorderasiatischen Namen von Venus und Mars), und daher wohl auch die aus alten jüdischen Sagen überlieferte »grünliche Gesichtsfarbe« Esters, die keineswegs zum jüdischen rosigen Schönheitsideal paßt, jedoch einer heidnischen Mondgöttin wohl anstehen würde.

Nach wie vor aber gab es nur wenig Witze. Zu den Schnurren des Babylonischen Talmud treten jetzt auch Späße, die man im gesamten spätantiken Raum kannte: sophistische Scherzprobleme und kurze Juxdialoge etwa von dieser Art:

»Näh mir meinen zerbrochenen Krug zusammen!«

»Gern. Spinn mir hierfür ein wenig Garn aus den Scherben!«

Und auch die Späße der Juden im Mittelalter sind kaum als spezifisch jüdische Witze zu bezeichnen. Es sind grobe und zum Teil unappetitliche Streiche von Schalksnarren von der Art eines Eulenspiegel oder Albernheiten, wie die Deutschen sie den Bürgern von Schilda andichteten. Die Juden erzählten ähnliches von den Einwohnern des polnischen Städtchens Chelm. Man erzählte auch lustige kluge Entscheide von Rabbinern – aus der Nähe besehen sind es die genau gleichen Geschichten, die sich die Orientalen von ihren Kadis erzählen. Beliebt waren auch Possen von klugen Juden, die einen dummen Nichtjuden hereinlegen – es sind die gleichen Possen, welche sich die Wirtsvölker mit umgekehrtem Vorzeichen erzählen: dort sind sie es, die den dummen Juden hereinlegen. Und manche dieser Possen erzählen sich die Armenier über die Türken, die Polen über die Ukrainer und andere nichtjüdische Partner. Einzelne Berufsstände und allgemein menschliche Fehler werden ebenfalls parodiert.

Dies alles ist nicht »jüdischer Witz« im engeren Sinne. Allenfalls ist es »Witz der Juden«. Indes enthält unsere Sammlung auch Beispiele von dieser Art. –

Mittelalterliche Religiosität und messianische Erwartung

Der Grund, weshalb sich der jüdische Witz in jener Zeit noch nicht voll ausbilden konnte, ist einfach: es ist die gleiche starke religiöse Bindung, welche bisher verhindert hatte, daß der Witz sich an der eigenen religiösen Tradition vergriff. Letztlich war doch alles gottgewollt, auch das Leiden. Eine Kritik an der unerträglichen Galutsituation[1] war Auflehnung gegen Gottes Ratschluß. Daher hat auch die bitterste Verfolgung damals bei den Juden keinen Witz erzeugt. Wurden die Verfolgungen so furchtbar, daß nicht einmal mehr der Hinweis auf die Leiden Hiobs und der großen Märtyrer der Vergangenheit ausreichte, um die Kraft zum kritiklosen Aushalten zu spenden, dann wich man nicht in den Witz aus, sondern in die Mystik.

Witz und Mystik könnten an sich nebeneinander bestehen. Gilt das Diesseits nichts, ist das Jenseits das einzig Wahre und Seiende – warum soll man dann über das Diesseits nicht beliebig spotten dürfen? Hier aber ist eine Besonderheit der jüdischen Mystik jeder andern gegenüber zu beachten. Die eschatologischen Erwartungen sowohl der heidnischen, wie der christlichen Mystik der Spätantike, der Gnosis, hatten mit der diesseitigen Welt nichts zu tun. Für die Juden aber – Mystiker und Nichtmystiker – knüpft sich der Erlösungsgedanke, die messianische Erwartung, an die diesseitige Welt.

War es nun nach den Maßstäben einer noch so fragmentarischen Gerechtigkeit nicht faßbar, warum man immer wieder mehr als alle andern Völker leiden sollte, so gab die messianisch gefärbte Mystik die Antwort: es gibt den Begriff der »chawlej Maschiach«, der »Wehen des Messias«. Das Kommen des Messias wird sich durch blutig-finstere Zustände auf Erden ankündigen. Ja, mehr als das: man kann durch eigenes Leid das Kommen des Messias beschleunigen. Bringt aber das eigene Martyrium die Welterlösung näher, dann ist es nicht mehr sinnlos. Dann braucht man, es zu ertragen, auch keinen Witz.

[1] Galut = Diaspora.

Schon in der Spätantike waren die Juden zusammen mit den Römern nach West- und Mitteleuropa gekommen. Scharfe Verfolgungen im Mittelalter vertrieben die Juden aus Spanien, wo sie zusammen mit den Mauren in Philosophie und Wissenschaft Grundlegendes geleistet hatten, vertrieben sie auch aus Frankreich und aus Deutschland. Große Gruppen wanderten nach dem Osten aus, wo abermals blühendes Kulturleben keimte. Im 17. Jahrhundert aber wurden die Juden und Polen in der Ukraine, beide dort in der Minderzahl, von den aufständischen Kosaken unter dem Hauptmann Chmjelnicki hingemetzelt. Hunderte von Gemeinden und religiösen Hochschulen gingen zugrunde. Es war wieder einmal eine jener finsteren Zeiten angebrochen, in welcher man Trost im mystischen Erleben suchen mußte.

Die jüdische Mystik der Spätantike und des spanischen Mittelalters hatte ihre Exaltiertheit mit einem fast abenteuerlichen Bildungsumfang verbunden. Ihre Thesen basierten auf komplizierten philosophisch-religiösen Theorien, wie es sie auch in der spätantiken Gnosis der Nichtjuden gegeben hatte. Neu war bei den Juden nur die bereits früher erwähnte messianische Diesseitserwartung, die auch in der mystischen Spekulation erhalten blieb.

Neu war aber vor allem die Technik, durch die der jüdische Mystiker des Mittelalters seine Offenbarungen gewann: es ist dies eine sehr merkwürdige und komplizierte Form der Bibelinterpretation:

Das hebräische Schriftbild ist im wesentlichen durch die Konsonanten bestimmt. Die Vokale werden nur durch Punktierung in die Worte eingefügt, können aber auch ganz weggelassen werden. Diese Konsonanten sind im Hebräischen zugleich die Zahlen. Die Kabbalisten, so nennt man die spanisch-jüdischen Mystiker im Mittelalter[1], interpretieren die Bibel mystisch, indem sie einzelne bedeutsame Begriffe oder Sätze aus dem biblischen Text auf ihren Zahlenwert hin untersuchen und dann durch verschiedenartige andere Aufteilung der Zahlenwerte neue Zusammenhänge ermitteln.

Zu solch erhabener Gehirnakrobatik waren die Überlebenden aus den Massakern in der Ukraine natürlich nicht imstande. Auch dem rabbinischen, nüchternen, mehr juristisch-religiösen Gesetzesstudium, von dem noch die Rede sein wird, brachten sie nur eingeschüchterte Bewunderung entgegen.

Was sie brauchten, war Rückhalt und liebevolle Führung. Sie fanden solche Hilfe im »Chassidismus«, einer volkstümlich-mystischen Bewegung, welche von ihren Anhängern nicht das Studium schwer verständlicher hebräischer und aramäischer Texte verlangte, sondern freudige, bedingungslose Bejahung des gesamten Seins. Die Chassidim – so heißen die Anhänger dieser Bewegung – gruppierten sich um charismatisch-religiöse Führer, ihre Rabbis, mit denen sie in ekstatischem Tanz und Gesang die unmittelbare Nähe Gottes erlebten.

Es ist klar, daß es bei ihnen Witz im neuzeitlichen Sinne nicht geben konnte.

Indes büßte die ursprünglich lautere und rührende Bewegung allmählich ihr Niveau ein. Die neuen Rabbis stiegen nicht mehr durch innere Berufung, sondern als Erben ihres Vaters auf den »Thron«, sie nahmen Geschenke von den Gläubigen, hielten regelrecht Hof, sie

[1] Von Kabbala, hebr. = das Empfangen. Gemeint ist entweder, daß diese mystische Lehre auf Offenbarung beruht, oder aber, daß sie von alters her überliefert ist.

lehrten nicht mehr, das Schicksal konditionslos zu bejahen, sondern förderten den Wunderglauben, sie wurden zu »Wunderrabbis«.

Konnte auch der Chassidismus selber aus sich heraus so wenig selbstkritischen Witz gebären, wie zuvor die Kabbala, so waren sie doch alle beide für den Außenstehenden, vor allem für den Gegner, ein herrlicher Gegenstand der Verspottung. Wir kommen darauf noch zurück.

Wir müssen zuvor einen kurzen Blick auf die Bildungswelt werfen, aus der heraus diese beiden mystischen Bewegungen geboren und in welcher sie witzig verspottet wurden. Wir tun es weniger einer allgemeinen Orientierung zuliebe, als vielmehr, weil Entstehung und Eigenart des jüdischen Witzes ohne eine wenigstens summarische Kenntnis dieser Bildungswelt schwer verständlich bleiben.

Die exilbedingte Geistesbildung der Juden bis zur bürgerlichen Emanzipation

Die geistige Welt der Juden hatte sich seit dem späten Altertum bis tief in die Neuzeit hinein nicht wesentlich verändert. Im Osten Europas existierte sie noch unversehrt bis zum Einmarsch der Hitlerarmeen.

Die Hartnäckigkeit, mit welcher die Juden an ihrer traditionalen Bildungswelt durch Jahrtausende hindurch festhielten, ist nur aus der Eigenart der jüdischen Existenz zu erklären.

Die Juden sind einerseits das einzige Volk auf der Welt, dem sein Gott ein ganz bestimmtes Land zugewiesen hat. Anderseits sind sie aber – mit Ausnahme der Zigeuner – das einzige Volk, das sich ohne gemeinsames

Land jahrtausendelang erhalten konnte. Nichts kittet die Juden zur Einheit als eben das Wissen um ihre Einheit. Der Jude ist nur so lange wirklich Jude, als er sich seiner Herkunft und Vergangenheit erinnert. Die Juden müssen daher ihre Religion und Geschichte kennen. Sie müssen hierfür die Bibel studieren. Sie müssen die Forderungen der Bibel wenigstens teilweise noch für sich selber anerkennen. Sie müssen daher, soweit diese Forderungen nicht mehr erfüllbar sind, auch das nachbiblische Schrifttum ihrer Gelehrten zu Rate ziehen, in welchem die biblischen Gesetze der veränderten Gegenwart angepaßt sind. Und da die Juden als wehrlose Volksgruppe im Exil immer wieder Verfolgungen erleiden, müssen sie auch wissen, weshalb und wofür sie leiden. Die messianischen Versprechungen der Propheten müssen für sie also wenigstens in Spuren noch lebendig bleiben.

Es ist klar, daß unter solchen Umständen auch der verhältnismäßig ungebildete Jude ziemlich viel lernen und wissen muß. Es ist auch klar, daß die vielen Vorschriften, die Paulus seinerzeit für die Heidenchristen bewußt abgebaut hatte, hier im Dienste der Erhaltung einer abgesonderten Gruppe bewußt beibehalten werden mußten. Dazu kamen noch die vielen Vorschriften, die erst im Exil geschaffen und nur für das Exil sinnvoll waren. An den Talmud schloß sich eine riesige rabbinische Literatur, die im 17. Jahrhundert im »Schulchan Aruch«[1] in einem Kompendium zusammengefaßt wurde. In keiner Weise sind die Forderungen, die an den gesetzestreuen Juden gestellt werden, jenen vergleichbar, denen Christen der verschiedenen Konfessionen unterworfen sind. Zum politisch-sozialen Druck durch die Außenwelt kommt also für den Juden noch das sehr schwere Religi-

[1] Wörtl. »Gedeckter Tisch«.

onsgesetz hinzu. Unzählige Speisevorschriften und andere Formen und Formeln regeln und heiligen das tägliche Leben auf Schritt und Tritt.

Die korrekte Erfüllung der Gebote setzt eine eingehende Kenntnis der religiösen Schriften in hebräischer und aramäischer Sprache voraus. Der Rabbi, der im Osten nicht Prediger und Vollzieher kultischer Bräuche ist – dazu war dort ausnahmslos jeder männliche Jude berechtigt und befähigt –, sondern gelehrter und ewig weiterlernender Schiedsrichter in religiösen und rechtlichen Fragen, konnte wohl in Zweifelsfällen raten. Den geheiligten Alltag zu bewältigen, blieb im ganzen doch dem einzelnen überlassen.

Die hierfür nötigen Kenntnisse wurden in der Tat von jedem männlichen Juden erwartet. Die Knaben gingen daher bereits im dritten, spätestens im fünften Lebensjahr in den Cheder[1], wo der Melamed, der Lehrer, ihnen die hebräische Schrift und Sprache direkt aus dem Bibeltext beibrachte. Im achten oder neunten Jahre waren begabtere Jungen bereits so weit, daß sie ganze Teile aus dem Pentateuch auswendig konnten. Nun kam die höhere Stufe, wo die Knaben bereits Bibelkommentare und talmudische Gesetzesinterpretation lernten und sich in der religiösen und juristischen Debatte übten. Zum Hebräischen, der Sprache der Bibel, kam jetzt das Aramäische, die Sprache vieler nachbiblischer Schriften. Dazu kommt, daß viele dieser späteren Schriften völlig ohne die Punktierung, welche die Vokale bezeichnet, und ganz ohne Satzzeichen aufgezeichnet sind. Im Talmudtext kann schon das Wortbild allein verschiedene abweichende Interpretationen zulassen. Wo ein Satz an-

[1] Wörtl. Zimmer. Gemeint ist die Kleinkinderschule für Hebräisch.

fängt und aufhört, ob er affirmativ, negierend, positiv, fragend oder als Ausruf gemeint ist, geht aus dem Schriftbild auch nicht hervor. Eine weitere Erschwerung liegt darin, daß der Talmud auf weite Strecken aus der Wiedergabe von Debatten besteht, die keineswegs nachträglich geordnet und in Form gebracht sind.

Die begabteren Knaben setzten dieses Studium als Jünglinge auf der Jeschiwa, der Talmudhochschule, fort, die keine Schlußprüfung und auch kein Ende kennt. Tatsächlich lernte auch der Erwachsene sein Lebtag immer weiter. Jedes Bethaus im Osten verfügte über eine entsprechende Bibliothek. Nicht umsonst heißt Synagoge bei den Ostjuden schlechthin: Schul. In der Schul wurde gelernt und debattiert. Nachts schliefen dort auf den harten Bänken die armen Burschen, die sich nur dem Studium widmeten und von den Bürgern der Stadt zu einzelnen Mahlzeiten regelmäßig eingeladen wurden. Oft genug mußte ein solcher Jeschiwe-Bocher[1] hungern und fasten. Dennoch brachte ihm der »Am-haarez«, der Ungebildete, Ehrfurcht entgegen, auch wenn er selber ein reicher Mann war, und er war stolz, seine Tochter mit einem solchen begabten und gebildeten Studenten verheiraten zu dürfen.

Mochten nun diese Lebensformen der Exiljuden aus inneren und äußeren Gründen auch sinnvoll und vielleicht sogar notwendig sein – sie waren dennoch schwer zu tragen. Druck von innen durch strenges und anstrengendes Gesetz und Wissen; Druck von außen durch Entrechtung, Verfolgung, Mord: ohne große religiöse Intensität war dies alles zusammen nicht gut auszuhalten. Es bedurfte da schon einer Absolutheit, die sich mit dem locker-revolutionären, kritisch-skeptischen Witz

[1] Bocher, hebr. bachur = Jüngling, Lediger.

kaum vertragen hätte. Soweit es überhaupt so etwas wie Witze gab – es waren aber eher spaßige Anekdoten –, waren sie mit dem herrschenden Gesetz solidarisch und spotteten, in Übereinstimmung mit ihm, über den »Amhaarez«, den Ungebildeten, der das Gesetz nicht richtig verstand oder nur oberflächlich und sogar falsch erfüllte. Man konnte im Witz auch allgemeine menschliche Schwächen verspotten. Aber diesen mittelalterlichen Witzen fehlt die Bitterkeit, Schärfe und Tiefe der späteren Varianten. Wir haben dennoch Beispiele aus dieser Reihe aufgenommen und unter »Alte Anekdoten« rubriziert.

Die Witzperiode

Aufklärung, Lockerung, Taufe

Dies also war die Welt, in welche gegen Ende des 18. Jahrhunderts die Ideale der Aufklärung endlich hereinbrachen. Und mit ihnen zusammen keimte zum ersten Mal eine tiefergehende Kritik sowohl an den eigenen religiösen Institutionen und Verpflichtungen wie auch an den kaum tragbaren äußeren Lebensumständen im Exil. Die Glaubensketten verloren ihre mittelalterliche Kraft. Damit zugleich aber verloren Last und Leiden ihren metaphysisch-religiösen Sinn. Sie wurden sinnlos und daher unerträglich.

Mitunter führte die Einsicht in die Schwere des jüdischen Schicksals jetzt leichter als früher zur Flucht, zum Austritt aus dem Judentum. Entstammte der Täufling einer eher kulturlosen jüdischen Schicht, dann empfand er den Austritt aus dem Judentum und die damit verbundenen Chancen des Aufstieges rein positiv. Er hatte dann – im Gegensatz zu einem Heine – keinen Grund, den eigenen Schritt witzig zu beleuchten. Er selber jedoch wurde ein dankbares Objekt für Witze durch den Zwiespalt zwischen der verleugneten, verdrängten Herkunft und der fremden Bildungswelt, auf deren Parkett er einstweilen dauernd ausrutschte.

Seine volle Tiefe und Schärfe erreicht der Täuflingswitz aber nur dort, wo der Täufling selber sich der Fragwürdigkeit seines Schrittes bewußt ist. Ein Witz war es doch schon, daß diese westliche, längst unreligiös gewordene Bildungswelt den Juden nur in ihre Reihen aufnahm, wenn er sich ausdrücklich zum christlichen Glauben bekannte durch das »Entréebillet« der Taufe, um Heine zu zitieren. Heines eigene Witzigkeit ergibt sich überhaupt zum guten Teil aus seiner Situation als Konjunkturtäufling, die er als schief empfand, die er aber, so, wie die Dinge damals für ihn lagen, nicht korrigieren, sondern bloß im beißenden Witz parodieren konnte.

Der Einbruch der Aufklärung, die Lockerung der Glaubenstiefe und -strenge, gab jetzt aber auch dem Treugebliebenen den Mut zur Auflehnung und zur Ablehnung von vielem, was er bisher in gläubiger Demut getragen hatte. Mit direktem Kampf gegen den Druck von außen und von innen war einstweilen noch nicht viel auszurichten. Das neue kritische Weltbild mußte zunächst noch den Umweg, die Hintertüre suchen. Es offenbarte sich im Witz.

Die alten, lehrhaften Scherzanekdoten wurden jetzt hintergründig, bekamen einen doppelten Boden. Der Witz über den »Amhaarez«, den religiös Ungebildeten, hört plötzlich auf, nur Spott über den primitiven Dorfjuden zu sein: In seinen Obertönen klingt deutlich der Spott über den allzu gebildeten Spötter mit. Nach wie vor ist zwar der Dorfjude lächerlich. Aber fast noch lächerlicher erscheint es plötzlich, von einem armen Landjuden die Kenntnis rabbinischer Spitzfindigkeiten zu erwarten.

Verhältnis zur Umwelt. Politischer Witz bei Juden und Nichtjuden

Am raschesten und ungeniertesten wendet sich der Witz natürlich gegen die feindliche Umwelt der Juden. Das Leiden wird ja nicht mehr als gottgewollt und sinnvoll erlebt, sondern ist nun zu der schrecklichen, sinnlosen Schablone geworden, der man nicht entschlüpfen kann.

Merkwürdigerweise ist es gerade ein nichtjüdischer Schriftsteller unserer Tage, Gregor von Rezzori, der in seinem Roman »Ein Hermelin in Tschernopol«[1] eine ungewöhnlich klare Kenntnis dieser einen Quelle des jüdischen Witzes verrät. Zwar hat Rezzori vielleicht nicht unbedingt recht, wenn er schon in der »extremen Ungerechtigkeit« als solcher eine Quelle des Witzes vermutet. Das Unrecht muß, wir sagten es schon, als solches erlebt und abgelehnt werden.

Das aber taten die Juden seit der napoleonischen Zeit. Die Situation, die nach Freud dem Individuum witziges Verhalten abpreßt, die nutzlose innere Auflehnung gegen einen als sinnlos empfundenen Druck, wiederholt sich hier an einer ganzen Volksgruppe. Das Moment der Verdrängung spielt vielleicht beim neuzeitlichen jüdischen Volkswitz nicht ganz die Rolle, wie in dem von

[1] Rowohlt Verlag, Hamburg 1958.

Freud charakterisierten Witz des überkultivierten Europäers des 19. Jahrhunderts mit seinem eher allgemeinen »Unbehagen in der Kultur«. Die Wehrlosigkeit jedoch ist bei den Juden um so größer. Der Witz ist die einzige Waffe des wehrlosen Juden gegen seine innere und äußere Vergewaltigung.

Wie gering die Rolle der psychischen Verdrängung gerade bei jenen Witzen ist, die aus der politisch-sozialen Misere heraus geboren sind, illustriert ein herrliches Beispiel bei Rezzori selber:

Das war nach dem Ersten Weltkrieg, in einer Grenzstadt der früheren Donaumonarchie. Der jüdische Sportklub »Makkabi« hat im sonntäglichen Match über die bereits sehr nationalsozialistische Gruppe der dortigen Volksdeutschen gesiegt. Die Besiegten und ihre Freunde fühlen sich beleidigt und beginnen, über jüdische Passanten herzufallen. Der Polizeikommandant befürchtet einen Pogrom und bietet Truppen zum Schutze der bedrohten Juden auf. Die Truppen aber, die den Pogrom hätten verhindern sollen, schlagen sich auf die Seite der Angreifer und lösen durch ihre Intervention den Pogrom erst aus. Am andern Morgen sind vierzig Juden erschlagen. Und die überaus witzige, vorwiegend jüdische Bevölkerung der Stadt faßt den Vorgang in folgendem Witz zusammen:

Ein riesiger Soldat rennt mit erhobenem Gewehrkolben auf einen kleinen Juden zu. »Halt!« schreit der Jude, »*ich* bin doch kein Hakenkreuzler!« – Darauf der Soldat: »Aber *ich*!«

Der Witz liegt nicht, wie eine oberflächliche Betrachtung vermuten ließe, in dem scheinbar grotesken und verkehrten Verhalten des Soldaten, sondern umgekehrt in der Tatsache, daß der Soldat sich im Grunde »ganz normal« benimmt. Mit seinem »aber ich« reißt er mit einem Schlag das vorübergehend verdrängte und verleugnete Stenogramm und Ideogramm der jüdischen Situation wieder ans Tageslicht. Der Spott gilt nicht dem »Verrat« des Soldaten, sondern der unsinnigen Hoffnung des kleinen Juden auf Schutz, wo er bisher nur Mord erlebte.

Soweit der jüdische Witz aber nur die Wehrlosigkeit des Juden einer rohen Übermacht gegenüber anvisiert, hat er natürlich dennoch Ähnlichkeit mit dem politischen Witz anderer Völker. Nehmen wir zwei Beispiele aus den ›Abenteuern des braven Soldaten Schwejk‹ von Jaroslav Hašek.

Hašek war nationaler Tscheche. Er schildert in seinem Buche Ereignisse aus dem Ersten Weltkrieg, als die Tschechen unter der Herrschaft der Habsburger gegen ihren Willen den Feldzug nach Serbien mitmachen mußten.

Schwejk ist Prager Kleinbürger, Verkäufer von gestohlenen Hunden. Das Buch beginnt damit, daß Schwejks Bedienerin hereintritt und sagt: »Also, sie ham uns den Ferdinand erschlagen.« (Wir zitieren alles abgekürzt und nicht ganz wörtlich.) Gemeint ist natürlich das Attentat auf den habsburgischen Erzherzog Franz Ferdinand im serbischen Sarajewo. Schwejk aber antwortet: »Welchen Ferdinand? Ich kenne zwei. Einen Provisor, der hat letzthin statt Sliwowitz eine Flasche Petrol ausgesoffen; und einen, der sammelt Hundedreck. Um beide ist nicht schad.«

Dieser Schlußsatz ist die witzigste Majestätsbeleidigung, die man sich ausdenken könnte: Die von Freud geschilderte Technik der Abkürzung ist hier zur restlosen Weglassung geworden. Mit keinem Wort spielt Schwejk auf den Erzherzog an. Dennoch ist es sonnenklar, daß es auch um den dritten Ferdinand »nicht schad« ist.

Und ein zweites Beispiel aus dem »Schwejk«:

Die Tschechen versuchen sich durch Vortäuschen von Krankheiten vom Kriegsdienst zu drücken. Die Folge ist, daß die mißtrauischen Assentierungsärzte auch wirklich Kranke ins Feld schicken. Einem kerngesunden Tschechen ist es nun dennoch beinahe gelungen, die Ärzte zu überzeugen. Er hat sich verrückt gestellt. Das taten zwar viele – und man glaubte ihnen nicht. Dieser aber hat sich für einen Hund ausgegeben. Er hat sich nackt ausgezogen, ist auf allen Vieren im Assentierungsraum herumgelaufen und hat in einer Ecke sogar bewiesen, daß er noch nicht einmal stubenrein ist. Der Arzt ist schließlich besiegt und erklärt den Tschechen für »untauglich«. Da läuft der Tscheche, immer seiner Hunderolle treu, auf den Arzt zu und beißt ihn voller Freude ins Bein. Worauf der Arzt ihn auf der Stelle wieder »tauglich« erklärt.

Genau wie der jüdische Witz mit dem »Aber ich!« ist auch dieser Witz vielschichtig: denn die Episode wäre zwar auch schon witzig, wenn sie nur zeigen wollte, wie sehr ärztliche Diagnosen, sogar, wenn es um das Leben des Patienten geht, nur von persönlichen Affekten und nicht von Sachkenntnissen diktiert sind. Seine volle Tiefe und Dimension gewinnt der Witz aber erst durch die nicht einmal andeutungsweise ausgesprochene, jedoch deutlich mit-gemeinte Folgerung, daß der Stabsarzt diesmal eindeutig im Recht ist: denn ein Mann, der einen solchen Schinder ins Bein beißt – der ist doch ganz eindeutig geistig normal!

Jedoch: auch der vielschichtigste aggressiv-politische Witz aus dem »Schwejk« erreicht nicht die Tiefenschicht, der der jüdische Witz seinen Ruhm verdankt. Für Schwejk liegen die Dinge nämlich in jedem Falle ziemlich einfach. Muß er nicht in den Krieg, kann er wieder ungestört Hunde stehlen und abends saufen und mit Mädchen ausgehen, dann ist er restlos zufrieden. Er erwartet von der Welt nichts Besonderes. Er mißt sie nicht an Idealen, die dem prophetischen Schrifttum entnommen sind. Er hat nie auf den Messias gewartet. Er wird daher auch nicht, wie der Jude Karl Marx, versuchen, messianische Zustände auf Erden herbeizuzwingen.

Die Regression, das Ausweichen vor dem unerträglichen Druck, ist eben nur das eine und oberflächliche Gesicht des jüdischen Witzes. Seine besten Varianten messen am messianischen Ideal.

Alte und neue Witzthemen. Religionskritik. Zeitlose und neuzeitlich bedingte Selbstkritik

Wir haben einen Witz an den Anfang gestellt, in welchem die feindliche Umwelt des Juden aufs Korn genommen ist. Wenn aber der jüdische Witz nicht in erster Linie Abwehr gegen Druck von außen ist, sondern Kampf für die richtige Forderung gegen die falsche, dann ist es klar, daß er weit mehr selbstkritische als weltkritische Züge tragen wird. In der Tat wendet er sich vorwiegend intern jüdischen Fragen und Eigenheiten zu, entwickelt in Witzform eine harte Kritik an den Fehlern und Schwächen der eigenen Institutionen und Volkseigentümlichkeiten, wagt sich schließlich sogar an die religiösen Inhalte selber heran. Er legt ein neues, genauer: ein neuzeitliches Lebensbild frei. Freud hat trotz seiner These, der Witz diene in erster Linie der Regression und moralischen Entlastung, diese Funktion des jüdischen Witzes klar erkannt und an Beispielen aufgezeigt:

Es gibt viele jüdische Witze, welche um die Gestalt des Heiratsvermittlers, des Schadchens kreisen. In den meisten dieser Witze dichtet der arme Schadchen dem vorgeschlagenen Partner lauter Vorzüge an – und plötzlich verplappert er sich und legt die ganz und gar nicht ideale Wahrheit bloß.

Nun: daß der arme Teufel, der ja um sein Stück Brot kämpft, lügt und phantasiert, mag komisch sein. Daß ihm die Wahrheit auf Umwegen entschlüpft, die auch für den Traum charakteristisch sind, ergibt den witzigen Effekt. Der eigentliche Sinn all dieser Witze liegt aber tiefer, in dem unausgesprochenen Gedanken nämlich, daß es ja letztlich egal ist, welche Fehler der angebotene Partner hat. Denn Fehler hat jeder Mensch. Und das einzige, wodurch der notwendig unvollkommene Partner erträglich wird, die Liebe nämlich, läßt sich ohnehin nicht vermitteln. Der Schadchen verplappert sich also letztlich nicht aus mangelnder Konzentration, sondern auf Grund einer unbewußten Kritik an seiner eigenen Tätigkeit: das patriarchalische Ethos, aus dem heraus die Verheiratung der Kinder sinnvoll und unerläßlich war, ist dem Schadchen nicht mehr ganz geheuer. Er sympathisiert mit der neuzeitlich-individuellen Gattenwahl.

Aber natürlich ist es klar, daß nicht alle jüdischen Witze, welche um die Institution der Ehe kreisen, das Plädoyer für die Freiheit mit einem strengen neuen Individualgesetz verbinden. Nehmen wir für beide Witzformen Beispiele. Zuerst ein Witz mit Vorstoß zum Individualgesetz:

Heiratskandidat: »Ich höre, das von Ihnen vorgeschlagene Mädchen soll häßlich sein?«

Schadchen: »Seien Sie froh! Schöne Frauen sind untreu!«

»Geld hat sie auch keines?«

»Ach – reiche Frauen sind so anspruchsvoll!«

»Der Vater soll zweimal bankrottiert haben?«

»Na und? Heiraten Sie den Alten oder das Mädchen?«

»Und hinken soll sie auch?«

Darauf der Schadchen, bitter: »Nicht *einen einzigen* Fehler darf sie haben?!«

Demgegenüber steht der witzige Wiener Ausspruch:

Eine Ehefrau ist wie ein Regenschirm – man nimmt *dann doch* einen Komfortabel (= Mietskutsche).

Verhältnismäßig früh entstehen jene Witze über den Am-haarez, den religiös Ungebildeten, welche jetzt aber statt mit dem klugen Kritiker mit dem einfachen Manne Sympathie empfinden.

Frei von Sympathie jedoch ist der Spott über die Dummheit. Dem Nichtjuden klingt er manchmal grausam in den Ohren. Er ist jedoch aus der jüdischen Galutsituation heraus gut zu verstehen: Die Existenz des Exiljuden steht und fällt mit seiner Kenntnis der religiösen Gesetzeswelt, deren Studium einen scharfen Kopf voraussetzt. Ablehnung von Intelligenzmangel ist unter solchen Umständen beinahe eine Form von Selbsterhaltungstrieb.

Früh entstehen auch die amüsanten interkonfessionellen Debatten, die oft noch fast mittelalterlichen Anekdotencharakter tragen. Früh entstehen auch die unzähligen Witze, in welchen ein gelehrter Rabbiner sich vor dem Empfehlen schlechter religiöser Kommentare und Kommentatoren drückt.

Früh finden wir auch schon den Spott über den Laienprediger, den Magid, der im Gegensatz zum gelehrten Rabbiner nicht akademisch-durchformte, scharfsinnige, sondern volkstümlich-naive Predigten zu halten pflegte. Und unzählig sind die Witze, in welchen sich die unvorstellbare Armut der ostjüdischen Massen und der Geiz des reichen Mannes spiegeln. Aber auch hier finden wir in der Neuzeit neue Nuancen: Das mosaische Gesetz fordert nämlich nicht nur Nächstenliebe in allgemeiner Form – das tut es zwar auch, und zwar in genau denselben Worten, die den meisten nur aus dem Neuen Testament bekannt sind –, sondern es macht sehr exakte Vorschriften darüber, was für den »Nächsten« getan werden muß, wobei ausdrücklich auch der Andersgläubige mitgemeint ist. Diese alttestamentliche Regelung der Wohltätigkeit läuft im Grunde auf eine strenge Sozialgesetzgebung hinaus, die für den Bemittelten recht drückend werden kann. Der neuzeitlich gelockerte Witz nimmt daher nicht nur den Geiz des Reichen, sondern auch die Impertinenz des Armen aufs Korn, welcher wie ein Gläubiger auftritt. Unzählig sind die Witze über lästige Bettler, Schnorrer, arme Tischgäste, Jeschiwastudenten, die man auf keine Weise loswerden kann.

Nur scheinbar selbstkritisch sind die vielen Militärwitze, in welchen den Juden mangelnder Mut und fehlende soldatische Disziplin vorgeworfen werden. Man hat versucht, aus diesen Witzen auf die unheroische Natur des jüdischen Volkes zu schließen. Tatsache aber ist, daß sich die Juden stets mit wilder Entschlossenheit geschlagen haben, wo ihnen eine Idee den Einsatz wert zu sein schien. Sie haben im ganzen Altertum immer wieder den fast oder ganz aussichtslosen Kampf gegen orientalische Großmächte und sogar gegen Rom gewagt. Und im Ersten Weltkrieg gab es in Deutschland, wo sie sich damals einredeten, zugehörig und mitverantwortlich zu sein, mehr Tote und Dekorierte bei den Juden als bei den Nichtjuden.

Im Osten jedoch und vor der bürgerlichen Emanzipation auch im Westen lagen die Dinge anders. Man schlägt sich, sofern man intellektuell in der Lage ist, die Dinge klar zu beurteilen, nicht freiwillig für Staaten, in welchen man rechtlos oder doch mit reduzierten Rechten leben muß. Die Juden haben sich daher gegen den Militärdienst im alten Rußland gesträubt.

Sie haben sich dagegen später in der Roten Armee, die ihnen zunächst als die Armee der Freiheit erscheinen mußte, als Offiziere und Soldaten tapfer geschlagen. Und auch der Schöpfer und strategische Leiter dieser Armee selber, Leo Trotzki nämlich, war Jude. Und auch im neuen israelischen Staate kämpften und kämpfen die Juden wieder mit der Tapferkeit der alten Makkabäer.

Schließlich zählen zu den verhältnismäßig frühen, noch traditionsgebundenen Witzen alle jene, die einen bestimmten Beruf und professionelle Deformationen karikieren. Der Schankwirt, der Kutscher, der Melamed (Kleinkinderlehrer für Hebräisch), der christliche Gutsbesitzer und die Polizei spielen da eine große Rolle.

Am meisten Raum nehmen aber die Witze aus dem kaufmännischen Milieu ein. Den Juden war nämlich im Mittelalter in den meisten europäischen Ländern der Erwerb von Boden und der Zutritt zu den Zünften untersagt. Sobald ihnen um 1800 herum das Studium an den Universitäten gestattet wurde, stürzten sie sich mit Heißhunger und talmudgeschulten Köpfen in alle geistigen Berufe. Wissen um des Wissens, nicht um des praktischen Erwerbes willen war ihnen ja seit Jahrtausenden die vertrauteste Einstellung zum Leben. Dennoch waren bei ihnen Kaufmann und Bankier nach wie vor häufige Erscheinungen, und die Einengung des Blickfeldes und die Sünden, die sich aus diesen beiden – wie übrigens aus allen – Berufen ergeben, sind häufiges und dankbares Thema des jüdischen Witzes.

Mit der gelockerten Einstellung zu Ritus und Kultus kommen natürlich immer mehr Witze auch aus diesem Bereiche auf. Wir erwähnten schon den spottenden Witz über den wandernden Laienprediger, den Magid. Anfangs verlachte der Witz nur die mangelnde Bildung des Magids. Später schimmert immer mehr auch der Spott über alle Juden hindurch, die sich durch die – vom Magid obendrein mangelhaft beherrschte – Interpretation der religiösen Lehre das Leben erschweren lassen.

Ziemlich früh entstanden auch die Witze, welche den geistig-geistlichen Kampf zwischen dem talmudisch hochgeschulten Rabbiner und dem naiv-gläubigen Wunderrabbi der Chassidim parodieren. Die Selbstverständlichkeit, mit welcher der Chassid seinem Rabbi Wundertaten andichtete und sie auch von ihm erwartete, konnte schon den Spott der rationaleren und aufgeklärteren Kreise provozieren. Die Chassidim ihrerseits lachten über den talmudischen Formenballast ihrer Gegner.

Indes brachte die fortschreitende Aufklärung auch in die im Witz gespiegelte Auseinandersetzung zwischen dem Chassid und seinem Gegner, dem »Mitnaged«, einen neuen, leichtsinnigeren Ton hinein: die ganze Debatte verlor ihren mittelalterlichen Ernst, und alle beide, Chassid und Mitnaged, bekamen den lächerlichen Anstrich von Leuten, die sich über unnütze Fragen streiten. Komisch war nicht mehr der Wunderglauben einerseits und die überspitzte formale Bildung anderseits, sondern letztlich der Glaube überhaupt, ob er nun scholastische oder mystische Züge trug.

Ein Beispiel auf die Verhöhnung des rabbinischen Entscheides:

»Rabbi, ich habe ein Huhn und einen Hahn. Schlachte ich das Huhn, kränkt sich der Hahn. Schlachte ich den Hahn, kränkt sich das Huhn. Welches soll ich schlachten?«

Der Rabbi klärt lange und entscheidet: »Schlachte den Hahn!«

»Rabbi! Dann kränkt sich doch das Huhn!«

»Nu – soll es sich kränken!«

Und nun ein Beispiel für die Verspottung des Wunderrabbis, wobei man wissen muß, daß dem Juden nach mosaischem Gesetz der Genuß von Schweinefleisch verboten ist.

Ein Chassid erzählt: »Einmal sah unser Rabbi im Haustor gegenüber einen Juden Schweinespeck kauen. Da rief er: ›Das Haus soll über dem Juden zusammenbrechen!‹ – Dann aber besann er sich und sagte: ›Halt! Am Ende würden dabei auch Unschuldige umkommen! Das Haus soll stehen bleiben!‹ – Und was sagt Ihr dazu: Das Haus blieb tatsächlich stehen!«

Und nun ein Beispiel, wo scheinbar nur die Auffassung des Gebetes als formalistisches Ritual oder magische Formel, in Wirklichkeit aber doch auch schon die Frömmigkeit selber dem Witz zum Opfer fällt. Zu diesem Witze muß man wissen, daß fromme Juden in Notlagen die Psalmen so ähnlich herunterbeten, wie der Katholik den Rosenkranz:

Weinende Jüdin: »Rabbi, mein Kind leidet an unstillbarem Durchfall.«

»Sag Tehillim!« empfiehlt der Rabbi.

Zwei Tage später ist die Jüdin wieder da. Der Rat hat geholfen, aber jetzt leidet das Kind an den entgegengesetzten Symptomen.

»Sag Tehillim!« befiehlt der Rabbi wieder.

Die Jüdin, entsetzt: »Aber Rabbi! Tehillim stopft doch!«

Zur Not kann man diesen Witz als Spott auf die primitive Jüdin auffassen. Ganz bestimmt aber ist im nachfolgenden Witze bereits schon der Einfluß eines Gottes auf das irdische Geschehen – wenn nicht die Existenz dieses Gottes selber in Frage gestellt:

Gewaltige Sommerdürre.Da Gott seinerzeit den sündigen König Ahab mit einer Dürre bestrafte, liegt es nahe, nachzuforschen, ob in der Gemeinde vielleicht ebenfalls ein Sünder ist, der Gottes dörrenden Zorn provoziert hat. Und in der Tat – man ertappt ein Pärchen beim Ehebruch! Die Sünder werden vor den Rabbi geschleppt, und unterwegs beginnt der Pöbel bereits, das Pärchen mit Steinen zu bewerfen.

Da ruft ein alter Jude dazwischen: »Halt! Macht die beiden nicht kaputt! Wenn es nun im Herbst endlos regnen sollte – womit, wenn nicht mit diesen beiden, sollen wir dann den Regen stoppen?«

Hier stehen wir bereits mitten in der Ketzerei. Die Ketzerei springt uns aus dem jüdisch-neuzeitlichen Witze überhaupt in tausend Formen an. In halbversteckten zunächst:

Der Witz parodiert z. B. die Bibelinterpretation von Talmud und Kabbala. Er wendet dabei dieselbe überspitzte und komplizierte Logik an wie der Talmud – sucht aber auf diesem Wege nicht, wie der Talmud, die Anpassung der biblischen Gesetze an die veränderte Gegenwart, sondern steuert bewußt auf einen reinen Unsinn los.

Noch leichter läßt sich die kabbalistische Bibelinterpretation verspotten. Die Zerlegung der Bibelbegriffe in Zahlenwerte und die Neudeutung dieser Zahlenresultate kann natürlich auch mühelos mißbraucht werden, um zu einem albernen Resultat zu gelangen. Und man kann sogar ohne viel Mühe diese Methode selber als Unsinn auffassen und verspotten.

Witze dieser Art gibt es in Menge. Sie sind sehr geistvoll, stehen und fallen aber mit dem hebräischen Text, so daß wir in dieser Sammlung nur spärliche Beispiele bringen konnten.

Weit leichter wiederzugeben sind bewußt falsche und

alberne Bibelinterpretationen, die nicht am hebräischen Wortlaut hängen. Ihnen fehlt aber der Schliff und Geist der talmudischen und kabbalistischen Bibelwitze. Manche kommen schon in bedenkliche Nähe des Bibelwitzes, den Effi Briest in dem Roman von Fontane als auffallend albern ablehnt:

»Wer war der älteste Kutscher?«

»Leid. Denn es steht geschrieben: Leid soll mir nicht wieder fahren (= widerfahren).«

Immerhin sind die jüdischen Varianten nur selten solch leere Wortspiele. Irgendein kritischer Hintergrund birgt sich meist doch in ihnen.

Von der Verulkung der falsch gehandhabten Interpretation oder des falschen Entscheides bis zur Verspottung der Sache selber ist es beim jüdischen Witz oft nur ein winziger Schritt. Deutlich spürbar ist die keimende Sympathie zum Ketzer und zur Ketzerei in jenen Witzen, in welchen der Vertreter des religiösen Gesetzes selber, der Rabbi, sich verplappert und sich so gegen seinen Willen mit dem Ketzer solidarisch erklärt. Wieder ein Beispiel:

Rabbi: »Ihr seid ein übler Sünder! Wo Ihr ein Stück Schweinefleisch seht, beißt Ihr hinein. Und wo Ihr ein Christenmädel erwischt, küßt Ihr sie ab!«

»Rabbi, ich bin nebbich meschugge!«

»Unsinn! Wenn Ihr den Schweinespeck küssen und das Mädel beißen würdet, dann wärt Ihr meschugge. So aber seid Ihr doch ganz in Ordnung!«

Ähnlich vom Zweifel dirigiert sind die Witze, welche die Existenz eines Jenseits oder das Kommen des Messias in Frage stellen. Bei den Messiaswitzen gibt es noch eine besonders hübsche Variante: sein Kommen wird nicht unbedingt angezweifelt, aber es wird nicht erhofft, sondern gefürchtet. Der Grund ist einfach: wenn es einem Menschen gut geht, will er von Umwälzung und Erlösung nichts mehr wissen.

Dann wären jene Witze zu erwähnen, welche sich mit bestimmten Schwächen und Fehlern des neuzeitlichen Juden beschäftigen. Mit seiner Manierenlosigkeit oder mit seiner Hypochondrie und der damit verbundenen häufigen Konsultation der Ärzte. Vermutlich hängt sie zum Teil damit zusammen, daß die Juden ja tatsächlich dauernd gefährdet sind. Von da aus schärft sich vielleicht auch das Gefühl für Gefährdung durch reale oder eingebildete Krankheit.

Gewissermaßen eine politische Variante zu den Hypochondriewitzen bilden jene Witze, in welchen der Jude nicht gegen den wirklichen, sondern gegen eingebildeten Antisemitismus ankämpft. Es ist dies ein sehr vielschichtiger und tiefer Witz. Zunächst spottet er scheinbar nur über die Gewohnheit mancher Juden, auch im unsinnigsten Zusammenhang Antisemitismus zu wittern. In einem dieser Witze wirft ein Jude sogar dem Bahnsteigautomaten antisemitisches Verhalten vor.

Aber der Witz lacht in Wirklichkeit kaum oder doch nur nebenbei über den Juden, der sich paranoid verhält. Der ganz und gar nicht komische Hintergrund des Witzes ist der wirkliche Antisemitismus, die Tatsache, daß Juden ja in der Tat dauernd in unsinnigsten Zusammenhängen verleumdet und angegriffen werden. Nicht eine schiefe Naturanlage, sondern eine rein traumatisch erworbene Neurose dirigiert das lächerliche Verhalten des Juden, der schließlich auch am falschen Orte Antisemitismus wittert.

Der tragische Hintergrund hindert nicht, daß solche Witze sehr lustig sein können.

»Chaim, was hast Du im Radiogebäude drin gemacht?«

»Mi-mi-mich u-um die Sch-stelle des A-a-ansagers beworben.«

»Und? Hast Du sie erhalten?«

»N-n-ein! Da-das s-sind alles A-a-antisemiten!«

Die Täuflingswitze haben wir schon früher erwähnt. Eine hübsche Variante von ihnen beschäftigt sich mit den Versuchen der frisch Getauften, ihre bisherige Herkunft, ihre jüdischen Namen, ihre orientalischen Eigentümlichkeiten zu verbergen und zu verleugnen. Auch das antisemitische Verhalten der frisch Getauften ist Gegenstand ausgezeichneter Witze.

Dagegen fällt der Spott über das Ziel der Assimilation dort weg, wo es sich um echte Bildungswerte handelt. Die Reverenz des Juden vor der Bildung dehnt sich durchaus auch auf die Bildungsinhalte der fremden und sogar feindlichen Völker aus. Es gibt Witze, die den talmudgeschulten Juden verspotten, der ohne nötige Vorbildung sich an klassische und wissenschaftliche europäische Texte heranwagt. Immer trifft der grausame und nicht sehr sympathische Spott nur den mißglückten Versuch, nicht das Objekt des Versuches.

Sehr hübsch dagegen sind die Witze, in welchen Täuflinge oder assimilierte Juden verlacht werden, die zwar den eigenen Ritus abgeschüttelt haben, nun aber das fremde Brauchtum mit einem fast religiösen Ernst befolgen und respektieren.

Am hübschesten sind aus dieser Sphäre jene Witze, die weder auf seiten der Tradition noch auf seiten der Assimilation stehen, sondern beide gegeneinander ausspielen und aneinander messen; Witze, in denen beide Welten als unvollkommen erlebt werden. In diesen schillerndsten, geistvollsten aller jüdischen Witze geben sich Ost und West ein buntes, wirbelndes Stelldichein. Im Hintergrund steht ordnend und sichtend ein teils juristisch nüchternes, teils von Endzeitidealen erfülltes Gehirn.

An diesen Kreuzungspunkt gehören auch manche der erotischen Witze. Erotische Freiheit hatte es in der traditionell-jüdischen Welt mit ihren von Eltern und Vermittlern arrangierten, frommen Frühehen nicht gegeben. Bezeichnend jedoch ist, daß der neue erotische Witz sich nicht einfach auf die Seite der Ungebundenheit schlägt. Er verspottet zwar die lieblose, vermittelte Ehe, verspottet aber ebenso auch die Losgelassenheit. Und am liebsten macht er sich über die Vermengung von kaufmännischen Denkformen mit der Liebe lustig.

Aber natürlich gibt es daneben auch eine Menge pointierter Zweideutigkeiten ohne viel moralischen Hintergrund: es sind dies die Witze aus dem Bahncoupé der Handlungsreisenden, die im Osten fast ausschließlich Juden waren.

Wieder eine andere Witzgruppe lacht über die Formlosigkeit im koscheren Restaurant. Auch hier mit zweischneidiger Einstellung: der Formlosigkeit wird zugleich eine leise Sympathie entgegengebracht.

Keine Spur von Sympathie jedoch verrät der Witz über den Schmutz in der koscheren Küche. Er ist von einer fast unwitzigen, geradezu pädagogischen Schärfe.

Und nicht ganz klar ist der Hintergrund jener Witze, die sich über die mangelnde Körperreinlichkeit der Juden aufhalten. Schmutz und Ungeziefer gibt es bei der extremen Armut,wie sie im Osten oft anzutreffen war, natürlich immer und überall. Die totale Verschmutzung des Körpers war jedoch gerade bei den Juden durch das Religionsgesetz sehr erschwert. Händewaschen und Vollbäder in fließendem Wasser sind bei ganz bestimmten und sogar häufigen Anlässen ausdrücklich vorgeschrieben. Gleichgültigkeit jeder Körperpflege gegenüber brachte erst das Christentum mit seiner Ablehnung alles Diesseitig-Körperlichen. Während der spanischen Inquisition ging das sogar so weit, daß der Besitz einer Badewanne bei frisch Getauften als Zeichen von Rückfall und Ketzerei ausgelegt und mit dem Tode auf dem Scheiterhaufen bestraft wurde.

Ohne Zweifel sind die Badewitze nicht jüdischen, sondern antisemitischen Ursprunges. Aber die Bereitschaft der Juden zur Selbstkritik bringt es leicht mit sich, daß sie auch den unberechtigten Spott der Feinde in ihre Selbstverspottung einbauen. Bei den Badewitzen hat man oft den Eindruck, als hätte ein Jude zu einem Antisemiten gesagt: »Das kann man doch weit witziger formulieren! Zum Beispiel so:

Hotelportier: ›Herr Fisch, wollen Sie Zimmer mit Bad?‹

Fisch: ›Unsinn! Ich *heiße* doch nur Fisch!‹«

Sehr interessant dagegen ist die Witzgruppe, welche sich mit der Respekt- und Disziplinlosigkeit der Juden untereinander beschäftigt. Eine Haltung, die auch von den Juden selber gern als »typisch jüdisch« bezeichnet wird. Sie hängt, genau wie die Hypochondrie, weniger mit dem Volkscharakter als mit einer bestimmten Exilsituation zusammen. Arthur Schnitzler und Sigmund Freud haben kurz nacheinander den tragischen Hintergrund dieses Verhaltens erkannt: es entspringt der Tatsache, daß die Juden vielerorts eng zusammengedrängt und nahe aufeinander angewiesen leben müssen, nicht viel anders als »aneinandergeschmiedete Galeerensklaven« (Schnitzler). Die erzwungene Intimität vernichtet den gegenseitigen Respekt. Schnitzler gibt ein hübsches Witzbeispiel:

In der Polsterklasse des Expreßzuges sitzt ein Jude einem feinen Herrn gegenüber. Der Jude befleißigt sich bester Manieren. Da fragt der feine Herr: »Wann haben wir Jom Kippur?«[1] Nachdem er so verraten hat, daß er ebenfalls Jude ist, atmet sein Gegenüber mit einem erleichterten »Äsoi!« (= Ach so!) auf und legt ungeniert beide Füße auf die Bank gegenüber.

Indes hat Freud sehr richtig erkannt, daß in diese Disziplinlosigkeit zugleich etwas Positives hineinspielt: die demokratische Gesinnung des Alten Testamentes.

Und schließlich geht der Witz noch einmal einen Schritt weiter und wächst sich eindeutig zum Zweifel an letzten religiösen Tatsachen und an der Richtigkeit der gesamten Weltordnung aus. Schopenhauers Auffassung, daß das Nichts durchaus besser gewesen wäre als die Welt, so wie sie ist, hat bei folgendem Witz Pate gestanden:

Ein Ingenieur kommt in ein galizisches Städtchen, bestellt beim jüdischen Schneider dort eine Hose; die Hose wird nicht rechtzeitig geliefert und der Ingenieur fährt weg.

Jahre später kommt er wieder hin – da bringt der Schneider die Hose.

Ingenieur: »Der liebe Gott hat die Welt in sieben Tagen geschaffen – und Ihr braucht sieben Jahre für eine Hose!«

Schneider, indem er zärtlich über die Hose hinstreicht: »Ja – aber schaut Euch an die Welt – und schaut Euch an diese Hose!«

Man wird keinen zweiten Volkswitz finden, der solche bittere und klare Weisheit auf philosophischer, psychologischer und historischer Ebene hervorzubringen vermag wie der der Juden. Jahrtausendelange Verfolgung einerseits und pausenlose Schulung des Gehirnes ander-

[1] Jüdischer Fasttag.

seits konnten allein zu solchem Ergebnis führen. Wo, außer bei den Juden, fände man z. B. die Gewalt und Gefahr der Massenpsychose, deren Opfer sie selber immer wieder wurden, so zum witzigen Stenogramm geronnen wie in dieser Formulierung:

Joschko sitzt gelangweilt am Fenster und ruft zum Spaß einem vorbeigehenden Bekannten zu: »Auf dem Markt tanzt ein Lachs!«

Der Bekannte dreht sich sofort um und rennt zum Markt. Unterwegs erzählt er die Neuigkeit allen Passanten und bald wälzt sich das ganze Städtchen dem Marktplatz zu.

Da stutzt Joschko und sagt zu seinem Weib: »Ich gehe auch zum Markt! Wer weiß, am Ende tanzt dort wirklich ein Lachs!«

Schließlich sind noch jene jüdischen Witze zu erwähnen, die von einer berühmten Persönlichkeit ausgehen oder ihr doch in den Mund gelegt werden. Wiewohl der jüdische Witz beim Erzähler und Hörer oft ziemliche Bildung voraussetzt, ist er dennoch Volkswitz und meist so anonym wie Volkslied und Volksmärchen. Einige Witze gehen aber nicht nur von bestimmten bekannten Persönlichkeiten aus, sondern porträtieren zugleich die betreffende Situation oder Persönlichkeit. Solche Witze müssen natürlich mit Namensnennung wiedergegeben werden – auf die Gefahr hin, daß es sich im einen oder andern Falle dennoch bloß um eine Wanderanekdote handelt, die nachträglich mit einer passenden Gestalt gekoppelt wurde.

Und dann gibt es noch die sogenannten »Aufsitzer«. Sie ziehen ihre witzige Wirkung aus der Erwartung des Zuhörers, er werde gleich eine prächtige Pointe zu hören bekommen – statt dessen bietet man ihm bewußt einen totalen Unsinn an. Ein Beispiel:

Der eingeladene Schnorrer greift verträumt mit der Hand in die Bratenschüssel und salbt mit der Sauce seine Peies[1].

Die Hausfrau, entsetzt: »Was macht Ihr da?«

Der Schnorrer, verlegen: »Entschuldigen Sie, ich dachte, es ist Spinat!«

Das besonders Komische an diesem Witze ist übrigens, daß er ursprünglich gar nicht als Aufsitzer gemeint war: arme Ostjuden pflegten den Glanz ihrer Peies gern durch Zuckerwasser oder Kompottsauce zu steigern. Ursprünglich hieß es also: »Ich dachte, es ist Kompott!« Der Witz nahm also die Manierenlosigkeit aufs Korn, war durchaus kein Aufsitzer! Indes gewinnt er erheblich in dieser mißverstandenen Form.

Der jüdische Witz ist also, inhaltlich betrachtet, alles folgende: Kampf gegen Druck durch feindliche Umwelt; Kampf gegen Druck durch übermächtige eigene Tradition; Kampf für Lockerung und Freiheit *von* schwer Tragbarem; gleichzeitig Kampf und Einsatz *für* eine neue, neuzeitliche, nicht mehr allgemein-normative, sondern stark personal gefärbte Ethik. Und bei aller Skepsis, bei allem Mißtrauen, bei allem Wissen um die Unzulänglichkeit aller menschlichen Belange klingen bei den besten der jüdischen Witze dennoch im Hintergrund Spuren der prophetisch-messianischen Träume mit, wenn auch manchmal blaß und säkularisiert.

Alle diese Witzelemente sind weitgehend zeit- und situationsbedingt. Daneben aber gibt es ein Element, das in keiner Weise nur neuzeitlich oder nur an das Elend im Exil gebunden ist: es ist dies die bittere Selbstkritik der Juden. Sie kennzeichnet das jüdische Schrifttum von al-

[1] Schläfenlocken. Sie gehören zur Haartracht des orthodoxen Juden im Osten.

lem Anfang an. Man kann die Juden die Erfinder der Geschichtsschreibung nennen. Denn als erste haben sie die Schicksale ihres eigenen Volkes nicht zum Anlaß der Selbstverherrlichung genommen, wie es alle andern Völker damals taten. Ja, sie gingen sogar noch weiter als später die bewundernswert objektiven Griechen: sie gaben nicht nur die Tatsachen alle offen zu, sie nahmen sie sogar zum Anlaß, die eigenen Fehler einzugestehen und, vom göttlichen Gesetz her, scharf zu beurteilen und zu verurteilen. Moses hat über das eigene Volk sehr hart gesprochen, die Propheten taten es später ebenfalls. Die Kritik machte auch vor den eigenen Führern und gekrönten Häuptern nicht halt. Und diese Selbstkritik, die zum wertvollsten und großartigsten am jüdischen Schrifttum gehört, durchprägt auch alle späteren Äußerungen der Juden. Sie kennzeichnet auch den jüdischen Witz.

Kein Wunder jedoch, daß sie mitunter sowohl von Juden wie von Christen als Selbsterniedrigung und mangelndes Selbstbewußtsein mißverstanden und von Juden, die der eigenen Tradition entfremdet sind, abgelehnt wird.

Die Häufigkeit, Schärfe und Tiefe des jüdischen Witzes haben wir aus der besonderen Wehrlosigkeit der Exiljuden leicht erklären können. Der Witz ist die letzte Waffe des Geschlagenen, dem der heroische Kampf, der direkte Weg versagt ist.

Indes ist es klar, daß nicht jeder jüdische Witz sämtliche aufgezählten Dimensionen birgt. Ist jemand gezwungen, ein Instrument dauernd zu gebrauchen, so kommt er leicht dazu, es auch mitunter zu mißbrauchen. Der waffengewohnte Soldat greift manchmal zu rasch zum Säbel oder Revolver. Der witzgewohnte Jude verfällt auf witzige Formulierungen auch dann, wenn die Situation es keineswegs erfordert.

Mit andern Worten: die witzige Haltung wird, oder

genauer: wurde bei manchen Gruppen der Juden endemisch. Und aus dieser Haltung heraus entstanden auch eine Menge Witze ohne viel Hintergrund.

Die Talmudtechnik des jüdischen Witzes

Nicht immer präsentiert sich der jüdische Witz kurz und gewissermaßen nackt. Oft fürchtet er die zu wache Logik, die Kritik an seiner Traumtechnik, und dämpft daher gern die kritische Haltung des Hörers, indem er durch lustige Details, durch eine komische Fassade, durch Späße, die nicht streng zur Pointe gehören, die Vorlust steigert.

Für seine Fassade wählt nun der jüdische Witz gern eine parodierte Technik des Talmuddialoges.[1]

Im Talmudtext gibt es, wie wir bereits ausführten, weder Vokale noch Satzzeichen. Man liest ihn daher gern halblaut und ersetzt die fehlende Interpunktion durch die Sprachmelodik. Diese Eigentümlichkeit findet sich auch im jüdischen Witz. Zwei Beispiele:

Was ist Konsequenz?

Heute so, morgen so.

Was ist Inkonsequenz?

Heute *so*, morgen *so.*

Oder aus dem militärischen Bereich:

Feldwebel: »Einjähriger Katz, warum soll der Soldat gerne für seinen Kaiser sterben?«

Katz: »Recht haben Sie! Warum soll er!«

Typisch für den Talmuddialog ist auch, daß er Vergleiche liebt, jedoch, bei allem Scharfsinn, das Ver-

[1] Vgl. hierzu auch Ernst Simons Aufsatz über den jüdischen Witz. Als Privatdruck erschienen.

gleichsmotiv nie rein herausschält, sondern den gesamten Zusammenhang, dem das Motiv entnommen ist, mit hereinzerrt. Diese scheinbare Unlogik hatte ursprünglich ihren guten Sinn: zunächst wurde der Talmud ja nur mündlich überliefert. Man ergriff daher im Zusammenhang mit Vergleichen gern die Gelegenheit, die betreffenden Teile zu repetieren. In Witzform sieht aber diese Talmudgewohnheit so aus:

Pferdehändler: »Wenn Sie jetzt losreiten, können Sie mit diesem herrlichen Pferd schon vier Uhr früh in Preßburg sein.«

»Und was mache ich vier Uhr früh in Preßburg?«

Typisch für die Talmuddebatte ist auch, daß die Freude am Begriffs- und Gedankenspiel die Gesprächspartner leicht den Ausgangspunkt und das ursprüngliche Ziel der Debatte vergessen läßt. Wieder ein Beispiel:

Der Schadchen hat einen Assistenten mitgebracht. Sie plädieren im Duett:

Schadchen: »Das Mädchen ist aus bestem Haus!«

Assistent: »Die Crême der Crême!«

»Der Vater ist reich!«

»Rothschild ist ein Dreck dagegen!«

»Und schön ist das Mädchen!«

»Wie Sulamith im Hohen Lied!«

»Nur ein klein bißchen schief ist sie leider.«

»Ich sage Ihnen: ein Buckel!«

Soweit der Talmud rechtliche Fragen abhandelt, tut er dies rein kasuistisch. Es ergibt sich daraus die Gewohnheit, sich auf Autoritäten zu berufen. Dies gilt gleichermaßen für rituell-kultische, allgemein religiöse und juristische Fragen. Der nachfolgende Witz parodiert das Zitieren von Autoritäten:

Frisch Verwitweter vor dem Bildnis seiner Frau: »Das bist Du, Teure, wie Du leibtest und lebtest! (plötzlich unruhig:) Ob wir uns am Ende im Jenseits wiedersehen werden? Gibt es denn überhaupt ein Jenseits? (erleichtert aufatmend:) Mein Vetter Bielschofski sagt *nein.*«

Und schließlich wirkt das überschärfte Talmuddenken schon als solches mit seinen abenteuerlich komplizierten Konklusionen erheiternd, gleichgültig, ob es absichtlich von Denkfehlern durchstreut ist oder nicht. Das Buch enthält im Kapitel »Talmudscharfsinn« mehrere Beispiele.

Alle diese Witze bleiben auch wirksam, wenn man nichts von ihrem Ursprung in den talmudischen Gepflogenheiten weiß. Kennt man aber die Eigenart des Talmuds, so steigert sich dadurch das Vergnügen an dem Witz.

Die komischen Namen

Zur komischen Fassade des Witzes gehören auch die lächerlichen Namen der Juden. Sie sind im Grunde grobe Witze antisemitischen Ursprunges. Kein Mensch auf der Welt heißt freiwillig »Treppengeländer« oder »Pulverbestandteil«. In der Donaumonarchie konnten sich meist nur reiche und angesehene Juden gegen solche Scherze der Namensämter zur Wehr setzen.

Auch hier ein Witzbeispiel:

Der Gatte kommt vom namengebenden Amt nach Hause.

Die neugierige Gattin: »Wie heißen wir nun?«

»Schweißloch.«

»Gewalt geschrien! Konntest Du Dir nichts Anständigeres aussuchen?«

»Was heißt ›aussuchen‹ bei dieser Räuberbande von Beamten? Das ›w‹ allein kostet mich schon zwanzig Gulden extra!«

Wenn nun aber die lächerlichen Namen auch kein jüdischer Witz, sondern ein antisemitischer Scherz sind, so läßt sich doch nicht leugnen, daß der Witz von ihnen profitiert. Zudem sind es ja tatsächlich die Namen der Juden, in deren Umkreis die besten und tiefsten jüdischen Witze entstanden. Wir haben aus diesen beiden Gründen die lächerlichen Namen beibehalten.

Örtliche und zeitliche Bindungen des jüdischen Witzes

Der historische Ort des jüdischen Witzes

Kennen wir nun alle Bedingungen und Varianten des jüdischen Witzes, so kennen wir damit zugleich auch die zeitliche und räumliche Stelle, den geometrischen Ort gewissermaßen, wo er entstehen konnte und sogar mußte. Er konnte nur durch das ost- und mitteleuropäische Judentum kurz nach dem Einbruch der Aufklärung geschaffen werden. In Deutschland muß er zur Zeit Napoleons eine Hochblüte erlebt haben. Im Osten blieb er solange gegenwärtig und lebendig, als immer wieder bisher traditionell gebundene Gruppen und Individuen den Zugang zur modernen Bildungs- und Formenwelt suchten und fanden. Diesen ständigen Zustrom talmudisch gebildeter Juden zur neuzeitlichen Form der Geistigkeit gab es bis zum Einmarsch der Hitlertruppen in Polen. Erst mit der Vernichtung des dortigen Judentums hat er ein Ende genommen. Und mit jenem Judentum zusammen ist auch der jüdische Witz gestorben ...

Es fragt sich nunmehr, ob und wo unter den noch existierenden jüdischen Gruppen sich ein Witz ähnlicher Art neu bilden könnte, mit andern Worten: wo heute noch ähnliche Voraussetzungen anzutreffen sind.

Da wären zunächst die Juden in Sowjetrußland. Das alte Zarenreich war mit seinen fragwürdigen sozialen und rechtlichen Zuständen, mit seinen Judenverfolgungen und seinen vielen Zentren spezifisch jüdischer Geistesbildung ein idealer Nährboden für jüdischen Witz gewesen.

Die russische Revolution hatte die Witzigkeit der Juden vorübergehend fast ganz aufgehoben. Hier gab es doch endlich die Möglichkeit zur befreienden Tat! Hier gab es die Hoffnung, das Leben neu und ideal gestalten zu dürfen!

Als die Revolution vorbei war, wachte der Witz wieder auf. Nicht nur bei den Juden übrigens. Auch die nichtjüdische Literatur Rußlands ist in den Zwanziger Jahren ausgesprochen witzig. Denn die Revolutionäre hatten sich von der geplanten Aufhebung der Klassenunterschiede eine totale Wandlung der menschlichen Natur und eine paradiesische Idylle versprochen. Die schmerzliche Enttäuschung machte sich nun in einer Hochflut von witziger Literatur Luft. Katajew, Awertschenko, Soschtschenko sind Namen, die man auch im Westen kennt. Wahrscheinlich ist es aber kein Zufall, daß gerade der Jude Ilja Ehrenburg die Diskrepanz zwischen der revolutionären Forderung und der nachrevolutionären Wirklichkeit in seinem Roman »Das abenteuerliche Leben des Lazik Roitschwanz« am witzigsten und bittersten dargestellt hat, und zwar an einem armen jüdischen Schneider mit talmudisch geschultem Gehirn und chassidisch entflammtem Herz, zu dessen Vernichtung das nachrevolutionäre Rußland und das kapitalistische Ausland gleichermaßen beitragen.

Die Stalinära hat dann sowohl dem nichtjüdischen, wie dem jüdischen Witz in Rußland rasch ein Ende bereitet. An Stelle der idealistischen Erwartung trat jetzt ganz einfach die rasche Industrialisierung in einer kleinbürgerlich-bürokratischen Atmosphäre. Wer trotzdem noch die alten Träume hegte, dem hätte die neue Wirklichkeit natürlich erst recht zum Witze Anlaß geboten. Aber nachdem die Partei mit ihren wechselnden Alltagsforderungen zur alleinseligmachenden und allmächtigen Kirche aufgerückt war, verbot sie sich den Witz einfach. Ihre Parolen durften nicht mehr an etwas Dahinterliegendem gemessen werden, wie der Witz es tat. Die witzigen Köpfe waren zum Schweigen, mitunter sogar zum Tode verurteilt.

Und inzwischen wuchs in Rußland eine neue Jugend heran, welche die ursprünglichen Forderungen der Revolution kaum mehr kannte. Für sie gab es nur noch Parteiparolen. Die neue Jugend hatte nichts mehr abzureagieren, sie brauchte keinen Witz.

Für die Juden in Rußland lagen die Dinge anders. Zweitausend Jahre alte Messiasträume waren für viele von ihnen mit den Forderungen der Revolution zur Einheit zusammengeschmolzen. Diese altneue Erwartung ließ sich nicht ohne weiteres in Parteiparolen ersticken. So wurden die Juden plötzlich wieder zum störenden Fremdkörper. Wenn Witz auch öffentlich verboten war – untereinander hätten die Juden ihn jetzt schon brauchen können, um die bittere Gegenwart auszuhalten.

Inzwischen war aber den sowjetischen Juden das Studium ihres eigenen, religiösen Schrifttums verboten worden. Damit fiel die großartige Geistesschulung dahin, ohne die der jüdische Witz auf die Dauer kaum gedeihen kann.

Und im heutigen Mitteleuropa? Von den kläglichen Gruppen der Überlebenden ist eine neue Belebung des jüdischen Witzes kaum zu erwarten.

Frankreich? Dort lagen die Dinge von Anfang an anders als in Mittel- und Osteuropa. Die Juden erlangten die bürgerliche Gleichberechtigung zusammen mit allen andern bisher Rechtlosen in der Französischen Revolution. Die Ideale der Revolution aber – Gerechtigkeit und soziale Gleichheit – stehen in keinem Kontrast zur Idealwelt der biblischen Propheten. Sie sind im Grunde nichts als säkularisierte Prophetenforderung. Um sich an eine solche bürgerliche Welt anzugleichen, mußte der Jude keine seiner bisherigen Traditionen radikal verraten. Er brauchte sich weder taufen zu lassen noch für romantisch-antihumane Ideen zu schwärmen wie in Deutschland. Weder der antisemitische Dreyfusprozeß der Jahrhundertwende noch die nazifreundliche Vichy-Regierung sind ein Gegenbeweis: Denn beide entsprachen nicht den geistig-moralischen Postulaten des offiziellen nachrevolutionären Frankreichs.

In Deutschland war das anders gewesen. Die politischen und geistigen Ideale des Großteils der gebildeten Deutschen entstammten der antirationalen und antidemokratischen Romantik. Restlose Angleichung bedeutete hier für den Juden den völligen Bruch mit der eigenen Tradition. Ein Vorgang, der als solcher schon den Witz unmittelbar herausforderte. Und auch diese besondere Fremdwelt selber mußte, bei all ihrer Großartigkeit, mitunter den kritischen Witz der Juden provozieren. Heinrich Heine, Karl Kraus, und auf weniger bedeutsamer Ebene auch Kurt Tucholsky, sind Beispiele für diese besondere Abart der witzigen Einstellung.

Wir kommen zu England. Zum großen Teil suchten und suchen die dortigen Juden eifrig die Angleichung an die Umwelt, obwohl die englischen Traditionen und Rittertumsideale ihnen noch weit fremder sind als die Geisteswelt der Deutschen. Obendrein wurde und wird das eigene traditionelle Schrifttum von den Juden Englands wenig gepflegt. Viel jüdischer Witz ist aus einer so assimilationsbereiten Gruppe kaum zu erwarten.

Und nun Amerika. Einerseits liegen hier die Dinge ähnlich wie in England: Die geistigen Ideale der gebildeten Deutschen mochten zum Teil denen der Juden diametral entgegenlaufen – es waren doch eben geistige Ideale, und als solche den Juden letztlich nahe vertraut.

In Amerika aber sind nicht einmal die Hochschulen primär auf geistige Werte ausgerichtet. Ein College ist stolz auf seine besten Fußballer, nicht auf seine brillantesten Köpfe. Dem Großteil der Juden ist eine solche Einstellung fremd. Obendrein schließt sich die amerikanische Oberschicht ohnehin gegen Einwanderer aus dem Osten und Süden, und schon gar gegen Juden ab. Der fraglos grobe Antisemitismus dieser Elite hat aber für das Gros der Juden drüben keine zu große Bedeutung: es gibt trotzdem ganz ordentliche Entwicklungsmöglichkeiten für einen jeden.

Natürlich trägt der eine oder andere Jude dennoch seelische Wunden davon. Da aber rächt es sich, daß in Amerika die Talmudschulung zunehmend verloren geht. An die Stelle des geistvollen jüdischen Witzes tritt drüben mehr und mehr die Flucht in die psychoanalytische Behandlung. Auch sie lehrt schließlich, genau wie der Witz, die miserable Wirklichkeit zu durchschauen und sie dennoch mit guter Haltung zu ertragen. Aber der Witz war, ganz abgesehen von seiner Genialität, wesentlich billiger, weniger zeitraubend, und letztlich wohl auch heilsamer.

In den orientalischen Ländern stellt sich das Problem der Assimilation gar nicht, und überhaupt liegen dort die Dinge so völlig anders, daß sich ein Witz von der Art des geschilderten dort nie entwickeln konnte.

Zuletzt wollen wir noch Israel erwähnen. Immer wieder tauchen ganz hübsche neue Witze aus israelischem Milieu auf. Sie können vielleicht vorübergehend die Täuschung erwecken, daß es dort ein lebendiges, neues Witzschaffen gibt.

Sieht man jedoch genauer zu, dann erkennt man rasch, daß die meisten dieser Witze von der Exilsituation her gespeist sind. Sie schöpfen ihre Pointe daraus, daß sie dem israelischen Bürger eine unveränderte Exilmentalität andichten, die im eigenen Lande deplaziert, sinnlos und folglich komisch wirkt. Sie malen einen Israeli, der die Hunde fürchtet, genau wie der arme Hausierer auf den europäischen Landstraßen, und der die staatliche Ordnung und den Militärdienst scheut, die in gewissen europäischen Staaten für den Juden tatsächlich eine reine Zumutung waren. Während daher der alte Militärwitz aus Rußland eine tiefe, humane Tendenz barg, lacht man über den israelischen Militärjux nur, weil alles, was er vom Israeli erzählt, nicht wahr ist.

Daneben gibt es Israelwitze, welche die Konflikte der verschiedenen Einwanderergruppen miteinander schildern. Diese Witze unterscheiden sich nicht von jenen, die man über die Feindschaft zwischen den Bayern und Preußen, oder, in der Schweiz, zwischen Zürchern und Baslern erzählt.

In jedem Falle stehen und fallen auch diese Witze mit der Beziehung auf die europäische Heimat des Einwanderers.

Der Israeli selber jedoch erzeugt kaum einen neuen und eigenartigen Witz. Er hat keinen Witz, weil er ihn nicht braucht. Greift man den Juden in Israel an, so kann er sich, statt mit dem Witz, wieder mit der Waffe wehren, genau wie sein Vorfahre in biblischer Zeit. Das neue Israel ist witzlos wie die Bibel.

Wohin man blicken mag – die Bedingungen, welche den jüdischen Witz erzeugt haben, findet man nirgends wieder. Ein Teil des jüdischen Volkes hat den Naziterror zu überleben vermocht – nicht aber sein Witz. Er gehört heute der jüdischen Vergangenheit an, genau wie das deutsche Volksmärchen der deutschen Vergangenheit angehört.

Wir können ihn nur noch sammeln, und, solange er uns in seinen Voraussetzungen noch nicht zu fremd geworden ist, verstehen.

Die Sammlung: Der jüdische Witz

Unübertroffen

Abends sucht Naftali auf der Hauptpromenade bei der einzigen Laterne des Städtchens etwas am Boden.

»Was hast du verloren?« wollen die Passanten wissen.

»Einen Gulden, er muß mir aus der Tasche gerutscht sein.«

Die Passanten helfen suchen, finden nichts und fragen: »Bist du sicher, daß du den Gulden hier verloren hast?«

»Aber woher denn! Verloren hab ich ihn auf dem Hof der Schul *(Synagoge).*«

»Ja – warum suchst du dann hier?!«

»Hier ist es doch sauber und hell! Das würde euch so passen, daß ich dort im Dunkeln im Dreck herumkrieche!«

Ein schöner Sommermorgen. Ein Jude spaziert im Stadtpark, ein Hündchen läuft hinter ihm her. Da kommt ein Polizist und sagt streng: »Nehmt den Hund an die Leine! Sonst zahlt Ihr Strafe!«

Der Jude geht wortlos weiter.

Der Polizist wird böse: »Wenn Ihr nicht sofort den Hund an den Riemen nehmt, zahlt Ihr eine Geldbuße!«

Der Jude geht weiter.

Da zieht der Polizist sein Notizbuch hervor, schreibt

etwas hinein und reicht das Blatt dem Juden mit dem Befehl: »Drei Zloty!«
Der Jude bleibt stehen: »Warum soll ich zahlen? Das ist doch nicht mein Hund!«
»So? Und warum läuft er Euch nach?«
»Nu – Ihr lauft mir doch auch nach und seid nicht mein Hund!«

Was ist der Unterschied zwischen Baron Rothschild, Kaiser Wilhelm II. und Zar Nikolaus II.?
Rothschild hatte einen reichen Taten *(Vater)*, Wilhelm einen tatenreichen Taten und der Zar einen attentatenreichen Taten.

Kohn gibt an der Post ein Telegramm an seinen Geschäftsfreund Grün auf: »Akzeptiere Ihre Offerte. Brief folgt. Hochachtungsvoll Kohn.«
Der Schalterbeamte gibt den freundlichen Rat »›Hochachtungsvoll‹ könnten Sie eigentlich weglassen.«
Worauf Kohn, verwundert: »Nanu, woher kennen Sie den Grün?«

Frau Rosenzweig erhält von ihrem Gatten ein Telegramm.
»Eintreffe 17.30 Westbahnhof mitbringe Klapperschlange.« Die Gattin ist pünktlich beim Zug, der Mann steigt aus, Begrüßung. Die Frau mustert das Gepäck: »Wo ist die Klapperschlange?«
»Ach was, Klapperschlange! Es waren noch zwei Worte frei – ich werd doch der Post nix schenken!«

»Herr Post-Restante-Beamter, ist ein Brief für mich da?«
»Wie heißen Sie?«

»Was geht Sie das an?«
»Wie kann ich Ihnen sonst Ihren Brief geben?«
»Aha. Ich heiße Schabbeskugel *(Schabbes = Sabbat. – Kugel = auflaufartige Süßspeise).*«
»Nein. Es ist kein Brief für Sie da.«
»Ae Kunststück! Ich heiße ja auch gar nicht Schabbeskugel.«

»Papa, auf dem Jahrmarkt habe ich ein Kalb mit zwei Köpfen und sechs Beinen gesehen!«
»Das ist noch gar nix! Ich habe einen Buchhalter – der hat gar keinen Kopf und X-Beine.«

Der fünfzigjährige Kohn will ein zwanzigjähriges Mädchen heiraten. Sein guter Freund will ihm abraten: »Bedenk doch, nach zehn Jahren bist du sechzig und sie dreißig. Nach weiteren zehn Jahren bist du siebzig und sie vierzig – na, und was brauchst du so eine alte Frau?«

Der achtzigjährige Schmerel hat sich ein junges Weib genommen – o Wunder, sie bekommt ein Kind! Tief nachdenklich begibt er sich zum Rebben *(Rebbe = Rabbi):* »Rebbe, wie ist das nur möglich?«
Der Rebbe: »Ich will es dir erklären: In Afrika spaziert einer mit dem Sonnenschirm durch die Wüste – da kommt ein Löwe! Rasch gefaßt legt der Mann mit dem geschlossenen Schirm auf den Löwen an und sagt: ›Puff!‹ – und siehe da, der Löwe fällt tot zu Boden.« –
»Wie ist das möglich?« –
»Hinter dem Spaziergänger stand ein Schütze mit Gewehr, und er hatte gleichzeitig geschossen!«

Der achtzigjährige Sami hat die achtzehnjährige Rebekka geheiratet, und siehe da: es stellt sich Nachwuchs ein. Darob recht verwundert, geht Sami zum Rabbi; wie so etwas möglich sei?
»Sami, das ist eben ein Wunder!«
»Ein Wunder?«
»Nun, ist das Kind von dir, dann ist's ein Wunder. Und ist es nicht von dir – ist's ein Wunder?«

Itzig kommt am Freitagnachmittag in ein Versicherungsbüro, um eine Lebensversicherung abzuschließen. Der Beamte wundert sich:
»Sie sind doch schon ziemlich alt für so etwas!«
»Achtzig Jahre.«
»Und da wollen Sie eine Lebensversicherung abschließen?! Na, jetzt schließen wir ohnehin gleich das Büro. Kommen Sie morgen wieder!«
»Morgen kann ich nicht: Schabbes!«
»Dann kommen Sie am Montag.«
»Geht auch nicht. Am Montag hat mein Vater Geburtstag.«
»Himmel! Sie haben noch einen Vater? Wie alt ist er?«
»Hundert Jahre.«
»Was!! Gratuliere! Also kommen Sie halt Dienstag.«
»Geht auch nicht. Da heiratet mein Großvater.«
»Großvater haben Sie auch!? Wie alt ist denn der?«
»Hundertzwanzig Jahre.«
»Und will noch heiraten?!«
»Was heißt will! Er muß!!«

Schmul will einen Hund kaufen und geht in die Tierhandlung.
Vor einer riesigen Dogge bleibt er interessiert stehen.
»300 Zloty«, sagt der Tierhändler.

Schmul zeigt auf einen hübschen Dobermann.
»500 Zloty«, sagt der Verkäufer.
Schmul erblickt einen kleinen Foxterrier. Es erweist sich, daß der 1000 Zloty kosten soll.
Schmul betrachtet fasziniert einen winzigen Zwergrattler.
»2000 Zloty«, erklärt der Verkäufer.
»Sagen Sie«, fragt Schmul neugierig, »und was kostet bei Ihnen *gar kein* Hund?«

»Mit meinem Hund hab' ich einen Zustand in meinem Geschäft! Erst hatte ich einen Kommis namens Katz: da hat der Hund den Katz gebissen. Ich habe schließlich den Katz entlassen müssen. Der neue Kommis heißt Eckstein – und nun ist es noch viel schlimmer!«

Für den nachfolgenden Witz muß man wissen, daß der Gedanke der Seelenwanderung in der Spätantike tatsächlich auch im jüdischen Schrifttum Eingang gefunden hat.
Der arme Hausierer erzählt seiner Frau: »Als ich zu dem Gutshof kam, ging ein Stier auf mich los. Ich glaubte mich schon verloren, aber da kam ein Rudel schmutziger Köter, und mit ihrem Gekläff haben sie den Stier vertrieben.«
Die Frau, tief gerührt: »Diese Köter – das können in Wirklichkeit nur unsere seligen Vorfahren gewesen sein!«

Ein Satz, in welchem das Wort »mühsam« siebenmal vorkommt:
Mir ist *mies am* Montag, mir ist *mies am* Dienstag usw.

Zwei Juden sitzen im Restaurant. Einer von ihnen ist blind.
»Willst du ein Glas Milch?« fragt der Sehende.
»Beschreib mir doch einmal die Milch!« bittet der Blinde.
»Milch – das ist eine weiße Flüssigkeit.«
»Schön. Und was ist weiß?«
»Nu – weiß ist zum Beispiel ein Schwan.«
»Aha. Und was ist ein Schwan?«
»Ein Schwan? Das ist ein Vogel mit einem langen krummen Hals.«
»Gut. Aber was ist krumm?«
»Krumm? Ich werde meinen Arm biegen, und du wirst ihn abgreifen. Dann wirst du wissen, was krumm heißt.«
Der Blinde tastet sorgfältig den aufwärts gebogenen Arm des andern ab und sagt dann verklärt:
»So, endlich weiß ich, wie Milch ist.«

Dieser Witz findet eine interessante Fortsetzung in der Emigration. Itzig steigt in Australien vom Schiff und begegnet Schmul, der schon früher ausgewandert ist.
»Ein interessantes Land hier«, erzählt Schmul. »Stell dir vor, hier sind die Schwäne schwarz!«
Itzig ist konsterniert: »Und wie erzählt Ihr hier den Witz vom Blinden und der Milch?«

»Blau, ich schütt Dich an mit ä Krug Wasser – und Du wirst nicht naß.«
»Unsinn, das gibt es nicht.«
»Wetten wir eine Krone?«
Grün nimmt einen Krug Wasser und beschüttet Blau von oben bis unten. Blau schreit: »Hör auf! Wir ham doch gewettet, ich bleibe trocken?!«
»Nu – hab ich halt die Wette verloren.«

In das Kontor eines Frankfurter Handelsherrn stürzt der aufgeregte Kommis: »Herr Hirsch, mer krieche e Gewitter!«
Der Handelsherr, abweisend: »Was heißt ›mer‹? Gehörese mit zur Firma?«
»Also gut, kriechese 's Gewitter allai!«

Im Bahncoupé unterhält sich Graf Esterhazy mit seinem Visavis.
Schließlich stellt er sich vor: »Ich bin Graf Esterhazy.«
Der andere Herr: »Sehr erfreut. Ich bin der Große Gott.«
Graf Esterhazy, beleidigt: »Sie! Sie spielen sich mit mir!«
Der andere: »Aber nein! Ich bin Reisender. Und wo ich hinkomm, schreien die Leute: ›Großer Gott, sind Sie schon wieder da!‹«

Man hat den armen Verwandten aus der Provinz zu Tische geladen. Als das Gulasch aufgetragen wird, greift er plötzlich mit der Hand in die Schüssel hinein und bestreicht sich mit der Sauce die Peies *(Schläfenlocken, wie sie von orthodoxen Ostjuden getragen werden).* Die Hausfrau sieht ihm entgeistert zu und fragt entsetzt: »Was machen Sie da?«
Der Verwandte, erschrocken zur Besinnung kommend: »Ach, entschuldigen Sie bitte, ich dachte, es sei Spinat.«

Zirkus in Tel Aviv. Ein Artist türmt Tische und Stühle aufeinander, ganz oben balanciert er im Kopfstand auf einem Besenstiel und spielt dazu Geige.
Da sagt Baruch leise zu seiner Frau: »Haifetz *(berühmter russisch-jüdischer Violinist)* ist er keiner!«

Kommerzienrat Levy feiert das fünfzigjährige Bestehen seiner Firma und sagt zu seinem Prokuristen Krotoschiner: »Hören Sie zu, ich möchte gern feiern das Jubiläum meiner Firma. Es soll auffallen, meine Angestellten sollen sich freuen, aber kosten darf es nichts.«
Darauf Krotoschiner: »Herr Kommerzienrat, hängen Sie sich auf! Das fällt auf, es kostet nix, und ihre Angestellten freuen sich.«

»Wie viele Angestellte haben Sie in Ihrem Betrieb?«
»Zwölf – oder eigentlich nur elf: einer sitzt immer auf dem Klosett.«

Der alte Tortschiner klärt seinen Sohn über ökonomische Zusammenhänge auf: »Alles, was selten ist, ist teuer. Ein gutes Pferd ist selten. Darum ist es teuer.«
»Aber Papa«, wendet der Sohn ein, »ein gutes Pferd, das billig ist, ist doch noch seltener.«

Der Angestellte rennt im Büro auf und ab und jammert: »O Gott! Dieses Kopfweh! Ich *verliere* noch meinen *Verstand!*«
Der Chef: »Herr Kalkstein, wenn Sie krank sind, dann gehen Sie nach Hause! Aber hören Sie auf, hier herumzurennen und zu *prahlen!*«

»Schaut her: der Teitelbaum, mit dem ich so viel Scherereien habe, hat Drillinge bekommen! Recht geschieht ihm! Soll er auch einmal merken, wie einem zumute ist, wenn man mehr geliefert bekommt, als man bestellt hat!«

Blau und Weiß haben sich zerstritten. Herr Blau geht auf der Straße und sieht Herrn Weiß am Fenster stehen: »Herr Weiß, wenn ich so scheen wär' wie Sie, steckat

(steckte) ich lieber mein Toches *(den Allerwertesten)* zum Fenster hinaus!«
Weiß: »Hab ich getan – haben alle Lait gesagt: ›Hab die Ehre, Herr Blau!‹«

Auf dem Bahnsteig rennt ein Jude den Zug entlang und schreit: »Rubinstein, Rubinstein!«
Aus einem Coupé streckt einer den Kopf heraus; da haut ihm der auf dem Perron eine kräftige Ohrfeige und rennt wieder weg. Alle lachen, auch der Gehauene.
»Hör mal«, sagt sein Visavis verwundert, »wir alle lachen über *dich,* aber worüber lachst denn du?«
»Habt ihr eine Ahnung! Ich bin doch gar nicht Rubinstein!«

Ein Sportschwimmer hat bei Calais den Ärmelkanal durchquert. Als er an Land steigt, umringen ihn jubelnde Massen. Ein Jude tritt interessiert auf den Schwimmer zu und fragt: »Wußten Sie nicht, daß hier ein Dampfer verkehrt?«

Stell dir vor, gestern besuchte ich meinen Freund Kohn. Ich komme zu seiner Türe, mache auf – ist zu! Ich läute – ist keine Klingel da! Nu, bin ich gar nicht hingegangen.

Einem alten Juden entfährt im Bahncoupé ein unanständiger Ton. Er ist tödlich verlegen. Die junge Dame ihm gegenüber erklärt voll Empörung: »Unerhört! So etwas ist mir noch nie passiert!«
Darauf der alte Jude: »So, Ihnen ist das passiert. Ich habe gemeint, mir ist es passiert; ich hab keinen Kopf mehr.«

Ein Jude kauft in der Drogerie Mottenkugeln. Nach einer Stunde ist er wieder da und verlangt noch ein Kilo Mottenkugeln. Nach ein paar Stunden will er schon wieder zwei Kilo Mottenkugeln haben. Der Drogist: »Wozu um Himmels willen brauchen Sie so viele Mottenkugeln?«
»No – was glauben Sie – bis man so ein Vieh trifft!«

Ein reicher Kleinstadtjude erblickt in der Auslage eines Juweliers der Kreisstadt zwei juwelenverzierte Anhänger, die ihm gefallen: einen Schmetterling und ein Kruzifix. Er gibt sich keine Rechenschaft über den religiösen Sinn der kleinen, goldgeschmiedeten Figur am Kreuze, und da ihm bis zur Abfahrt seines Zuges nur wenig Zeit bleibt, will er das übliche Markten radikal abkürzen. Er öffnet die Tür des Juweliergeschäftes und ruft hinein: »Unter was *(gemeint ist: unterhalb von welchem alleräußersten Preis)* geben Sie nicht heraus den Flatterer, den schönen, und was darf *(jiddisch = soll)* kosten der Turner, was liegt daneben?«

»Herr Kommerzienrat, Ihr Herr Sohn studiert in Wien? Was wird er sein, wenn er fertig ist?«
»Ich fürchte: ein alter Jude.«

Ein Gast kommt ins Restaurant und trägt eine Spargelstange hinterm Ohr. Der Ober ist sprachlos, wagt aber nichts zu sagen. Von da an kommt der Gast täglich – immer mit der Spargelstange am Ohr. Schließlich nimmt sich der Ober einen Anlauf und sagt sich: Wenn er heut wieder kommt – dann frag ich ihn! Der Gast kommt wieder. Heute aber hat er eine Petersilienstange hinterm Ohr stecken.
Der Ober: »Entschuldigen Sie, mein Herr, darf ich

fragen: warum tragen Sie eine Petersilienstange am Ohr?«
»Ja – wissen Sie: heute habe ich keinen Spargel bekommen.«

Ein Dorfjude kam in die Stadt, aß in der billigsten Wirtsstube für dreißig Kopeken und ging hinaus. Ein Bedürfnis überkam ihn, und da er von zu Hause keine Toiletten kannte, setzte er sich an die nächstbeste Ecke. Sofort kam ein Polizist und zog einen Rubel Buße ein.
»Unverständlich sind die Städter«, fand der Dorfjude, »für das Essen verlangen sie nur dreißig Kopeken – und *dafür* einen ganzen Rubel!«

Berel, Nichtschwimmer, plätschert im seichten Fluß – plötzlich gerät er in eine tiefe Stelle und brüllt um Hilfe.
Schmerel: »Berel, was schreist du?«
»Ich habe keinen Grund!«
»Wenn du keinen Grund hast – was schreist du dann?«

Der Richter: »Zeuge, ich muß Sie auffordern, immer nur das auszusagen, was Sie mit eigenen Augen gesehen und nicht, was Sie von andern gehört haben. – Zuerst muß ich einige Fragen an Sie stellen. Zeuge, wann sind sie geboren?«
Rosenblum: »Nu, Herr Richter, auch das weiß ich nur vom Hörensagen.«

Zum Schluß des Wohltätigkeitskonzertes versteigert die reizende Sängerin einen Kuß. Der Vorsitzende des Vereins besteigt das Podium und beginnt: »50 Mark für einen Kuß, 70 Mark zum Ersten, zum Zweiten ...«
Da kann die Gattin des Kaufmanns Goldblum nicht mehr an sich halten und ruft dazwischen: »Ech geb drei Küß for zwanzig Mark!«

In einem podolischen Nest bleibt ein Reisender mit seinem Automobil stecken. Alle Mühe, den Wagen selber zu reparieren, ist vergeblich. Man ruft den jüdischen Dorfklempner. Dieser öffnet die Motorhaube, blickt hinein, versetzt dem Motor mit einem Hämmerchen einen einzigen Schlag – und der Wagen fährt wieder!
»Macht 20 Zloty«, erklärt der Klempner.
Der Reisende: »So teuer?! Wie rechnen Sie das?«
Der Klempner schreibt auf:

Gegeben a Klopp	1 Zloty
Gewußt wo	19 Zloty
Zusammen	20 Zloty

Itzik trifft Freitag abend in Przemysl bei Verwandten ein und wird zu Tisch geladen. Es gibt herrlichen gesülzten Karpfen.
Die Verwandten wollen wissen: »Was macht Muhme Sosia?«
»Gestorben«, erklärt Itzik, und während die Weiber in Geheul ausbrechen und die Männer trübsinnig mit dem Kopf schaukeln, nimmt er sich ein riesiges Mittelstück vom Fisch.
Man bringt die gefüllte Gans mit Knödeln herein.
»Und was macht Vetter Josse?« fragen die Gastgeber.
»Ertrunken«, meldet Itzik. Während das Gejammer neu losbricht, nimmt er die Gans Stück um Stück auf seinen Teller.
Zuletzt bringt man herrlichen, knusprigen Apfelstrudel.
»Was macht Josses Schwiegermutter?« forschen die Damen.
»An Altersschwäche verschieden«, behauptet Itzik.
Diesmal stößt er aber auf Widerspruch.
»Das kann nicht stimmen«, meint ein anderer Gast, »ich

habe die alte Dame vor zwei Tagen auf der Kurpromenade in Karlsbad gesehen.«
»Mag sein«, gibt Itzik gleichmütig zu. »Solange ich esse, sind alle für mich tot.«

Nuchim sitzt mit den Kindern beim Essen. Da kommt ein Hausierer herein und bietet unter anderm altes Eisen an.
»Wozu braucht ein Mensch altes Eisen?« fragt Nuchim.
»Man kann vieles daraus machen«, belehrt der Hausierer. »Drähte. Hufeisen. Oder eine Pistole ...«
»Eine Pistole!« schreit Nuchim auf. »Kinder: weg!«

»Schloime, was ist das: es hängt an der Wand, ist grün und pfeift.«
»Nu – sag schon!«
»Ein Hering.«
»Unsinn! der hängt doch nicht an der Wand!«
»Kannst ihn hinhängen.«
»Und grün ist er auch nicht!«
»Kannst ihn anstreichen.«
»Und er pfeift doch nicht!«
»Nu – pfeift er halt nicht.«

Kohn und Grün sitzen in der Eisenbahn. Über dem Kopf von Kohn liegt im Gepäcknetz eine riesige Kiste. Der Schaffner kommt und sagt zu Kohn: »Die Kiste kann nicht als Handgepäck mitgehen. Sie müssen sie aufgeben.«
Kohn erklärt entschieden, daß er die Kiste nicht aufgeben wird. Streit, Lärm – aber Kohn bleibt hart.
Der Kontrolleur kommt. Vergebens.
Schließlich holt man auf einer Station die Bahnpolizei.

Der Polizist brüllt: »Sie müssen auf der Stelle die Kiste aufgeben!«
Kohn: »Nein.«
Wütend der Polizist: »Warum denn nicht?«
Kohn: »Weil sie gar nicht mir gehört.«
Allgemeine Bestürzung. »Also, wem gehört sie denn?«
»Meinem Freund, dem Grün da.«
Polizist, Schaffner und Kontrolleur brüllen nun gemeinsam den Grün an: »Sie, Sie, Sie! Warum geben Sie die Kiste nicht auf?«
Darauf Grün: »Es hat mir ja keiner ein Wort gesagt.«

No na!

Die No-na-Witze parodieren die talmudisch-überspitzte Gewohnheit, die Dinge nicht direkt, sondern e contrario, aus dem Gegensatz heraus, zu beweisen.

Gast: »A Kalbsbrust.«
Kellner: »Mit Salat?«
Gast: »No na, mit Büstenhalter!«

Itzik hat bei seinem Vetter Schmul übernachtet. Am Morgen klagt er: »Pfui, ich hab gar nicht schlafen können! Bei Dir tanzen überall Flöhe herum!«
»No na – wegen Dir werd ich das Opernballett bestellen!«

Zwei Juden im eifrigen Gespräch. Plötzlich fällt einer von ihnen in einen offenen Kanalschacht. Der andere merkt es gar nicht, geht zunächst noch redend weiter. Schließlich merkt er es doch, geht zurück und findet seinen Genossen im Kanal stecken:
»Bist du da hinuntergefallen?«
»No na – wohnen werd ich da!«

»Ich mach jetzt eine Hormonkur.«
»Das ist doch für die Katz!«
»No na – für meine Alte werd ich es machen!« *(›Katz‹ = Liebchen.)*

Schmul, im Spital, soll einen Einlauf bekommen und brüllt auf.
»Ist er vielleicht zu heiß?«
»No na, zu süß wird er sein!«

Schmul stürzt auf den Bahnhof, sieht aber nur noch die Schlußlichter des abfahrenden Zuges. Teilnahmsvoll erkundigt sich der Bahnvorstand: »Haben Sie den Zug versäumt?«
Schmul: »No na, verscheucht hab ich ihn!«

Schmul ist von der Straßenbahn abgesprungen und unsanft auf dem Toches *(Gesäß)* gelandet.
»Sind Sie niedergefallen?« fragt ein mitleidiger Passant.
Schmul: »No na, so steig ich immer aus!«

Beim Kartenspiel: »Moische, Du schaust mir in die Karten!«
»No na, hazardieren werd ich!«

Im Stadtpark spielt ein herziges blondes Kind. Ein Erwachsener fragt teilnahmsvoll: »Wie heißest du, Kleiner?«
»Moritz Pollatschek.«
Der Erwachsene, plötzlich höhnisch werdend: »Aber wenn du sehr brav bist, dann sagt die Mame sicher ›Moischele‹ *(Diminutiv von Moische = Moses)* zu dir, nicht wahr?«
»No na – Pollatschek wird sie sagen!«

In der Drogerie.
»Ich möchte für zehn Pfennig Abführpillen.«
»Soll ich sie Ihnen einschlagen?«
»No na! Nach Hause rollen werd ich sie!«

Fremder im Hotel: »Sind Wanzen in dem Bett?«
Wirt: »No na! In der Blumenvase werden sie sein!«

Beim Altkleiderhändler: »In dem Pelz, den Sie mir gestern verkauft haben, waren aber Läuse drin!«
»No na – für den Preis werd ich Ihnen Paradiesvögel hineinsetzen!«

Zwei Reisende sitzen im Abteil. Der Zug setzt sich in Bewegung.
Der eine: »Mir scheint, wir fahren schon.«
Der andere: »No na! Die Fassaden wird man an uns vorbeitragen!«

Schmul ist bei Onkel Itzig zu Besuch. Plötzlich schreit er entsetzt: »Onkel, da an der Wand ist eine Wanze!«
Onkel Itzig: »No na, deinetwegen werd ich einen Rembrandt an der Wand haben!«

Bibel und Talmud

Der Talmud ist ein nachbiblisches Kompendium mit alten Sagen, erbaulichen Erzählungen und vor allem scharfsinnigen religiösen Debatten.

Eine gründliche religiöse Bildung erhielten im Osten nur die Männer. Die Frauen konnten gewöhnlich kaum Hebräisch, daher gab es für sie eine jiddische Übersetzung der Bibel.
Jahr für Jahr liest Gitel die biblischen Geschichten, und wie sie zu der Stelle kommt, wo die Brüder Josef seines Rockes berauben und ihn in ein Loch stoßen, weint sie bitterlich: »Du arme, mutterlose Waise, ach, wie schlecht ist doch die Welt!«
Als sie aber im Jahr darauf die Bibel wieder liest und abermals zu dieser Stelle kommt, fühlt sie kein Mitleid, sondern Zorn und schreit: »Du Trottel! Du verdienst kein Erbarmen! Jetzt hast du doch schon gewußt, wie deine Brüder sind – und da fängst du zum zweitenmal mit ihnen an!«

Berlin in den Zwanziger Jahren. –
Lehrer: »Moritz, zähl mir die zwölf kleinen Propheten auf.«
Moritzl schnurrt herunter: »Ruben, Simon, Levi, Isachar, Sebulun, Josef, Benjamin, Naftali, Gad, Ascher ...«

Lehrer: »Halt, halt! Ephraim, kannst du mir sagen, womit Moritz die zwölf kleinen Propheten verwechselt hat?«
Ephraim, Sohn eines Rechtsanwalts, nach kurzem Nachdenken: »Das, was Moritzl da aufgezählt hat, das sind die Rechtsanwälte am Berliner Landgericht I.«

Warum haben die Juden eine so lange Nase?
Weil sie von Moses vierzig Jahre lang in der Wüste an ihr herumgeführt wurden.

»Ein Glück«, meint Joel seufzend, »daß Moses eine schwere Zunge hatte: er hätte sonst noch wer weiß wie viele Gebote dazuerfunden!«

»Moritzchen, habt ihr im Religionsunterricht die Zehn Gebote schon gehabt?«
»Nein, Onkel, nur die zehn Plagen.«

Zwei Juden sitzen im Bet-Hamidrasch, dem Lernhaus, und klären: »Schloime, mir ist etwas aufgefallen. Es steht geschrieben: ›Am siebten Tage sollst du ruhen, du und dein Sohn und deine Tochter, dein Knecht und deine Magd, dein Vieh und der Fremde ...‹ Bloß von der Frau steht keine Silbe!«
»Chammer *(Esel)*, warum verstehst du nicht? Von der Frau weiß doch ein jeder, daß sie auch am Sabbat keine Ruhe gibt.«

Die Bibel berichtet von Jitro, dem Schwiegervater von Moses, er hätte sieben Namen gehabt.
»Ich habe«, erläutert ein Jeschiwa-Student *(Jeschiwa = Talmudhochschule)* dem zweiten, »lange geklärt, was das zu bedeuten hat, und ich habe es herausbekommen:

Wenn in unserer Stadt ein Jude seine Tochter verheiratet und die Mitgift ausgezahlt hat, pflegt er nachher Pleite anzusagen und einen andern Namen anzunehmen. Jitro hatte sieben Töchter!«

Was ist der Unterschied zwischen den Juden in Babylon und einem Weinhändler?
Die Juden in Babylon saßen beim Wasser und weinten.
Die Weinhändler sitzen beim Wein und wässern.

Schmul stolpert. Jankel grinst schadenfreudig.
Schmul: »Pfui, hast du nicht in der Bibel gelesen, daß man sich nicht einmal über den Sturz des Feindes freuen darf?«
Jankel: »Über den Sturz des Feindes darf man nicht triumphieren, das stimmt. Über den Sturz des Freundes steht aber kein Wort drin!«

»Die Leute nennen Salomon einen weisen Mann, weil er die Mutter eines Kindes ausfindig gemacht hat. Auch ein Kunststück! Den Vater des Kindes hätte er ausfindig machen sollen: das wäre die wahre Weisheit gewesen!«

Gott zum König Ahab: »Wenn du nicht ablässest von deinen Sünden, dann schicke ich dir eine große Dürre.«
Ahab: »Schade. Eine kleine Dicke wäre mir lieber.«

»Joine, du warst doch auf der Jeschiwe *(Talmudhochschule).* Kannst du mir erklären, was das ist: Talmud?«
»Ich will es dir an einem Beispiel erklären, Schmul. Ich will dir stellen eine talmudische Kasche *(= Frage, Problem):* Zweie fallen durch den Schlot. Einer verschmiert

sich mit Ruß, der andere bleibt sauber ... welcher wird sich waschen?«
»Der Schmutzige natürlich!«
»Falsch! Der Schmutzige sieht den Reinen – also denkt er, er ist auch sauber. Der Reine aber sieht den Beschmierten und denkt, er ist auch beschmiert; also wird *er* sich waschen. – Ich will dir stellen eine zweite Kasche: Die beiden fallen noch einmal durch den Schlot – wer wird sich waschen?«
»Na, ich weiß jetzt schon: der Saubere.«
»Falsch. Der Saubere hat beim Waschen gemerkt, daß er sauber war; der Schmutzige dagegen hat begriffen, weshalb der Saubere sich gewaschen hat – und also wäscht sich jetzt der Richtige. – Ich stelle dir die dritte Kasche: Die beiden fallen ein drittes Mal durch den Schlot. Wer wird sich waschen?«
»Von jetzt an natürlich immer der Schmutzige.«
»Wieder falsch! Hast du je erlebt, daß zwei Männer durch den gleichen Schlot fallen – und einer ist sauber und der andere schmutzig?! Siehst du: das ist Talmud.«

Zwei Jeschiwestudenten haben im Bet-Hamidrasch *(religiöses Lernhaus)* beim Licht ihrer bescheidenen Leuchter bis tief in die Nacht hinein gelernt. Jetzt wollen sie ihre Polster auf den Bänken ausbreiten, um zu schlafen – da steigen plötzlich zwei wilde Kosaken durch das ebenerdige Fenster herein, rauben Leuchter und Polster und rennen davon ... Es dauert lange, bis die zwei Studenten sich vom Schreck erholt haben. Dann beginnt der eine zu klären:
»Ich verstehe das nicht. Zu welcher Talmudschule gehören die zwei Kosaken? Wenn zu der, welche behauptet, die Nacht ist zum Schlafen da – wozu brauchen sie dann die Leuchter? Und wenn zu der, welche meint, nachts

müsse man durchstudieren – wozu brauchen sie dann die Polster?«
»Das ist sehr einfach«, entscheidet der zweite, »sie gehören eben zwei verschiedenen Schulen an!«

Von einem Bar-Mizwa, einem jüdischen Konfirmanden, erwartet man einen Bibelvortrag mit Exegese. Man unterscheidet bei solchen Vorträgen drei Elemente: den Passuk = Bibelstelle, die Kasche = Frage, den Teruz = Problemlösung, Antwort.
Der Melamed hat dem unbegabten Bar–Mizwanten mühsam einige solche Passagen eingetrichtert:
»Erstens. Es ist finster und glitschig, und der Malach *(Engel; hier Racheengel)* jagt *(verfolgt).* Ist doch die Kasche: Warum fällt er nicht? Ist der Teruz: Er ist doch ein Malach!
Zweitens. Josef wurde von seinen Brüdern in Ägypten nicht wiedererkannt. Ist doch die Kasche: Wieso erkannten sie ihn nicht? Ist der Teruz: Vorher war er ohne Bart, jetzt war er mit Bart.
Drittens. Noa hatte drei Söhne. Ist doch die Kasche: Wie hat der Tate *(Vater)* geheißen? Ist der Teruz: Er hat geheißen Noa …«
Der große Tag ist da. Der Kandidat steht vor der Gemeinde und verkündet: »Steht da ein Passuk: Es ist finster und glitschig, und der Malach jagt. Ist doch die Kasche: Wie hat der Tate geheißen? Ist der Teruz: Vorher war er ohne Bart, und jetzt war er mit Bart.«

»Moische, was soll eigentlich das ›P‹ im Namen Haman?«
»Im Namen ›Haman‹ ist doch gar kein ›P‹ drin!«
»Wieso ist keines drin?«
»Was soll denn ein ›P‹ im Namen Haman?«
»Das frage ich doch eben!«

Nudeln heißen im Jiddischen ›Lokschen‹, vielleicht von hebräisch ›Lechesch‹ = Holzwolle, oder von ›lakosch‹ = einsammeln.
»Jankel – warum nennt man ›Lokschen‹ ›Lokschen‹?«
»Das ist ganz einfach: sie sind lang wie Lokschen, weich wie Lokschen und sehen aus wie Lokschen – warum also soll man sie *nicht* nennen Lokschen?«

Zwei Jeschiwestudenten unterhalten sich: »Wenn ein Goi *(Nichtjude. Hier im Sinn von Bauer)* einen Hering frißt, entstehen fünf Kasches *(wörtlich Probleme; hier im Sinne von Etappen):*
Erst wässert er den Hering – und säuft das Wasser aus.
Dann enthäutet er den Hering – und frißt die Haut auf.
Hernach zerschneidet er den Hering in kleine Stücke – und nimmt immer drei Stücke auf einmal ins Maul.
Dann gibt er einem zweiten Goi aus seiner Schnapsflasche zu trinken – und trinkt selber aus der Flasche vom zweiten Goi.
Hierauf packt er den zweiten Goi an den Haaren – und der zweite Goi packt ihn an den Haaren ...«
»Falsch. Es sind nicht fünf, sondern fünfzehn Kasches.«
»Wieso fünfzehn?«
»Nu – wann hast du gesehen, daß ein Goi weniger als drei Heringe auf einmal frißt!«

Aus dem Brief eines Ehemannes an sein Weib:
»Teure Riwke, sei so gut und schick mir Deine Pantoffeln! Natürlich meine ich meine und nicht Deine Pantoffeln. Aber wenn Du liest ›meine Pantoffeln‹, dann meinst Du, ich möchte Deine Pantoffeln. Wenn ich aber schreibe: Schick mir Deine Pantoffeln, dann liest Du

›Deine Pantoffeln‹ und verstehst richtig, daß ich meine: ›meine Pantoffeln‹ und schickst mir meine Pantoffeln. Schick mir also Deine Pantoffeln!«

Ehemann, seufzend: »Du heißt Guttchen, weil du ein Böschen bist. Du könntest auch Schönchen heißen, weil du ein Mieschen bist. Du heißt aber Guttchen, und nicht Schönchen, weil du noch beeser bist, als du mies bist. Und nun geh zum Spiegel und sieh, wie mies du bist. Dann wirst du wissen, wie bees du bist.«

Ein Jude wird mit der Frau eines andern in flagranti erwischt und vor den Rabbiner zitiert.
»Du Lump, du Lümmel!« schreit der Rabbiner.
»Rabbi«, bittet der Ehebrecher, »es steht geschrieben, daß man keinen verurteilen darf, ohne ihn anzuhören.«
Der Rabbiner sieht das ein. Der Sünder beginnt: »Rabbi – darf ich mit *meiner* Frau ein Verhältnis haben?«
»Was für Stuß *(Unsinn)!* Das ist doch selbstverständlich!«
»Rabbi, darf der Mann von der Frau, mit der man mich erwischt hat, mit *seiner* Frau ein Verhältnis haben?«
»Aber das ist doch klar!«
»Darf jener mit *meiner* Frau ein Verhältnis haben?«
»Pfui, was fällt dir ein?«
»Da seht Ihr nun selber, Rabbi: wenn ich sogar ein Verhältnis mit einer Frau haben darf, mit der jener kein Verhältnis haben darf – um wieviel mehr darf ich dann ein Verhältnis mit einer Frau haben, mit der sogar *er* ein Verhältnis haben darf!«

Ein Jude brütet über der Orestie: »Warum wollen die Erinnyen den Orest hargenen *(morden)?* ... Nun ja: Orest hat geharget seine Mutter Klytämnestra – also hat er unrecht, also haben die Erinnyen recht, wenn sie ihn hargenen wollen ... Die Mutter hat doch aber geharget den Vater, den Agamemnon. Also hatte Orest recht, die Mutter zu hargenen, also haben die Erinnyen unrecht, wenn sie ihn hargenen wollen ... Der Vater hat aber geharget die Tochter, die Iphigenie. Also hat die Mutter recht, den Vater zu hargenen, also hat Orest unrecht, die Mutter zu hargenen, also haben die Erinnyen recht, Orest hargenen zu wollen ... Nun aber stellt sich doch heraus, daß der Vater, der Agamemnon, in Wirklichkeit die Iphigenie gar nicht geharget hat. Also hat die Mutter unrecht, den Vater zu hargenen, also hat Orest recht, die Mutter zu hargenen, und also dürfen die Erinnyen den Orest doch nicht hargenen!«

»Joine, warum hat ein Kutscher einen braunen, gelben, weißen oder schwarzen – niemals aber einen grünen Bart?«
Joine: »Das muß man klären!«
Nach einer Weile:
»Joine, weshalb schirrt man das Pferd immer mit dem Schwanz und nie mit dem Kopf gegen den Wagen an?«
»Das muß man klären.«
Am andern Tag verkündet Joine beglückt: »Ich habe beides zusammen geklärt! Wenn der Bart des Kutschers grün wäre, und man würde das Pferd mit dem Kopf gegen den Kutscher anschirren, dann würde ja das Pferd glauben, der Bart ist aus Gras, und würde versuchen, ihn zu fressen!«

»Hast du schon überlegt, wovon der Tee süß wird: vom Zucker oder vom Umrühren?«
»Vom Zucker natürlich.«
»So? Hast du schon Tee getrunken, der nicht umgerührt war? War der Tee etwa süß? Na also!«

»Ja – aber wozu dann der Zucker, wenn es nur auf das Umrühren ankommt!«
»Um zu wissen, wie lang.«

»Wo ist meine Brille, wo ist nur meine Brille? Auf dem Tisch liegt sie nicht, auf der Kredenz liegt sie nicht, auf dem Buch liegt sie nicht, auf dem Bett liegt sie nicht ... Woher weiß ich eigentlich, daß sie nirgends liegt? Weil ich es sehe. Wieso sehe ich es? Ohne Brille kann ich doch gar nicht sehen! Also muß ich sie auf der Nase haben – richtig, da ist sie!«

In einem rein jüdischen Städtchen – sonst hätte man dafür schon einen Goi gehabt! – tutet der Nachtwächter Schloime Grynszpan Mitternacht. Dann zieht er sich in einen dunklen Winkel zurück, lehnt seinen Spieß in die Ecke, löscht die Lampe, stellt sie neben sich und döst mit geschlossenen Augen vor sich hin. Als er einmal blinzelt, sieht er einen Lichtschein. Er schließt wieder die Augen und klärt:
»Sollte es gewesen sein meine Lampe?
Nein, ich habe sie gelöscht.
Sollte es gewesen sein die Laterne auf dem Markt?
Nein, sie wird gelöscht um elf.
Sollte es gewesen sein der Mond?
Nein, es ist Neumond.
Sollte es gewesen sein ein Stern? (berührt den Boden mit der Hand:) Nein, es regnet ...
Feuer!!!«

Das sparsame Wunder.
Der Rabbi erzählt: »Eines Tages fand ein armer Holzhacker einen Säugling mitten im Walde. Wie sollte er ihn ernähren? Er betete zu Gott, und da geschah ein Wun-

der: dem Holzhacker wuchsen Brüste, und er konnte das Kind säugen.«

»Rabbi«, wendet ein Jünger ein, »die Geschichte gefällt mir nicht. Wozu so eine ausgefallene Sache wie Frauenbrüste bei einem Mann? Gott ist allmächtig. Er konnte einen Beutel Gold neben das Kind legen, dann hätte der Holzhacker eine Amme gedingt.«

Der Rabbi klärt lange und entscheidet: »Falsch! Warum soll Gott ausgeben bar Geld, wenn er kann auskommen mit einem Wunder?«

Der Rebbe sitzt untätig, den Blick ins Weite gerichtet. Die Bachurim *(Jünger)* fragen sich: »Was ist los?«

Einer flüstert den andern zu: »Sch, der Rebbe klärt!« *(Klären = scharfes Durchdenken eines komplizierten, vor allem eines talmudischen Problems.)*

Man fragt den Rebbe respektvoll, was er klärt.

Darauf der Rebbe, sehr feierlich: »Ich habe soeben geklärt: As *(jiddisch: als, wenn)* men möcht nehmen alle Bäum, was sennen *(sind)* in der Welt, und machen daraus einen einzigen Baum; und as men möcht nehmen alle Wasser, was sennen in der Welt, und machen ein einziges Wasser; und as men möcht nehmen alle Äxte, was sennen in der Welt, und machen daraus eine einzige Axt; und as men möcht schlagen den Baum, was ist gemacht aus alle Bäum, mit der Axt, was ist gemacht aus alle Axt, so daß er fallt erein in das Wasser, was ist gemacht aus alle Wasser – oi, gibt das a Platsch!«

Während der kommunistischen Wirren in Ungarn nach dem Ersten Weltkrieg wechselt ein ungarischer Jude mit seiner in Karlsbad zur Kur weilenden Frau folgende Telegramme:

Die Frau: »Er sagt operieren operieren.«

Darauf der Mann: »Er sagt operieren operieren.«
Die irritierten Behörden vermuten dahinter einen Kassiber der Putschisten und laden den Juden vor.
Der Jude erklärt: »Das ist ganz einfach. Meine Frau hat sich in Karlsbad von einem Spezialisten untersuchen lassen. Nun telegraphiert sie: ›Der Arzt sagt, ich soll operieren – soll ich wirklich operieren?‹ – Und ich antworte ihr: ›Wenn der Arzt sagt, du sollst operieren, dann sollst du selbstverständlich operieren.‹«

Ein russischer Jude kommt in eine kleine deutsch-jüdische Gemeinde und wundert sich, wie klein das Bethaus ist.
»Da geht doch niemals die ganze Gemeinde hinein!« sagt er zum Schammes *(Synagogendiener).* Dieser erklärt: »Es ist so: würde je die ganze Gemeinde hineingehen, so würde sie natürlich niemals hineingehen. Da aber nie die ganze Gemeinde hineingeht, geht die ganze Gemeinde ohne weiteres hinein.«

Levy hat mit einem Bekannten im Caféhaus Karten gespielt. Es kommt zum Krach, Levy schreit: »Wieso spiele ich überhaupt mit dir? Ich verstehe selber nicht, wie ich mich nicht schäme, mit einem Menschen Karten zu spielen, der sich nicht schämt, mit jemandem Karten zu spielen, der mit einem Kerl, wie er einer ist, Karten spielt!«

Dialog zwischen zwei Freunden: »Du Esel!«
»Wahrscheinlich bin ich wirklich ein Esel … Ist bloß die Kasche *(Problem):* bin ich ein Esel, weil ich dein Freund bin, oder bin ich dein Freund, weil ich ein Esel bin?«

»Was soll das heißen? Sie annoncieren bei Ihrem Grundstück einen Garten. Ist das ein Garten? Zehn Fuß lang und fünf Fuß breit!«
»Nu, die Läng' und Breit' ist nicht besonders. Aber er hat doch eine sehr schöne Höhe!«

Gespräch auf dem Bahnsteig.
»Wohin fährst du?«
»Nach Warschau, Holz einkaufen.«
»Wozu die Lüge? Ich weiß doch: wenn du sagst, du fährst nach Warschau, Holz einkaufen, dann fährst du in Wirklichkeit nach Lemberg, Getreide verkaufen. Zufällig weiß ich aber, daß du tatsächlich nach Warschau fährst, um Holz zu kaufen. Warum lügst du also?«

Nach einem Sturm liegt ein Baumstamm quer über der Straße. Zwei Juden kommen in ihrem Fuhrwerk heran, sehen den Stamm und diskutieren, was man tun könnte. Da kommt in einem zweiten Fuhrwerk ein kräftiger Bauer, steigt ab, packt den Baumstamm und schiebt ihn beiseite. Jankel zu Schloime, verächtlich: »Kunststück, mit Gewalt!«

Der Rabbi sitzt im Fuhrwerk und fährt bergauf. Er sieht Straßenarbeiter beim Pflastern und fragt den Kutscher, wozu das gut sein soll.
»Auf der gepflasterten Straße wird man viel besser bergauf fahren können«, erklärt der Kutscher …
Als sie aber auf der Rückseite des Berges hinunterfahren, sind da wiederum Arbeiter, welche pflastern.
»Daß man den Hinaufweg pflastern will«, sagt der Rabbi weise, »das sehe ich ein. Wozu aber hier, wo es abwärts geht?«

Ein Jude hat von einem Zigeuner ein hinkendes Pferd erstanden. Die andern Juden spotten. Der Jude erklärt: »Das Pferd war billig. Und zudem hinkt es nicht wirklich. Ich habe nachgesehen: es hat einen Nagel im Huf.«
»Meinst du«, fragt ein anderer Jude, »ein Zigeuner läßt sich von einem Juden so leicht hereinlegen? Der Gauner hat den Nagel bloß in den Huf geschlagen, damit du glauben sollst, das Pferd hinke nur deswegen.«
Darauf der Pferdekäufer: »Glaubst du, ein Jude läßt sich von einem Zigeuner so leicht hereinlegen? Ich habe zur Vorsicht mit falschem Geld bezahlt.«

Gespräch in der Eisenbahn.
»Wißt ihr, daß der berühmte Chasan *(Kantor)* Rosenstock in Odessa zwanzigtausend Rubel jährlich verdient?«
Ein zweiter: »Na, das wird ganz schön übertrieben sein!«
Ein dritter zum ersten: »Laß dich nur nicht einschüchtern! Ich weiß, daß du die Wahrheit gesagt hast. Nur daß Rosenstock nicht in Odessa lebt, sondern in Jekaterinoslaw. Und er ist nicht Chasan, sondern Holzhändler, und er *verdient* nicht jährlich zwanzigtausend Rubel, sondern er hat zwanzigtausend jährlichen *Verlust.*«

»Reb Koppel ist gestorben. Gehst du zu seinem Begräbnis?«
»Warum sollte ich? Wird er zu meinem Begräbnis kommen?«

An einem Sabbatnachmittag kommt Itzig Schmul besuchen – was sieht er? Schmul sitzt splitternackt da mit dem Hut auf dem Kopf und studiert in einem Talmudfolianten.

»Schmul! Was sitzest du da ganz ohne Kleider?«
»Ach, es ist so heiß. Und ich dachte, heute, am Sabbat, kommt ohnehin niemand.«
»Aha. Und wozu hast du den Hut aufgesetzt?«
»Nun – ich dachte: am Ende kommt vielleicht doch jemand.«
(Orthodoxe Juden studieren heilige Schriften nur mit Kopfbedeckung.)

London 1914. Eine Gruppe ostjüdischer Einwanderer überlegt aufgeregt, ob es wohl Krieg geben werde. Einer sagt:
»Ich habe keine Angst. Es gibt zwei Möglichkeiten.
Entweder es gibt gar keinen Krieg – dann ist es gut. Oder es gibt Krieg. Dann gibt es zwei Möglichkeiten.
Entweder der Krieg bleibt auf die kontinentalen Gegner beschränkt – dann ist es gut. Oder er weitet sich aus. Dann gibt es zwei Möglichkeiten.
Entweder England wird nicht hineinverwickelt – dann ist es gut. Oder England wird hineinverwickelt. Dann gibt es zwei Möglichkeiten.
Entweder man nimmt nur Freiwillige – dann ist es gut. Oder es kommt zur Zwangsrekrutierung. Dann gibt es zwei Möglichkeiten.
Entweder ich kann mich drücken – dann ist es gut. Oder ich werde mich stellen müssen. Pfui. Aber dann gibt es immer noch zwei Möglichkeiten.
Entweder man erklärt mich für ›untauglich‹ – dann ist es gut. Oder man nimmt mich. Dann gibt es zwei Möglichkeiten.
Entweder ich bleibe in England selber – dann ist es gut. Oder ich muß in den Krieg ziehen. Mies. Aber es gibt zwei Möglichkeiten.

Entweder ich komme zum Roten Kreuz – dann ist es gut. Oder ich werde schießen müssen. Dann gibt es zwei Möglichkeiten.
Entweder ich schieße auf einen Deutschen – dann ist es gut. Oder er schießt auf mich. Bitter. Aber es gibt zwei Möglichkeiten.
Entweder die Wunde ist leicht – dann ist es gut. Oder sie ist schwer. Ai wai. Aber es gibt zwei Möglichkeiten.
Entweder ich werde dennoch gesund – dann ist es gut. Oder ich bin tot ... Nun, ein Toter braucht doch erst recht keine Angst zu haben ...
Aber wo steht es geschrieben, daß ich tot sein werde?«

Wolf und Hersch kommen in Petersburg an der Staatsbank vorbei. Beim Eingang steht ein Wachtsoldat. Wolf wundert sich: »Ist das nicht leichtsinnig, den ganzen Staatsschatz einem einzigen Soldaten anzuvertrauen?«
»Ach«, meint Hersch, »der genügt bestimmt. Es kann ja ohnehin keiner an den Schatz heran.«
»Wozu steht dann der Soldat überhaupt hier?«
»Das ist doch klar: solange er hier steht, kann er nicht anderswo stehlen.«

Wirtschaftskunde.
»Eines verstehe ich nicht, Jossel. Die Post verkauft Zehnkopekenmarken für genau zehn Kopeken. Wo bleibt da der Verdienst? Wovon lebt sie?«
»Das muß man klären ... Ich hab's! Ein Brief für zehn Kopeken darf ein bestimmtes Höchstgewicht haben. Es sind aber viele Briefe leichter. Nun: in der Differenz zwischen dem erlaubten Höchstgewicht und dem Realgewicht der Briefe liegt der Reingewinn der Post!«

Eine Frau, die mit einem kleinen Laden die Familie ernährt, während der Gatte dem Talmudstudium nachgeht, bittet ihren gelehrten Mann, sie für eine Stunde im Laden zu vertreten, bis sie die Sabbatmahlzeit für den kommenden Tag vorbereitet hat. Wie sie zurückkommt – was sieht sie? Zwei Kosaken stehen im Laden, stopfen sich ungeniert die Ware in die Taschen, und ihr Mann schaut seelenruhig zu!
Sie vertreibt die Kosaken und schreit mit ihrem Mann: »Du Taugenichts, Du Batlan *(Nichtstuer)!* Warum hast Du nicht geschrien?« »Was gibt es da zu schreien?« fragt der Mann verwundert. »Wenn Rabbiner plötzlich stehlen würden, dann müßte man schreien. Aber daß Kosaken stehlen – das ist doch ganz normal!«

Aus Gebet und Ritus

Ein Jude betet: »Lieber Gott, du erbarmst dich doch über ganz fremde Leut' – warum nicht über mich?«

Am letzten Tage des Laubhüttenfestes wird um Regen gebetet. Der Vorbeter hat kaum das Gebet zu Ende gesprochen – da beginnt es vom Himmel zu gießen.

»Siehst du«, sagt der Vorbeter stolz zu einem Bekannten, »mein Gebet um Regen ist in der Sekunde erhört worden!«

»Auch ein Wunder«, brummt der Bekannte, »wegen deinesgleichen kam sogar die Sintflut.«

Gebetswunder.

Eine Frau kommt verzweifelt zum Rabbi gelaufen. Ihr Kind hat unstillbare Diarrhöe.

»Sag Tehillim!« *(= Psalmen; sie werden in Notlagen als Gebet gesprochen)* empfiehlt der Rabbi.

Die Jüdin befolgt den Rat, und das Kind wird gesund. Aber nach einigen Tagen ist sie wieder beim Rabbi. Diesmal leidet das Kind an den genau entgegengesetzten Symptomen.

»Sag Tehillim«, meint der Rabbi.

»Aber Rabbi«, ruft die Jüdin entsetzt, »Tehillim stopft doch!«

Es ist eine Ehre, am Sabbat in der Synagoge einen Abschnitt aus den jeweils fälligen Kapiteln der Bibel vorlesen zu dürfen. Für diese Ehre revanchieren sich die »aufgerufenen« Gemeindemitglieder mit Spenden, die aber, da man am Sabbat kein Geld bei sich tragen darf, vom Schammes (Synagogendiener) erst an einem Wochentage einkassiert werden können.
Kohn hat am Schabbes den Maftir *(Schlußabschnitt)* bekommen, hat aber seinen Neder *(Gelübde; gelobte Spende)* nicht bezahlt. Der Schammes sieht ihn zufällig am Bahnhof, läuft ihm nach und macht Krawall. Der Bahnhofvorsteher tritt hinzu und fragt, was hier los sei. Der Schammes, aufgeregt: »Er hat Maftir bekommen und nicht bezahlt!«
Darauf der Bahnhofvorstand, streng: Also entweder zahlen Sie, oder Sie geben ihm sein Maftir zurück!«

Ein Jude betet mit gewaltigem Stimmaufwand. Sein Nebenmann, beschwichtigend:
»Mit Gewalt wirst du hier auch nichts ausrichten!«

Itzig jammert in der Synagoge laut: »Nur zehn Schilling schenk mir, großer Gott, daß ich kaufen kann meinen Kindern ein Brot, nur zehn Schilling schenk mir!«
Da greift neben Itzig ein reicher Jude in seine Tasche: »Da hast du zehn Schilling – aber bitte, lenk ihn mir nicht ab!«

Kalman erblickt am Jom-Kippur, dem Versöhnungstag, seinen Konkurrenten und Feind im Betsaal, streckt ihm versöhnlich die Hand hin und sagt: »Ich wünsche dir alles, was du mir wünschest!«
»Fängst du schon wieder an!« erwidert jener bitter.

Die jüdische Gebetsordnung verlangt, daß an gewöhnlichen Wochentagen die Männer – und nur die Männer! – beim Morgengebet Tefillin (= Gebetsriemen) anlegen.
Ein zwitterhaft veranlagter Jude unterzog sich einer Operation und verließ das Spital als Frau. Nach etlichen Wochen wollte der Arzt wissen, ob der Operierte noch manchmal Bedürfnisse empfinde wie ein Mann.
Der ehemalige Zwitter gesteht: »Ja, vor allem morgens beim Erwachen. Da habe ich immer noch das Gefühl und das Bedürfnis, ich sollte Tefillin anlegen.«

Zwei Jeschiwe–Studenten klären: »Eines verstehe ich nicht, Berel, ein frommer Jude darf nicht ohne Kopfbedeckung herumlaufen. Gut. Aber in der Tora *(Pentateuch)* steht doch kein Wort davon!«
»Das ist wahr, Schmerel, wörtlich drinstehen tut es nicht. Aber die Tora ist voll von Hinweisen. Da steht zum Beispiel: ›Jakob kam von Beerschewa und ging nach Haran …‹ Glaubst du im Ernst, daß ein frommer Jude wie Jakob eine solch lange Strecke ohne Kopfbedeckung marschiert ist?«

Aus einer Synagoge war der ›Schofar‹, das Widderhorn, welches am jüdischen Neujahrsfest geblasen wird, entwendet worden. Die Sache kommt vor Gericht.
»Was ist das: ein Schofar?« will der Richter wissen.
»Ein Schofar?« sagt der Jude verwundert. »Ein Schofar ist ein Schofar.«
Ob er das Wort nicht übersetzen könne?
Nach Meinung des Juden ist es unübersetzbar.
Ja – aber so käme man ja nicht vom Fleck!
Nach langem Nachdenken bequemt sich der Jude zu der Definition: »Ein Schofar ist eine Trompete!«

»Na, sehen Sie«, sagt der Richter zufrieden, »da haben Sie es doch übersetzen gekonnt!«
»Aber Herr Richter«, schränkt der Jude gleich wieder ein: »Ist denn ein Schofar eine Trompete?«

Am Sabbat darf Geld nicht angerührt werden.
Zwei Juden schreiten auf der Landstraße, da fragt der eine den andern: »Wenn du am Schabbes einen Beutel mit tausend Gulden fändest – würdest du ihn aufheben?«
»Wai geschrien!« erwidert der andere, »heut' ist doch gar kein Schabbes – und wo liegt hier ein Beutel?«

Das jüdische Osterfest, Pessach, wird zur Erinnerung an den Auszug aus Ägypten gefeiert. An den ersten beiden Festabenden wird die Festlegende, die Haggada, vorgelesen, und zwar zu Hause, an der festlich nach ganz bestimmten Regeln gedeckten ›Sedertafel‹.
Der jungverheiratete Dorfjude kennt sich in den komplizierten Vorbereitungen für die ›Sedertafel‹ nicht aus und gibt daher seinem Weib den Auftrag, heimlich beim jüdischen Dorfschmied ins Fenster hineinzublicken und dann zu berichten, wie jener es macht.
Das Weib schleicht sich ans Fenster – und was sieht sie? Der Dorfschmied prügelt sein Weib mit der Kohlenschaufel!
Sie kommt nach Hause und schweigt beklommen. Der Mann fragt – sie will nichts sagen. Schließlich wird der Mann wütend und beginnt die Frau mit der Kohlenschaufel zu prügeln. Da weint sie: »Wenn du es doch schon weißt – wozu schickst du mich dann, daß ich beim Dorfschmied hineinschauen soll?«

Die Ostrichtung, in welcher Jerusalem liegt, ist für die Juden geheiligt. Der Ostwand entlang befinden sich daher in der Synagoge die Ehrenplätze, wo respektierte und gebildete Bürger zu sitzen pflegen.
Einem primitiven, reichen Juden ist es gelungen, durch Bestechung des Schammes *(Synagogendiener)* dennoch einen Platz an der Ostwand neben dem Rabbi zu bekommen.
Er möchte gern mit dem Rabbi ins Gespräch kommen. Eben liest man die Psalmenstelle »Adam ubehema toschia Adonai«: Menschen und Vieh errettest du, Herr!
Da fragt der Jude: »Rabbi, warum steht hier das Vieh neben dem Menschen?«
»Das habe ich mich auch schon gefragt«, gibt der Rabbi mit einem Blick auf seinen Nachbarn zu, »ich nehme an, der Schammes ist schuld daran.«

Jankef hat sich ein Pferd gekauft. Aber auf dem Heimweg vom Pferdemarkt bricht ein Sturm los, das Pferd scheut. Da gelobt Jankef: »Lieber Gott, wenn das gut abläuft, will ich das Pferd verkaufen und das Geld für fromme Zwecke spenden.«
Der Sturm legt sich ... Jankef steht wieder auf dem Markt. Er hält das Pferd am Halfter und hat im Arm ein Huhn.
»Wollt Ihr das Pferd verkaufen?« fragt ein Bauer.
»Jawohl«, sagt Jankef, »aber nur zusammen mit dem Huhn.«
»Und was soll beides zusammen kosten?«
»Das Huhn fünfzig Rubel und das Pferd fünfzig Kopeken.«

Eine Jüdin geht über eine schwankende Brücke. »Wenn ich gut hinüberkomme«, gelobt sie, »will ich fünf Gulden in die Armenkasse spenden.«

Inzwischen hat sie schon mehr als die Hälfte der Brücke hinter sich gebracht, und die Angst legt sich. Da überlegt sie: »Fünf Gulden ist viel Geld. Ich werde einen halben Gulden – ach was, ich werde nichts in die Kasse geben!«
In diesem Augenblick beginnt die Brücke zu schwanken.
»Ich habe doch nur Spaß gemacht!« schreit sie angstvoll – »und schon rüttelt er!«

Der Melamed übersetzt Dovidl aus der Bibel: »Watamot – ist gestorben. Sara – Sara. Also wer ist gestorben, Dovidl?«
Dovidl: »Watamot ist gestorben.«
Der Melamed: »Dummkopf, du verstehst mich nicht, ›Watamot‹ heißt deutsch – ist gestorben, Sara – Sara. Also wer ist gestorben?«
Dovidl: »Deutsch ist gestorben.«
Der Melamed: »Idiot, Rindvieh! Watamot – ist gestorben, Sara – Sara. Watamot Sara – Sara ist gestorben. Also wer ist gestorben?«
Dovidl, schluchzend: »Rebbe, ich kenn mich nicht mehr aus. Das ist ja die reinste Seuche! Watamot ist gestorben, Deutsch ist gestorben, und nun ist Sara auch noch gestorben.«

Zwei Juden sitzen im Rettungsboot – weit und breit kein Schiff, kein Land.
»Lieber Gott«, betet der eine, »wenn wir heil davonkommen, opfere ich die Hälfte meines Vermögens für gute Zwecke.«
Sie rudern weiter. Es wird Nacht – immer noch keine Hilfe.
»Herr«, betet der Jude wieder, »wenn Du uns rettest, opfere ich zwei Drittel meines Vermögens.«

Am andern Morgen ist die Lage noch genau so trostlos.
»Herr«, verspricht der fromme Jude, »wenn wir durch Deine Hilfe aus dem Schlamassel herauskommen ...«
»Halt«, schreit da der zweite, »hör auf mit de Angebote! Land in Sicht!«

Im Schaufenster liegt eine Uhr. Ein Kunde betritt das Geschäft und fragt den Ladenbesitzer, einen bärtigen Juden, nach dem Preis.
»Ich verkauf keine Uhren«, erklärt der Jude.
»Ja, aber im Schaufenster ist doch eine Uhr!«
»Gewiß. Das ist so: ich bin Beschneider *(die Beschneidung gehört zum jüdischen Taufritus)* der Kultusgemeinde. Was, glaubt der Herr, soll ich denn ins Schaufenster hängen?«

An der jüdischen Fastnacht werden allerhand Leckereien gegessen. Denn das Fest gilt der Erinnerung an die Errettung der Juden vor den Vernichtungsanschlägen des persischen Ministers Haman. Der Tag zuvor jedoch, ›Taanit Ester‹, ist ein Fasttag, weil auch die Königin Ester fastete, bevor sie es damals wagte, vom persischen König Gnade für die Juden zu erbitten.
»Jankel, heute ist ›Taanit Ester‹, warum fastest du nicht?«
»Weil ich zum Schluß gekommen bin, daß Haman im Recht war und nicht der Jude Mordechai *(der Vetter Esters).* Mordechai hat durch sein respektloses Verhalten gegen Haman das Leben sämtlicher Juden aufs Spiel gesetzt!«
Am Tage darauf treffen sich die beiden wieder: »Jankel, ich hab gemeint, nach deiner Meinung ist Haman im Recht! Was also issest du jetzt auf einmal Nougat und Hamantaschen und trinkst Schnaps dazu?«

»Weißt du, ich habe mir das Problem überschlafen und bin zum Schluß gekommen, daß dennoch Mordechai im Recht war und nicht Haman.«

Die Juden müssen sehr komplizierte Gebote befolgen und sollen nicht nach deren Sinn fragen.
In der Synagoge muß der Vorbeter so deutlich singen, daß die Gläubigen, die kein eigenes Gebetbuch besitzen, alles mitsprechen und so ihre Pflicht erfüllen können. Der Chasan *(Vorsänger)* ist aber schon alt und hat ein schlechtsitzendes Gebiß. Sagt einer zu seinem Nachbarn: »Verstehen kann man das schon nicht. Glauben muß man!«

Wenn in der Pessach-Haggada, der Festlegende der jüdischen Ostern, eine bestimmte Stelle gelesen wird, betritt nach einem alten Glauben der Prophet Elias die jüdischen Häuser. Man öffnet daher für einige Augenblicke für ihn die Türe. –
Die Magd soll die Türe öffnen. Ihr Schürzenband verhakt sich an der Klinke, da errötet die Magd und sagt tadelnd: »Reb Elias! Das paßt sich nicht für Euch!«

Von weisen Rabbinern und von Wunderrabbis

Der Rabbiner des Ostens war nicht in erster Linie Prediger und Vollzieher kultischer Bräuche, sondern Schiedsrichter in rituellen und juristischen Fragen, die er nach talmudischem Recht behandelte.

Eine Frau kommt zum Rabbiner. Sie möchte sich scheiden lassen. Der Mann arbeitet nicht. Sie geht selber verdienen – der Mann nimmt ihr das Geld weg und prügelt sie obendrein. Der Rabbiner schlägt in seinen Folianten nach und erklärt dann: »Ich kann dir nicht zur Scheidung verhelfen. Dein Mann benimmt sich korrekt. Denn es steht geschrieben, der Mann muß seiner Frau geben, was er verdient – und das tut der deine ja: er verdient Prügel – und die gibt er dir!«

Eine junge Frau kommt weinend zum Rabbiner. Sie wohnt mit ihrem Mann bei ihrem Vater – beide prügeln sie!

Der Rabbiner zitiert den Vater zu sich.

»Dein Schwiegersohn«, sagt er ihm, »ist ein stadtbekannter Grobian. Aber du bist doch ein ordentlicher Mensch – wie kommst du dazu, deine arme Tochter zu schlagen?«

»Rabbi«, erklärt der Mann, »ich tue es nur, um meinen Schwiegersohn zu strafen: haut er mir meine Tochter – hau' ich ihm seine Frau!«

Armer Hausierer: »Rabbi, gibt es kein Mittel, bissige Hunde zu beschwichtigen?«
Rabbi: »Es gibt. Ich kenne eine Stelle im Midrasch *(nachbiblische Sammlung von Sagen und erbaulichen Schriften),* welche empfiehlt: Wenn einer von Hunden angefallen wird, soll er sich auf den Boden setzen.«
Zwei Wochen später steht der arme Hausierer wieder vor dem Rabbi, seine Kleider sind zerfetzt, Gesicht und Hände von blutigen Bißwunden übersät: »Rabbi, wie konntet Ihr mir einen so schlechten Rat geben?«
Rabbi: »Was im Midrasch steht, stimmt sicher. Aber es scheint, die Hunde haben nie etwas von jener Midraschstelle gehört.«

»Rebbe, die Toire *(Tora = Pentateuch)* hat e Loch!«
»Red keinen Stuß!«
»Schaut selber Rebbe: Es steht geschrieben ›Du sollst nicht begehren Deines Nächsten Weib‹ – es steht aber nirgends: ›Du sollst nicht begehren Deines Nächsten Mann!‹«
»Nu – soll sie begehren, wenn er nicht darf!«

Zwei Jeschiwe-Studenten debattieren, ob man beim Gemore-*(Talmud-)*Lernen wohl rauchen darf? Sie gehen zum Rebbe.
»Rebbe«, fragt der eine, »darf man beim Gemore-Lernen rauchen?«
»Nein«, entscheidet der Rebbe entrüstet.
»Du hast falsch gefragt«, wirft ihm der zweite vor. Er tritt an den Rebbe heran und fragt: »Rebbe-Leben *(das angehängte Wort ›Leben‹ bedeutet, daß einem der Angeredete so teuer ist wie das eigene Leben),* darf man beim Rauchen Gemore lernen?«
»Aber ja!« entscheidet der Rebbe begeistert.

Ein Jude klagt beim Rabbi, er wohne mit seiner Familie in einem winzigen Stübchen – es sei nicht auszuhalten.
Der Rabbi klärt. Dann fragt er: »Hast du Hühner? Hast du auch eine Ziege?«
Der Jude hat Hühner und auch eine Ziege.
»Nimm die Hühner und die Ziege mit in die Stube hinein!«
»Aber Rabbi! Gewalt geschrien! Wir können uns doch so schon kaum in der Stube umdrehen!«
Der Rabbi läßt sich jedoch nicht erweichen ...
Nach einer Woche kommt der Jude wieder und fleht:
»Rabbi, laßt mich die Tiere in den Stall zurück tun!«
Der Rabbi erlaubt es, und kurze Zeit später fragt er den Juden:
»Nun, wie ist es bei Euch jetzt mit dem Platz?«
»Rabbi«, sagt der Jude glücklich, »wir haben den Eindruck, in einem Riesensaal zu leben!«
Darauf der Rabbi, stolz: »Siehst du!«

Ein Jude will vom Rabbi Rat: Welches Geschäft wird ihn garantiert immer ernähren?
»Werde Bäcker«, rät der Rabbi, »dann hast du bestimmt immer Brot im Haus.«
»Und wenn mir das Geld für das Mehl ausgeht, Rabbi?«
»Dann bist du ja kein Bäcker mehr.«

Kanonisches Eherecht.
Für das Nachfolgende muß man wissen, daß im Jiddischen das Wort ›mögen‹ dem deutschen ›dürfen‹ entspricht.
»Rabbi – mög einer heiraten die Schwester seiner Witwe?«
Rabbi: »Mögen – mag er schon mögen. Aber können – wird er nicht können.«

Die rituellen Speisegebote der Juden sind sehr streng. Im Osten entschied in Zweifelsfällen der Rabbi.
Zum Rabbi kommt eine bekümmerte Jüdin. Ihr Bub hat seine Mütze in das Fleischgericht für Sabbat fallen lassen. Ist die Speise noch koscher? *(das heißt nach den strengen Speiseritualgesetzen zum Genuß erlaubt; als nicht erlaubt oder ›trefe‹ gelten unter anderem Mischungen aus Fleisch und Milch und deren Produkten.)*
Der Rabbi überlegt. Schließlich meint er, das hänge davon ab, was an der Mütze alles geklebt haben könnte.
Die Frau denkt nach: »Dreck wird dran gewesen sein.«
»Dreck – koscher«, entscheidet der Rabbi.
»Vielleicht Ungeziefer.«
»Das kann man herausfischen und wegtun. Koscher.«
»Nun – einen Parech *(Kopfkrätze)* hat das arme Kind, da kann schon etwas davon an der Mütze geklebt haben.«
»Parech – koscher.«
»Das Kind ißt machmal ein Stück Butterbrot. Es kann mit dem verschmierten Finger die Mütze angefaßt haben. Also Butter kann auch drauf gewesen sein.«
»Butter!« ruft der Rabbiner entsetzt. »Trefe!«

Ein Jude kommt zum Rabbi und führt Klage gegen seinen betrügerischen Lieferanten. Der Rabbi hört aufmerksam zu und erklärt dann: »Du hast recht.«
Bald danach kommt der beschuldigte Lieferant und klagt seinerseits über den Ankläger. Der Rabbi hört wieder sehr aufmerksam zu und sagt abermals: »Du hast recht.«
Die Frau des Rabbiners hat beide Entscheide mit angehört, und als der Lieferant weggegangen ist, sagt sie vorwurfsvoll zu ihrem Manne: »Es können doch niemals beide recht haben!«
Da gibt der Rabbi zu: »Du hast auch recht.«

Dem Rabbiner wird mitgeteilt, daß ein braver Mann aus der Gemeinde jung gestorben ist: Der Rabbi wundert sich:
»Was hat ihm denn gefehlt?«
»Er ist verhungert.«
»Kein Jude kann Hungers sterben. Wenn er zu mir gekommen wäre, hätte ich ihn durch die Gemeinde unterstützen lassen.«
»Er hat sich geschämt.«
»Also mit andern Worten: er ist an seinem Stolz gestorben«, erklärt der Rabbi, »am Hunger stirbt ein Jude nie.«

Der Rabbi hat einen neuen Kantor engagiert. »Gewalt geschrien!« klagen die Leute, »der Kantor hat doch überhaupt keine Stimme!«
Darauf der Rabbi: »Nach unserm Gesetz muß ein Kantor ein gründlicher Kenner des rabbinischen Gesetzes sein, muß ferner Gottesfurcht und beste Reputation besitzen, und viertens muß er auch singen können. Die ersten drei Bedingungen erfüllt er. Alles kann man auf Erden nicht haben.«

Ein Jude will beim Rabbi Rat holen. Drei Stunden lang schwätzt er, dann fragt er:
»Rabbi, was soll ich tun?«
»Du sollst dich taufen lassen«, rät der Rabbi.
Der Jude ist beleidigt: »Rabbi! Was soll das?!«
Der Rabbi: »Dann wirst du in Zukunft dem Pfarrer den Kopf verdrehen und nicht mir!«

Jüdin: »Rabbi! Gebt Rat, ich sterbe samt meinen Kindern vor Hunger. Mein Mann ist von einer Leiter gestürzt und hat sich beide Beine gebrochen. Nun liegt er, kann nicht verdienen ...«
»Das muß man klären. Komm morgen wieder!«

Am andern Tage ist die Jüdin wieder da. Der Rabbi, streng: »Du hast gesagt, dein Mann ist von einer Leiter gefallen? Was hat ein Jude auf einer Leiter zu suchen!«

Der berühmte Spaßmacher Hersch Ostropolier diente bei einem Wunderrabbi. Einmal kam eine Frau und klagte, ihr Mann sei ihr weggelaufen. Der Rabbi versprach, der Mann würde wiederkehren.
Da mischte sich Hersch ein und erklärte: »Der Mann wird ganz bestimmt nicht zurückkommen.«
Als die Frau gegangen war, schalt der Rabbi Hersch aus.
»Rabbi«, sagte Hersch, »Ihr habt in Eure Folianten geschaut, da konntet Ihr auf die Idee kommen, der Mann würde zurückkehren. Ich aber habe die Frau selber angeschaut, und darum weiß ich genau: er ist für immer fortgegangen.«

Der Rebbe sitzt und klärt. Da kommt eine Jüdin hereingestürzt und schreit: »Gewalt, Rebbe, mein Mann will sich von mir scheiden lassen!«
Der Rebbe sucht in einem Folianten, im zweiten Folianten, im dritten Folianten – endlich hat er, was er gesucht hat: die Brille. Er setzt sie auf, schaut die Jüdin an und erklärt: »Recht hat er.«

Eine Jüdin kommt zum Rabbi und fragt: »Rabbi, ich habe einen Hahn und eine Henne. Eines von beiden muß ich schlachten. Schlachte ich den Hahn, dann kränkt sich die Henne, schlachte ich die Henne, dann kränkt sich der Hahn. Was soll ich tun?«
Der Rabbi klärt und entscheidet: »Du sollst den Hahn schlachten.«
»Aber Rabbi, dann kränkt sich doch die Henne!«
»Nu«, meint der Rabbi, »soll sie sich kränken!«

Im Dampfbad glaubt einer, den Rücken seines Freundes vor sich zu sehen, und er versetzt dem vermeintlichen Freund zum Scherz mit voller Kraft einen Schlag aufs Gesäß. Der Geschlagene dreht sich um – es ist der Rabbiner!
»Verzeiht«, bittet der Schläger erbleichend, »ich hatte wirklich keine Ahnung, daß Ihr der Rabbiner seid!«
»Es macht nichts«, beruhigt ihn der Rabbiner, »dort, wo Ihr mich gehauen habt, bin ich nicht Rabbiner.«

Der verwitwete Rabbiner will wieder heiraten. Dem Sohne paßt das nicht, und er wirft dem Vater vor:
»Dein Kollege in Lublin ist auch Witwer. Er hat aber erklärt, daß er von jetzt an nur noch mit der Tora *(Pentateuch; gemeint ist hier aber das gesamte religiöse Schrifttum)* verheiratet sein will.«
Darauf der Rabbi, zufrieden: »Nu also – wenn jener mit der Tora verheiratet ist – was willst du dann von mir? Es heißt doch ausdrücklich: ›Nach dem Weibe deines Nächsten soll dich nicht gelüsten.‹«

Ein moralischer Bürger: »Rabbi, Ihr müßt Eure Jeschiwastudenten besser in Zucht halten. Ich habe gesehen, wie sie mit Mädchen in den Feldern herumspazieren.«
Rabbiner: »Na und? Das tun doch andere Burschen auch!«
Der Bürger: »Aber Rabbi! Andere Burschen studieren doch nicht die heiligen Schriften!«
Rabbiner: »Also mit andern Worten: Ihr werft meinen Studenten vor, daß sie die Tora studieren?!«

Der Rabbi geht am Sabbat am Geschäft eines Juden vorbei – es ist offen! *(Am Sabbat ist Handel treiben verboten.)*

Darauf der Rabbi: »So ein Rindvieh! Wozu hält er das Geschäft offen? Er kann ja heute ohnehin nichts verkaufen!«

In einer armen Gemeinde kommt der stadtbekannte Taschendieb zum Rabbi: »Rabbi, ich bitte um Euren Segen!«
»Du Lump, soll ich dir am Ende Erfolg in deinem ›Beruf‹ wünschen?«
»Rabbi, ich zahle für Euren Segen fünfzig Gulden.«
Einen solchen Betrag ausschlagen – das ist bitter. Der Rabbi klärt lange, dann hat er die Erleuchtung. Er hebt segnend die Hände: »Wenn Gott es einem Menschen beschieden hat, bestohlen zu werden, dann möge er es einzig durch dich geschehen lassen.«

»Rabbi, zwei Sorgen führen mich zu Euch. Ich bin Rendar beim Grafen Potocki – und nun will er meinen Pachtvertrag nicht erneuern. Dreimal bin ich schon bei ihm gewesen, er läßt mich immer die Treppe hinunterwerfen ... Und meine Frau, die arme, ist kinderlos, obwohl sie täglich um einen Sohn betet ...«
»Ihr stellt es eben verkehrt an. Das nächste Mal bleibe du zu Hause, um zu beten, und schicke dein Weib zum Grafen.«
Drei Monate später ist der glückliche Rendar wieder beim Rabbi und meldet: »Rabbi, Euer Rat ist unfehlbar! Der Graf hat meinen Vertrag sofort erneuert, und mein Gebet um ein Kind ist erhört worden: mein Weib ist schwanger!«

Zum Rabbi kommt ein armer kinderreicher Jude mit der Frage: »Gibt es ein religiös erlaubtes und vollkommen sicheres Mittel gegen Empfängnis?«

Der Rabbi: »Es gibt. Limonade trinken.«
Der arme Jude: »Vorher oder nachher?«
Der Rabbi: »Anstatt.«

Zum Rebbe kommt ein Jude und fragt: »Ist es erlaubt, am Jom Kippur mit einer Frau Verkehr zu haben?« – Der Rebbe klärt und entscheidet: »Du darfst. Aber nur mit der eigenen Frau: ein Vergnügen soll's nicht sein.«

Eine Frau beklagt sich beim Rabbi: »Mein Mann will, ich soll ein Kind haben.«
»Aber, Frau Selmanowitsch, das ist doch ein ganz normaler Wunsch Ihres Gatten!«
»Ich will nicht und will nicht.«
»Da sind Sie aber im Unrecht. In einer normalen Ehe soll man ein Kind haben. Warum wollen Sie denn nicht?«
»Weil: ich habe schon zehn.«

Kaiser Franz Joseph besichtigt ein Zuchthaus. Er fragt einen Gefangenen leutselig, wie lange er Strafe habe.
»Lebenslänglich, Majestät!«
»Wissen S' was, Herr Zuchthausdirektor? Ich schenk' dem Mann die Hälfte!«
Tableau! Niemand weiß Rat, wie dieser kaiserlichen Anordnung gefolgt werden könnte. Schließlich findet ein weiser Rabbi die Lösung: »Soll er sitzen einen Tag und frei sein einen Tag!«

Zum Rebbe kommt ein Geschäftsmann und klagt: »Rebbe, alle Leute behaupten, ich bin pleite. Dabei habe ich 100 000 Kronen bar!«
Der Rebbe klärt lange und entscheidet dann: »Wenn alle Leute sagen, du bist pleite – dann bist du über kurz oder lang pleite!«

»Schloime, weißt du den Unterschied zwischen einem Wunderrabbi und einem aufgeklärten Reformrabbiner?«
»Nicht genau.«
»Das ist so: Zum Wunderrabbi kommt eine Frau, er verspricht ihr, sie wird gebären – und sie gebiert *nicht.* Der aufgeklärte Rabbiner hingegen geht seinerseits zu einer Frau, er verspricht ihr, sie wird *nicht* gebären – und sie gebiert!«

»Berl, weißt du den Unterschied zwischen einem altmodischen Rebben und einem neumodischen Reformrabbiner? Der alte Rebbe raucht Pfeife, der neumodische Zigaretten: zur Pfeife gehört nämlich ein Kopf, zur Zigarette nur ein Mundstück.«

Kohn hat sich einen neuen Maserati gekauft: elfenbeinweiß, rote Polsterung, zweihundertvierzig Kilometer. Sara bittet ihn inständig, den Rebbe die Broche *(Segen)* über den Wagen sprechen zu lassen. Kohn geht zu einem orthodoxen, altmodischen Rebbe: »Rebbe, ich hab mir gekauft einen tollen Maserati. Ich bitte dich, sprich über ihn eine Broche!«
»Maserati: was ist das?«
»Ein modernes Auto mit acht Zylindern.«
»Bist du meschugge? Wozu braucht ein Auto acht Kopfbedeckungen? Mit so einem Teufelszeug will ich nichts zu tun haben!«
Kohn berichtet Sara von seinem Mißerfolg. Sara schickt ihn zu einem jungen, ›aufgeklärten‹ Reformrabbiner.
»Herr Rabbiner, ich hab gekauft einen Maserati ...«
»Was Sie nicht sagen! Am Ende das neue Modell: elfenbeinweiß, mit roten Polstern, zweihundertvierzig Kilometer? Ja? Darf ich einmal mitfahren?«

»Gewiß, Herr Rabbiner, aber vorher sollen Sie sprechen über den Wagen eine Broche.«
»Broche – was ist das?«

Es ist üblich, am Neujahrsfest irgendeine Frucht zu genießen, die man in dem betreffenden Jahre noch nicht gegessen hat, und dabei einen eigens für solche Gelegenheit bestimmten Danksegen zu sprechen, in welchem die Worte vorkommen: »sch' hechianu l' sman hase« – »... daß Du uns bis zu diesem Zeitpunkt hast leben lassen ...«. Freunde pflegen sich daher am Neujahrstag passende Primeurs als Geschenk ins Haus zu schicken und die Gabe kurzerhand ›sch'hechianu‹ zu nennen.
Am Neujahrstag flüstert ein orthodoxer Jude, der auf den neuen, liberalen Rabbiner schlecht zu sprechen ist, seinem Nebenmann in der Synagoge triumphierend zu: »Weißt du, was ich unserm Rabbiner als ›sch'hechianu‹ ins Haus geschickt habe? Ein gebratenes Ferkel *(der Genuß von Schweinefleisch ist nach mosaischem Gesetz verboten).«*
Darauf der Nachbar: »Falsch! Für unsern Rabbiner ist das längst kein ›sch'hechianu‹ mehr!«

Von einem Reformrabbiner aus Posen, der mangelhafte judaistische Kenntnisse mit einem starken jiddischen Akzent verband, sagte ein Kollege: »Das einzige, was er vom Judentum noch hat, ist sein Deutsch.«

Bis zum Beginn der Aufklärung bestand das Schrifttum der Ostjuden hauptsächlich in hebräisch geschriebenen Kommentaren zur Bibel und zum bereits vorhandenen nachbiblischen religiösen Schrifttum, das seinerseits auch schon zum guten Teil nur aus Kommentaren zur Bibel und zum Talmud besteht. Für Druck und Absatz solcher

Manuskripte, die immer große Gelehrsamkeit voraussetzten, war es wichtig, die Empfehlung eines berühmten Rabbiners vorlegen zu können.
Rabbi: »Wenn Ihr nachts im Finstern umhergeht, vergeßt nie, Euer Werk bei Euch zu tragen.«
Autor, verwundert: »Warum denn, Rabbi?«
Rabbi: »Weil es geschrieben steht, daß böse Geister nachts gerne die Gelehrten behelligen. Wenn Ihr dieses Buch bei Euch habt, dann seid Ihr gegen die bösen Geister geschützt.«

Der Rabbi schreibt seine Empfehlung für ein Manuskript ganz oben auf den Papierbogen. Die Unterschrift jedoch setzt er ganz zuunterst auf den Bogen hin. Dazwischen liegt eine unbeschriebene Fläche.
Verfasser: »Rabbi, was bedeutet der ungeheure Abstand zwischen der Empfehlung und der Unterschrift?«
Rabbi: »Ich bin ein gesetzestreuer Mann. Und es steht geschrieben: ›Von der Lüge sollst du dich fernhalten.‹«

Rabbi zum Autor: »Warum habt Ihr ausgerechnet über Salomon geschrieben und nicht über Hiob?«
Autor, geschmeichelt: »Haltet Ihr mich für den geeigneten Interpreten des philosophischen Gehaltes vom Buche Hiob?«
Rabbi: »Nein, aber König Salomon war ein verwöhnter Mann. Wer weiß, ob er Euren Kommentar aushält. Dagegen Hiob – der ist schon Kummer gewöhnt!«

Rabbi: »Aus Eurem Buch habe ich etwas sehr Wertvolles erfahren.«
»Das ist für mich ein großes Kompliment, Rabbi!«
»Ja – ich wußte nämlich bisher gar nicht, daß es in Kowno eine Druckerei gibt.«

Frommen Juden ist es untersagt, Bibeln fallen zu lassen, nachlässig zu behandeln oder zu vernichten. Unbrauchbar gewordene Exemplare werden archiviert und von Zeit zu Zeit auf dem Friedhof begraben.
Rabbi: »Eine großartige Idee habt Ihr bei Eurem neuen Bibelkommentar gehabt!«
Schriftsteller: »Ihr macht mich glücklich, Rabbi!«
Rabbi: »Ja. Es war genial, den Kommentar an den Rand einer Bibel zu schreiben. So kann ihn niemand zerreißen oder Euch an den Kopf werfen.«

Im Osten gab es neben dem hochgelehrten Rabbiner, der täglich viele Stunden mit dem Studium des religiösen Schrifttums verbrachte, den chassidischen ›Wunderrabbi‹ mit seiner mystisch gefärbten Frömmigkeit, um den sich Gruppen von Anhängern scharten.
Ein Chassid erzählt: »Die meisten Wundertaten der Rabbis kennt man nur vom Hörensagen. Ich aber kann euch eine Geschichte erzählen, die ich selber miterlebt habe: Eines Tages sah unser Rabbi im Haustor gegenüber einen jüdischen Knaben Schweinespeck *(der Genuß von Schweinefleisch ist nach mosaischem Gesetz verboten)* kauen. Er hob zornig den Arm und dekretierte: ›Das Haus soll über dem Sünder zusammenbrechen!‹ Dann aber besann er sich und rief: ›Halt! Um der Gerechten willen, die vielleicht auch in dem Hause wohnen, möge das Haus stehen bleiben!‹ – Und was sagt ihr dazu: Das Haus blieb stehen!«

Chassid: »Wie kannst du es wagen, über einen Rabbi zu lachen, mit dem Gott selber jeden Freitagabend spricht?«
Mitnaged *(Gegner des Chassidismus):* »Woher weißt du das?«
Chassid: »Er hat es mir selber erzählt.«

Mitnaged: »Vielleicht hat er gelogen?«
Chassid: »Was fällt dir ein! Wird Gott mit einem Lügner reden?«

Chassid: »Unser Rebbe fastet von Sabbat zu Sabbat.«
»Lüge! Ich habe ihn selber an einem Wochentag essen gesehen.«
»Das tut er nur aus Bescheidenheit, damit niemand weiß, daß er fastet.«

Chassid: »Unser Rabbi betet Tag und Nacht. Er schläft überhaupt nur eine Stunde.«
Mitnaged: »Wie hält er das auf die Dauer aus?«
Chassid: »Er schläft eben in dieser einen Stunde mehr als andere in der ganzen Nacht!«

Der Chassid erzählt: »Wir saßen bei unserm Rabbi. Plötzlich breitete er die Arme aus und rief mit abwesender Stimme: ›Ich sehe etwas! Ich sehe, es brennt in Berditschew!‹«
Die Zuhörer: »Und hat es wirklich in Berditschew gebrannt?«
Chassid: »Es hat an jenem Tage, wie sich später herausstellte, überhaupt nirgends gebrannt – aber was sagt ihr zu diesem ›Guck‹?« *(Guck – im Sinne von prophetischem Blick.)*

Die Bachurim *(Jünger)* überbieten sich gegenseitig mit Erzählungen von den Wundertaten ihres Rebbe.
»Eines Freitagnachmittags«, erzählt der eine, »hatte ich zu Hause nichts zu essen. Ich versuchte, für den Sabbat wenigstens einen Fisch zu fangen – umsonst! Da ging ich verzweifelt zum Rebbe, und er versprach mir Erfolg. Ich kehrte zum Fluß zurück – und was soll ich euch

sagen? Ich fischte einen Fisch, zehn Fische, hundert Fische ...«
»Das ist noch gar nichts«, meint ein Zuhörer. »Einmal wollte ich mekadesch sein die Lewone *(= den Segen über den Neumond sprechen)* – es war aber wolkig und keine Lewone zu sehen. Dank der Intervention des Rebben jedoch kam eine Lewone, zehn Lewones, hundert Lewones ...«
Der erste: »Du bist meschugge! Es gibt doch nicht mehr als eine Lewone!«
Der zweite: »Wenn du werst nachlassen von deine Fisch, wer ich nachlassen von meine Lewones.«

Mitnaged: »Die meisten Wundertaten von Rabbis weiß man nur vom Hörensagen. Ich aber will euch erzählen, was ich selber erlebt habe. Eine Mutter brachte weinend ihr totes Kind zum Rabbi und bat: ›Macht mir mein Kind lebendig!‹
Der Rabbi sprach: ›Das Kind soll aufstehen!‹«
Die lauschenden Chassidim fragen aufgeregt: »Ist das Kind aufgestanden?«
»Ach wo«, sagt der Mitnaged, »es ist tot liegengeblieben.«
Ein Chassid: »Das ist doch kein Wunder!«
Mitnaged: »Wunder ist es keines, aber dabei bin ich gewesen.«

In der Stadt war Viehmarkt, und etliche Rabbiner waren zum Markt hingefahren, um den Dorfjuden dort gegen Honorar für Befragungen zur Verfügung zu stehen.
In der Nähe wohnte auch ein chassidischer Wunderrabbi. Ein Jünger fragte ihn: »Ihr fahrt nicht zum Viehmarkt?«
»Wozu?« meinte der Rabbi, »die Behemes *(Rindviecher)* kommen ja zu mir.«

Große Trockenheit. Die Leute kommen zum Rabbi gelaufen, er soll um Regen beten. Der Rabbi betet – und in der Tat, es hilft ... Aber nun hört der Regen nicht mehr auf. Die Leute verzweifeln abermals. Der Rabbi soll jetzt um Trockenheit beten!
Der Rabbi betet – umsonst!
»Ihr müßt verstehen«, erklärt der Diener des Rabbi den Enttäuschten, »der Rabbi ist noch sehr jung. Regen machen – das kann er schon. Aber wie man den Regen stoppt – das hat er noch nicht gelernt.«

Chassid: »Ich will euch ein Wunder von meinem Rabbi erzählen. Wir waren auf einer offenen Bauernfuhre unterwegs, da begann es zu gießen. Die Leute jammerten, aber der Rabbi breitete die Arme aus – und was soll ich euch sagen? Es regnete links vom Wagen, es regnete rechts vom Wagen – und in der Mitte, wo der Wagen fuhr, blieb alles trocken!«
Der Mitnaged: »Das ist noch gar nichts gegen das Wunder, das ich mit einem Rabbi erlebt habe. Wir saßen miteinander im Zug, und die Strecke war durch Schneewehen gesperrt. Es war schon spät am Freitagnachmittag. Endlich fuhr der Zug wieder. Inzwischen aber begann es zu dämmern *(der Sabbat beginnt bei den Juden am Freitagabend, und am Sabbat darf man nicht fahren)*, die Juden im Zug fingen an zu jammern ...
Da breitete der Rabbi die Arme aus, murmelte ein Gebet – und was soll ich euch erzählen? Links war Schabbes, und rechts war Schabbes – und in der Mitte fuhr der Zug!« *(Diese brillante Frechheit eines Gegners des chassidischen Wunderglaubens, diese bewußt absurde Gleichsetzung von räumlicher und zeitlicher Dimension, wird merkwürdigerweise auch von guten Kennern chassidi-*

scher Literatur immer wieder so mißverstanden, als ob ein gläubiger Chassid – und also nicht ein spottender Gegner – die Geschichte berichte.)

Der Schwiegersohn vom Nachfolger des Baal Schem, des Begründers vom Chassidismus, war Rabbi Bär von Meseritsch.
Einmal schaut ein Mitnaged in das Fenster des Rabbi Bär hinein und sieht: der Rabbi sitzt am Tisch und singt, und die Chassidim tanzen um ihn herum.
»Schau«, sagt der Mitnaged, »sonst singen doch die Zigeuner, und der Bär tanzt. Hier ist es genau umgekehrt.«

Ein Chassid erzählt: »Einmal rutschte unser Rabbi ins Wasser. Schwimmen konnte er nicht und das Wasser war tief. Zum Glück hatte er zwei Heringe in der Tasche. Die zog er heraus, da wurden sie lebendig, er hielt sich an ihnen fest, und sie zogen ihn ans Land.«
Mitnaged: »Das glaube ich nicht. Wie kannst Du das beweisen.«
Chassid: »Du siehst doch selber: der Rabbi lebt!«
»Unser Rabbi kann aber wirklich Wunder vollbringen!«
»Glaub ich nicht!«
»Ich kenne aber selber einen Jungen, der kam mit einem Wasserkopf zum Rabbi. Als er wegging, war er gesund und normal.«
»An dieses Wunder glaube ich auch. Daß der Junge zum Rabbi ging, war ein Zeichen für seine Idiotie. Dadurch, daß er wieder wegging, bewies er, daß er wieder ganz normal war.«

»Rabbi, helft! In meinem Hühnerstall ist eine Seuche ausgebrochen!« Der Rabbi klärt und gibt dann eine Eze *(Rat)*.

Der Jude eilt nach Hause, aber nach einer Woche kommt er wieder und schreit: »Rabbi! Die Seuche wird immer ärger!«
Der Rabbi klärt wieder und gibt eine zweite Eze.
Der Jude geht wieder heim, aber nach ein paar Tagen ist er wieder da und klagt: »Rabbi, Euer zweiter Rat hat auch nichts geholfen!«
Darauf der Rabbi: »Ich – Ezes habe ich noch. Aber hast Du noch Hühner?«

Chassid zu einem Besucher aus Westeuropa: »Kennst du schon das neueste Wunder unseres Rabbi?«
Der Besucher: »Ach, weißt du, wir haben einen Reformrabbiner. Für euch ist es ein Wunder, wenn Gott die Forderungen eures Rabbi erfüllt. Für uns wäre es ein weit größeres Wunder, wenn unser Rabbi die Forderungen Gottes erfüllen würde.«

»Die wahren Wunderrabbis«, meinte ein sehr gelehrter Rabbiner im Osten, »gibt es nur im Westen: das Wunder besteht darin, daß man solche Leute zu Rabbinern wählt.«

In einer Provinzstadt steigt im ersten Hotel am Platze ein Mann ab und wird vom Besitzer persönlich begrüßt. Der gutgekleidete Fremde füllt seinen Meldezettel aus. Unter ›Beruf‹ findet der Hotelbesitzer zu seiner Überraschung die Bezeichnung ›Tsitser‹. Nun möchte er sich keine Blöße geben und versucht, im Gespräch von dem Fremden Näheres über diesen ihm nicht bekannten Beruf zu erfahren:
»Es ist mir eine Ehre, daß Sie bei mir abgestiegen sind. In Ihrem Beruf kommen Sie ja weit herum?«
»Ja, ich reise viel.«
»Es ist aber ein interessanter Beruf!«

»Sehr interessant!«
»Aber auch ein Beruf, der seinen Mann nährt!«
»Ja, gewiß, ich verdiene gut.«
Kurzum, es gelingt dem Hotelier nicht, von dem Fremden eine Aussage über seinen Beruf zu bekommen. Schließlich faßt er sich ein Herz:
»Entschuldigen Sie, mein Herr, ich weiß, es ist eine Bildungslücke, aber – bei mir ist noch nie ein Tsitser abgestiegen.«
»Sie wissen nicht, was ein Tsitser ist?«
»Nein.«
»Ganz einfach: ich bin der Begleiter von einem Wunderrabbi, und jedesmal, wenn der Rebbe ein Wunder tut, stehe ich daneben und mach' ts, ts, ts, ts.«

(Unter den Anhängern der verschiedenen chassidischen Rabbis herrschte zwar nicht gerade Fehde, aber doch der Wunsch, sich gegenseitig zu übertrumpfen.)
Drei chassidische Juden, Anhänger dreier verschiedener Rabbis, sitzen in der Bahn.
Erster Chassid: »Letzthin gab Toscanini in unserer Stadt ein Konzert. Kurz vor Beginn trat einer auf ihn zu und flüsterte ihm ins Ohr: ›Stellen Sie sich die Ehre vor, der Rebbe wird kommen!‹ Da senkte Toscanini den bereits erhobenen Taktstock und sagte: ›Solange der Rebbe nicht da ist, kann ich nicht anfangen‹ ...«
Zweiter Chassid: »Das ist noch gar nichts. Unser Rebbe war in London, als gerade die Königin gekrönt werden sollte. Alles war schon versammelt. Links stand der Erzbischof mit der Krone in der Hand, rechts der englische Adel – der Erzbischof krönte und krönte nicht! Als man ihn schließlich fragte: ›Nu – was ist?‹– Da sagte er: ›Ich warte, bis der Rebbe kommt. Solange der Rebbe nicht da ist, kann ich nicht krönen‹ ...«

Der dritte Chassid: »Das ist ja alles gar nichts! Letzthin war unser Rebbe in Rom. Er promenierte mit dem Papst zusammen über den Petersplatz. Da kam König Victor Emanuel aus der Peterskirche heraus, verneigte sich tief vor unserm Rebben und flüsterte seinem Adjutanten zu: »Sog amol, wer is der Galach *(Pfarrer)*, wos geht neben dem Rebben?«

Aus der Kille

Kahal oder K'hila = Gemeinde. Gemeint ist immer die jüdische Kultusgemeinde.

Ein reicher Jude kommt am Freitagabend mit einem ärmlichen durchreisenden Kaufmann im Bethaus ins Gespräch, lädt ihn über Sabbat zu sich ein, und da sich beide gut verstehen, hält er ihn volle acht Tage bei sich als Gast zurück. Schließlich beharrt der Kaufmann auf der Abreise – da präsentiert ihm sein Gastgeber eine Rechnung von zwanzig Rubel! Der arme Kaufmann ist außer sich. Sie gehen beide zum Rabbiner.
Der Rabbiner überlegt: Was geht ihn der Durchreisende an? Dagegen der andere, der ist Gemeindemitglied und reich. Warum soll er ihn verärgern? Und also verurteilt er den Fremden zur Zahlung …
Der Fremde zahlt und verläßt den Raum, das Herz voll von Bitterkeit. Da kommt ihm sein Gastfreund nachgelaufen und gibt ihm das Geld zurück. »Ich wollte«, erklärt er dem Erstaunten, »Euch nur zeigen, was für eine Sorte von Rabbiner wir in unserer Gemeinde haben.«

Eine Gemeinde wollte ihren Rabbiner loswerden – er ging aber nicht und erklärte:
»Nach dem Din-Tora *(Torarecht)* habe ich nicht das

Recht, von hier wegzugehen. Denn die Meinung der Majorität entscheidet, und sämtliche Gemeinden der Welt mit Ausnahme meiner eigenen wünschen, daß ich lieber hierbleiben soll.«

Der Rabbi sitzt in der Bahn einem Viehhändler gegenüber.
»Ich habe mit Behemes *(hebr. Rindvieh)* zu tun«, seufzt der Händler, »und es geht mir leider sehr schlecht.«
»Ich habe auch mit Behemes *(Rindvieh im Sinne von blödem Pack)* zu tun«, meint der Rabbiner, »aber mir geht es dabei, Gott sei Dank, sehr gut.«

In einer kleinen Gemeinde war der Posten des Chasan *(Kantor)* vakant. Zwei Kandidaten melden sich – aber beide haben einen großen Fehler: der eine trinkt gern, der andere hat die Frauen zu lieb. Der Rabbi entscheidet: »Nehmt den Schürzenjäger.«
»Rabbi«, wendet ein Ehrenbürger ein, »trinken – das ist nur ein Fehler. Aber was der andere tut – das ist doch eine regelrechte Sünde!«
»Das schon«, gibt der Rabbi zu, »aber der Trinker wird mit zunehmendem Alter immer mehr trinken. Dagegen der mit den Frauen – der wird eines Tages bestimmt aufhören.«

Ein Melamed verlor seine Stellung, weil er trank. Die Leute redeten ihm zu, er sollte doch aufhören zu trinken, dann würden sie ihn wieder anstellen.
»Auch eine Logik!« meinte der Melamed, »ich gebe Stunden, um trinken zu können – und nun soll ich aufhören zu trinken, um Stunden geben zu können!«

Der Rabbi will den Schochet *(Schächter; oft zugleich Religionslehrer)* entlassen, weil man ihm Übles nachsagt.
»Rabbi«, sagt der Schochet vorwurfsvoll, »wieso könnt Ihr solchem Gerede Glauben schenken? Die Leute tratschen doch auch über Eure Tochter!«
Der Rabbi: »Nu, habe ich sie als Schochet angestellt?«

Itzig betet. Da kommt Kohn an ihn heran und flüstert ihm ins Ohr: »Herr Itzig! Pessach *(Ostern)* steht vor der Tür. Haben Sie sich schon eingedeckt mit Mazzes *(ungesäuertes Osterbrot)?*«
»Geben Sie mir Ruhe! Sie sehen, ich bete!«
»Herr Itzig, ich hätte für Sie Mazzes von allerbester Qualität!«
»Ruhe sollen Sie mir geben!«
»Aber Herr Itzig, solche Mazzes bekommen Sie kein zweites Mal zu diesem Preis!«
Itzig, außer sich vor Wut: »Ich sch ... auf Ihre Mazzes!«
Zufällig hört das der Schammes und stürzt zum Rebbe: »Rebbe, stellen Sie sich vor, der Itzig sch ... auf Mazzes!«
Der Rebbe, verwundert: »Komisch, mich stopfen sie!«

Itzig zu Schlesinger, seinem Prokuristen: »Ich gehe jetzt in die Synagoge und will dort unter keinen Umständen gestört werden!«
Kaum ist Itzig draußen, kommt ein Anruf aus der Börse: Skoda-Aktien sind auf vierhundertzehn gestiegen. Schlesinger wird unruhig.
Eine Viertelstunde später: Skoda-Aktien stehen auf vierhundertdreißig! Schlesinger hält es kaum noch aus.
Beim dritten Anruf: Skoda-Aktien vierhundertfünfzig, stürzt er zur Synagoge, Itzig zu verständigen.
Darauf Itzig in tadelndem Ton: »Schlesinger, Sie haben drei schwere Fehler gemacht. Erstens haben Sie mich

gestört in meiner Andacht. Zweitens haben Sie meine Glaubensbrüder gestört in ihrer Andacht. Und drittens notieren Skoda-Aktien *hier* bereits vierhundertfünfundachtzig.«

Melamed = Kleinkinderlehrer für Hebräisch.
Warum engagiert man einen Melamed immer nur für ein halbes Jahr?
Das ist einfach: Nimmt er seine Aufgabe ernst, dann hat er sich nach einem halben Jahr an den Kindern die Schwindsucht angeärgert, und man muß ihn ersetzen. Bleibt er aber gesund – dann ist es ein Zeichen, daß er seine Aufgabe nicht ernst nimmt, und man muß ihn erst recht ersetzen.

Ein reicher Bürger übergibt dem Rabbiner hundert Rubel für Gemeindezwecke.
Schon am Tage darauf trifft eine Delegation der ›Chewra Kadischa‹, der Beerdigungsgesellschaft, beim Rabbiner ein und bittet, man möchte die hundert Rubel zur Reparatur des Friedhofzaunes verwenden, Hunde und Schweine könnten sonst hineingelangen und den Friedhof verwüsten.
»Schon recht«, sagt der Rabbiner. »Nur eines möchte ich wissen: Wie haben die Hunde und Schweine bloß so schnell von den hundert Rubel erfahren?«

Ein Jude will die Kultussteuern nicht bezahlen.
»Seien Sie doch vernünftig«, mahnen ihn die Abgesandten der Gemeinde. »Sie sind auch auf uns angewiesen, nicht nur wir auf Sie. Wenn Sie aus der Gemeinde austreten, wird sich nach Ihrem Tode niemand finden, der Sie begräbt.«
Meint der Mann: »Ich verlass' mich aufs Stinken.«

In manchen Gegenden durfte ein Toter nicht begraben werden, bevor jemand etwas Gutes über ihn gesagt hatte. An einem solchen Ort stirbt ein übler Denunziant. Niemand weiß von ihm etwas Gutes, und so liegt seine Leiche schon den dritten Tag da. Da hat ein Bürger einen Einfall: Er tritt an den Sarg heran und sagt gerührt: »Mohnnüdelach *(Mohnnüdelchen)* hat er so gern gegessen!«

Variante:
Ein jüdischer Bösewicht ist verurteilt und gehenkt worden, von dem niemand etwas Gutes weiß. Da gehen zwei Juden fürsorglich zum Galgen, und einer spricht zum zweiten: »Schön hängt er!«

Ein reicher, grober Jude ist gestorben. Die Familie möchte ihm gern einen Grabplatz neben dem verehrten früheren Rabbi der Gemeinde kaufen, aber ein Teil der Gemeinde protestiert, es kommt zum Riesenkrach auf dem Friedhof, und schließlich werden zwei Gruben gleichzeitig ausgehoben ... Ein alter Jude hört sich die Schimpfkanonaden der gegnerischen Parteien schweigend an und meint dann zu seinem Freund: »Nu frag' ich dich: Lohnt es zu sterben?«

Der Kantor will ausgerechnet drei Tage vor den hohen Feiertagen die Gemeinde verlassen. Die Leute sind außer sich.
Sie schicken eine Delegation zu dem Kantor: er möchte doch über die Feiertage bleiben!
»Ja, wenn es nur zehn solche wie euch in der Gemeinde gäbe«, sagt der Kantor betrübt, »dann würde ich schon bleiben.«
»Aber zehn wie wir werden sich doch in der Gemeinde bestimmt finden?« meinen die Delegierten aufmunternd.

»Ach nein«, sagt der Kantor, »es sind mindestens fünfhundert solche da – und seht ihr, das halte ich einfach nicht aus.«

Der Kantor der Gemeinde will für die Mitgift seiner Tochter drei Jahresgehälter Vorschuß haben. Die Gemeinde findet das Geschäft riskant. Vielleicht stirbt der Kantor vorher!
»Laßt es drauf ankommen«, bittet der Kantor. »Vielleicht habt *ihr* Glück und ich lebe dann noch. Und sollte ich vorher sterben – nun, dann habe halt *ich* Glück gehabt.«

Die Gemeinde hat dem Chasan *(Synagogenvorsänger)* gekündigt. Dieser verlangt als Entschädigung dreihundert Rubel. Die Gemeinde findet die Summe horrend und fragt den Rabbi, ob man wirklich so viel bezahlen müsse.
Der Rabbi: »Was fragt ihr mich? Der Chasan muß selber am besten wissen, wieviel es wert ist, ihn loszuwerden.«

Die jüdische Kultusgemeinde in New York (Rothschild, Warburg, Luria!) verschreibt sich für die Feiertage den berühmten Vorsänger der Synagoge in Inowraclaw, Moische Halbgewachs, und bietet ihm sechstausend Dollar.
Am Tage vor seinem Auftreten kommt Moische zum Rebbe und bittet um dreitausend Vorschuß.
»Moische! Morgen wirst du sechstausend haben! Bist du so knapp mit dem Gelde? Oder sind wir dir etwa nicht gut?«
»Rebbe! Gut seid ihr schon. Aber gebt zu: So *(nämlich mit einer Summe in der Tasche, die das Selbstbewußtsein steigert)* singt es sich besser!«

Der Rabbiner des Ostens hielt keine Predigten, sondern höchstens hochgelehrte Reden. Die erbauliche, volkstümliche Predigt war Sache des Wanderpredigers, des »Maggid«. –

Ein Wanderprediger hat eine wundervolle Rede gehalten. Als er fertig ist, holt ein Zuhörer aus dem Lernhaus nebenan ein Buch, schlägt es auf und sagt zum Prediger: »Hieraus habt Ihr die Predigt Wort für Wort gestohlen!«
Der Prediger: »Wieso gestohlen? Sie steht ja noch drin!«

Nach der Predigt tritt der Maggid an einen Zuhörer heran und wirft ihm vor: »Ihr habt so laut geschnarcht, daß ich Euch kaum zu überschreien vermochte. Konntet Ihr nicht, um wach zu bleiben, ein wenig Schnupftabak nehmen?«
Der Zuhörer: »Hättet Ihr lieber ein wenig Schnupftabak in Eure Predigt getan!«

Aus einer Maggid-Predigt: »Es war einmal ein großer Sünder. Als er starb, wollte man ihn begraben – aber die Erde spuckte ihn aus! Da beschloß man, ihn zu verbrennen – aber das Feuer wollte nichts von ihm wissen. Schließlich warf man ihn den Hunden vor – sie wollten ihn nicht anrühren!
Gebt acht, auf daß es euch nicht ergehe wie jenem! Seid fromm, dann werdet ihr in der Erde liegen, *(im Jiddischen gleichbedeutend mit: in großer Armut leben)*, das Feuer wird euch verzehren, und die Hunde werden euch auffressen.«

In einer kleinen, armen Gemeinde, die den Rabbiner nur sehr mäßig besolden konnte, war es üblich, daß die Gemeindemitglieder jede einzelne Leistung des Rabbiners extra bezahlten. Ein Bürger bestellt nun beim Rab-

biner eine Trauerrede auf seinen verstorbenen Vater. Der Rabbiner offeriert ihm:
»Ich habe eine besonders schöne Rede, die kostet achtzig Gulden. Ich habe eine zweite, auch noch ganz schöne Rede, die kostet fünfzig Gulden. Dann habe ich noch eine für zwanzig Gulden – aber offen gestanden: die kann ich Ihnen selber nicht empfehlen!«

Der Rabbiner ist erbittert, daß die Kultussteuern so zögernd eingehen, und predigt zornig: »Die Steuern zahlen, das wollt ihr natürlich nicht. Aber auf dem jüdischen Friedhof begraben werden – das macht euch Vergnügen!«

Rabbi zu den schlafenden Zuhörern: »Balbatim *(Herrschaften), red ich* umsonst?«
Alle wachen auf: »Wo, wo gibt es *Rettich umsonst?*«

Ketzereien

Am Sabbat ist Rauchen verboten. Tischa-beaw ist ein Fasttag, an welchem Rauchen erlaubt ist. Am Jom Kippur, dem strengsten Fasttag, ist auch das Rauchen verboten. »Simche, weißt du den Unterschied zwischen dem Schabbes, dem Tischa-beaw und dem Jom Kippur? – Nu, das ist doch ganz einfach: am Schabbes ißt man in der Stub und raucht im Closett, am Tischa-beaw raucht man in der Stub und ißt im Closett, und am Jom Kippur ißt *und* raucht man im Closett.«

Koscher = den rituellen Speisegesetzen entsprechend. – Laib hat den Verstand verloren und sitzt im Sanatorium. Die ganze Woche über war er still und fügsam – am Sabbat beruft er sich plötzlich auf seine Frömmigkeit und erklärt, an diesem heiligen Tage nur koscher essen zu wollen. Er wird mit einem Wärter zusammen in ein teures koscheres Restaurant geschickt, wo er gewaltige Portionen von den leckeren Festspeisen vertilgt. Zurückgekehrt, zündet er sich eine gute Zigarre an. Der Anstaltsarzt, zufällig Jude, macht ihm Vorwürfe: »Erst wollt Ihr unbedingt nur koscher essen – und dann raucht Ihr am Schabbes!«
Laib, ungerührt: »Wozu bin ich meschugge?«

Der ›aufgeklärte‹ Kohn geht am Sabbat mit der Zigarre im Mund spazieren und nähert sich dabei dem Pulverturm.

Der Wachtsoldat, streng: »Sie dürfen nicht rauchen!«
Kohn: »Pah, über solche Vorurteile bin ich längst hinaus!«

»Rabbi, welche Buße werdet Ihr mir dafür auferlegen, daß ich kürzlich vor dem Essen die Hände nicht gewaschen habe?« *(Das Händewaschen vor dem Essen ist rituelles Gebot.)*
Rabbi: »Ja – warum habt Ihr sie denn nicht gewaschen?«
»Ich habe mich geniert. Es war ein christliches Lokal.«
»Wie kommt Ihr dazu, in einem nichtkoscheren Restaurant überhaupt zu essen?«
»Was hätte ich tun sollen? Es war Jom-Kippur *(strengster Fasttag)*, und da waren alle jüdischen Restaurants geschlossen.«

Tischa-Beaw. Alter Jude: »Pfui, du issest heute?! Schau mich an: Ich bin alt und krank, und dennoch faste ich!«
Junger Jude: »Und doch kommen wir alle zwei nicht ins Paradies. Ich nicht, weil ich nicht faste. Und du nicht, weil es gar kein Paradies gibt.«

Ein Jude kommt in ein Delikatessengeschäft und fragt: »Wieviel kostet der Schinken?« *(Der Genuß von Schweinefleisch ist nach mosaischem Gesetz verboten.)*
Draußen zieht plötzlich ein Gewitter auf, und im gleichen Augenblick gibt es einen mächtigen Donnerschlag. Der Jude erhebt beschwichtigend seine Augen zum Himmel und sagt: »Na, fragen wird man doch noch dürfen!«

Ein Jude ißt im Restaurant ein Schweineschnitzel. Ein frommer Bekannter sieht es und fragt streng:
»Weißt du, was diese Sünde dich kosten wird?«
»Ja, ich weiß es«, erwidert der Ketzer, »sie wird mich genau einen Gulden und zehn Kreuzer kosten.«

Ein Jeschiwe-Bocher *(Talmudstudent)* ist beim Gabbai *(Synagogenvorstand)* für eine ganze Woche zum Mittagessen eingeladen. Am ersten Tag wäscht sich der Bocher, dem Ritus gemäß, vor dem Essen die Hände und spricht die Broche *(Segen).* Es gibt dicke Erbsen und sonst nichts.
Am zweiten Tag wiederholt sich das Menü. Der Bocher würgt die Erbsen hinunter. Als es aber am dritten Tag wieder schon im Gang draußen nach dicken Erbsen riecht, setzt sich der Bocher ohne Händewaschen und Broche an den Tisch.
»Hören Sie, junger Mann«, tadelt der Gabbai, »Sie wollen werden ein Rebbe: Wieso sagen Sie keine Broche?«
Bocher: »Es steht geschrieben in der Tora: Du sollst sagen die Broche über das, was wachst aus der Erd', und über das, was wachst von a Boim *(Baum).* Aber über eppes, was wachst mir erous ous dem Hals, brouch men nischt zu sagen die Broche.«

Der Vater beklagt sich beim Rabbi über den eigenen Sohn: »Wo er ein Stück Schweinefleisch erwischt, beißt er hinein, und wo er eine Schickse *(christliches Mädchen aus einfachem Stande)* sieht, küßt er sie!«
Der Sohn wird vor den Rabbi zitiert und rechtfertigt sich: »Rabbi, ich kann nichts dafür, ich bin nebbich meschugge.« *(Nebbich ist ein herablassend-mitleidiger Ausruf.)*
Darauf der Rabbi: »Unsinn! Wenn Ihr das Mädel beißen und das Schweinefleisch küssen würdet, dann wäret Ihr

meschugge. So aber ist bei Euch doch alles in Ordnung!«

Ein ungläubiger Jude betet in der Synagoge und weint. »Was heult Ihr, da Ihr doch gar nicht an Gott glaubt?« fragt ihn einer.
»Es gibt zwei Möglichkeiten«, entgegnet der weinende Atheist, »entweder bin ich im Unrecht und es gibt Gott dennoch – dann hat man schon allen Grund, vor ihm zu klagen und zu weinen. Oder aber ich habe recht und es gibt ihn nicht – dann hat man erst recht Grund, darüber zu weinen.«

Der Zug hält an einer kleinen ungarischen Station. Auf dem Bahnsteig bietet eine Bäuerin leckere Salami an.
»Schade, daß die Würste trefe *(nicht den rituellen ›Koscher‹–Vorschriften entsprechend und folglich dem Juden zum Genuß verboten)* sind!« meint einer der jüdischen Fahrgäste bedauernd.
»Unsinn«, sagt ein anderer, »ich werde Ihnen gleich beweisen, daß die Würste koscher *(zum Genuß erlaubt)* sind!« Er winkt die Bäuerin heran und fragt sie streng: »Haben Sie trefene Würste?«
Die Bäuerin, die das Wort noch nie gehört hat: »Nein!«
Der Jude dreht sich triumphierend um: »Da seht ihr!«

Eine Jüdin spaziert am Sabbat auf dem Bahnsteig. Aus dem Coupéfenster des Zuges blickt ein rauchender Jude.
Jüdin: »Weh mir, jetzt trifft mich der Schlag und ich sterbe! Da sitzt ein Jude am Schabbes in der Bahn und raucht!«
Der rauchende Jude: »Es wird Sie gleich noch neunmal

der Schlag treffen, und Sie werden zehnfach sterben: im Coupé sitzen nämlich noch neun weitere Juden und rauchen.«

Am Sabbat steht ein Jude im Eingang seines Geschäftes.
»Kommen Sie herein«, ruft er einem Passanten zu. »Ich verkaufe Ihnen diese schöne Hose zu halbem Preis!«
Der Passant, zufällig ein frommer Jude, vorwurfsvoll:
»Am Schabbes wollt Ihr ein Geschäft machen?«
Hierauf der Händler: »Ich will ihm die Hose zu halbem Preis verkaufen, und das nennt er ein ›Geschäft‹!«

Drei Freidenker wetten, wer von ihnen am besten lügen kann.
Der erste: »Ich! Hört zu: Der Messias wird kommen.«
»Nein, ich«, sagt der zweite, »die Toten werden auferstehen.«
»Still«, warnt der dritte, »Gott hört euch beide!«
Darauf die ersten beiden: »Er hat gewonnen!«

Der mißratene Sohn: »Papa, wenn du mir im Ernst kein Geld mehr gibst, dann schwöre ich dir: ich werde etwas tun, was noch kein Christ und kein Jude bis heute getan hat!«
Der alte Herr bekommt einen tödlichen Schreck und rückt mit einem beachtlichen Scheck heraus. Dann sagt er zärtlich:
»Benno, sag mir: was hättest du getan?«
Benno: »Ich hätte am Schabbes Tefillin angelegt.« *(Tefillin, Gebetsriemen, werden nach jüdischem Brauch nur bei bestimmten Gebeten an den Wochentagen, nicht aber am Sabbat angelegt.)*

Zwei treffen sich am Sonnabend auf der Kurpromenade in Karlsbad.
»Cohn, ich hab' gehört, du bist geworden e Najer?« *(Najer = Neuerer, Aufgeklärter, Ungläubiger.)*
»Ja.«
»Sag: Glaubst du noch an Gott?«
»Nu, laß uns reden von was anderem.«
Die beiden begegnen einander wieder am Sonntag.
»Cohn, es hat mir keine Ruh' gelassen die ganze Nacht: Glaubst du noch an Gott?«
»Nein!«
»Nu, das hättest du nebbich schon antworten können gestern.«
»Bist du meschugge?! Am Schabbes?!«

Zwei Juden diskutieren seit Stunden: Gibt es Gott oder gibt es ihn nicht? Schließlich entscheiden sie: Es gibt ihn nicht. Dabei haben sie sich heiser geredet, und einer von ihnen greift nach einem Glas Wasser und setzt es an die Lippen.
Der zweite ist entsetzt: »Was tust Du? Ohne Broche?!« *(Broche = Segen. Fromme Juden nehmen nichts zu sich, ohne zuvor den entsprechenden Segen zu sprechen.)*
Der erste wundert sich: »Was heißt ›Broche‹? Wir haben doch soeben entschieden, daß Gott nicht existiert!«
Darauf der zweite: »Wie hängt das zusammen? Ob es Gott gibt oder nicht – Wasser ohne Broche trinkt nur ein Goi!« *(Goi hier im allgemeinen Sinne von Nichtjude.)*

Drei fromme Juden rühmen sich ihrer Mizwot *(Guttaten).*
»Letzten Winter«, erzählt der eine, »sehe ich eine Frau im Fluß untersinken. Ich fürchte mich vor kaltem Was-

ser. Na – ich spucke auf die Kälte, springe ins Wasser und rette die Frau!«

Der zweite erzählt: »Das Haus meines Nachbarn steht in Flammen. Ich fürchte mich vor dem Feuer. Na – ich spucke auf das Feuer, springe hinein und rette den Nachbarn!«

Der dritte erzählt: »Ich erhalte plötzlich ein Telegramm, daß mein Vermögen in Paris in höchster Gefahr ist, ich soll sofort hinkommen. Und dabei ist es Schabbes *(am Sabbat ist die Benützung von Fahrzeugen verboten)!* Na – ich spucke auf den Schabbes, springe in den Zug und rette mein Vermögen.«

Alte Anekdoten, Rätsel, Flüche, alte Narrenwitze

Aus dem Midrasch *(Nachbiblische Sammlung alter Sagen und erbaulicher Schriften):* Kaiser Hadrian fährt durch die Straßen Roms. Ein Jude schreit: »Es lebe der Cäsar!« Hadrian ist beleidigt. Ein Jude hat ihn nicht zu belästigen. Er läßt den Juden prügeln.
Ein anderer Jude hat das von weitem beobachtet. Als der Kaiser an ihm vorbeifährt, schweigt er bescheiden. Der Kaiser ist beleidigt. Der Jude wagt es, ihn zu ignorieren? Er läßt den Juden prügeln.
Der Kanzler macht den Kaiser auf die Inkonsequenz des Verhaltens aufmerksam. Darauf Hadrian: »Willst du mich lehren, wie ich meine Feinde behandeln soll?«

Aus dem Talmud: Einer wurde vom Gericht zu einem Gulden Strafe verklagt, weil er einen andern geohrfeigt hatte. Er hatte aber nur ein Zweiguldenstück bei sich, und niemand konnte es im Augenblick wechseln. Da trat er auf den Kläger zu, gab ihm eine zweite Ohrfeige und sagt: »Behalte den Rest!«

Am Sabbat ist jede Arbeit untersagt. Indes hebt Lebensgefahr jedes Sabbatverbot und überhaupt jedes Ritualgesetz auf.
Rabbi zum Schüler: »Was würdest du tun, wenn am Sabbat einer blutet?«

»Das muß ich im Schulchan Aruch *(Kompendium des Ritualgesetzes aus dem 17. Jahrh.)* nachsehen.«
»Falsch. Inzwischen ist der Mann verblutet.«

Nach einem alten jüdischen Glauben schreibt Gott am Rosch-Haschana, dem Neujahrstag, das Urteil über jeden einzelnen; und zehn Tage später, am Jom Kippur, dem Buß- und Versöhnungstag, besiegelt er das Urteil. Indes darf nach jüdischem Religionsgesetz an Feiertagen weder geschrieben noch gesiegelt werden. Daher meinte Rabbi Lewi-Jizchok von Berditschew:
»Wenn das Urteil über mich positiv ausfallen wird, dann werde ich dazu schweigen. Sonst aber werde ich darauf hinweisen, daß man am Rosch-Haschana nicht schreiben und am Jom Kippur nicht siegeln darf.«

Der Rabbi erklärt: »Es gibt keinen sündenfreien Menschen. Und doch ist ein Unterschied zwischen einem Zaddik *(Gerechten, Heiligen)* und einem Sünder: Solange der Zaddik lebt, weiß er, daß er sündigt. Und solange der Sünder sündigt, weiß er, daß er lebt.«

Ein Jude hatte unter seinen Kindern einen blinden Sohn. Vor seinem Tode vermachte er alles seinen gesunden Kindern. Man machte ihm deshalb von allen Seiten Vorwürfe.
»Den Blinden«, erklärte der Jude, »werden die Juden irgendwie ernähren – aber die andern müssen doch, Gott behüte, als Gesunde unter den Juden existieren!«

Ein armer Jude wollte vom Rabbi wissen, ob man den Segen beim Sedermahl *(Festmahl an den jüdischen Ostern)* statt über Wein über Milch sprechen dürfe.
»Nein«, entschied der Rabbi und gab ihm drei Gulden.

Ein Anwesender fragte verwundert: »Er hat doch gar nicht um Geld gebeten!«
»Wieso verstehst du nicht?« erklärte der Rabbiner. »Wenn er statt Wein Milch nehmen will, so ist das doch ein Zeichen, daß er sich nicht nur keinen Wein, sondern auch kein Stückchen Fleisch *(nach dem Ritualgesetz darf Milch und Fleisch bei der gleichen Mahlzeit nicht genossen werden)* zu dem Festmahl leisten kann. Wenn er aber so bettelarm ist, muß man ihm helfen.«

Große Dürre und daraus erwachsene Knappheit. Der orthodoxe Rabbiner befiehlt der Gemeinde Fasten; der chassidische ordnet umgekehrt ein Eßgelage an, trotz der Knappheit.
»Das muß sein«, erklärt er, »damit die da oben merken, daß wir wirklich zu essen brauchen. Wenn wir fasten, denken sie am Ende, wir könnten auch ohne Essen leben.«

Von einem chassidischen Wunderrabbi ging die Sage, daß er jeden Morgen vor dem Frühgebet zum Himmel emporsteige. Ein Mitnaged, ein Gegner des Chassidismus, lachte darüber und legte sich vor Morgengrauen auf die Lauer. Da sah er: der Rabbi verließ, als ukrainischer Holzknecht verkleidet, sein Haus und ging zum Wald. Der Mitnaged folgte von weitem. Er sah den Rabbi ein Bäumchen fällen und in Stücke hacken. Dann lud sich der Rabbi das Holz auf den Rücken und schleppte es zu einer armen, kranken, einsamen Jüdin. Der Mitnaged blickte durch das Fensterchen: drin kniete der Rabbi am Boden und heizte ein …
Als die Leute nachher den Mitnaged fragten, was es mit des Rabbis täglicher Himmelfahrt auf sich habe, sagte er still: »Er steigt noch höher als zum Himmel.«

Ein jüdischer Kaufmann gab seiner Frau den Auftrag, das Haus festlich zu beleuchten, sooft er schlechte Geschäfte gemacht hatte. Ging es ihm dagegen gut, dann sollte sie nur eine einzige Talgkerze anzünden.
»Wenn es mir schlecht geht, dann sollen die andern sich auch ärgern«, erklärte er, »und das tun sie, wenn sie denken, daß es mir gutgeht. Darum die festliche Beleuchtung.
Wenn es mir aber gutgeht, dann gönne ich den andern auch eine kleine Freude, und sie freuen sich, wenn sie denken, daß ich mir nicht einmal mehr ein paar Kerzen leisten kann.«

Es steht geschrieben, daß sechzig Helden König Salomons Bett bewachten? Hätten zwei nicht genügt?
Nein. Denn es waren jüdische Helden.

Flüche.
»Du sollst sein wie e Lomp *(Lampe):* hängen bei Tag und brennen bei Nacht.«

»Wachsen sollst du wie e Zibele *(Zwiebel):* mit die Füß erouf und mit dem Kopp in die Erd erein.«

Alle Zähne sollen dir herausfallen! Nur einer soll dir bleiben: für Zahnweh.

Das polnische Städtchen Chelmo, jiddisch Chelm oder Chelem, ist das Schilda der Ostjuden. – Schammes = Synagogendiener.
Wenn der Chelmer Schammes in der Morgendämmerung von Haus zu Haus ging, um die Leute zum Gebet zu wecken, zertrampelte er den schönen, unberührten Schnee. Das tat den Chelmern leid, und darum enga-

gierten sie vier Lastträger, die den Schammes von Haus zu Haus tragen sollten, damit er den Schnee nicht zertrete.

Der Schammes von Chelm war alt und schwach, und es fiel ihm schwer, sich im Morgengrauen von Haus zu Haus zu schleppen und an alle Türen zu klopfen, um die Leute zum Gebet zu wecken. Den Chelmern tat der Mann leid, und sie beschlossen daher, alle Haustüren auszuhängen und zum Schammes zu bringen, damit er einfach an alle nebeneinandergestellten Türen an seiner Hauswand klopfen konnte.

Der Diener: »Ihr habt mir aufgetragen, einen Liter Wein zu bringen. Es ging aber nicht ganz ein Liter in die Flasche hinein. Darum habe ich den Rest in den ausgehöhlten Flaschenboden einfüllen lassen.«
Und dabei hält der Diener dem Herrn die unverkorkte, nach unten gedrehte Flasche triumphierend unter die Nase.
Der Herr: »Und wo ist der ganze übrige Wein?«
»Da drin natürlich!« erklärt der Diener, dreht den gefüllten Flaschenboden nach unten und die unverkorkte Flaschenöffnung nach oben.

Juda Eisendraht aus Chelm liest im Talmud die merkwürdige Stelle, wonach Männer mit dickem Bart dumm sind. Eisendraht ärgert sich, denn sein eigener Bart ist der reinste Heidebesen. Aber schließlich kann man dem abhelfen. Zwar: das Abrasieren des Bartes ist dem frommen Juden laut biblischer Vorschrift untersagt. Doch wo steht geschrieben, daß man den Bart nicht ein wenig absengen dürfe?
Also zündet Eisendraht seinen Bart an …

Als er von den Brandwunden im Gesicht wieder genesen ist, läßt er sich den Talmudfolianten heranbringen und schreibt an den Rand bei der Stelle über die Dummheit aller Dickbärtigen: »Geprüft und bestätigt gefunden.«

»Gott schützt die Dummen«, liest der Chelmer Joine Kupferblech im Talmud. Er ist von der Stelle begeistert. Sagen nicht alle Leute, er sei ein Esel? Jetzt kann man gleich feststellen, ob das wahr ist … Und er springt aus dem Fenster.
Er liegt am Boden mit gebrochenen Beinen und brüllt vor Schmerzen. Die Leute laufen zusammen und fragen erschrocken: »Was ist los?«
»Oh«, stöhnt Joine, »ich wußte, daß ich nicht dumm bin. Aber daß ich *so* gescheit bin, das habe ich doch nicht gewußt!«

Der Gipfelpunkt.
Erste Prämisse: Den Chelmer Bürgern sagt man die gleiche Dummheit nach wie in Deutschland jenen von Schilda.

Zweite Prämisse: Der Chasan *(Synagogenvorsänger)* gilt als genau so dumm wie jeder Tenor.
Dritte Prämisse: Daß Truthähne sehr dumm sind, weiß die ganze Welt.
Konklusion: Was ist demnach der Gipfelpunkt der Dummheit?
Der Truthahn des Chasans von Chelm.

Womit redet er?

»Stell dir vor, Jankel hat sich im Schneesturm verirrt und beide Hände abgefroren!«
»Du lieber Himmel, womit redet er jetzt?!«

Schmuel kommt in die Kreisstadt und sieht zum erstenmal ein Telephon. Das Postfräulein erklärt ihm, wie man es benützt: »Mit der linken Hand heben Sie das Hörrohr ab, und mit der rechten drehen Sie die Kurbel.«
Schmuel: »Sehr schön – und womit rede ich dann?«

Finkelstein, aus einem galizischen Städtchen frisch in Wien eingetroffen, beobachtet auf der Wiener Opernkreuzung staunend den Verkehrsschutzmann, der ununterbrochen die Arme nach verschiedenen Richtungen streckt und schwenkt. Nach einer halben Stunde wird Finkelstein jedoch unruhig, geht auf den Schutzmann zu und fragt bittend: »Verzeihen Sie, Herr Inspektor, den letzten Satz habe ich aber nicht verstanden. Wollen Sie haben die Güte, ihn zu wiederholen!«

Variante:
»Sie stehen hier doch ganz allein, Herr Schutzmann, mit wem reden Sie eigentlich?«

Im Ersten Weltkrieg. Schmul kommt auf Urlaub nach Hause. Die Freunde umringen ihn neugierig: »Wie war es im Schützengraben?«
»Schrecklich. Kaum redt mer e Wort, hat mer en Schuß durch de Hand!«

Mandelstamm studiert das Theaterplakat.
»Was ist das: Pantomime?« fragt er seinen Freund.
»Pantomime? Ach, das ist ganz einfach. Die Leute reden miteinander, bloß: sie sagen nichts.«

Ein Schiff ist nicht weit von der Küste gesunken. Fast alle Passagiere ertrinken, aber ausgerechnet zwei Juden, beide Nichtschwimmer, können sich ans Land retten.
»Wie ist das möglich?« fragen alle verwundert.
»Als das Schiff sank«, erklären die zwei Juden, »waren wir gerade mitten in einem Gespräch, und dann haben wir einfach immerzu weitergeredet, bis wir am Ufer waren.«

»Moische, was trägst du deinen schönen Ring mit dem Brillanten nach innen?«
»Dumme Frage! Wie red ich mit die Leut? So – oder so?«

Im Autobus von Tel Aviv hängt eine Verbotstafel: »Es ist strengstens untersagt, zu reden mit dem Chauffeur. Der Mann braucht seine Hände zum Chauffieren!«

Im Strandbad: »Frau Blau, wie nett, Sie zu treffen! Der Herr Gemahl auch hier?«
»Nein, Herr Grün, mein Mann ist verreist.«
»Frau Blau, könnten wir da nicht mitsammen dinieren?«
»Darüber läßt sich reden, Herr Grün.«

»Und wie wäre es mit einem netten Tête-à-tête nachher?«
»Auch darüber läßt sich reden, Herr Grün. Aber wissen Sie was? Gehen wir ins Wasser: die Leute brauchen nicht zu *sehen,* wovon wir reden!«

Wirtschaftskrise. Grün und Blau wandern schweigend durch die Straßen. Grün seufzt tief. Darauf Blau: »Noch ein Wort von den Geschäften – und ich zerhau dir die Fresse!«

Von Schnorrern und reichen Leuten

Schnorrer: »Sie haben mir versprochen, mir jeden Monat ein paar Gulden zu schenken, bis ich die Mitgift für meine Tochter beisammen habe.«
Der Hausherr: »Aber hören Sie! Zufällig ist mir zu Ohren gekommen, daß Ihre Tochter vorige Woche gestorben ist!«
Schnorrer: »Na und? Sind Sie ihr Erbe oder ich?«

Schnorrer zum reichen Verwandten: »Meine arme ledige Tochter bekommt schon graue Haare. Helfen Sie mir! Geben Sie mir ein paar tausend Gulden für ihre Mitgift!«
»Nein, so reich bin ich nicht. Aber Sie können sich bei mir im Kontor jeden Monat zehn Gulden geben lassen. Ich will Ihnen das zuhalten, solange ich lebe.«
»Ach, bei Ihrem Glück sterben Sie schon morgen!«

Hausherr zum Schnorrer: »Ich schenke Ihnen diese alte Hose. Schauen Sie nur selber – sie ist noch fast neu.«
»Gott soll Sie dafür segnen! Nun erfüllen Sie mir nur noch eine einzige Bitte: Kaufen Sie mir die Hose ab! Schauen Sie – sie ist noch fast neu!«

Ein Schnorrer hat von einem Bankier etwas Geld bekommen. Als nun der Bankier mittags sein feudales Restaurant betritt, sieht er den Schnorrer dort sitzen und Lachs mit Mayonnaise essen. Er sagt zornig: »Das geht

zu weit! Erst schnorren Sie mich an – und dann sitzen Sie hier und essen Lachs mit Mayonnaise?!«
Der Schnorrer: »Ja, was wollen Sie von mir? Hab ich kein Geld, dann *kann* ich keinen Lachs mit Mayonnaise essen; habe ich Geld, dann *darf* ich keinen Lachs mit Mayonnaise essen – wann also *soll* ich Lachs mit Mayonnaise essen?«

»Bitte, helfen Sie mir! Ich war bei einer Wanderkapelle, nun hat sie sich aufgelöst, und ich sitze ohne einen Heller hier in der fremden Stadt. Ich bin ein notorischer Pechvogel.«
Hausherr, mißtrauisch: »Welches Instrument spielen Sie?«
Der Schnorrer, nach langem Nachdenken: »Oboe.«
Der Hausherr öffnet den Schrank, zieht eine Oboe hervor und fordert auf: »Spielen Sie mir etwas vor!«
Der Schnorrer: »Da sehen Sie nun selber, daß ich Ihnen die Wahrheit gesagt habe und daß ich wirklich ein Pechvogel bin: Müssen Sie ausgerechnet eine Oboe besitzen?«

»Bitte geben Sie mir eine Unterstützung. Ich bin krank, habe einen Bronchialkatarrh, ich möchte nach Ostende fahren.«
»Müssen Sie als Schnorrer ausgerechnet einen der luxuriösesten Badeorte der Welt aufsuchen?«
»Für meine Gesundheit ist mir nichts zu teuer.«

Im Osten war es Sitte, arme Durchreisende, die man in der Synagoge antraf, an Feiertagen zu den Mahlzeiten mit nach Hause zu bringen. – Im Osten war es ferner Sitte, daß die Schwiegereltern dem meist sehr jungen Bräutigam der Tochter für eine Zahl genau festgesetzter Jahre den Unterhalt zusagten. Er war dann bei ihnen »auf Köst«.

Ein Jude lud in der Synagoge einen Schnorrer ein. Ein junger Mann heftete sich an die Fersen der beiden und betrat mit ihnen zusammen das gastliche Haus. Er setzte sich mit ihnen zusammen schweigend an den Tisch und aß mit. Der Hausherr schwieg verwundert. Nach der Mahlzeit fragte er den Schnorrer, ob er den Jüngling vielleicht kenne.
»Aber natürlich«, bestätigte der Schnorrer. »Das ist mein Schwiegersohn. Er ist bei mir auf Köst.«

»Gebt mir doch wenigstens einen Groschen!«
»Einem gesunden Kerl wie dir gebe ich kein Almosen.«
»Soll ich mir etwa wegen Eurer paar Kupfermünzen Arme und Beine brechen und ein Krüppel werden?«

»Wenn du auf der Straße hunderttausend Rubel fändest – würdest du sie abliefern oder behalten?«
»Weißt du – das kommt ganz drauf an. Wenn ich wüßte, daß das Geld dem reichen Baron Rothschild gehört – ich glaube, dann würde ich es behalten. Aber wenn es dem armen Schammes gehören würde, dessen Familie dreimal täglich vor Hunger stirbt – dann würde ich es ihm unbedingt zurückgeben.«

Den Armen Gutes zu tun ist eine Mizwa, das heißt ein religiöses Gebot. Eine jüdische Gemeinde ist jedoch so wohlhabend geworden, daß eines Tages niemand mehr da ist, dem man Gutes tun könnte. Man verschreibt sich daher einen Schnorrer aus Kasrilewka. Dieser wird mit der Zeit so anmaßend, daß man ihn zur Bescheidenheit mahnt. Da sagt er drohend:
»Ich fahre sofort nach Kasrilewka zurück! Dann könnt Ihr zusehen, an wem Ihr Eure Mizwes erfüllen könnt.«

Der Schnorrer hat vom Hausherrn keinen Pfennig erhalten. Beim Abschied wünscht er feierlich: »Möge es Euch ergehen wie den Erzvätern Abraham, Isaak und Jakob!«
Hausherr: »Ihr segnet mich trotzdem?«
Schnorrer: »Was heißt segnen? Ich habe Euch gewünscht, daß Ihr herumirrt wie Abraham, blind werdet wie Isaak und hinkt wie Jakob.«

Nach einem großen Brand werden Spenden verteilt. Jaiteles meldet sich ebenfalls beim Bürgermeister.
»Bei Euch hat es doch gar nicht gebrannt«, sagt dieser.
Darauf Jaiteles: »Und wer zahlt mir meinen Schrecken?«

Der reiche Schemaria hat Angst vor dem Sterben.
»Ihr braucht den Tod nicht zu fürchten«, sagt ihm ein durchwandernder Bettler, »für einen reichen Mann wie Euch gibt es ein gutes Mittel: Kommt zu uns nach Masepewka. Dort ist noch nie ein reicher Mann gestorben.«

»Aaron, du bist doch ein feiner und gebildeter Mann. Wieso erniedrigst du dich so vor jedem reichen Grobian?«
Aaron: »Das ist schon seit Adams Zeiten so: will man eine Kuh melken, so muß man sich vor ihr bücken.«

Ein armer Jude wird von wohlhabenden Leuten zum Schabbes eingeladen. Bei Tisch gibt es ein festliches Essen, dazu Brot und Barches. *(Eierzopf. Von baroch = segnen. Am Sabbat pflegt jeder Jude, der es sich leisten kann, den üblichen Brotsegen über ›Barches‹ zu sprechen.)* Der Fremde bedient sich reichlich, wobei er ausschließlich zu den Barches greift, was der sparsamen Hausfrau sehr mißfällt. Ostentativ schiebt sie ihm das Brot unter die Nase. Er dankt und nimmt wieder Barches.

Die Hausfrau: »Nehmen Sie doch ein wenig Brot!«
Fremder: »Nein, danke, ich bevorzuge Barches.«
Hausfrau: »Aber Barches sind viel teurer.«
Fremder: »Sie sind aber auch mehr wert.«

Ein reicher Kaufmann sagt zu einem besonders impertinenten Jeschiwe-Bocher *(= Talmudstudent):* »Wenn du kannst, so komm morgen zu mir zum Mittagessen.«
Der Bocher kommt pünktlich und läutet an der Hausglocke, wartet und läutet wieder. Es rührt sich nichts. Schließlich läutet er Sturm. Da öffnet sich ein Fenster, und der Kaufmann schaut heraus: »Was machst du für Krach – was ist los?«
»Ihr habt doch gesagt, wenn ich kann, soll ich heute mit Ihnen zu Mittag essen!«
»No – kannste?«

»Wenn morgen der Jeschiwe-Bocher zum Mittagessen kommt, dann nötige ihn, daß er ißt.«
»Warum? Ist er so schüchtern?«
»Nein, im Gegenteil: wenn du ihn nicht nötigst, daß er ißt, dann frißt er.«

Der arme Verwandte stochert mißmutig an dem mageren Huhn herum, das man ihm vorgesetzt hat.
Der Hausherr zu seiner Frau: »Sara, nötige doch den Benno, daß er ißt.«
Der Gast: »Hätten Sie lieber das Hühnchen genötigt, daß es ißt!«

Der gefräßige Jeschiwe-Bocher hat sich als Dauergast einquartiert und ist auf keine Weise loszuwerden. Schließlich besprechen Mann und Frau, bei Tisch einen Zank anzufangen, dann wird der Jüngling für eine der beiden

Parteien eintreten, und die andere Partei wird ihn hinauswerfen ...

Mann und Frau streiten schon seit einer Viertelstunde. Der Bocher frißt ihnen inzwischen die ganze Mahlzeit weg.

»Entscheidet, wer recht hat«, fordert ihn der Ehemann auf. Bocher: »Für die sechs Wochen, die ich noch bleibe, werd ich mich doch nicht mit einem von euch verzanken.«

Endlich sind die sechs Wochen herum, und das Ehepaar kann kaum den Anbruch des Tages erwarten. Noch vor Morgengrauen wecken die beiden den Bocher.

»Steht auf«, sagt die Frau, »der Hahn hat schon gekräht.«

»Was«, sagt der Bocher schlaftrunken, »es ist noch da ein Hahn? Ich bleib noch ein paar Tage.«

Bankier zum abgekrachten Händler, der ihn anschnorrt: »Ich mußte gestern meinen christlichen Buchhalter entlassen. Ich gebe Ihnen seine Stelle. Sie bekommen im Monat zweihundert Francs mehr.«

»Wissen Sie was – ich verschaffe Ihnen einen neuen christlichen Buchhalter zum alten Preis. Und mir zahlen Sie jeden Monat die Differenz.«

Schnorrer, vertieft in den Anblick von Rothschilds grandiosem Grabstein: »Die Leute leben!«

Der Chef zum Prokuristen: »Lissauer zahlt und zahlt nicht. Gehen Sie persönlich hin, und rühren Sie sich nicht vom Fleck, bevor er die Rechnung beglichen hat.«

Nach zwei Stunden ist der Prokurist wieder da.

Chef, verwundert: »Hat er denn bezahlt?«

Prokurist, triumphierend: »Jawohl.«

Chef: »Bar?«
Prokurist: »So gut wie bar: Mit einem Wechsel.«
Chef: »Puh!«
Prokurist: »Gar nicht ›puh‹! Es ist ein Wechsel auf den Namen von Baron Rothschild.«
Chef, erstaunt: »Akzeptiert von Rothschild?!«
Prokurist, erhaben: »Rothschild braucht zu akzeptieren!?«

Rothschild ist sehr beschäftigt. Ein Besucher kommt.
Rothschild, ohne aufzublicken: »Nehmen Sie einen Stuhl!«
Nach einigen Minuten sagt der ungeduldige Besucher: »Ich bin der Fürst von Thurn *und* Taxis.«
Rothschild: »Nehmen Sie *zwei* Stühle!«

Ein armer Jude beharrt darauf, nur mit Rothschild persönlich zu sprechen. Schließlich wird er vorgelassen.
»Ich bitte Sie um eine Unterstützung«, sagt er.
»Nun hören Sie aber«, fragt Rothschild ärgerlich, »deswegen mußten Sie mich persönlich behelligen?«
»Herr Baron«, gibt der Jude zurück, »Sie mögen vom Bankgeschäft mehr verstehen als ich. Aber wie man am besten schnorrt, das weiß ich besser als Sie.«

Einem Schnorrer ist es nach vieler Mühe gelungen, bis zum Kommerzienrat vorzudringen und ihm sein Elend zu schildern. Der Kommerzienrat, tief beeindruckt, klingelt nach dem Diener und befiehlt:
»Schmeißen Sie ihn hinaus, er zerreißt mir das Herz.«

Blum zeigt seinen Freunden die Räume seiner neuen Villa. Er öffnet den Parterresaal und kommentiert: »Hier können, Gott behüte, achtzig Personen speisen.«

»Es geht mir wirklich schlecht. Helfen Sie mir!«
»Das ist ausgeschlossen. Ich habe bereits einen ganz armen Bruder, der auf meine Unterstützung angewiesen ist.«
»Aber ich weiß doch, daß Sie Ihrem Bruder nichts geben.«
»Wenn Sie das wissen – wie konnten Sie dann annehmen, daß ich einem Fremden etwas geben werde!«

Schnorrer: »Herr Kommerzienrat, ich hab' schon gekannt Ihren seligen Vater, Ihre selige Tante Anna, Ihren seligen Großvater ...«
»Sagen Se mer kurz, wieviel Se wollen, aber klettern Se mer nicht auf meinem Stammbaum herum!«

Beim Emigranten Itzig, schlecht und recht in einem Londoner Hotel untergebracht, läutet das Telephon.
»Entschuldigen Sie«, sagt eine höfliche Stimme, »bin ich richtig verbunden mit Baron Rothschild?«
Darauf Itzig: »Joi, *wie* falsch sind Sie verbunden!«

Erster Jude, verträumt: »Ich möcht' so reich sein wie der Schönfeld – jeden Tag könnt' ich ein neues Hemd anziehn!«
Der zweite: »Wenn der Schönfeld das schon kann – was macht dann erst der Rothschild?«
Der erste: »Der Rothschild? Zieht an, zieht aus, zieht an, zieht aus.«

Unterwegs

Ein Jude wandert auf der Landstraße. Da kommt ein Bauernwagen. Der Jude fragt den Bauern: »Wie weit ist es von hier bis zum Dorf Szatymazi?«
»Eine halbe Stunde.«
»Darf ich mitfahren?«
»Bitte.«
Sie fahren eine halbe Stunde. Der Jude wird unruhig:
»Wie weit ist es denn jetzt noch bis Szatymazi?«
»Eine gute Stunde, oder so.«
»Was?! Voriges Mal sagten Sie eine halbe Stunde, und eine halbe Stunde fahren wir doch bereits!«
»Wir fahren in die entgegengesetzte Richtung.«

Eibenschütz ist mit seinem Fuhrwerk nachts in einem verkommenen Nest gelandet. Er legt sich zwar in der Wirtsstube ein wenig hin, den Kutscher Eisik läßt er aber im Wagen, damit er auf die Pferde aufpasse.
Gegen Mitternacht ruft er aus dem Fenster: »Eisik, bist du wach?«
»Ich bin wach«, bestätigt Eisik.
»Was tust du?«
»Ich kläre« *(klären = scharf durchdenken).*
»Was klärst du?«
»Ich kläre: wenn man für ein neues Haus eine Grube aushebt – wohin verschwindet die ausgeworfene Erde?«
»Schön, kläre weiter.«

Es vergeht eine Stunde. Eibenschütz wird wieder unruhig und flüstert: »Schläfst du, Eisik?«
»Ich bin wach. Ich kläre.«
»Was klärst du?«
»Ich kläre: wenn der Rauch aus dem Schornstein aufsteigt – wohin verschwindet er?«
»Schön, kläre weiter.«
Wieder vergeht eine Stunde, es tagt schon bald. Da fragt Eibenschütz zum drittenmal: »Eisik, schläfst du?«
»Ich bin wach. Ich kläre.«
»Was klärst du?«
»Ich kläre: ich habe die ganze Nacht gewacht und achtgegeben – und die Pferde, wohin sind die verschwunden?«

Seelenwanderung.
Zwei arme Juden haben einem reichen Bauern ein Pferd vom Wagen ausgespannt, während der Bauer sein Mittagsschläfchen hält. Sie verstecken das Pferd im nahen Wald – aber was wird es nützen? Der Bauer wird aufwachen, wird mit den andern Bauern des Dorfes zusammen die Gegend absuchen, wird die Diebe finden, fürchterlich verprügeln und ihnen das Pferd wieder abnehmen. Sagt der Joine zum Schmul:
»Laß mich nur machen! Ich weiß einen Ausweg!« – und er stellt sich vor den Wagen und legt sich das Zaumzeug des Pferdes um. Sein Kamerad soll inzwischen mit dem Pferd zum nächsten Pferdemarkt reiten …
Als der Bauer aufwacht, wundert er sich, an Stelle des Pferdes einen Juden im Kaftan zu sehen. Der Jude aber beginnt sofort zu weinen und erklärt: »Bei uns Juden ist es so, daß Gott uns zur Strafe für die Sünden in Tiere verwandelt. Ich habe gesündigt und wurde zum Pferd; ich habe bereut, jetzt bin ich wieder ein Mensch. Aber

ach, du hast mich gekauft, ich werde jetzt auch als Mensch deinen Wagen schleppen müssen!« *(Der Gedanke der Seelenwanderung hat tatsächlich zur Zeit der Spätantike in die jüdisch-mystische Vorstellungswelt Eingang gefunden.)* Der Bauer weint vor Mitleid. »Was fällt dir ein«, sagt er, »hat Gott dir verziehen, so will auch ich dir verzeihen und dich laufen lassen. Da hast du einen Gulden, geh nach Hause.«

Nun aber braucht der Bauer ein neues Pferd, und also geht auch er zum Pferdemarkt – was sieht er? Sein Pferdchen steht da! Er tritt an das Pferdchen heran, stupst es in die Seite und flüstert ihm schelmisch zu: »Ha, du Racker! Hast wieder gesündigt!«

Der Rabbi hat ein Fuhrwerk gemietet. Am Fuße eines Hügels bittet der Kutscher: »Rabbi, das Pferd ist alt, wollet doch absteigen und mir helfen, den Wagen zu schieben.«

Der Rabbi hilft, so gut er kann. Dann will er wieder aufsitzen.

»Nein, Rabbi«, bittet der Kutscher, »die Bremsen sind schlecht. Steigt nicht auf. Helft mir lieber, den Wagen ein wenig zurückzuhalten, damit er nicht ins Rutschen gerät!«

Der Rabbi hilft abermals …

Als sie bald darauf am Ziel anlangen, zahlt der Rabbi den vereinbarten Kutscherlohn und bemerkt dazu:

»Weshalb ich dich für die Fahrt engagiert habe, ist klar: ich wollte hierher fahren. Daß du gegen einen bestimmten Betrag den Auftrag angenommen hast, ist auch klar: du und deine Familie – ihr müßt doch schließlich leben … Aber was in aller Welt soll das Pferd in dem allem?«

Ein Kutscher fand heraus: »Mein Pferdchen vereinigt alle jüdischen Tugenden. Es ist in eins ein Chassid *(Frommer)*, Zaddik *(Gerechter)* und Anaw *(Bescheidener):* es schaut kein Weib an, es fastet von Sabbat zu Sabbat, und es drängt sich nie vor, ist überall das hinterste und letzte.«

Ein Kaufmann hat im Spätherbst den Kutscher für einen bestimmten Tag bestellt. Der Kutscher kommt nicht, und dem Kaufmann erwachsen daraus Verluste, für die er den Kutscher beim Rabbiner verklagt.
»Ich zahle nichts«, erklärt der Kutscher.
»Was heißt, du zahlst nichts?« fragt der Rabbi vorwurfsvoll. »Es ist ein eindeutiger Vertragsbruch, du mußt für den Schaden aufkommen. Und zwar nach mosaischem Gesetz.«
»Ich zahle dennoch nichts«, beharrt der Kutscher, »Moses hatte gut reden! Er hat uns seine Tora zu Schawuot *(Pfingsten)* gegeben, dann sind die Wege trocken wie Pfeffer. Dagegen jetzt haben wir November, und die Straßen sind der reinste Morast – zu Schawuot kann ich auch fahren, im November aber soll gefälligst Moses selber fahren!«

Ein Kosak und ein Jude stehen vor dem Richter. Der Jude behauptet, der Kosak habe ihm sein Pferd gestohlen.
»Nein, ich habe das Pferd gefunden«, behauptet der Kosak.
Der Jude fängt an zu schreien: »Wie heißt: gefunden? Ich habe auf dem Pferd gesessen! Er hat mich mit Peitschenhieben und Fauststößen auf die Straße hinuntergeworfen!«
»Stimmt das oder nicht?« will der Richter wissen.

»Nun ja«, gibt der Kosak zögernd zu, »ich habe sie beide gefunden, den Juden *und* das Pferd, aber für den Juden hatte ich keine Verwendung.«

»Hört, was ich euch erzählen will. Es war im tiefsten Winter. Ich mußte in ein fernes Dorf reisen. Mein Kutscher war betrunken und verfehlte den Weg. Es wurde Nacht – wir waren immer noch mitten im Wald. Da plötzlich – Wölfe! Der Kutscher trieb die Pferde an.Aber was half das? Zwei Wölfe warfen sich auf das vorderste Pferd, in demselben Moment spürte ich den Atem einer dritten Bestie in meinem Nacken … Aber was tut Gott? Die ganze Geschichte ist nicht wahr!«

»Wie ich letzten Winter im Fuhrwerk durch die Karpaten gereist bin, haben mich neunundneunzig Wölfe verfolgt.«
»Warum ausgerechnet neunundneunzig?«
»Ich wollte eigentlich sagen: hundert, aber dann hättet Ihr natürlich behauptet, es sei eine Übertreibung.«

Am Wiener Nordbahnhof. Itzig kommt zum Billettschalter, zögert und murmelt: »Soll ich fahren auf Krakau bloß, oder bis auf Przemysel?«
Der Beamte, ungeduldig: »Also, wird's bald?«
Darauf Itzig: »Sie, wer'n Se nicht unhöflich! Es gibt auch noch andere Bahnhöf' in Wien!«

Schmul nähert sich dem Bahnschalter: »Wollen Sie haben die Güte, mir zu sagen, was kostet die Fahrt nach Tarnopol!«
»Zwanzig Kronen.«
»Zwanzig Kronen! Gewalt geschrien! Einem armen Jüd werden Euer Gnaden nachlassen fünfzig Perzent.«

»Ich sage: Zwanzig Kronen!!«
»Nu – wozu das Geschrei? Sagen wir: achtzehn Kronen.«
»Gehen Sie zum Teufel!«
»Scha – nicht so aufgeblasen! Sehen Sie, dort auf der andern Seite von den Geleisen, dort steht noch ein Beamter! Werde ich gehen und verlangen seine Offerte.«
Schmul marschiert auf die lebensgefährlichen Geleise zu. Der Schalterbeamte winkt ihm aufgeregt, er möge sofort zurückkehren. Schmul, stolz abwinkend: »Zu spät, Euer Gnaden! Jetzt ist mit mir kein Geschäft mehr zu machen!«

Am Billettschalter von Klagenfurt.
Schalterbeamter: »Wohin?«
Woroschiner: »Will ach *(= will ich)* Eisenach.«
Beamter, irritiert: »Wollen Sie Villach oder Eisenach?«
Woroschiner: »Will ach Villach, will ach Villach, will ach Eisenach, will ach Eisenach. Eisenach will ach.«

Einem Juden fährt der Zug vor der Nase weg.
»Alles Antisemitismus!« murmelt er bitter.

Mordechai erzählt: »... Und dann kam der Schaffner und schaute mich an, als hätte ich keine Fahrkarte.«
»Und was hast du getan?«
»Ich habe ihn angeschaut, als hätte ich eine Fahrkarte.«

Ein Jude kommt zur Bahn gerannt – da fährt ihm der Zug vor der Nase davon.
Der Jude, verächtlich: »Kunststück!«

Krakower: »Bitte eine Fahrkarte nach Hamburg!«
Schalterbeamter: »Über Uelzen oder über Stendal?«
Krakower: »Über Pessach.« *(Jüdische Ostern.)*

Schalterbeamter: »Wohin?«
Jaiteles: »Afzu Posen.«
Beamter, brüllend: »›Afzu‹ Posen haben wir nicht! Wir haben nur *nach* Posen!«
Jaiteles: »Nu – wozu das Geschrei? Geben Sie mir ›nach‹ Posen. Werd ich eben das Stücke zu Fuß zurücklaufen.«

Arme Juden im Osten fuhren oft ohne Billett. Manchmal bestachen sie den Schaffner mit einem kleinen Betrag. Waren sie ganz arm, so mußte auch der Schaffner hintergangen werden.
Der Schaffner nähert sich dem Waggon. Die Juden haben eine Wache aufgestellt und verschwinden alle rechtzeitig unter die Bänke. Der Schaffner kommt herein, sieht unter einer Bank einen riesigen Stiefel herausragen, packt fest zu und zieht einen mächtigen ukrainischen Bauern hervor.
»Die Fahrkarte!« schreit der Schaffner.
Der Bauer weist eine gültige Fahrkarte vor.
Der Schaffner: »Ja – wozu hast Du Dich dann verkrochen?«
»Nun«, erklärt der Bauer, »ich habe gesehen, wie der kluge Itzik Katzenfell unter die Bank kriecht. Da habe ich mir gesagt: Wenn der kluge Itzik kriecht, dann weiß er, warum, und dann muß man mitkriechen.«

Schaffner: »Sie sitzen ja mit einem Billett zweiter Klasse in der ersten Klasse?«
Der Jude, beleidigt: »Soll ich vielleicht mit einem Billett zweiter Klasse in der dritten Klasse sitzen?«
»Sie haben eine Karte für den Bummelzug, und Sie sitzen im Expreß. Sie müssen nachzahlen!«
»Nein. Wozu? Fahren Sie langsamer, ich habe Zeit.«

Der vollständig mittellose Nachtblau probiert, sich ohne Fahrkarte per Bahn nach Hause durchzuschlagen. Sooft er erwischt wird, schmeißt ihn der Schaffner mit kräftigen Fußtritten an der nächsten Haltestelle aus dem Zug.
»Wie weit wollen Sie fahren?« fragt ein Mitfahrender.
Nachtblau: »Wenn mein Toches *(der Allerwerteste)* es aushält: bis Warschau.«

Im Expreßzug Lyon-Marseille sitzen in einem Coupé bereits drei Herren. Ein jüdischer Commisvoyageur tritt herein und schlägt sogleich vor: »Meine Herren, wir wollen die Strecke bis Marseille in vier Teile aufteilen. Jeder von uns kann dann während eines Viertels der Strecke eine ganze Bank für sich allein haben zum Schlafen. Sind Sie einverstanden, daß ich als erster bis Dijon schlafe?«
Die Herren sind einverstanden, der Commis legt sich hin. In Dijon wacht er auf und nimmt seinen Koffer herunter, um auszusteigen. Die andern drei Herren sind empört: »Warum haben Sie uns nicht gesagt, daß Sie bloß bis Dijon fahren?«
»Meine Herren – Sie haben mich nicht gefragt.«

Im Zug von Krakau nach Rzeszow unterhält sich ein junger polnischer Offizier, sichtlich aus der jüdischen Intelligenzschicht stammend, mit einem alten Kaftanjuden. Wie sie sich einem kleinen Ort nähern, erklärt der alte Jude mit tränenerstickter Stimme: »Sehen Sie, Herr Leutnant, an diesem Ort, da ist mein armer Vater – er ruhe in Frieden – elend zugrunde gegangen ...«
Der Offizier springt auf und salutiert ehrerbietig, bis der Ort passiert ist.
»... und hier«, fährt der alte Jude fort, wie das nächste Dorf in Sicht kommt, »hat er sich wieder etabliert.«

In einem Zugabteil erster Klasse sitzt ein Jude einem schlafenden Offizier gegenüber. Plötzlich wird ihm schlecht, und er erbricht sich auf die Uniform des Offiziers. Er erschrickt tödlich, dann aber faßt er sich, beginnt, den Offizier eifrig abzuwischen, weckt ihn auf und fragt teilnahmsvoll: »Ist Ihnen schon besser?«

Zugabteil. Ein Hauptmann und ein Jude sitzen einander gegenüber. Der Jude nimmt aus der Rocktasche ein Zigarrenetui, holt eine Zigarre heraus, steckt das Etui ein, schneidet die Zigarrenspitze ab, steckt sich die Zigarre in den Mund und nimmt eine Streichholzschachtel heraus. Als das Streichholz aufflammt, springt der Hauptmann hoch, reißt dem Juden die Zigarre aus dem Mund und wirft sie in hohem Bogen aus dem Fenster.
Der Jude: »Was erlauben Sie sich?«
Hauptmann: »Hier wird nicht geraucht!«
Jude: »Aber ich habe ja gar nicht geraucht!«
Hauptmann: »Hier werden auch keine Vorbereitungen getroffen!«
Kurz darauf nimmt der Hauptmann eine Zeitung hervor und faltet sie auseinander. Eben will er anfangen zu lesen, da reißt ihm der Jude die Zeitung aus der Hand und wirft sie ebenfalls aus dem Zug.
Der Hauptmann: »Was erlauben Sie sich?«
Der Jude: »Hier wird nicht gesch ... en!«
Hauptmann: »Aber ich habe doch gar nicht gesch...!«
Jude: »Hier werden auch keine Vorbereitungen getroffen!«

Vier Uhr früh weckt der Wirt den schlafenden Gast.
»Aber um Himmels willen«, ruft dieser, nachdem er einen Blick auf die Uhr geworfen hat, »ich will doch erst um sieben Uhr geweckt werden.«

»Ich weiß«, sagt der Wirt, »aber der Gast von nebenan will frühstücken.«
»Was geht mich das an!« stöhnt der Unglückliche.
Der Wirt: »Sie schlafen auf unserm einzigen Tischtuch.«

Mitten auf dem Ozean fallt ein achtjähriges Kind über Bord. Der verzweifelte Vater verspricht jenem, der sein Kind rettet, zehntausend Dollar. Während noch alles erstarrt an der Reling steht, ist Sali Bleimschein schon in den Fluten verschwunden, taucht auf mit dem Jungen im Arm, ergreift einen der vielen Rettungsringe, die man ihm zuwirft, und wird an Bord gezogen. Der glückliche Vater stürzt auf ihn zu, bedankt sich überschwenglich und bittet ihn, in seine Kabine zu kommen, damit er ihm den Scheck ausstellen kann.
Sali: »Von Geschäften reden wir später. Zuerst möcht ich wissen, wer mich getreten hat in den Hintern, so daß ich gestürzt bin über Bord.«

Das Schiff hat ein Leck. Die Leute schreien, weinen. Ein Jude gebärdet sich besonders verzweifelt. Da tritt ein anderer auf ihn zu und fragt verwundert:
»Was schreist du? Ist es dein Schiff?«

Der alte Schmul schläft mit einem Fremden zusammen in einer Kabine. Nachts beginnt Schmul zu jammern:
»Oi, hob ech a Dorscht! Oi, hob ech a Dorscht!«
Das nimmt kein Ende, schließlich zieht sich der Fremde fluchend an und holt in der Kantine eine Flasche Selterswasser für Schmul. Eine Zeitlang ist es nun still. Dann beginnt Schmul zu skandieren: »Oi, hob ech gehobt a Dorscht!«

Militärisches

Schmul soll zur Assentierung gehen: ob Moische ihm nicht einen Rat geben könne, damit er »untauglich« geschrieben werde? Moische rät ihm, sich alle Zähne ziehen zu lassen.
Einige Tage später sieht er sich einem erbosten Schmul gegenüber: »Einen schönen Rat hast du mir gegeben!«
»Aber wieso denn? Bist du nicht ›untauglich‹?«
»Das schon, aber wegen die Plattfüß'!«

Nervöser Jude bei der Musterung: »Ich bitt schön, Herr Doktor, versetzen Sie mich nicht zur Artillerie! Ich kann das Schießen nicht hören!«
»Haben Sie keine Angst, die schießen so laut, das werden Sie schon hören können!«

Gewehrübungen. Feldwebel: »Nicht so zaghaft, Kohn! Sie präsentieren ein Gewehr, nicht einen Wechsel!«

Gereizter Feldwebel zum Einjährigen Kohn, aus dem sich mit dem besten Willen kein disziplinierter Soldat machen läßt: »Wissen Sie was, Kohn, kaufen Sie sich eine Kanone, und machen Sie sich selbständig!«

Einjähriger Katz: »Ich bitte um Urlaub, Herr Feldwebel.«
Feldwebel: »Grund?«

Katz: »Immatrikulation.«
Feldwebel: »Immer diese verfluchten jüdischen Feiertage!«

Gegenseitige Vorstellung im Bahncoupé.
»Von Bredow – Leutnant der Reserve.«
»Lilienthal – dauernd untauglich.«

Zwei Herren mit militärischen Orden an der Brust sitzen sich im Bahncoupé gegenüber. Der eine stellt sich vor: »Lilienblum. Ich habe Hafer geliefert.«
Der andere, streng: »Von Schachnitz. Ich habe Schlachten geliefert.«
Lilienblum, achselzuckend: »Glauben Sie etwa, ich habe guten geliefert?« *(Beruht auf dem Mißverständnis Schlacht = schlecht, das von der jiddischen Aussprache her sehr naheliegt.)*

Im Bahncoupé spürt ein Offizier plötzlich einen Floh, von dem er vermutet, daß er wohl von dem gegenübersitzenden Juden zu ihm gekommen ist. Er knipst ihn deshalb mit der Bemerkung »Deserteur!« zu dem Juden hinüber. Der Jude knipst den Floh zurück mit den Worten: »Zurück zur Armee!«

Die jungen Kavalleristen sollen dem Feldwebel für seine Liste ihre und ihrer Pferde Namen angeben, und zwar muß der Pferdenamen an zweiter Stelle genannt werden. Die jungen Leute diktieren: »Von Bredow – Juno.«
»Von Itzenplitz – Brausewetter.«
Der junge Kohn hat nicht aufgepaßt und diktiert: »Apollon – Kohn.«
Hierauf der Feldwebel: »Ja, das könnte Ihnen so passen!«

Der Feldwebel erklärt den Rekruten.
»Ich zähle bis drei, und dann rennen Sie los wie der Blitz! Ich fange an! Eins ... zwei ... He, Sie da, was rennen Sie? Ich habe doch noch gar nicht drei gesagt!«
Rosenblum: »Ach, Herr Feldwebel, das sind ja alles Esel; ich aber habe gewußt, daß Sie gleich ›drei‹ sagen werden!«

Warum gehen die Juden nicht gern zur Kavallerie?
Da hams ka Rabbiner *(Karabiner).*

Das war 1917. Hoher Besuch im Verwundetenlazarett. Kaiserin Zita tritt ans erste Bett heran: »Wie ist Ihr Name? Wo wurden Sie verwundet? Ihre Konfession?«
Auf die Antwort ›katholisch‹ legt die Kaiserin fünf Zigaretten auf das Nachtkastl.
Sie tritt an ein zweites Bett heran. Der Mann ist protestantisch.
Die Kaiserin legt vier Zigaretten hin.
Da winkt eine schwer bandagierte Gestalt aus dem nächsten Bett und ruft: »Mir kimmen *(kommen)* drei!«

Der General geht ein Spital inspizieren und fragt einen kranken Soldaten: »Was fehlt Ihnen?«
»Melde gehorsamst, ich habe Furunkel.«
»Was für Behandlung macht man Ihnen?«
»Melde gehorsamst, werde mit Jodtinktur gepinselt.«
»Und das hilft?«
»Melde gehorsamst, ja.«
»Haben Sie irgendeinen Wunsch?«
»Melde gehorsamst, nein.«
Der General fragt einen zweiten. Es stellt sich heraus, er hat Hämorrhoiden. Auch er wird mit Jod gepinselt. Es hilft, und er hat keine Wünsche.

Der General fragt den Soldaten Feuerstein.
»Melde gehorsamst«, sagt Feuerstein, »ich habe geschwollene Mandeln. Ich werde mit Jodtinktur gepinselt. Ja, es hilft.«
»Haben Sie irgendeinen Wunsch?«
»Melde gehorsamst, ja: könnte ich nicht *zuerst* gepinselt werden?«

An der Front in der Donaumonarchie. Ein jüdischer Soldat stürzt heulend ins Feldlazarett: »A Schrap ... a Schrap ...«
Der Arzt: »Ein Schrapnell hat ihn getroffen. Schnell operieren!«
Der jüdische Soldat: »Doktorleben, lassen Sie mich ausreden! A Schrapmaschin *(galizisch-jiddisch: schreiben = schraben)* is mir afn Fuß gefallen!«

Im russischen Trommelfeuer steht der Wiener Leutnant im Graben. Er träumt von seiner fernen Braut und seufzt: »Ach Zitta!«
Soldat Mandelkern hat es gehört und gesteht: »Ach zitta *(ich zittere)* auch!«

Die Nachtwache im Militärlazarett wird gewöhnlichen Soldaten anvertraut. Am Morgen nimmt ihnen jeweils der Stabsarzt den Rapport ab. Soldat Sebastian meldet:
»Patient Müller hatte eine schlechte Nacht. Er hat gefiebert und geklagt, ich habe ihm feuchte Kompressen gemacht und Aspirin gegeben, da hat er sich etwas beruhigt.«
Die Nacht darauf hat Katz die Wache. Am Morgen stöhnt er: »Herr Doktor – Spaß hab' *ich* gehabt eine Nacht!«

Nach der Schlacht liegen die verwundeten Soldaten da, ein katholischer Priester tritt an einen von ihnen heran, und um festzustellen, ob der überhaupt bei Bewußtsein ist, hält er ihm das Kruzifix vor und fragt: »Mein Sohn, weißt du, was das ist?«
Der Soldat, zufällig Jude, öffnet mühsam die Augen und ächzt: »Ich habe eine Kugel im Bauch – und er gibt mir Rebus auf!«

Kasernenhof. Feldwebel: »Kohn, wie stehen Sie da?«
»Nu – so wie ich gewachsen bin.«
»Ihnen fehlt ja ein Knopf am Rock!«
»Nu – was soll ich dazu tun?«
»Annähen, Sie Schwein!«
»Der Rock gehört ja nicht mir!«
»Kerl, im Dienst gehört er Ihnen!«
»Wenn er mir gehört – was geht es Sie dann an, ob der Knopf dran ist oder nicht?«

Feldwebel: »Warum soll der Soldat nicht mit brennender Zigarette über den Kasernenhof gehen?«
Rekrut Veilchenfeld: »Recht haben Sie, Herr Feldwebel, warum soll er nicht!«

Vor der Schlacht tritt der Offizier an die Truppe heran und sagt feierlich: »Soldaten, jetzt geht es Mann gegen Mann!«
Infanterist Rubin: »Zeigen Sie mir, bitte, meinen Mann! Vielleicht kann ich mich gütlich mit ihm verständigen.«

Im Ersten Weltkrieg besichtigt ein Leutnant die berühmte Synagoge eines kleinen Ortes in Galizien, und zwar am Samstag. Danach sagt er zum Schammes *(Synagogendiener):* »Ich würde dir ja gerne Geld geben –

aber am Schabbes!« *(Am Sabbat berühren fromme Juden kein Geld.)*
Darauf der Schammes: »Nu, Herr Laitnantleben, Gott der Gerechte, er mecht froh sein, wenn im Krieg die Lait täten nichts Ärgeres, als nehmen Geld am Schabbes!«

Laib Halbgewachs kommt aus dem Ersten Weltkrieg nach Hause und verkündet, er werde nun ein Buch schreiben, das jeder kaufen müsse.
»Bist du meschugge? Wer wird dein Buch kaufen? Wie soll es denn heißen?«
»›Vier Jahre unter den Gojim. Ihre Sitten und Gebräuche.‹ Wird das nicht jeder kaufen müssen?«

Ein Jude kommt frisch in den Schützengraben. Eben ist im Vorfeld eine feindliche Patrouille. Es beginnt eine wüste Schießerei. Der Jude ruft entsetzt: »Hört doch auf zu schießen! Seht ihr nicht, daß dort Leut herumlaufen?!«

Napoleon dekoriert nach der Schlacht von Austerlitz etliche Soldaten und sagt: »Ich möchte euch gern einen Wunsch erfüllen!«
Einer der Dekorierten ist Pole: »Ich möchte ein freies Polen!«
»Du sollst es bekommen«, antwortet Napoleon würdig.
Der zweite ist Deutscher. Im Krieg ist ihm seine Brauerei verbrannt, er möchte wieder eine haben.
»Sie wird dir aufgebaut werden«, verspricht Napoleon.
Der dritte ist Jude. Er wünscht sich marinierte Heringe ... Die beiden andern lachen über ihn.
»Ihr versteht das nicht«, erklärt der Jude, »das freie Polen und die Brauerei – das bekommt ihr ohnehin nicht. Ich meinen Hering – *vielleicht* werde ich ihn bekommen.«

Der Zar ist leutselig gestimmt und fragt bei der Inspektion einen Soldaten: »Wenn dein Offizier dir Befehl geben wird, mich zu erschießen, wirst du es dann tun?«
Iwan: »Jawohl, Väterchen.«
Zar: »Mich, den Zaren, wirst du erschießen?«
Iwan, nach kurzem Nachdenken: »Befehl ist Befehl!«
Der Zar fragt noch weitere Soldaten, alle berufen sich auf die Gehorsamspflicht. Schließlich stößt er auf einen jüdischen Soldaten. Dieser sagt, ohne zu zögern: »Nein, Majestät!«
Zar, erfreut: »Und warum nicht?«
Der jüdische Soldat, verdrießlich: »Weil man in dieser Unordnung wieder vergessen hat, uns die Munition zuzuteilen.«

Variante:
Jüdischer Soldat, die Trommelschlegel hochhebend: »Womit denn? Ich bin doch Tambour!«

Während des Ersten Weltkrieges unterhielten sich zwei Juden in der Ukraine über Militärflugzeuge. Der eine meinte nachdenklich: »Wie kann man vom Boden her überhaupt sehen, ob es russische oder deutsche Flugzeuge sind?«
»Das ist sehr einfach«, meinte der zweite, »wenn das Flugzeug wirklich fliegt, dann gehört es den Deutschen.«

Ein in Rußland gefangener deutscher Soldat zum jüdischen Wächter: »Unser Kaiser Wilhelm ist großartig! Jede Woche geht er einmal an die Front.«
»Unser Nikolai ist noch weit großartiger«, meint der Jude unbeeindruckt, »der braucht sich gar nicht erst vom Fleck zu rühren, die Front geht ihm jede Woche ein Stück entgegen.«

Ein jüdischer schwächlicher Soldat der zaristischen Armee bringt an der galizischen Front von seinen Patrouillengängen täglich neun Gefangene mit. Niemand kann das begreifen. Schließlich erklärt er es:
»Ich schleiche mich jeweils möglichst nahe an den österreichischen Schützengraben heran und flüstere: ›Ich brauche einen Minian für eine Jahrzeit.‹ *(Minian, wörtlich = Zahl: Mindestzahl der zehn Männer, die für einen Gemeindegottesdienst unerläßlich sind. Jahrzeit: jährlicher Gedenktag für verstorbene Verwandte.)* Und sooft ich das sage, klettern neun jüdische Männer aus dem Graben zu mir heraus.«

1942. Jüdische Arbeitskompanie in Südungarn. Einer der jüdischen Arbeitsdienstler tritt an den alten ungarischen Feldwebel, im Zivilberuf Maurer, heran und bittet: »Erlauben Sie doch, daß der Eisikowitsch nicht schaufeln soll! Er hat Angina pectoris.«
Der Feldwebel: »Na und? Der Steinfeld hat sogar Signum Laudis *(eine Auszeichnung im Ersten Weltkrieg)*, und er schaufelt doch.«

Osteuropa – mit und ohne Zar

Den Juden war im alten Rußland der Aufenthalt nur in einigen wenigen Distrikten und Städten erlaubt. Befanden sie sich ohne Aufenthaltserlaubnis – eine solche konnte unter ganz bestimmten Voraussetzungen dennoch erteilt werden – in einer verbotenen Stadt, so mußten sie eine Begegnung mit der Polizei sorgfältig meiden.

Zwei Juden erblicken von weitem zwei Gendarmen.
»Weißt du was«, bittet der eine seinen Begleiter, »du hast doch eine gültige Aufenthaltserlaubnis bei dir. Renn davon, dann werden die Polizisten dir nachlaufen, und ich werde mich inzwischen verstecken können.«
Der Gebetene rennt los, die Polizisten setzen ihm nach und packen ihn. Er zeigt seinen gültigen Ausweis vor.
Polizist: »Warum bist du denn geflohen?«
»Ich bin nicht geflohen«, behauptet der Jude. »Der Doktor hat mir Bitterwasser verschrieben und befohlen, ich müsse hernach laufen. Darum bin ich gelaufen.«
»Aber du hast doch gesehen, wie wir hinter dir her rennen. Warum bist du nicht stehengeblieben?«
»Ach – ich dachte, der Doktor hätte Ihnen auch Bitterwasser verschrieben.«

Man befürchtet einen Pogrom. Da die Kosaken nicht nur morden, sondern auch vergewaltigen, werden die jungen jüdischen Mädchen sorglich versteckt. In eines

der Verstecke drängt sich auch eine alte Jüdin. Die Mädchen wundern sich:
»Aber Großmutter, was habt denn Ihr zu befürchten?«
»So?« sagt die alte Dame beleidigt, »gibt es nicht auch alte Kosaken?«

Russischer Antisemit: »Die ausländischen Zeitungen sind alle von Juden gemacht!«
Russischer Jude: »Ohne Zweifel. Darum kommen sie auch alle beschnitten bei uns an.« *(Doppelanspielung auf den jüdischen Taufritus und auf die zaristische Zensur.)*

Der Zar inspiziert ein Regiment und befragt einzelne Soldaten, wie sie zufrieden sind. Die meisten haben nichts zu klagen. Aber ein junger Jude faßt sich das Herz und sagt: »Majestät, ich bin unglücklich in Rußland. Ich darf nicht wohnen, ja nicht einmal übernachten, wo ich will. Ich darf keine höheren Schulen besuchen. Es gibt Pogrome. Meine Familie stirbt vor Hunger …«
Der Zar seufzt: »Glaubst du, lieber Jankel, es geht mir besser als dir? Meine Minister betrügen und bestehlen mich. Man wirft Bomben auf mich. Ich bin sehr unglücklich …«
»Wissen Sie was, Majestät«, schlägt Jankel vor, »wandern wir zusammen nach Amerika aus!«

Im zaristischen Rußland dauerte der Militärdienst viele Jahre und bedeutete für einen Juden praktisch ein zerstörtes Leben. Die große Unordnung und die Bestechlichkeit der Behörden erleichterte indes das Entschlüpfen.
Elkisch hat große Sorgen: »Ich weiß nicht, was ich tun

soll. Allmählich muß ich mich entschließen, meinen kleinen Sohn in die amtlichen Geburtslisten einzutragen. Und nun: Trage ich ihn älter ein, als er ist, und es gelingt ihm, Gott behüte, nicht, sich vom Militärdienst loszukaufen, dann muß er am Ende dienen, wenn er noch viel zu zart und zu schwach ist dafür. Melde ich ihn wiederum jünger an, als er ist – dann nehmen sie ihn womöglich zu den Soldaten, wenn er bereits Weib und Kinder hat!«

»Vielleicht meldest du ihn einfach genau so alt an, wie er ist?«

»Eine großartige Idee! Das wäre mir nicht eingefallen!«

Zeitweise konnte man im zaristischen Rußland vom Militärdienst befreit werden, wenn man beim Zeitpunkt der Rekrutierung bereits verheiratet war. Da bei Juden sogar kleine Knaben zwangsrekrutiert wurden, verheirateten manche jüdischen Eltern ihre Bübchen schon im zarten Alter, wenn auch natürlich nur formal.

Der kleine Moische wälzt sich im bloßen Hemdchen im Straßendreck. Ein Bekannter kommt vorbei und fragt streng: »Wieso bist du nicht im Cheder?« *(Kleinkinderschule für Hebräisch.)*

»Was heißt ›Cheder‹! Ich bin doch ein verheirateter Mann!«

»Aha! Und wieso schämst du dich nicht, als verheirateter Mann ohne Hosen herumzulaufen?«

»Ich kann nichts dafür. Mein kleiner Bruder heiratet heute und braucht die Hosen für seine Hochzeit.«

Ein Gutsherr kam auf den Einfall, den griechisch-orthodoxen Priester und den Rabbiner seines Dorfes zum Disput aufzufordern. Wer zuerst eine Frage nicht beant-

worten konnte, den sollte es den Kopf kosten. Der Rabbiner aber hatte keine Lust, sein Leben aufs Spiel zu setzen. Da meldete sich an seiner Stelle der fast analphabetische jüdische Kutscher! Er wollte aber als erster eine Frage stellen. Der Priester hatte angesichts eines so unfähigen Gegners keine Bedenken, einzuwilligen.
»Was heißt ›eineni jodea‹?« *(hebräisch: ich weiß nicht)* fragte der Kutscher.
Der Priester, ein guter Hebraist, antwortete ohne zu zögern: »Ich weiß nicht« – und es kostete ihn den Kopf.
Die Juden bewunderten den genialen Einfall des Kutschers.
»Wie bist du bloß darauf verfallen?« wollten sie wissen.
»Das kam so«, erklärte der Kutscher, »vor Jahren fragte ich unsern Rabbiner, was ›eineni jodea‹ heißt, und er sagte: ›Ich weiß nicht.‹ Da dachte ich: wenn der Rabbiner es nicht weiß, wird der Priester es erst recht nicht wissen.«

Ein frisch eingereister russischer Jude in Kaftan und traditioneller Pelzmütze wird in Königsberg von einem Polizisten angehalten und gefragt: »Haben Sie Ausweispapiere?«
»Ausweispapiere?« fragt der Jude entsetzt, »ich bin doch zum ersten Mal in meinem Leben in Deutschland. Wie kann ich da schon ausgewiesen worden sein!«

Russische Ballade.
»Wie geht es? Wir haben uns ja lange nicht mehr gesehen!«
»Nicht gut, nicht schlecht: mittel.«
»Was heißt das?«
»Ja, weißt du, der Graf hat mir die Pacht gekündigt.«

»Das ist doch schlecht!«
»Nicht so schlecht. Ich bin jetzt Bierbrauer.«
»Das ist doch gut!«
»Nicht so gut. Der Brauerei gegenüber wohnt ein junger Offizier – der hat mit meinem Weib ein Verhältnis angefangen.«
»Das ist doch schlecht!«
»Nicht so schlecht. Die Frau des Offiziers tröstet sich in meiner Gesellschaft – und sie ist reizend.«
»Das ist doch gut!«
»Nicht so gut. Stell dir doch bloß vor, was daraus hervorgehen wird: ich setze seiner Frau Söhne in die Welt, die trotz jüdischer Herkunft am Hofe in Petersburg werden verkehren dürfen; und er setzt meiner Frau Söhne in die Welt, die trotz ihres gräflichen Papas als Juden nicht einmal in Petersburg werden übernachten dürfen!«
»Das gefällt mir nicht!«
»Ja eben, ich sagte dir ja schon, es geht nicht gut, es geht nicht schlecht, es geht so mittel.«

Im zaristischen Rußland fiel ein Jude, der nicht schwimmen konnte, in die Newa. Er schrie um Hilfe; in der Ferne spazierten zwei Polizisten – aber sie gingen gleichgültig weiter. Da kam dem Juden in der Not eine Idee.
»Nieder mit dem Zaren!« brüllte er aus Leibeskräften. Im Nu sprangen beide Polizisten ins Wasser und schleppten ihn heraus, um ihn ins Gefängnis zu bringen.

»Wo warst du, und was tatest du während der großen Revolution im Jahre 1917?« fragt das russische Revolutionstribunal einen Juden zum soundsovielten Male. Er

erklärt es ihnen, so gut er kann, und dann will er wissen: »Und wo wart ihr alle zusammen im Jahre 1894?«
»Was gab es damals?« will einer der Herren wissen.
Der Jude, seufzend: »Die große Choleraepidemie.«

Ein jüdischer Lehrer las mit den Kindern in Sowjetrußland alte russische Tierfabeln. Er deklamierte: »... und Gott schenkte dem Raben ein Stück Käse.«
Schüler, drohend: »Es gibt keinen Gott!«
Der Lehrer erschrak. Dann aber faßte er sich und sagte: »Na, und Käse? Gibt es etwa Käse? *(Es waren damals schwere Hungerjahre in Rußland.)* Du siehst doch: es ist beides nur symbolisch gemeint, Gott sowohl wie Käse.«

»Was tätest du«, fragt der Kommissar den Juden, »wenn die Partei dir deinen letzten Rubel abverlangen würde?«
»Ich würde ihn sofort hergeben«, behauptet der Jude.
»Brav. Und wenn die Partei dein letztes Hemd verlangt?«
»Ich würde schreien und es auf keinen Fall geben.«
»Wo bleibt da die Logik?«
»Warum verstehst du nicht? Rubel – hab' ich keinen. Aber ein Hemd hab' ich doch!«

Nach seinem Tode brachte ein jüdischer Kaufmann, durch die russische Revolution zum Bettler geworden, den leeren Bettelsack in den Himmel, legte ihn Karl Marx vor die Füße und sagte: »Hier haben Sie die Zinsen Ihres ›Kapitals‹.«

Lenins Totenfeier. Gewaltiger Pomp. Ein Jude: »Was für eine Verschwendung! Für dieses Geld könnte man die ganze Partei begraben!«

Zwei Juden stehen vor Lenins Sarkophag. Man diskutiert die Nachfolge Lenins. Der erste Jude: »Moische – wen sähest du gern an der Stelle Lenins.«
Moische, mit einem Blick auf den Sarg: »Alle Bolschewiken!«

Parteipolitischer Kursus in Budapest. Der Vorsitzende fordert zur Diskussion auf. Niemand will Fragen stellen. Schließlich meldet sich Schapiro: »Dreierlei möchte ich wissen: Wo geht unser Getreide hin? Wo geht das Fleisch unserer Rinderherden hin? Und wo geht das Holz unserer Wälder hin?«
»Ich notiere mir die Fragen und beantworte sie das nächste Mal«, verspricht der Vorsitzende ...
Als er das nächste Mal wieder zur Diskussion auffordert, meldet sich Josselowitsch: »Ich habe nur eine einzige Frage, Genosse Vorsitzender: Wo ist Genosse Schapiro?«

Im kommunistischen Polen.
»Wie unterhält sich heute ein gescheiter polnischer Jude mit einem dummen?«
»Von New York aus per Telephon.«

Kohn ist in der Hitlerzeit rechtzeitig aus Galizien entkommen und in die chinesische Volksrepublik eingewandert, in die Partei eingetreten und in prominente Stellung aufgerückt. Als orthodoxer Jude trägt er aber nach wie vor die im Osten üblichen »Pejes« *(Schläfenlocken; die Tracht beruht auf einer bestimmten Bibelstelle).*
Einmal kommt ein hoher chinesischer Bonze zu ihm und tadelt: »Herr Kohn, wir sind zwar mit Ihrer Arbeit zufrieden. Aber es gefällt uns nicht, daß Sie als atheistischer Kommunist nach wie vor die Haartracht der gläubigen Juden tragen.«

Kohn: »Das ist bei mir nicht Frömmigkeit, sondern bloß Gewohnheit und Tradition.«
Bonze: »Wir lehnen aber laut Parteidoktrin auch Traditionen radikal ab. Schauen Sie – wir haben doch auch Jahrtausende lang Zöpfe getragen –, und nun haben wir sie abgeschnitten.«
Kohn klärt lange und meint dann: »Nun ja – aber die Zöpfe waren auch nicht schön!«

Denn wovon lebt der Mensch?

Da die jüdischen Kultusinstitutionen in der Diaspora nicht vom Staat finanziert werden, müssen die Mittel von den Gemeindemitgliedern selber auf die verschiedenste Weise zusammengetragen werden. Unter anderm ist es üblich, die Ehre, den Tora-Segen sprechen oder bestimmte Bibelabschnitte vorlesen zu dürfen, in der Synagoge zu versteigern.

Baron Sparwitz spaziert gelangweilt in seinem ostpreußischen Nest herum. Da hört er Stimmen aus der Synagoge herausschallen und geht neugierig hinein. In diesem Augenblick wird drinnen ausgerufen: »Kohn – zwanzig Mark.«

Ohne sich zu besinnen, ruft der Baron: »Hundert Mark!«

Voll Verlegenheit sagt einer der Juden: »Aber Herr Baron wissen ja gar nicht, worum es geht!«

»Das brauche ich auch gar nicht zu wissen«, meint Sparwitz. »Denn eines weiß ich bestimmt: bietet Kohn zwanzig, dann ist der Wert hundert.«

»Was für reizende zwei Dackel Sie da haben! Und beide so ähnlich! Ich würde sie Kastor und Pollux nennen.«

»Ich nenne sie Loeser & Wolff *(seinerzeit eine sehr bekannte Berliner Zigarrenfirma mit unzähligen Filialen)*, weil sie an jeder Ecke ein Geschäft machen.«

Chef: »Zweihundert Sommerhosen sind mir liegengeblieben. Was soll ich jetzt mit ihnen anfangen?«
Prokurist: »Wir schicken die Hosen in die Provinz.«
Chef: »Dort kauft sie doch jetzt auch niemand.«
Prokurist: »O doch, man muß es nur richtig anpacken. Wir senden unseren Kunden Musterpakete zu zehn Hosen und fakturieren ihnen nur acht. Wir tun, als ob wir uns geirrt hätten, kalkulieren den Preis aber so, daß wir gut auf die Rechnung kommen. Dann werden unsere Kunden sich freuen, uns hereinzulegen, und werden die Pakete behalten.«
Der Chef findet den Einfall großartig; Pakete und Fakturen werden abgeschickt ... Drei Tage später schreit der Chef den Prokuristen an: »Sie Idiot, schauen Sie bloß, was Sie uns eingebrockt haben! Keiner der Kunden hat die Ware behalten, aber alle retournieren sie uns nur acht Hosen!«

Leib Kaplanski steht den ganzen Tag in seinem Lädchen – kein Kunde läßt sich blicken. Acht Uhr abends will er resigniert schließen, da stürzt jemand hastig herein und verlangt einen Briefumschlag. Kaplanski verlangt zwei Pfennig, der Kunde wirft aber zehn Pfennig auf den Ladentisch, will auf das Herausgeld nicht warten und stürzt wieder davon ...
Zu Hause fragt die Frau: »Wie war heute das Geschäft?«
»Der Umsatz«, gesteht der Mann, »war nicht besonders. Aber der Verdienst!«

Jankel klopft am späten Abend an Moisches Fenster und fragt leise: »Schläfst du schon, Moische?«
»Nein.«
»Du könntest mit fünfzig Gulden leihen.«
»Ich schlaf, ich schlaf!«

»Sigi, was ist eigentlich eine richtige Spekulation?«
»No, schau, ich will es Dir erklären. Eier stehen hoch im Kurs, da machst Du eine Hühnerfarm. Es kommt eine Überschwemmung – und alle Hühner ersaufen. Enten hättste züchten sollen!«

Lilienblatt erblickt auf der Straße Wendriner, der ihm zweihundert Mark schuldet. Er will Wendriner unaufdringlich mahnen, klopft ihm auf die Schulter und sagt freundlich: »Was für eine Freude, Sie zu sehen! Was macht die Frau, wie geht es den Kinderchen?«
Hierauf Wendriner, melancholisch: »Ja, so sagen *Sie*, Herr Lilienblatt, aber zahlt *mir* denn einer?«

Der alte Sauerteig, ein renommierter Weinhändler, liegt im Sterben. Die Söhne umstehen ihn respektvoll. Der sterbende Sauerteig erteilt mühsam seine letzten Ratschläge. Schließlich flüstert er, schon ganz kraftlos: »Übrigens, was ich euch noch verraten wollte: Wein kann man auch aus Trauben machen.«

Krieg, Ernährungsknappheit, strenge Vorschriften für Höchstpreise der Lebensmittel. Mendel verkauft Gänse à 200 Kronen das Stück und floriert. Sein Nachbar will es nachmachen. Er publiziert eine entsprechende Annonce in der Tageszeitung – da kommt die Polizei und beschlagnahmt ihm seine Gänse.
»Mendel«, fragt der Nachbar, »wieso kommt die Polizei nicht zu dir? Du verkaufst doch deine Gänse auch à 200 Kronen!«
»Was hast du denn annonciert?« fragt Mendel.
»Ich habe annonciert: Gänse à 200 Kronen zu verkaufen.«
»No – wenn du es so dumm anstellst! Ich annonciere

jeweils: am Sonntag 200 Kronen am Kirchenplatz verloren. Der ehrliche Finder erhält eine Gans. Am nächsten Tag hat dann jeweils die halbe Stadt meine 200 Kronen gefunden.«

Polnisch-jüdisches Sprichwort:
Wenn man arbeitet, hat man keine Zeit, Geld zu verdienen.

Der alte Menazbach, Inhaber eines bescheidenen Ladens, liegt im Sterben. Sein Augenlicht ist bereits fast ganz erloschen. Die Familie umsteht ehrfürchtig sein Lager. Mit letzter Kraft beginnt Menazbach noch einmal zu sprechen:
»Rifke, mein Weib, bist du da?«
»Ja, Kroinele.«
»Jakob, mein Sohn, bist du da?«
»Ja, Vater.«
»Lea, meine Tochter, bist du da?«
»Ja, Vater.«
»Rahel, meine Tochter, bist du da?«
»Ja, Vater.«
Da richtet sich der Alte mit letzter Kraft zornig auf und schreit: »Und wer ist im Geschäft?«

Stettiner besitzt Aktien, denen er mißtraut.
»Morgen von zwölf bis zwei Uhr ist Generalversammlung«, sagt er zu seinem Angestellten. »Fahren Sie hin und telegraphieren Sie mir um zwei Uhr sofort, wie es steht.«
Der Angestellte fährt hin. Fünf Minuten nach zwölf ist bereits sein Telegramm da: »Sofort verkaufen.«
Als der Angestellte wieder da ist, lobt der Chef: »Sie haben mich vor einem wirklichen Verlust bewahrt. Aber wieso konnten Sie schon um zwölf telegraphieren, noch

bevor jemand an der Börse ahnte, wie die Dinge standen?«
»Der Präsident«, erklärt der Angestellte, »eröffnete die Generalversammlung mit dem Worte ›Leider …‹, da habe ich schon alles gewußt.«

Koppelberg ist in einen üblen Prozeß verwickelt. Mitten drin muß er wegreisen. Er übergibt seinem Anwalt alle Vollmachten und erbittet telegraphische Nachrichten.
Eines Tages schickt der Anwalt die Freudenbotschaft los: »Die gerechte Sache hat endlich gesiegt!«
Worauf der entsetzte Koppelberg zurücktelegraphiert: »Auf der Stelle Berufung einlegen!«

»Ich lege in meinem Geschäft jeden Tag drauf.«
»Lieber Himmel, wovon lebst du denn?«
»Nun – Samstag und Sonntag habe ich ja zu.«

»Ich arbeite seit einem Jahr nur noch mit Defizit.«
» Ja – warum machst du dann nicht lieber das Geschäft zu?«
»So – und wovon soll ich dann leben!«

Gespräch an der Börse: »Hallo, Bienstock, was treibst du?«
»Ich spekuliere in Minen!«
»Dazu gehört doch Geld!«
»Ach wo! Ich stelle mich beim Ausgang auf, und wenn einer mit fröhlicher *Miene* herauskommt, schnorre ich ihn an.«

Der Versicherungsagent: »Mein Freund, versichern Sie sich gegen Unfall! Wenn Sie eine Hand brechen, bekommen Sie von uns sofort 5000 Kronen ausgezahlt. Wenn

Sie ein Bein brechen, zahlen wir Ihnen sogar 10 000 Kronen ... Und wenn Sie gar das Genick brechen, dann sind Sie ein gemachter Mann!«

Der Chef hat einen Posten von tausend Regenmänteln liegen. Er schickt seinen Reisenden in die Provinz und instruiert ihn: »Ich sollte pro Mantel fünfzehn Rubel haben. Wenn Sie aber ein großes Quantum auf einmal anbringen können, dann gehen Sie in Gottes Namen bis auf zwölf Rubel hinunter. Tiefer auf keinen Fall! Ich will keine Verlustgeschäfte!«
Der Reisende fährt los. Nach zwei Tagen telegraphiert er: »Kann hundert Mäntel verkaufen, aber nur zu elf Rubel.«
Der Chef telegraphiert zurück: »Einverstanden.«
Wieder kommt ein Telegramm: »Abnehmer für zweihundertfünfzig Mäntel gefunden. Will nur neun Rubel zahlen.«
Der Chef antwortet: »Einverstanden.«
Es kommt ein drittes Telegramm: »Kann sechshundert Mäntel zu sieben Rubel auf einmal loswerden.«
Der Chef telegraphiert zurück: »Akzeptiert.« ...
Dann kommt tagelang keine Nachricht mehr – aber auf einmal ist ein Telegramm vom Hotelwirt einer öden Provinzstadt da, der Reisende liege dort im Sterben. Der erschrockene Chef fährt sofort zu seinem treuen Angestellten, findet ihn in den letzten Zügen und fragt tief erschüttert: »Sag mir, was kann ich noch für dich tun?«
Da flüstert der Reisende aus letzter Kraft: »Einmal im Leben möchte ich es doch noch erfahren: Sagen Sie, wieviel in aller Welt haben Sie für die Regenmäntel bezahlt?«

Iwan möchte sich besaufen und zu diesem Zweck einen Gulden beim Dorfjuden leihen. Sie machen die Bedingungen aus: Iwan will erst im Frühling zurückzahlen, und zwar das Doppelte. Inzwischen deponiert er sein Beil als Pfand.
Als Iwan weggehen will, ruft ihm der Jude nach: »Iwan, warte noch, mir ist etwas eingefallen. Im Frühling wird es dir schwerfallen, zwei Gulden aufzutreiben. Ist es nicht besser, wenn du die Hälfte jetzt anzahlst?«
Das leuchtet Iwan ein, und er gibt den Gulden wieder zurück. Ein Weilchen geht er sinnend vor sich hin, dann murmelt er: »Merkwürdig: der Gulden ist weg, das Beil ist weg, einen Gulden bin ich obendrein schuldig – und der Jude hat doch recht!«

Auf dem Steuerbureau: »Was verdienen Sie?«
»Nichts.«
»Unsinn! Wo arbeiten Sie?«
»In Papas Bureau.«
»Na also! Was sind Sie dort?«
»Ein Teil der allgemeinen Spesen.«

In Krotoschin wurde die Stelle des Schammes vakant.
Leib Geliebter bewarb sich, wurde aber abgewiesen, weil man meinte, ein Schammes sollte wenigstens lesen und schreiben können. Leib wanderte aus nach Berlin. Dort reüssierte er so, daß er im Ersten Weltkrieg schon Direktor einer Beschaffungsgesellschaft war. Er handelte mit einem Ministerialdirektor einen Vertrag aus, den dieser seufzend unterschrieb. Dann zeichnete Leib: + + + +.
»Aber Herr Geliebter«, meinte der Beamte, »unterzeichnen Sie doch mit Namen!«
»Ich kann wirklich nicht lesen und schreiben!«

»Gott, was hätte aus Ihnen noch werden können, wenn Sie lesen und schreiben gelernt hätten!«
»Nu, höchstens Schammes in Krotoschin.«
»Sagen Sie, Herr Geliebter, was bedeutet das vierte Kreuz?«
»Das heißt: Dr. phil. h. c.«

Kunde, wutschnaubend: »Ich habe von Ihnen Ihre beste Zigarre verlangt – und was haben Sie mir da verkauft? Einen Dreck, einen Schund ... Wieso sagen Sie nichts?«
Verkäufer, melancholisch: »Was soll ich Ihnen denn sagen, Sie Glückspilz? Sie haben ja nur eine einzige solche Zigarre – ich aber habe einen ganzen Laden voll davon!«

Prager jüdischer Kaufmann schreibt an seinen Grossisten: »Bitte mir umgehend drei Stück grünen Polsterstoff, Satin, gemustert, zu schicken.
Postskriptum: Meine Frau sagt mir soeben, daß von allem noch genügend vorhanden ist. Schicken Sie mir also nichts.«

»Mir geht es sehr schlecht. Glauben Sie mir, ich weiß oft nicht, was ich essen soll.«
»Wenn es erlaubt ist, zu fragen, Herr Pischauer, von was leben Sie eigentlich?«
»Na, wissen Sie, wenn ein Fackelzug, eine Prozession oder so etwas stattfindet, dann vermiete ich die Plätze an den Fenstern meiner Wohnung.«
»Wo wohnen Sie eigentlich?«
»In der Kleinen Mohrengasse.«
»Aber da geht doch nie ein Fackelzug vorbei!«
»Jetzt können Sie sich vorstellen, wie schlecht es mir geht.«

»Wie geht's dir?«
»Gut – wenn nicht die Dajges *(Sorgen)* wären!«
»Mach's so wie ich. Nimm dir einen Dajgesträger. Dem gibst du 5000 Gulden, und er nemmt dir ab alle Dajges.«
»Wo nehm' ich die 5000 Gulden her?«
»Das ist seine erste Dajge.«

»Wieso kosten bei Ihnen die Heringe 40 Kreuzer das Stück, Herr Kohn? Der Lefkowitsch gegenüber verkauft sie zu 20!«
»Dann kaufen Sie bei Lefkowitsch!«
»Ja – aber im Augenblick hat er keine Heringe mehr.«
»Gut: wenn ich keine mehr haben werde, dann wird bei mir das Stück auch 20 Kreuzer kosten.«

Herr Mandelkern aus der Berliner Konfektion kommt nach Westerland. Er bestellt ein warmes Bad, und zwar zum Aufpreis mit Meerwasser. Nachdem er einige Stunden geruht hat, tritt er auf den Balkon und blickt fassungslos auf die inzwischen eingetretene Ebbe: »Gott der Gerechte! Hat der Mann en Umsatz!«

Es kommt telegraphisch Anfrage von einem Geschäftsfreund: »Drahtet umgehend Auskunft Ehrlich und Pollak, Häute und Felle.«
Es kommt die Auskunft: »Ehrlich ist Pollak *(polak = poln. Pole),* Pollak ist ehrlich. *Heute* sind die Leute gut, ob sie für alle *Fälle* gut sind, können wir nicht sagen.«

Kläger und Angeklagter stehen vor dem Rabbi.
Kläger: »Er schuldet mir fünfhundert Rubel und zahlt nicht.«

Schuldner: »Diesen Monat kann ich leider nicht zahlen.«
Kläger: »Das hat er schon letzten Monat gesagt.«
Schuldner: »Na und? Habe ich etwa nicht Wort gehalten?«

»Wann wirst du mir endlich deine Schuld bezahlen?«
»Wie soll ich das wissen? Bin ich ein Prophet?«

»Grün, ich bin in einer momentanen Verlegenheit. Kannst du mir aushelfen mit zehntausend Schilling?«
»Dir gesagt, lieber Blau, ich kann.«
»Was nimmst du Perzente?«
»Neun.«
»Neun! Bist du meschugge? Wie kannst du nehmen von einem Glaubensgenossen neun Perzente! Was soll Gott denken von dir, wenn er schaut von oben herunter?«
»Nebbich, wenn Gott schaut von oben herunter, sieht für ihn die Neun aus wie a Sechs!«

Der junge Moritz fragt seinen Vater: »Tateleben, wie heißt es besser: drei *Per*zent oder drei *Pro*zent!«
Der Vater: »Besser sind *vier* Perzent.«

Herr Abendschein steht finanziell sehr schwach. Als ihn ein Bekannter fragt, wie die Geschäfte gehen, meint er: »Danke. Ich kann nicht klagen ... bei mir klagen die Gläubiger.«

Bahngespräch: »Ich wette einen Gulden, ich weiß, weshalb Sie nach Wien fahren.«
»Na – weshalb?«
»Sie wollen sich mit Ihren dortigen Gläubigern ausgleichen.«

»Da haben Sie Ihren Gulden.«
»Wie – ich habe es wirklich erraten?«
»Nein. Aber Ihr Einfall ist mir einen Gulden wert.«

Der alte Lewisohn liegt im Sterben. Mühsam diktiert er seinem Sohn die Namen aller Schuldner und die geschuldeten Beträge. Dann schweigt er erschöpft. Der Sohn: »Willst du mir jetzt nicht auch die Gläubiger diktieren?« »Wozu?« murmelt der Alte, »hab keine Angst, die melden sich schon selber.«

Die Straßen von Amsterdam, zumal im ehemaligen Ghetto, sind zum Teil nur wenige Meter breit. In einer heißen Sommernacht wälzt sich Kohn ruhelos im Bett. Seine Frau fragt: »Ist dir nicht gut? Willst du eine Erfrischung?«
»Was kann das nützen?« stöhnt Kohn. »Ich schulde dem Nathanson gegenüber dreihundert Gulden, morgen soll ich zahlen – und ich habe kein Geld.«
»Ist das alles?« fragt die Frau, steht resolut auf und ruft aus dem Fenster: »Nathanson, komm mal ans Fenster! Hörst du? Mein Mann, der Kohn, kann dir morgen nicht zahlen.« Dann schließt sie das Fenster und dreht sich zu Kohn um: »Jetzt gib eine Ruh und schlaf! Jetzt ist es der Nathanson drüben, was nicht schlafen kann!«

Der Papa hat seinen herangewachsenen Sohn mit auf die Geschäftsreise genommen. Der Junge wundert sich, mit welcher Leidenschaft der Alte die Preise herunterdrückt.
»Aber Papa«, sagt er, als er mit dem schweißbedeckten Alten eines der Geschäftshäuser verläßt, »wozu das? Ich weiß ja, daß du ohnehin nicht zahlen wirst!«
»Ja«, gibt der Alte zu, »das stimmt. Aber der Mann tut mir leid, ich will nicht, daß er so viel an mir verliert.«

»Ich bin momentan sehr in der Klemme.«
»Nun, Gott wird helfen!«
»Ja, sicher, aber könnten Sie mir nicht inzwischen fünf Rubel darauf leihen?«

Eine arme galizische jüdische Gemeinde schrieb an einen reichen Kohlenhändler in Lemberg, er möchte ihr für wohltätige Zwecke einige Waggons Kohlen schenken.
»Schenken«, schrieb der Händler zurück, »werde ich euch nichts, aber fünfzig Waggons zum halben Preis überlassen.«
Die Gemeinde erklärte sich einverstanden und bestellte zunächst einmal fünfundzwanzig Waggons.
Als nach drei Monaten weder Zahlung noch Nachbestellung eintrafen, schickte der Händler eine energische Mahnung. Im Antwortschreiben der galizischen Gemeinde stand:
»... und ist uns Ihre Mahnung unverständlich. Sie haben uns fünfzig Waggons zum halben Preis offeriert, das entspricht dem Werte von fünfundzwanzig Waggons. Diese haben wir bezogen, auf den Rest erheben wir keinen Anspruch.«

Kohn kommt zum Advokaten: »Schauen Sie, Herr Doktor, was schreibt mir da der Grün, der Lump? Ich soll ihm die zweitausend Gulden zurückzahlen, sonst verklagt er mich. Nie im Leben habe ich zweitausend Gulden von ihm erhalten, das kann ich beschwören!«
»Nu, dann ist die Sache doch ganz einfach ... Fräulein, nehmen Sie mein Diktat auf: ›... Und da ich ein solches Darlehen von Ihnen nie erhalten habe, sehe ich Ihrer Klage mit Ruhe entgegen ...‹«
»Aber Doktorleben! Falsch, ganz falsch! Wo haben Sie die Rechte studiert? Fräulein, schreiben Sie: ›... Und

nachdem ich Ihnen die zweitausend längst zurückerstattet habe, sehe ich Ihrer Klage in Ruhe entge ...‹«

»Herr Kohn! Sie haben doch eben gesagt, Sie sind bereit zu schwören, daß Sie von ihm kein Geld erhalten haben!«

»Nu – hab ich denn erhalten?«

»Wieso schreiben Sie dann, daß Sie zurückbezahlt haben?«

»Schauen Sie, Doktorleben: Wenn ich so schreib, wie Sie sagen, dann kann er am Ende zwei Zeugen aufstellen, daß er *doch* gegeben hat ... Schreib ich aber so, wie *ich* will, dann hab *ich* die Zeugen zu stellen.«

Wann erhält die Frau den Namen ihres Mannes?
In der Stunde der Heirat.
Und wann erhält der Mann den Namen seiner Frau?
In der Stunde der Pleite.

Gerngroß geht nachdenklich über einen Bauplatz. Er ist in Konkurs geraten und möchte mit seinen Gläubigern lieber zu einem Zwangsvergleich kommen. Er murmelt nachdenklich: »Soll ich geben fünf Prozent oder sechs Prozent?«

Dabei gerät er in gefährliche Nähe einer Baugrube, und ein Bauarbeiter brüllt: »Geben Sie acht!«

Gerngroß: »Da können Sie lange warten!«

Chef zum Reisenden: »Ehrenberg soll plötzlich meschugge geworden sein. Fahren Sie zu ihm! Er schuldet uns noch 2000 Gulden. Sehen Sie zu, was sich machen läßt.«

Der Reisende kommt zurück und meldet: »Er ist in der Tat meschugge.«

»Und? Hat er bezahlt?«

»Nein. So meschugge ist er noch nicht.«

Teplitzer zahlt trotz wiederholter Mahnungen nicht. Der Buchhalter schlägt vor, man solle ihm ein scharfes Telegramm schicken und entwirft einen passenden Text. Der Chef: »Unsinn, das ist alles ganz überflüssiges Gerede. Ich will Ihnen zeigen, wie man telegraphiert!« Und er schreibt auf das Formular das einzige Wort: Nu?
Zwei Stunden später ist die telegraphische Antwort da. Sie lautet: Nu, nu!

Ehrlich währt am längsten

»Schwiegerpapa, du hast dich so großartig emporgearbeitet. Wie muß ich es anstellen, um auch so reich zu werden?«
»Ich will dir offen sagen: Ehrlich währt es am längsten.«

»Papa, was ist das: Ehrlichkeit?«
»Ich will es dir erklären: Wenn du zwanzig Cents findest, dann lohnt es nicht, sie aufs Kommissariat zu tragen, die kannst du behalten. Wenn du tausend Francs findest, dann trag sie aufs Kommissariat. Man wird dich dann für ehrlich halten, und der Ruf der Ehrlichkeit – das ist ein Kapital. Wenn du aber ein ganzes Kapital auf der Straße findest, dann brauchst du keinen Ruf der Ehrlichkeit mehr.«

Kahn auf dem Polizeikommissariat: »Ein Lump hat sich für meinen Vertreter ausgegeben und in der Provinz hunderttausend Francs einkassiert! Das ist mehr, als alle andern Vertreter zusammen bei meinen Kunden je aufgebracht haben! Sie müssen ihn mir schleunigst ausfindig machen!«
»Wir werden ihn aufspüren und einsperren.«
»Wie heißt: einsperren? Ich will ihn anstellen!«

Richter: »Haben Sie den Betrug ganz allein ausgeführt?«
»Allein. Ich arbeite immer allein. Bei Kollaboration weiß man nie, ob man es mit ehrlichen Leuten zu tun hat.«

Mandelstamm hat eingebrochen. Er steht vor Gericht.
»Eines verstehe ich nicht«, sagt der Richter, »in der Wohnung lagen unverschlossene Wertgegenstände umher. Wieso haben Sie nur solchen wertlosen Krempel mitgenommen?«
Der Einbrecher, bitter: »Herr Richter, ich halte es nicht mehr aus! Meine Frau hat mir wirklich schon genug zugesetzt deswegen – und jetzt fangen Sie auch noch damit an!«

Aus Platzmangel muß der Wirt zwei Juden, die sich nicht kennen, in ein gemeinsames Hotelzimmer stecken. Sie verlassen gemeinsam das Gasthaus. Da bückt sich der eine von ihnen, hebt die Brieftasche auf, die der andere fallen gelassen hat, und gibt sie ihm zurück.
Aber noch in der gleichen Nacht verschwindet die Brieftasche aufs neue. Man sucht verzweifelt, avisiert schließlich die Polizei. Die Polizei schlägt eine exakte Durchsuchung von Gepäck und Person des Zimmergenossen vor, läßt sich auch durch die Versicherung, daß dieser gleiche Mann doch gestern die bereits verlorene Brieftasche dem Besitzer zurückgegeben hat, nicht abschrekken – und tatsächlich, der Zimmergenosse erweist sich als der Dieb. Alles wundert sich.
»Was ist da so verwunderlich?« fragt der Dieb achselzukkend. »Ich bin ein gläubiger Jude. Fundgut zurückgeben, das ist eine Mizwa *(religiöses Gebot)*, daran muß ich mich halten. Aber stehlen – das ist einfach mein Beruf.«

Da die jüdischen Kultusgemeinden in der Diaspora vom Staat keine finanziellen Zuschüsse erhalten, müssen sie sich auf allen möglichen Wegen Mitgliederbeiträge verschaffen. Manche Synagogen verkaufen deshalb vor den hohen Feiertagen Eintrittskarten.

Der Gottesdienst hat bereits begonnen – da kommt ein Jude hastig herbeigestürzt und will hinein. Der Schammes hält ihn fest: »Halt! Wo ist Eure Eintrittskarte?«
»Lassen Sie mich in Ruhe! Ich will gar nicht zum Gottesdienst. Ich muß nur meinem Schwager, der da drin betet, rasch etwas Geschäftliches mitteilen!«
Da zwinkert der Schammes dem Juden schlau zu und sagt: »Ganew *(Dieb, Gauner)*, du willst dawenen *(beten)!*«

Zur Messezeit erscheint immer Tulpenfeld bei seinem Grossisten und stellt sich, um seine Andacht zu verrichten, stets dem Ritus gemäß an die Ostwand. Nachher fehlen regelmäßig etliche der schönen Pariser Seidenschals, die dort aufgestapelt sind. Diesmal aber will sich der Grossist vorsehen, und er befiehlt seinem Kommis, die Ware für die Messezeit im Geschäft umzuordnen …
Tulpenfeld steht in seiner Ecke, betet inbrünstig – plötzlich winkt er den Kommis heran und sagt mit einem verächtlichen Blick auf die Schals: »Ganew! Baumwolle!!«

Aus einem unerfindlichen Grunde wurde den Juden der kleinen ungarischen Stadt Neutra Diebesgesinnung nachgesagt.
Als einmal der Gottesdienst anfangen sollte, merkte der Rabbiner, daß der Schrank mit den Torarollen abgeschlossen war. *(Die Torarollen sind reich mit Goldschmiedearbeit geschmückte Pergamentrollen, auf welchen der Text des Pentateuch von Hand geschrieben ist und aus denen am Sabbat und an Feiertagen vorgelesen wird.)*
Da drehte er sich zur Gemeinde um und fragte höflich: »Hat vielleicht einer der geehrten Herren Gemeindemitglieder seine Dietriche bei sich?«

In der gleichen Gemeinde Neutra bemerkte einmal der Rabbiner während des Gottesdienstes, daß der neben ihm stehende Gabbai *(Synagogenvorstand)* plötzlich erbleichte.
»Ist dir schlecht?« flüsterte der Rabbiner ihm zu.
»Nein, aber mir kam plötzlich in den Sinn, daß ich vergessen habe, daheim Kasse und Haustür abzuschließen.«
Der Rabbiner warf einen kurzen zählenden Blick über die Gemeinde und meinte dann: »Du brauchst keine Angst zu haben: sie sind alle hier!«

»Wo warst du die letzten sechs Monate?«
»Verreist.«
»Warum hast du nicht Berufung eingelegt?«

Fremder Gast zum Hotelier: »In Ihrer Stadt kann man keine Geschäfte machen. Ich habe volle vierzehn Tage hier gesessen und in der ganzen Zeit nur einen einzigen anständigen Mann angetroffen!«
Hotelier, erstaunt und neugierig: »Einen anständigen Mann? Wer soll denn das sein?«

Der Fischhändler zu einem Juden, der weggehen will, ohne etwas gekauft zu haben: »Reb Jude, so geht das nicht! Entweder Ihr zieht Euch einen längern Kaftan an – oder Ihr ganwet *(stehlt)* einen kürzern Fisch.«

Drei Proben macht der Bauer beim Kauf eines Taschenmessers. Erst versucht er, eine Flaumfeder in der Luft zu zerschneiden. Geht es nicht, dann legt er das Messer zurück. Geht es, dann macht er die zweite Probe: er versucht, mit der Klinge Funken aus einem Stein zu schlagen. Geht es nicht, dann legt er das Messer wieder hin.

Geht es, dann macht er die dritte Probe: Er versucht, das Messer unter seiner Joppe zu verbergen. Geht es nicht, dann legt er es halt wieder zurück …

Epstein ist inhaftiert. Der Gefängnisdirektor, ein freundlicher Mann, fragt ihn, ob er lieber Bürsten oder Pantoffeln anfertigen oder Tüten kleben will?
Epstein: »Ich möchte in diesen Artikeln reisen.«

Chef zum Kassierer: »Man hat mir hinterbracht, daß du aus meiner Kasse stiehlst!«
Kassierer: »Nu? Soll ich bei *Euch* als Kassierer arbeiten und gleichzeitig bei einem *andern* aus der Kasse stehlen?«

»Mein Kassierer, der mit meiner Tochter und Kasse durchgebrannt ist, scheint allmählich zu bereuen.«
»Wieso, hat er das Geld zurückgegeben?«
»Nein, aber die Tochter hat er bereits retourniert.«

Nuchim Quadratstein: »Sie sind doch ein kluger Mann, Herr Rechtsanwalt: Was meinen Sie dazu, wenn ich vielleicht dem Herrn Richter kurz vor Beginn des Prozesses eine schöne fette Gans mit meiner Visitenkarte ins Haus schicke?«
Anwalt: »Sind Sie verrückt geworden? Sie würden den Prozeß wegen Bestechungsversuchs sofort verlieren!«
Der Prozeß findet statt, und Quadratstein gewinnt. Am Tag darauf kommt er zum Anwalt und verkündet strahlend: »Ich habe Ihren Rat nicht befolgt damals, ich habe dem Richter die Gans doch geschickt!«
Der Anwalt, erbleichend: »Das ist doch nicht möglich!«
»Doch«, erklärt Quadratstein, »bloß: ich habe die Visitenkarte von meinem Prozeßgegner beigelegt.«

»Du warst in Pinne. Was gibt es dort Neues?«
»Ach ... nichts. Ein Hund hat gebellt.«
»Ein Hund hat gebellt?«
»Nun ja – ein Menschenauflauf hat ihn aufgeregt.«
»Warum gab es denn einen Menschenauflauf?«
»Nichts Besonderes. Eine Keilerei.«
»Eine Keilerei? Wer hat sich herumgeschlagen?«
»Dein Bruder. Ein Polizist hat ihn gehauen.«
»Mein Bruder? Warum hat der Polizist ihn gehauen?«
»Weil er sich gegen die Verhaftung zur Wehr setzte.«
»Mein Bruder sollte verhaftet werden? Ja – warum denn?«
»Nichts Besonderes – er hat offenbar Wechsel gefälscht.«
»Er hat Wechsel gefälscht? Aber das ist doch nichts Neues!«
»Ich hab' ja gleich gesagt, daß es in Pinne nichts Neues gibt.«

Kirschkern stirbt inmitten der Scherereien, die ihm aus seinem Konkurs erwachsen. Der Rabbiner in der Trauerrede: »Wir haben viel an ihm verloren!«
Flüstert ein Trauergast zum zweiten: »Ich hab' gar nicht gewußt, daß der Rebbe auch an dem Konkurs beteiligt ist!«

»Angeklagter, wie heißen Sie?«
»Chaim Rabinowitsch.«
»Wo kommen Sie her?«
»Aus Kattowitz.«
»Was sind Sie?«
»Pleite.«

Vor Gericht: »Angeklagter, Sie heißen?«
»Ruben Eppelboim.«
»Sie sind?«
»Ein Schlemihl. Sonst stünde ich nicht vor Ihnen.«

Schlußklausel im Partnervertrag für ein Geschäft: »... Und sollte unsere Firma pleite gehen, Gott sei davor! Es ist nicht zu hoffen, aber leider zu erwarten, dann wird *der Gewinn* zu gleichen Teilen geteilt.«

Streng koscher

jiddisch koscher, hebräisch kascher heißt: den rituellen Speisevorschriften entsprechend

Ein koscheres Restaurant. Im Schaufenster hängt ein Bild von Moses. Ein galizischer Jude tritt herein – was sieht er? Der Kellner ist glatt rasiert *(nach jüdischem Ritus verboten!)* Der Jude fragt mißtrauisch: »Ist hier wirklich koscher?«
Kellner: »Natürlich. Sehen Sie nicht das Bild von Moses im Fenster hängen?«
Der Jude: »Das schon. Aber offen gestanden: Wenn Sie im Fenster hängen und Moses servieren würde, dann hätte ich mehr Vertrauen.«

Kohn bei Sacher: »Ober, geben Sie mir von dem Fisch!«
»Verzeihung, mein Herr, das ist Schinken.«
»Hab ich gefragt, wie er sich ruft *(= nennt)*, der Fisch?«

Der Kellner im koscheren Restaurant: »Hier haben Sie die Speisekarte, Herr Fleckseif.«
Fleckseif: »Behalten Sie sich Ihre Speisekarte! Bringen Sie mir … zuerst Ihre Nudelsuppe … und dann den Schmorbraten … und zuletzt das Zwetschgenkompott.«

Kellner: »Sie wissen unser Menü auswendig, Herr Fleckseif?«
Fleckseif: »Wieso auswendig? Ich sehe doch das Tischtuch.«

Was ist der Unterschied zwischen einem jüdischen und einem nichtjüdischen Restaurant?
Im nichtjüdischen Restaurant *sieht* man die Leute essen, und man *hört* sie reden – im jüdischen Restaurant *sieht* man die Leute reden, und man *hört* sie essen.

Abbeles hat in der Grenadierstraße, dem armen Judenviertel von Berlin, ein koscheres Restaurant aufgemacht. Es gedeiht, und schließlich beginnt er, auch auf gute Sitten Wert zu legen. Kommt einer und frißt wie ein Schwein.
Sagt Abbeles: »Wenn Se so essen würden beim Kempinski – was würd der wohl sagen?«
Gast: »Nu, er würde sagen: Wenn Se fressen wollen wie e Schwein, müssen Se gehen zum Abbeles!«

Unter Tscholent versteht man eine Sabbatspeise, welche schon am Freitag (weil Juden am Sabbat kein Feuer anzünden dürfen) in den warmen Ofen geschoben wird und bis Sabbat mittag im Fett schmort. Gewöhnlich ist es ein Eintopfgericht aus Fleisch mit Graupen oder Bohnen usw. Das Wort kommt von altfranzösisch chaud = warm.
Schmul mußte sich einer Magenoperation unterziehen. Nachher schreibt ihm der Professor eine strenge Diät vor. Schmul ist gern bereit, sich zu fügen. Bloß: auf den herrlichen, fetten Tscholent möchte er nur ungern verzichten. Der Professor ist aber unerbittlich. Da geht Schmul zu einem zweiten Arzt. Der läßt sich genau beschreiben, was Tscholent ist – und dann verbietet er ihn

ebenfalls. Da geht Schmul zu seinem jüdischen Hausarzt und klagt ihm sein Leid. Ein Jude wird doch Verständnis haben für seinen Kummer?
»Iß Tscholent, soviel Du willst!« sagt der Hausarzt. »Bloß: Prallen wirst Du schon im Himmel.«

Ein Apikojres *(Ketzer, Ungläubiger)* erklärt: »An Gott glaube ich nicht. Aber an die T'chiat hamejtim *(Auferstehung der Toten)* glaube ich.«
»Wo bleibt die Logik?«
»Wenn ein Jud am Schabbes soviel Wein, Schnaps, Tee in sich hineingießt und dazu solche Unmengen Tscholent, Gans, Grieben, Graupen, Kugel *(fette auflaufartige Süßspeise)*, gefüllte Fisch, Eingemachtes, Kischke *(fett gefüllte, gebratene Rindsdärme)* und Lekach *(süßer Kuchen mit sehr viel Eiern drin)* in sich hineinstopft und dennoch vom Mittagsschläfchen lebendig wieder aufsteht – dann ist auch an der Auferstehung der Toten nicht mehr zu zweifeln.«

In der Frankfurter Börsenkantine ist ein neuer Restaurateur namens Katzenstein eingestellt worden. Eines Tages bricht in der Presse ein Skandal los: Es hat sich herausgestellt, daß Katzenstein die Kantine streng koscher betreibt!
Der Börsenpräsident Höchberg läßt Katzenstein kommen: »Ist das wahr, was die Leute Ihnen vorwerfen, Herr Katzenstein?«
»Natürlich ist es wahr, Herr Präsident! Ich werde doch als frommer Jude keine trefene Kantine betreiben!«
»Aber Herr Katzenstein! Die Kunden sind doch zum guten Teil christlich! Wenn nun einer kommt und Schinken bestellt?«
»Herr Höchberg, das ist kein Problem. Wenn einer Schin-

ken verlangt, schneid ich ihm ein Stück von der koscheren geräucherten Rindsbrust herunter. Alle Herren sind sich einig, daß sie noch nirgends einen so guten Schinken gegessen haben.«

Der Wirt: »Herr Tannenbaum, Sie machen so ein saures Gesicht. Ist Ihnen das Essen nicht recht?«
Tannenbaum: »Es gefällt mir wirklich nicht. Erstens ist es Tinnef *(Dreck)*, und zweitens ist es viel zu wenig.«

Jonas Vogeldreck: »Gestern bin ich in ein Restaurant geraten – so teuer und schlecht habe ich in meinem Leben noch nicht gegessen ... Aber was tut Gott? Als ich herauskomme, finde ich in meiner Tasche ein silbernes Besteck.«

Joine und Schloime haben gemeinsam einen Pot-au-feu bestellt. Joine erzählt ausführlich, was sein Vater auf dem Sterbebett verkündet hat. Inzwischen hat Schloime fast den ganzen Topf leergegessen. Joine erschrickt.
»Und nun«, sagt er, »wirst du deinerseits erzählen, was dein Vater auf dem Sterbebett alles gesagt hat.«
»Meiner ist nebbich schweigend gestorben«, erklärt Schloime und löffelt den Rest aus der Schüssel.

Gastwirt, vorwurfsvoll: »Hören Sie, Sie können meinetwegen unsere Zahnstocher auf den Boden werfen, Sie können sich damit die Ohren kratzen, Sie können sich die Fingernägel putzen. Aber *zerbrechen* müssen Sie sie doch nicht!«

Im Ort gibt es zwei koschere Restaurants – Ascher und Milowicz. Kohn geht zu Milowicz und bestellt Gänseklein und Tscholent. Nach einer Stunde ist das Essen immer noch nicht da. Da ruft er den Kellner und sagt empört: »Wos is? Wo is der Tscholent? Bei Ascher grebezzn *(aufstoßen)* sie schon!«

Die Ostjuden lieben heute noch die reich gewürzte Küche ihrer mediterranen Urheimat.
»Rate, was ich gerade gegessen habe!«
»Mach e Huch – Zwiebel!«
»Falsch geraten!«
»Mach noch e Huch – Knoblauch.«
»Dummer Mensch, Erdbeeren!«

Jankl Karpeles hat Rindsbraten bestellt. Nun sitzt er vor seinem Teller und weint.
»Was weint Ihr?« fragt der Wirt erschrocken.
»Ich weine«, sagt Karpeles, »darüber, daß für ein so winziges Fetzchen Fleisch ein ganzer großer Ochse sterben mußte!«

Avrom und Itzig sind zusammen nach Paris ausgewandert und sitzen, ganz ohne Sprachkenntnisse, zum erstenmal in einem französischen Restaurant. Auf allen Tischen stehen kleine Dosen mit einer braungelben Salbe. Es muß etwas Kostbares drin sein, denn die Gäste nehmen nur winzige Portionen davon. Die beiden wundern sich, was das wohl sein könnte. *(Senf ist in Osteuropa fast unbekannt. Dort nimmt man statt dessen eine Mischung aus geschabtem Meerrettich und roten Rüben.)* Sie beschließen, die gelbe Kostbarkeit auszuprobieren. Sobald der Kellner wegschaut, wird einer von ihnen rasch einen Löffel voll aus dem Döschen schöpfen und in den Mund schieben. Itzig kommt als erster dran. Kaum hat er das gelbe Zeug im Mund, da schießen ihm die Tränen in die Augen, und sein Gesicht wird dunkelrot.

»Was fehlt dir?« fragt Avrom verwundert.
»Ach, weißt du«, erklärt Itzig ausweichend, »ich habe mich eben erinnert, daß mein Bruder voriges Jahr ertrunken ist.«
»Nebbich! Ja – und diese gelbe Sache? Ist sie gut?«
»Wunderbar!«
Also nimmt Avrom auch einen Löffel voll in den Mund und fängt auch an zu weinen.
»Was weinst denn *du?*« fragt Itzig scheinheilig.
»Ich weine darüber«, erklärt Avrom, »daß du im Vorjahr nicht mit deinem Bruder zusammen ertrunken bist.«

Ruben und Nuchim haben gemeinsam einen Fisch bestellt. Nuchim teilt den Fisch und nimmt sich das größere Stück.
»Pfui«, sagt Ruben, »wenn ich zwei ungleiche Teile gemacht hätte, dann hätte ich mir das kleinere Stück genommen.«
»Nun also, was willst du denn«, meint Nuchim achselzuckend, »du *hast* ja das kleinere Stück.«

Wirt: »Was murmeln Sie zu Ihrem Fisch?«
»Ich habe ihn nach Neuigkeiten aus dem Fluß gefragt.«
»Und was hat er Ihnen geantwortet?«
»Er hat gesagt, er weiß keine Neuigkeiten, er ist schon viel zu lange hier im Restaurant.«
»Herr Leib, was reden Sie auf Ihren gesülzten Fisch ein?«
»Ich mach ihm Vorwürfe. Ich hab zu ihm gesagt: Wie kann ein frischer Fisch so stinken?«

Drei Juden sitzen im koschern Restaurant. Sagt der eine: »Kellner, ich will ein Glas Tee!«
Sagt der zweite: »Kellner, ich will den Tee mit Zitrone!«

Sagt der dritte: »Ich will auch Tee. Aber unbedingt in einem ganz saubern Glas!«
Nach einer Weile kommt der Kellner mit drei Glas Tee und fragt: »Wer von Euch bekommt das saubere Glas?«

»Kellner, so eine Schweinerei! Schauen Sie her: da habe ich ein Stück Lumpen aus der Suppe gefischt!«
Der Kellner: »Na und? Wollen Sie aus einer Suppe für dreißig Pfennig vielleicht Brüsseler Spitzen fischen?«

Bei Karten und Kaffee

Etliche Herren sitzen beim Kartenspiel. Einer von ihnen weiß nicht, was er ausspielen soll. Unschlüssig dreht er sich zu dem kiebitzenden Juden um, der hinter ihm steht. Der Jude deutet auf die eigene Brust. Der Herr spielt daraufhin Herz aus – und verliert.
»Das habe ich von Ihren dummen Ratschlägen!« sagt er bitter zu dem Kiebitz.
»Heiße ich denn Herz?« entgegnet dieser beleidigt. »Ich heiße Caro!«

Kartenpartie. Ein aufgeregter Kiebitz kann sich schon nicht mehr zurückhalten und sagt zu Kohn, der die Partie aufgenommen hat: »Moritz will ich heißen, wenn Sie auf die Art die Partie gewinnen!«
Das macht auf Kohn Eindruck, und seine Hand bleibt in der Luft stehen: »Wie heißen Sie denn *jetzt?*«
»Isidor.«
Darauf Kohn: »Auch ein Risiko!« – und spielt ruhig seine Karte aus.

Teplitzer wankt mit kreideweißem Gesicht aus dem Café. »Was fehlt Ihnen?« fragt ein Bekannter.
»Stellen Sie sich vor«, stöhnt Teplitzer, »neben mir sitzt Joschke Katz – auf einmal sinkt er tot zu Boden: der Schlag hat ihn getroffen. Wie leicht hätte er *mich* treffen können!«

Itzig Diamant ist im Café während des Kartenspiels infolge eines Herzschlags tot zusammengebrochen. Große Verlegenheit. Wer soll der Frau die Nachricht bringen? Schließlich erklärt sich einer bereit, es ihr schonend beizubringen. Er geht hin, läutet. Sie öffnet.
»Guten Tag, Frau, Diamant. Ich komme eben aus dem Stammcafé Ihres Gatten.«
»Der Lump sitzt sicher dort und spielt Karten.«
»Jawohl, er sitzt dort und spielt Karten.«
»Am Ende hat er wieder verspielt.«
»Ich glaube, er hat wirklich verspielt.«
»Er hat womöglich sehr viel verspielt.«
»Ich fürchte, er hat sehr viel verspielt.«
»Der Schlag soll ihn treffen, den Tagedieb!«
»Von Ihrem Mund in Gottes Ohr – er hat ihn schon getroffen.«

Variante:
»Wohnt hier die Witwe Diamant?«
»Nu, ich heiße Diamant, aber ich bin nicht Witwe.«
»Wolln mer wetten?«

Eine Gruppe Juden sitzt im Caféhaus beim Kartenspiel. Kohn sagt Grand an – im nächsten Augenblick sinkt er, von einem Schlag getroffen, tot zu Boden. Alles schweigt, gelähmt vor Schreck.
Dann steht Levy auf, greift nach den am Boden liegenden Karten des toten Kohn und sagt: »Ich bin doch neugierig, was für einen Grand der *selige* Kohn gehabt hat.«

»Mein Schwiegersohn ist im ganzen nicht übel. Er hat nur einen Fehler: er kann nicht Karten spielen.«
»Das ist doch kein Fehler!«
»O doch! Er spielt nämlich trotzdem.«

Ein Gast bestellt beim Kellner Apfelkuchen. Dann überlegt er es sich, schickt den Apfelkuchen zurück und bestellt statt dessen ein Glas Kognak, trinkt aus, steht auf und will gehen. Kellner: »He, Sie haben den Kognak nicht bezahlt!«
Gast: »Ich habe Ihnen doch statt dessen den Apfelkuchen zurückgegeben.«
Kellner: »Den haben Sie ja auch nicht bezahlt!«
Gast: »Nu – hab' ich ihn denn gegessen?«

Mitgift und Liebe

Heiratskandidat: »Das Mädchen gefällt mir nicht. Sie schielt, sie lispelt – und diese eingefallenen Backen!«
Schadchen *(Heiratsvermittler):* »Ja, aber bedenken Sie: auf jede Backe kommen hunderttausend Rubel!«
Heiratskandidat, begeistert: »Was, *vier*hunderttausend Rubel Mitgift?! Das ändert die Sache. Ich nehme sie!«

Goldstein bringt einen neuen Kunden mit nach Hause. Nach einer Weile kommt eine stille Frau herein, stellt Kognak und Gläser auf den Tisch und geht wieder hinaus. Der Kunde: »Schön ist Ihr Mädchen nicht, aber vielleicht tüchtig?«
Goldstein, schwer beleidigt: »Was fällt Ihnen ein? Wo werde ich ein solches Menuwel *(Scheusal)* als Dienstmädchen engagieren! Das ist doch selbstverständlich meine Frau!«

Frau, sich im Spiegel betrachtend, mit Genugtuung: »Dieses Ekel gönne ich ihm!«

Der Heiratskandidat ist ein bekannter Vielfraß. Der Schadchen warnt: »Wenn wir dann bei der proponierten Braut eingeladen sind, dürfen Sie nicht so fressen! Notfalls warne ich Sie mit einem festen Fußtritt!«
Bei der Mahlzeit frißt der junge Mann hemmungslos. Der Schadchen versetzt ihm den verabredeten Fußtritt.

Der junge Mann nimmt ungerührt ein weiteres Stück gefüllten Fisch und flüstert dem Schadchen zu: »Ich nemm nicht die Braut, ich nemm nur Fisch!«

Wiener Ausspruch: Eine Ehefrau ist wie ein Regenschirm. Man nimmt *dann doch* einen Komfortabel *(Mietskutsche).*

Bräutigam: »Ich habe Erkundigungen über deinen Vater eingezogen. Die Auskunft hat mich dreißig Francs gekostet. Sie war nicht großartig!«
Braut: »Was kannst du für schäbige dreißig Francs schon Großartiges verlangen!«

Der ortsansässige Schadchen hat einem durchreisenden jungen Mann ein junges Mädchen angetragen. Der junge Mann meint schließlich: »Die Partie gefällt mir. Bloß: ich fürchte, die Familie des Mädchens wird Einwände gegen meine Familie haben.«
Der Schadchen: »Pferdediebe?«
»Nein.«
»Ein Meschumad?« *(Täufling. Ein Täufling degradierte die Familie genau wie ein Gehenkter.)*
»Nein.«
»Also was in aller Welt?«
»Ein Weib.«

Dem jungen Mann ist eine Partie aus einer andern Stadt vorgeschlagen worden. Er will hinfahren, sich das Mädchen anzusehen. Der Vater gibt ihm Ratschläge mit:
»Ist es wirklich eine feine Familie, dann kannst du dich mit fünftausend Rubel Mitgift begnügen. Hat der Vater aber keinen besondern Ruf, dann gehe bis aufs Doppelte hinauf.«

Der junge Mann fährt ab. Am andern Tag telegraphiert er: »Tate *(jiddisch: Vater)* gehenkt: Wieviel soll ich fordern?«

Telegramm des jungen Süßkind an seine Eltern: »Habe mich soeben mit Milli Marks verlobt.«
Antworttelegramm: »Mit *wieviel* Mille Marks?«

In der Frankfurter jüdischen Haute Volée gab es zeitweise feste »Mitgiftkurse«. Der Inhaber eines Doktortitels konnte eine Mitgift von hunderttausend Mark erwarten.
Eine christliche Dame telephoniert voll Freude an ihre jüdische Freundin: »Mein Sohn hat soeben die Doktorprüfung bestanden!«
Darauf die jüdische Dame: »Wie, den Doktor hat er? Sind hunderttausend Mark auf der Deutschen Bank!«

Der alte Nachtlicht geht tief besorgt umher.
»Was fehlt dir?« fragt ein Bekannter.
»Eine böse Geschichte«, sagt Nachtlicht niedergeschlagen, »ich habe meine Tochter verlobt und zehntausend Mark Mitgift versprochen – und nun soll morgen die Hochzeit sein, und es fehlt mir von der Mitgift die Hälfte.«
»Na und? Man gibt ja ohnehin immer nur die Hälfte!«
»Ja, das schon, aber *diese* Hälfte fehlt mir eben.«

Der reiche Goldfeld hat eine mißgestaltete Tochter. Eines Tages meldet sich bei ihm der Schadchen: »Ich habe Euch für Eure Tochter eine prächtige Partie.«
Goldfeld: »Der junge Mann mißfällt mir.«
»Ihr wißt doch noch gar nichts von ihm!«
»Mir genügt, daß er meine Tochter heiraten will.«

Der Schadchen hat den vorgesehenen Bräutigam in die Familie des jungen Mädchens eingeführt und flüstert ihm zu: »Sehen Sie doch bloß das viele schwere Silber!«
Bräutigam, mißtrauisch: »Am Ende ist es gepumpt?«
Schadchen, empört: »Unsinn! Wer pumpt denn denen!«

»Mame, der junge reiche Fleckeles, mit dem ich gestern auf dem Ball soviel getanzt habe, will, daß wir uns heute nachmittag beim alten Lindenbaum am Marktplatz treffen sollen.«
»Das gefällt mir nicht! Wenn Ihr Euch doch schon kennt – wozu braucht Ihr dann irgendeinen alten Herrn Lindenbaum hineinzumischen und ihm Provision zu zahlen?«

Menasse hat in ein respektables Unternehmen eingeheiratet.
»Herr Menasse«, fragt ein Freund, »haben Sie eigentlich aus Liebe oder aus Vernunft geheiratet?«
»Nu: das Geschäft aus Liebe, die Frau aus Vernunft.«

Heiratskandidat zum Schadchen: »Ich habe Sie ausdrücklich gefragt, was mit dem Vater des vorgeschlagenen Mädchens los ist, und Sie haben mir gesagt, er ist nicht mehr am Leben … und nun höre ich, daß er im Zuchthaus sitzt!«
Schadchen: »Nu – ich frage Sie: Ist das ein Leben?«

Künftiger Schwiegervater zum Schadchen: »Der junge Mann gefällt mir nicht schlecht. Aber eine Bedingung muß er mir erfüllen: er darf am Schabbes nicht arbeiten.«
Schadchen: »Keine Angst! Sie können von ihm spielend leicht erreichen, daß er auch die Woche über nicht arbeitet.«

»Ich habe Ihnen eine glänzende Partie. Nur einen Fehler hat das Mädchen: sie schielt ein wenig.«
»Das macht mir nichts aus.«
»Und hinken tut sie auch ein bißchen.«
»Was schadet das?«
»Ja – Jungfer soll sie auch nicht mehr sein.«
»Das ist doch ganz egal.«
»Wieso ist Ihnen eigentlich alles egal?«
»Wie soll es mir nicht egal sein? Ich nehm' sie ja nicht!«

»Sie sollten heiraten, Herr Doktor!«
»Aber eine Heirat ist doch etwas ganz Unheimliches: am Morgen geht man von zu Hause weg – die Frau sitzt da. Man kommt mittags nach Hause – die Frau sitzt da. Abends setzt man sich mit einer Zeitung hin – die Frau sitzt immer noch da. . . und sie geht nicht weg und geht nicht weg!«

»Ich weiß Ihnen eine Partie: hunderttausend Rubel!«
»Haben Sie ein Photo?«
»Seit wann brauchen hunderttausend Rubel ein Photo!«

»Sie sind doch ein reizender junger Mann – und da gehen Sie hin und heiraten so ein scheußliches altes Mädchen!«
»Wenn man Banknoten braucht, schaut man nicht auf ihr Editionsjahr.«

Schadchen: »Ein reiches Mädchen wollen Sie? Ich habe Ihnen sogar eines, das außerdem noch eine Schönheit und aus gutem Hause ist! Sie hat nur einen einzigen winzigen Fehler: sie ist ein ganz klein wenig schwanger.«

Heiratskandidat: »Sie, das geht zu weit! Das Mädchen, das Sie mir offerieren, hat ja ein Kind!«
Schadchen: »Sie betrachten das nicht vom richtigen Standpunkt aus. Haben Sie eine Ahnung, was eine Geburt für Umtriebe, Unkosten und Aufregungen verursacht! Und sehen Sie: hier haben Sie doch eine fertige Sache!«

Variante:
Junger Ehemann, aufgeregt zum Schadchen, der ihm die Partie vermittelt hat: »Das ist ja unerhört! Soeben erfahre ich, daß meine Frau vor der Hochzeit ein Kind gehabt hat!«
Schadchen: »Nu, wozu das Geschrei? So *(Handbewegung)* klein ist das Kindchen gewesen, und schon nach drei Tagen ist es gestorben!«

Künftiger Schwiegervater: »Da wir uns nun geeinigt haben, werde ich Ihnen meine Tochter geben. Die Mitgift von sechzigtausend Mark deponiere ich auf der Bank.«
Der junge Mann, deprimiert: »Mir wäre lieber, Sie würden die sechzigtausend Mark mir geben und die Tochter auf der Bank deponieren.«

Der junge Hirsch zum reichen Blumental: »Herr Blumental, haben Sie Erbarmen und geben Sie mir Ihre Tochter! Ich habe mich so in sie verliebt, daß ich nicht schlafe und esse. Wenn ich sie nicht bekomme, lege ich mich hin und sterbe.«
»Was reden Sie da? Ich habe doch gar keine Tochter!«
»Was? So ein Lump, der Kohn! Er hat es mir gesagt!«

Junger Ehemann, außer sich zum Schadchen: »Sie Lump, Sie haben mich ganz schön hereingelegt! Sie haben gesagt, die Braut hinkt und hat ein schlechtes Renommée,

und der Vater hat gesessen, aber dafür hat sie zweitausend Rubel. Sie hat aber nur zweihundert!«
»Scht, was schreien Sie so mit mir! Das mit den Rubeln – da haben Sie recht. Aber in allem andern habe ich Ihnen doch genau die Wahrheit gesagt!«

»Wirklich, ich rate dir gut: heirate sie! Sie ist schwerreich! Ich weiß, sie ist nicht schön. Aber was hast du von der Schönheit der Frau? Morgens, wenn du weggehst, schläft sie ohnedies noch. Abends, wenn du von der Geschäftsreise zurückkehrst, ist es schon dunkel, und sie ist bereits im Bett. Wann siehst du sie schon! Was liegt dir also daran, wie sie aussieht, während du unterwegs bist und sie zu Hause sitzt!«
Der junge Mann, niedergeschlagen: »Ja – aber was mache ich am Schabbes nachmittag?«

»Was wäre dir lieber: sechs Töchter oder sechs Millionen?«
»Blöde Frage! Natürlich sechs Millionen!«
»Falsch! Wenn du sechs Millionen hast, dann willst du noch mehr. Wenn du aber sechs Töchter hast, dann hast du genug!«

»Du hast geheiratet? Wie lebst du mit deiner Frau?«
»Großartig. Bloß – wir streiten uns über die Agrarfrage.«
»Über die Agrarfrage?!«
»Ja. Sie sagt, *ich* soll in der Erde liegen. Und ich sage, *sie* soll in der Erde liegen.« *(›Lieg in der Erd‹! ist ein jüdischer Fluch.)*

Ein Schadchen pflegte zu erklären:
»Heiratet ein Mädchen vor zwanzig – so hat sie *Hochzeit.*

Von zwanzig bis fünfundzwanzig – hat sie *noch* Zeit.
Von fünfundzwanzig bis dreißig – ist es *hoch* Zeit.
Und über dreißig – ist es *höchste* Zeit.«

Die erbitterte Frau zum ewig Talmud studierenden Gatten: »Du schaust mich gar nicht an. Du interessierst dich nur für deine Bücher. Ich wollt', ich wär' ein Buch.«
»Ich auch«, seufzt der Mann, »ein Jahrbuch!« *(Kalender mit literarischen Ergänzungen, der bei Jahresende weggeworfen wird.)*

»Sami, morgen wollen wir das fünfundzwanzigjährige Jubiläum unserer Ehe ganz groß feiern!«
»Nein, warte noch fünf Jahre! Dann feiern wir den dreißigjährigen Krieg.«

Blaus Töchterchen will einen Schauspieler heiraten.
»Ein Schauspieler kommt mir nicht in Frage!« tobt Blau. Immerhin erklärt er sich bereit, den Herzensbrecher im Theater anzusehen. Mitten im ersten Akt flüstert er der Tochter ins Ohr: »Ich habe meine Meinung geändert. Du kannst ihn ruhig heiraten: Er ist kein Schauspieler.«

»Siegfried, du mußt mir Vorhänge an das Fenster der Schlafstube machen lassen. Gegenüber ist ein junger Offizier eingezogen. Der kann mich beim Waschen sehen!«
»Warte ab, Rebekka, bis er einmal herübergesehen hat. Vielleicht läßt *er* sich dann Vorhänge an die Fenster machen.«

»Itzig, warum hast du so eine häßliche Frau genommen?«
»Weißt du: innerlich ist sie schön!«
»Nu – laß sie wenden!«

Strand von Deauville. Esther, rund und schwammig, wälzt sich ins Wasser. Dann dreht sie sich kokett um und flötet: »Siegmund, hast du gesehen, wie die Welle mich geküßt hat?«
»Jawohl«, bestätigt Siegmund, »und ich habe auch gesehen, wie sie sich gleich darauf gebrochen hat.«

»Herr Kohn, Ihre Frau ist immer so elegant gekleidet – und Sie laufen so schäbig herum!«
»Meine Frau kleidet sich nach dem Pariser Journal – und ich kleide mich nach dem Journal meines Geschäftes.«

Der Anwalt: »Sie wollen sich scheiden lassen? Bedenken Sie doch, Ihre Frau hat Ihnen sechs Kinder geschenkt!«
Der Klient, stolz: »Ich lass' mir nichts schenken!«

Levy beim Rabbi: »Rabbi, ich will mich scheiden lassen. Meine Frau ist eine kalte Natur und liebt mich nicht.«
Der Rabbi schickt nach Frau Levy und befiehlt ihr, in seiner Gegenwart Herrn Levy zu küssen. Langer, glühender Kuß.
Rabbi: »Wie konnten Sie es wagen, mich so zum Narren zu halten? Diese Frau ist feurig und liebevoll!«
Levy: »Ja, schon. Aber dies ist Madame Nathan Levy, und ich heiße Isidor Levy.«

Rabbi: »Die Scheidung kostet fünfzig Rubel.«
Der scheidungslustige Jude, entsetzt: »So teuer?«
Rabbi, seufzend: »Wieso ist das teuer? Scheiden Sie mich von meiner Frau – und ich zahle Ihnen das Zehnfache.«

»Naftali, da stell' ich dir vor meine Frau.«
»Chaim, tu mir den Gefallen: stell sie wieder weg!«

»Kennen Sie schon meine Frau?«
»Ich habe noch nicht das Vergnügen gehabt.«
»Sans' froh!«

Kohn kommt aus Paris zurück und erzählt seiner Frau, wie er dort vor der Oper gestanden und schöne Frauen gesehen hat, eine schöner als die andere. Seine Frau ist indigniert: »An mich hast du dabei kein einziges Mal gedacht?!«
»O doch. Es hat mich auch zwanzig Francs gekostet.«
»Wieso gekostet?«
»Nu, ich hab' an dich gedacht, und da hab' ich ausgespuckt, und da mußte ich zwanzig Francs Buße dafür zahlen.«

Kohn feiert seine silberne Hochzeit. Großer Klimbim und Tumult. Aber endlich sind die Gäste weg. Kohn sitzt traurig an der unabgeräumten Festtafel. Da sagt seine Frau, die silberne Braut, zu ihm: »Aber Moritz, jetzt ist doch der ganze Lärm überstanden. Was bist du so betropetzt?«
»Ich will dir die Wahrheit sagen, Sara: Nach fünf Jahren Ehe konnte ich dich nicht mehr aushalten und wollte dich erschlagen. Ich bin zu meinem Anwalt gegangen und habe ihn gefragt, was ich dabei riskiere. Er sagte: Zwanzig Jahre ... Und siehst du: heute, heute wär' ich frei!«

Schloime weint am Grabe seiner Gitel: »Gute Gitel, ach, warum bist du von mir gegangen! Ein einziges Mal möcht' ich dich noch sehen!« Da rührt sich ein Maulwurf im Hügel. Schloime schnell den Fuß darauf. »Wirst doch noch Lozelach *(Späße)* verstehen, Gitel?!«

Benno weint herzzerreißend am Sarge seiner Frau.
»Glaubst du denn nicht an ein Wiedersehen im Himmel?« versucht ein Freund zu trösten.
»Ja«, schluchzt Benno, »darum weine ich doch.«

»Salomon der Weise hat behauptet, alle Frauen der Welt wären schlecht. Das ist Unsinn! Es gibt überhaupt nur eine einzige schlechte Frau – aber jeder behauptet, *er* habe sie.«

Geflüstertes Bahngespräch:
»Jossel – ist die Dame hier neben dir deine Frau?«
»Jawohl.«
»Was machst du dich lächerlich und schleppst dieses Menuwel *(Scheusal)* mit auf die Geschäftsreise? Hast du vielleicht Angst, in deiner Abwesenheit könnte man sie verführen?«
»Unsinn! Aber ich konnte und konnte mich nicht entschließen, sie zum Abschied zu küssen.«

Sara, in Schmuck und Balltoilette, dreht sich kokett vor dem Spiegel: »Du mußt doch zugeben, Isidor, hübsch bin ich noch immer, nicht?«
Isidor: »Recht hast du. Hübsch bist du noch immer nicht.«

Der Ehemann: »Sara, setz Dich neben mich!«
»Was bist Du heute so verliebt, Itzik?«
»Was heißt verliebt! Ich kann Dir nicht in Ponem *(Gesicht)* kucken!«

Unpassendes

Eine junge jüdische Tochter wird schwanger. Die entsetzten Eltern wollen den Namen des Schuldigen wissen – das Mädchen bezichtigt den alten frommen Rabbiner! Die Eltern zweifeln, aber das Mädchen beharrt auf der Behauptung. Schließlich kommt die skandalöse Sache dem Rabbiner selber zu Ohren, und er zitiert das Mädchen herbei.

»Nie im Leben habe ich dich auch nur gesehen«, sagt er zu ihr, »wie kannst du es wagen, mich so zu verleumden!«

»Und doch ist es wahr, Rabbi«, beharrt das Mädchen, »vor etlichen Monaten war meine Tante bei Euch, weil sie kinderlos ist. Ihr habt ihr Jordanwasser in einem Fläschchen gegeben und gesagt, wenn sie es trinkt, so wird es helfen. Und von diesem Fläschchen habe ich aus Neugier genippt ...«

»Aber Kind«, belehrt der erleichterte Rabbiner, »weißt du nicht, daß da auch noch ein Mann dabeisein muß?«

»Ja – fehlt es etwa an Männern in unserer Stadt?« fragt das Mädchen verwundert zurück.

Ein Ehepaar will sich scheiden lassen. Die Habe und die Kinder sollen geteilt werden. Es sind aber fünf Kinder da. Der Rabbi denkt lange nach, dann hat er die Erleuchtung: »Wißt ihr was, bleibt noch ein Jahr zusammen, dann habt ihr sechs Kinder, und jeder von euch bekommt drei.«

Der Ehemann: »Und wenn sie Zwillinge bekommt?«

Die Ehefrau: »Schaut mir den Zwillingsmacher an! Ich hätte die fünf auch nicht, wenn ich auf ihn gewartet hätte!«

Es war zur Zeit des »ius primae noctis« *(das Recht des Feudalherrn, den Töchtern seiner Hörigen und Leibeigenen als erster, noch vor dem Bräutigam, beizuwohnen).* Der Gutsherr hatte den schrecklichen Einfall, die Tochter seines jüdischen Pächters anzufordern. Die verzweifelten Eltern begleiten das Mädchen selber zum Schloß. Das Mädchen geht heulend hinein – nach einer Minute ist sie schon wieder draußen und heult noch ärger. Die Eltern sind erschrocken: »Was ist los?«
»Er will mich nicht«, plärrt das Mädchen, »er sagt, ich rieche schlecht.«
»Nicht du bist es«, erklärt der beglückte Vater, »die schlecht gerochen hat. Das waren deine Schutzengel!«

Pogrom im zaristischen Rußland. Eine Horde Kosaken hat im Estrichwinkel eine Mutter mit zwei Töchtern aufgestöbert. Die Kosaken brüllen vor Freude.
»Nehmt uns!« rufen die Töchter, »aber verschont unsere alte Mutter, habt Rachmones *(Erbarmen)* mit ihr!«
»Was heißt Rachmones?« protestiert die alte Dame mit Würde, »Krieg ist Krieg!«

Als die Deutschen im Ersten Weltkrieg in die Ukraine kamen, wurden sie dort von den Leuten als die Sendboten einer technisch höher entwickelten Region bewundert. Eines Tages kam ein Jude zum Rabbi und beklagte sich, die Deutschen seien seiner Tochter zu nahe getreten. Nun sei sie in andern Umständen. Indes schon zwei Monate nach dem Einmarsch der feindlichen Armee kam das Mädchen nieder.

»Wie konntet Ihr nur die Deutschen beschuldigen?« warf der Rabbiner dem Juden vor.
Darauf der Jude: »Rabbi, wundert Ihr Euch darüber, was die Deutschen mit ihrer Technik alles zuwege bringen!«

Rabbi zu einem Sünder: »Man sagt, daß Ihr Schweinefleisch eßt. Wißt Ihr nicht, daß das eine Sünde ist? Es ist genau so, als würdet Ihr einen Ehebruch begehen!«
Der Sünder: »Unsinn, wie könnt Ihr so etwas behaupten! Ich habe beides ausprobiert: Das ist doch gar kein Vergleich!«

Fromme Juden unterhalten sich über den Tod. Einer sagt: »Wenn ich sterbe, möchte ich mein Grab neben dem des Gaon *(Titel eines großen Gelehrten auf religiösem Gebiet)* von Wilna haben. Aber leider wird mir das kaum vergönnt sein.«
»Mir«, sagt ein zweiter alter Jude, »würde es schon genügen, neben unserm seligen Rabbiner zu liegen.«
»Und ich«, meint ein junger Bursche verträumt, »möchte neben der Tochter von Reb Rosenblum liegen.«
»Die ist doch nicht tot!« rufen die alten Juden entsetzt.
»Und ich?« entrüstet sich der Bursche, »bin ich eine Newele?« *(Aas, Leichnam.)*

Der Jeschiwe-Bocher macht der jungen Frau des Rabbiners ungeziemende Anträge. Sie ist empört. Der Bocher, rasch resignierend: »Nu – wenn Ihr nicht wollt!«
Die Rabbinerin: »Von nicht Wollen ist keine Rede; bloß: Wie kommt Ihr zu der Chuzpe?« *(Anmaßung.)*

Levy brütet über einem hebräischen Folianten.
»Der Weise«, liest er, »sündigt siebenmal am Tag.«
Levy, zweifelnd: »Der Weise prahlt ganz schön!«

Der Rebbe predigt: »Eine Frau muß sparsam, sittsam und verschwiegen sein. Dann ist sie die Rechte.«
Meint Schwarz: »Die hab ich! Sie ist so sparsam, daß sie sechs Wochen die Handtücher hängen läßt. Sie ist so sitzsam, daß sie den ganzen Tag auf dem Sofa sitzt. Und so verschwiegen ist sie, daß sie mir bis heute noch nicht gesagt hat, von wem sie unsern Dovidl hat.«

Von den Reisenden auf dem Fuhrwerk ist einer Melamed. »Wie viele Kinder habt Ihr?« fragt ihn ein Fahrgast. Der Melamed bezieht die Frage irrtümlich auf seine Schülerzahl und erklärt stolz: »Siebenunddreißig.«
Der Fahrgast: »Ha-ha!«
Da schreit der Melamed, welcher meint, der andere bezweifle, daß man so viele Schüler gleichzeitig gewissenhaft unterrichten könne: »Sie Lackel, ich habe natürlich Helfer!«

Hersch Ostropolier, der als Spaßmacher bekannte Diener eines der ersten chassidischen Rabbis, pflegte sich oft ratsuchenden Fremden gegenüber in Abwesenheit seines Meisters für diesen auszugeben.
Eines Tages meldete sich ein junger Mann beim Rabbi und fragte, ob seine Sünde nun abgebüßt sei. Er habe befehlsgemäß drei Tage lang Stroh gekaut. Der verwunderte Rabbi vermutete einen Streich von Hersch und befragte ihn. »Ja, Rabbi«, gab Hersch zu, »die Buße habe ich ihm in Eurer Abwesenheit aufgegeben. Er hat erzählt, er habe sich nachts in der Zimmertür geirrt, und als er ins Bett wollte, zeigte sich, daß bereits ein hübsches Mädchen drin war. Er sei weggerannt, fühle sich aber dennoch sündig und wolle büßen ... Nun: Wenn einer ein hübsches Mädchen sieht und davonläuft, dann ist er ein Rindvieh und soll Stroh kauen.«

Kahn hat seinen Freund Levy eingeladen. Frau Kahn, die mit Levy zärtlich liiert ist, versucht, ihm unter dem Tisch mit dem Fuß Signale zu geben – aber Levy reagiert nicht!
Plötzlich dreht sich Kahn zornrot zu seiner Frau um: »Rosalie, hör auf, mich zu treten! In Gegenwart eines Glaubensgenossen esse ich, wie es mir paßt!«

Doch sein Kind!
Sterbende Gattin: »Ich kann das Geheimnis nicht mit ins Grab nehmen. Ich gestehe: der Isaak ist nicht von dir.«
»Unsinn! Von wem soll er denn sein?«
»Von unserm Prokuristen Hirschfeld!«
»Ich glaube kein Wort davon! Ein so schöner Mensch wie Hirschfeld und ein Menuwel *(Ekel)* wie du?«
»Ich habe ihm zweitausend Francs gegeben.«
»Wie ist das möglich? Woher hast du das Geld genommen?«
»Aus deiner Kasse.«
»Na also: doch mein Kind!«

»Ascherson soll reicher Privatier geworden sein?!«
»Ja. Die einen sagen, der Mann hat ganz gut verdient und dabei etwas zurückgelegt. Die andern behaupten, seine Frau hat sich etwas zurückgelegt und dabei ganz gut verdient.«

Haßgefühle.
Blau entdeckt, daß ihn seine Frau mit Grün betrügt. Kurz entschlossen, überredet er Frau Grün zur Revanche. Aber wie sich Frau Grün gerne ein zweites Mal revanchieren möchte, meint Blau: »Wissen Sie, Frau Grün, ich hab' eigentlich gar keine Haßgefühle mehr.«

Religionslehrer: »Gerda, wiederhole uns nun, was ich euch letzte Stunde von Moses erzählt habe.«
»Moses war der Sohn einer ägyptischen Prinzessin.«
»Aber Gerda, du hast nicht aufgepaßt! Die Prinzessin hat ihn doch bloß in einem Körbchen am Nil gefunden!«
»Sagt *sie!*«

Moses Steinpilz nimmt sich auf seiner Geschäftsreise eine leichte Person mit in sein Hotelzimmer. Da klopft es, und der Kellner übergibt ihm ein Telegramm. Steinpilz erbricht den Umschlag, wirft einen flüchtigen Blick auf den Inhalt, sieht, daß ihm darin der plötzliche Tod seiner Frau gemeldet wird, steckt das Telegramm erschrocken weg und sagt: »Spaß, werd' ich morgen früh einen Schreck haben und weinen!«

Koppstein begegnet seinem Freund Zitrinbaum im Vergnügungsviertel der Stadt am Donnerstagnachmittag.
Koppstein: »Was treibst du hier?«
Zitrinbaum: »Weißt du, meine Frau ist im Kurort, und da dachte ich, ich könnte die Gelegenheit ein wenig ausnützen und ... und ... in so ein Haus ... du weißt schon ...«
Koppstein: »Ja, ich verstehe. Aber was trägst du da für Bücher unter dem Arm?«
Zitrinbaum: »Gebetbücher.«
Koppstein: »Mach keine Witze! Was willst du ausgerechnet *dort* mit Gebetbüchern?«
Zitrinbaum: »Nun – ich dachte, wenn es mir sehr gut gefällt, bleibe ich am Ende bis Sabbat ...«

Die Portiersfrau der Villa Krotoschin erwartet ein Kind und fragt, ob sie vielleicht den seit Jahrzehnten unbenützten Kinderwagen auf dem Estrich der Villa haben dürfte.

»Ich weiß nicht«, ziert sich Frau Krotoschin, »ich könnte selber noch einmal in die Lage kommen, ihn zu brauchen.«
In diesem Augenblick kommt der Gatte zufällig vorbei, hört das Gespräch und kommentiert kurz: »Von mir aus – nicht.«

»Wie geht es, Kohn?«
»Danke die Frage. Es geht noch. Monatlich ein-, zweimal ...«
»Aber, aber! Ich habe es doch nicht so gemeint! Ich frage: Wie geht es zu Hause?«
»Ja, zu Hause ...? Zu Hause geht es überhaupt nicht mehr.«

Doktor Kinsey, der bekannte Verfasser verschiedener Bücher über das Liebesleben in den USA, macht durch seine Assistenten Erhebungen über außereheliche Geburten. Bei der Auswertung des Materials fällt auf, daß fünf Mädchen in Brooklyn, Bronx, Hoboken, Newark und Richmond unabhängig voneinander einen gewissen Itzig Mandelstamm aus Jersey City als Vater ihres neugeborenen Kindes angeben. Die Assistenten begeben sich neugierig auf die Suche nach dem Casanova – sie finden einen alten Herrn mit schlohweißem Bart!
»Sagen Sie bloß: wie machen Sie das?«
»Ich hab' ein Fahrrad.«

Goldweins Frau soll beerdigt werden. Die Trauerversammlung ist vollzählig, nur Goldwein fehlt. Man sucht ihn im ganzen Haus. Schließlich findet man ihn in der Mansarde des Mädchens ...
»Aber Goldwein! Wie konntest du nur!«
»Weiß ich, was ich tu in meinem Schmerz?«

Zobel prahlt, wie schön seine Frau sei. Da nimmt ihn ein Freund beiseite und fragt ihn sacht: »Weißt du wirklich nicht, daß deine Frau dich mit vier Liebhabern betrügt?«
»Na und? Ich bin lieber beteiligt mit zwanzig Prozent an einer guten Sache als mit hundert an einer schlechten.«

Salomon wird in der Wohnung der schönen Sara tot aufgefunden. Es kommt zum polizeilichen Verhör, und Sara erzählt sehr genau: »Vor vier Tagen kommt er zu mir und bittet, mich über das Haar streicheln zu dürfen, er will mir fünfzig Gulden dafür geben. Ich habe es ihm erlaubt. Den Tag darauf ist er wieder da und will eine Locke – er will hundert Gulden dafür bezahlen. Ich habe ihm die Locke gegeben. Gestern kommt er wieder und will einen Kuß – für fünfhundert Gulden. Ich war einverstanden. Und heute ist er schon wieder da und sagt: ›Saraleben, ich kann ohne dich nicht mehr leben. Sei mein, für tausend Gulden!‹ Ich habe ihm geantwortet: ›Gut Salomon, aber meine Tax' ist eigentlich zwanzig Gulden ...‹ Und da hat ihn getroffen der Schlag.«

Grün, piekfein ausstaffiert, trifft seinen alten Schulkollegen Blau. Blau kommt aus dem Staunen nicht heraus: »Grün, wie hast du das nur angestellt, daß du geworden bist so reich?«
»Ganz einfach, ich hab aufgemacht ein Bordell. Ich geb dir die gute Eze *(Rat)*, mach mir's nach!«
Ein Jahr später begegnen sie einander wieder. Blau ist fuchsteufelswild: »Du mit deinen dummen Ezes bist schuld daran, daß ich Pleite gemacht habe!«
»Ja, wie hast du das denn angestellt?«
»Nun, ich habe mir gemietet ein altes feines Palais, hab mir engagiert eine erstklassige Jazzband für den Salon,

und die Mädchen hab ich mir eigens aus Paris kommen lassen.«
»Ja, wenn du das so ungeschickt anpackst! Klein muß man anfangen: mit der Schwiegermutter, der Frau und der Tochter ...«

Ephraim Flaschenzug kommt zum erstenmal in die Hauptstadt und möchte abends in die Oper.
»Zwanzig Mark«, sagt das Fräulein an der Kasse.
Flaschenzug prallt entsetzt zurück.
»Nun ja«, sagt das Fräulein, »wenn Sie zur Patti *(seinerzeit berühmte Sängerin)* wollen, so kostet das eben zwanzig Mark.«
»Aber reden Sie keinen Unsinn«, wehrt Flaschenzug errötend ab, »ich will sie doch bloß *hören!*«

Der Chef gewinnt den Eindruck, daß sein Reisender zuviel verbraucht, und verlangt daher eine detaillierte Spesenabrechnung. Und nun studiert er die Aufstellung.

Frühstück	M 2.–
Mittagessen	M 5.–
Taxi	M 2.–
Hotel	M 5.–
Man ist doch nicht aus Holz	M 10.–

Der Chef blättert weiter, und als er die Formel ›Man ist doch nicht aus Holz‹ ausnahmslos jeden Tag wiederfindet, schreit er gereizt: »Was heißt: ›Man ist nicht aus Holz!‹ Man ist doch schließlich auch nicht aus Eisen!«

Die Frau des Rabbiners wartet seit einer Stunde in der Badeanstalt auf eine freie Kabine. Da kommt ein geschminktes Frauenzimmer herein – und schon nach wenigen Minuten wird ihr die erste frei werdende Kabine zugewiesen.

Die empörte Rabbinerin: »Was soll das heißen!? Der Rabbiner wartet auf mich!«
Der Herr an der Kasse: »Auf Sie, Madame, wartet nur der Rabbiner. Auf jene Dame jedoch wartet ein ganzer voller Wartesaal.«

Moritz geht auf der Straße. Sara schaut beim Balkon herunter. Da ruft Moritz hinauf: »Sara, ist der Isaak zu Haus? Nein? Soll ich heraufkommen?«
»Aber Moritz – ich bin doch ka Hur'!«
»Aber Sara – wer redt denn vom Zohln *(Zahlen)*!«

Ankunft in Krotoschin: »Sagen Sie, wo wohnt der Rebbe?«
»Dort hinüber.«
»Aber da kann doch der Rebbe nicht wohnen, da ist doch der Puff!«
»Nein, der Puff ist hier links.«
»Danke.« Und geht links.

Zwei Juden begegnen sich abends: »Wohin gehst du?«
»Ich geh in Clabb« *(englische Aussprache für Klub).*
»So? Und ich geh in Paff« *(Puff).*

Moische Halbgewachs besteigt den Zug nach Lemberg. Im Abteil findet er seinen Freund Laib Merores sehr intensiv mit einer Dame beschäftigt. »Laib, was tust du!«
»Ich fahr nach Lemberg.«
»Mitten durch die Leut?«

Der Gatte, Vater von vier Kindern, äußert einen schrecklichen Verdacht: »Hör, Sara, mir scheint, der Dovidl ist nicht von mir!«
»Wie kannst du so etwas behaupten?« entrüstet sich die Frau, »*gerade* der Dovidl ist von dir!«

Lazarstein und Magnus haben eine gemeinsame Geliebte. Sie bekommt Zwillinge, die Recherche de la paternité ist ohnehin aussichtslos – also beschließen die beiden, die Alimente gemeinsam zu zahlen.
Da stirbt eines der zwei Kinder. Am andern Tag geht Lazarstein weinend auf Magnus zu und meldet ihm die traurige Neuigkeit mit den Worten: »*Mein* armes Kind ist tot!«

Die Geburt eines kräftigen Knaben zeigt hocherfreut an Moses Goldstein & Co.

Mandelbaum war mit seinem Prokuristen Pintschewer zusammen in Berlin, und da er mit seinen Geschäften zufrieden ist, macht er seinem Prokuristen den Vorschlag, vor der Heimfahrt in ein Freudenhaus zu gehen.
Nach zwei Stunden treffen sich die beiden wieder unten im Hausflur, und Herr Mandelbaum sagt zu seinem Begleiter: »Ich weiß nicht, meine Frau kann es doch besser.«
Darauf der Prokurist: »Viel, viel besser, Herr Mandelbaum!«

»Papi, erkläre mir, was das ist: Prosperity und Krise?«
»Das kann ich dir schon erklären, mein Sohn. Prosperity – das ist Champagner, Privatauto und fremde Frauen. Krise – das bedeutet Untergrundbahn, Coca-Cola und deine Mutter.«

Herr Hirschkuh hört auf der Geschäftsreise, daß sein Compagnon Veilchenduft ihn mit seiner Frau betrüge. Das will ihm nicht in den Kopf hinein. Dann beschließt er aber doch, unerwartet heimzukommen, und findet wirklich seinen Compagnon bei seiner Frau. Er schüttelt lange ungläubig den Kopf und sagt schließlich: »Ich muß – aber du?«

Zur Zeit der größten Wohnungsnot nach dem Ersten Weltkrieg schickt man den Wohnungskommissar in die Villa Mandelbaum, um zu eruieren, ob dort wirklich keine Räume abgegeben werden können. Kommerzienrat Mandelbaum führt den Beamten durch das Haus und kommentiert: »Dies ist mein Schlafraum, dies das Schlafgemach meiner Gemahlin, hier ist ihr Boudoir, und hier ihr Ankleideraum.«
»Du lieber Himmel!« ruft der Beamte, »können Sie sich denn nicht mit einem gemeinsamen Schlafzimmer und ohne Boudoir und Ankleideraum für die Gattin begnügen?«
»Einen Augenblick mal«, entgegnet Mandelbaum, öffnet die Nebentüre und ruft: »Rosalie, komm mal heraus!«
Der Beamte wirft einen Blick auf die hereintretende Gattin und erklärt sofort: »Genehmigt!«

Kohn sitzt beim Kartenspiel. Auf einmal kommt Grün ganz aufgeregt und sagt zu Kohn: »Was, du Kohn spielst ruhig Karten? Und deine Frau betrügt dich inzwischen mit deinem besten Freund!«
Die Sache ist immerhin etwas unangenehm, daher sagt Kohn zu Grün: »Setz dich auf meinen Platz, bis ich zurückkomme. Ich werde nachsehen.«
Nach einer Weile kommt er zurück, fordert Grün auf, er möge aufstehen und erklärt den neugierigen Herren: »Der Grün ist ein Esel! Das war doch ein wildfremder Mensch!«

Duftreich kommt von der Geschäftsreise unerwartet heim. Lange muß er an der Türe poltern und läuten, bis die Gattin endlich öffnet. Als erstes will er im Baderaum die Hände waschen.
Die Gattin aber hält ihn zurück: »Schau, Isidor, ich hab dir in der Küche ein frisches Handtuch bereitgelegt!«
Isidor wird böse: »Darf ich etwa mein Badezimmer nicht benützen?!« Er reißt die Tür zum Badezimmer auf – und sieht sich einem wildfremden Herrn gegenüber.
»Seien Sie nicht böse«, sagt der Herr höflich, »ich bin mit der Dame im obern Stock zärtlich liiert. Der Gatte ist unerwartet heimgekommen, ich konnte gerade noch aus dem Fenster in Ihren Baderaum hinunterklettern. Sie werden mir doch aus der Verlegenheit helfen und mich durch die Türe hinauslassen?«
Duftreich schmunzelt vergnügt und läßt den Herrn hinaus …
Es ist Mitternacht. Frau Duftreich schnarcht. Herr Duftreich liegt noch wach.
Plötzlich versetzt er seiner Frau eine Ohrfeige. Sie schrickt auf: »Bist du meschugge?! Was schlägst du mich?«
Darauf Duftreich: »Mir ist eben in den Sinn gekommen: wir haben doch gar keinen zweiten Stock über uns!«

Der Wiener jüdische Anatomieprofessor Pangerl sprach in einer Vorlesung über die männliche Kraft und führte aus, daß in dieser Beziehung die Neger sehr leistungsfähig seien. Er erlaubte sich die etwas gewagte Randbemerkung: »Das wäre etwas für Sie, meine geschätzten Hörerinnen!«
Eine Studentin stand empört auf und verließ ostentativ den Hörsaal. Pangerl rief ihr nach: »Aber Frau Kollegin, Sie brauchen sich nicht so zu beeilen – das nächste Schiff geht erst in vierzehn Tagen!«

Polizeikommissar: »Herr Sauerteig, es liegt eine Anzeige gegen Sie vor, Sie leben offenbar in einem Konkubinat.«
Sauerteig: »Konkubinat – was ist das?«
Polizeikommissar: »Das heißt, daß Sie mit einer fremden Frau genau so leben wir mit der eigenen.«
Sauerteig, begeistert: »Unsinn – viel, viel besser!«

In Köln wurde allgemein davor gewarnt, sich an jüdische Mädchen heranzumachen. Wenn man sich nämlich – so meinten die Kölner – an ein christliches Mädchen heranmacht, dann ruft es »Jesus, Maria und Josef!«, und da rührt sich natürlich niemand. Wenn man aber einem jüdischen Mädchen nahetreten will, dann schreit sie »Mame!«, und die kommt!

Prinzipal zum Buchhalter: »Hören Sie, letzte Woche finde ich Sie bei meiner Frau im Bett. Das hat mir schon nicht gefallen.
Heute fehlen hundert Zloty in der Kasse. Wenn jetzt noch das geringste vorkommt, sind Sie entlassen!«

Bialostozki und Papierkragen sind Compagnons. Papierkragen hat sich in die charmante Gattin seines Partners verliebt – ihre Tugend ist jedoch unerschütterlich. Schließlich versucht er es mit dem Angebot von tausend Mark. Diesmal kann sie nicht widerstehen. Morgen wird der Gatte verreist sein, dann mag der Compagnon zu ihr kommen ...
Als Bialostozki am Morgen des Reisetages noch einmal schnell ins Büro kommt, bittet ihn Papierkragen um tausend Mark. Er brauche sie dringend, werde sie aber noch heute der Frau von Bialostozki zurückbringen ...
Nachts kommt Bialostozki zurück und fragt seine Frau schon von der Treppe her: »War Papierkragen da?«

Die Gattin, verlegen: »Ja.«
Bialostozki: »Hat er dir die tausend Mark gebracht?«
Die Frau, schneeweiß im Gesicht: »... Ja.«
Bialostozki, zufrieden: »Siehst du, er hat es heute früh versprochen, und er hat Wort gehalten. Gott sei Dank! Er ist ein hochanständiger Mensch!«

»Sag, Itzig, schreibt man ›Hure‹ mit einem r oder mit zwei r?«
»Ich weiß nicht. Ich schreibe immer ›gnädige Frau‹.«

Die Pessach-Agada, die Festlegende der jüdischen Osterfeiern, beginnt mit den Worten: »Was unterscheidet diese Nacht von allen übrigen Nächten?« Hebräisch lauten die beiden ersten Worte: »Ma nischtana.« Wenn nun einer sein langjähriges Verhältnis schließlich doch noch heiratet, pflegen ihm die lieben Freunde gern im Gratulationstelegramm einzig die zwei Worte zu senden: »Ma nischtana ...«

Mame-Loschen

wörtlich Muttersprache. Laschón hebräisch = Sprache. Soviel wie Jiddisch

Aus dem Jiddischen Lexikon:
Beheme (Rindvieh) = Associé
Beroges (verkracht) = Familienleben
Chalomes (Träume) = Konferenz
Chammer (Esel) = Bräutigam
Charote (Reue) = Ehemann
Chaser (Sau) = Bahnhofkellner
Chuzpe (Impertinenz) = Lehrling
Dajes oder Daages (Sorgen) = Bilanz
Ganew (Dieb) = Teilhaber
Kaddisch (Totengebet) = Zeitungskritik
Kalle (Braut) = Übereilung
Klafte (Hündin, im Sinne von ›böses Weib‹ gebräuchlich) = Schwiegermutter
Krire (Frost) = Zentralheizung
Menuwel (Ekel) = Tischdame
Minian (wörtlich Zahl; die zehn Männer, die für einen Gemeindegottesdienst unerläßlich sind) = Kabarettprogramm
Mischpoche (Familie, Klan) = beleidigt
Mizwe (religiöses Gebot, sec. Wohltat) = eheliche Pflicht
Nadan (Mitgift) = die Hälfte

Nebbich = Aktionär
Pleite = erster Verdienst
Ponim (Gesicht) = Nebensache (gemeint: bei Partien)
Schadchen (Heiratsvermittler) = Partiewarenhändler
Schekorim (Lügen) = Prospekte
Stuß (Unsinn, Quatsch) = Liebe
Schote (Dummkopf) = Konsul
Taam (Charme) = Flanellunterrock
Tinnef (Dreck) = Hochzeitsgeschenk
Toches (der Allerwerteste) = zweites Gesicht
Tommer doch (vielleicht doch) = Feuerzeug

Ein Ungar klagt einen Juden wegen Ehrbeleidigung an. Der Jude hat ihm »Chuzpe« vorgeworfen. Der Richter jedoch kennt das Wort gar nicht und bittet den Juden, es zu erklären. Der Jude erklärt den Begriff für unübersetzbar. Endlich bequemt er sich, Chuzpe mit ›Frechheit‹ zu übersetzen. »Allerdings«, fügt er hinzu, »ist es keine gewöhnliche Frechheit, sondern Frechheit mit Gewure.« Der Richter: »Und was ist Gewure?«
»Gewure – das ist Kraft.«
»Chuzpe ist also eine kräftige Frechheit?«
»Ja und nein. Gewure ist nicht einfach Kraft, sondern Kraft mit Ssechel.«
»Und was heißt Ssechel?«
»Ssechel – das ist Verstand.«
»Also ist Chuzpe eine kräftige, verstandesvolle Frechheit.«
»N-nein. Sseche!, Herr Richter, das ist nicht einfach Verstand. Es ist Verstand mit Taam.« *(Geschmack, Nuance, Charme, Schliff.)*
»Schön – und was ist Taam?«
»Ja – sehen Sie, Herr Richter: Taam ist eben etwas, was man einem Goi nicht erklären kann.«

Der arme Kohn ist sehr, sehr krank. Er setzt es sich – nebbich! – in den Kopf, daß eine Nonne ihn pflegen soll. Die »Mischpoche« *(Familie, Klan)* ist konsterniert. Aber zu einem Sterbenden muß man nett sein. Also wird beschlossen, daß eine entfernte Cousine sich als Nonne verkleiden und bei Kohn melden soll. Sie legt eine Haube an und klopft an die Tür des Krankenzimmers.
»Wer ist draußen?« fragt Kohn mit schwacher Stimme.
»Jach *(jiddisch: ich)*, die Nunn!« dröhnt es von der Tür.

Mit schwerer Mühe ist es dem reichen Goldstein gelungen, seinen Sprößling in einem exklusiven Institut für Adelssöhne unterzubringen. Der Junge soll sich dort das Mauscheln abgewöhnen. Einmal kommt der Vater, um sich vom Erfolg des neuen Erziehungsmilieus zu überzeugen. Er fragt den Tiroler Portier nach dem Sohn, und dieser antwortet:
»Die Jingelach sennen, baruch Haschem, alle gesünd und spielen sech im Gorten.« *(Die Jüngelchen sind, gottlob, alle gesund und spielen sich im Garten.)*

Frau Silbernagel führt die Gäste vor ein neu erworbenes Bild, auf welchem ein Wasservogel einsam umherschwimmt.
»Es hat uns zweitausend Mark gekostet«, verkündet sie, »es hat den Titel ›Entlach allein‹.« *(Endlich allein.)*
»Aber Frau Silbernagel«, wendet eine Freundin ein, »das ist keine Ente, das ist eine Gans!« *(Die Endsilbe -lach im Jiddischen bezeichnet das Diminutiv Plural und entspricht dem deutschen -chen, genauer: -elchen.)*
Frau Silbernagel, errötend: »Verzeihung, Sie haben recht, das Bild heißt ›Gänslach allein‹.«

Aufsatzstunde in einer ungarischen Mittelschule. Thema: ›Die Segnungen der Volksdemokratie‹. Moritzl begnügt sich mit dem einzigen Wort: »Nebich!«
Bestürzt läßt der Professor den Vater rufen und macht ihn auf die politische Gefährdung der ganzen Familie aufmerksam, sollte Moritzl mit seiner Meinung weiterhin nicht hinter dem Berg halten. Vater Isidor verspricht, den Knaben zur Räson zu bringen.
»Was hast du geschrieben über die Segnungen der Volksdemokratie? Nebbich? Da hast du links und rechts ä Ohrfeige!«
»Ai wai geschrien, Tate, weshalb schlägst du mich?«
»Weil du geschrieben hast ›nebbich‹ mit nur einem ›b‹!«

»Ist ›Backbord‹ auf der linken oder auf der rechten Seite?«
»Was für ein Quatsch! Ein Backbort *(Backenbart)* ist doch selbstverständlich immer auf beiden Seiten!«

»Schau, was jene Dame für einen Charme hat!«
»Warum jüdelst du? Auf Deutsch heißt es: Schirm.«

»Chane, mein Schlafrock ist zu lang.«
»Warum sagst du ›Schlafrock‹? Es heißt ›Schlofrock‹!«
»Wieso ›Schlofrock‹? Schlof ich in ihm? Es heißt ›Schlafrock‹, weil er schlaft *(schleift)* mir hintennach.«

»Gestern hat Jankel Schläg bekommen.«
»Wofor?«
»Vor alle Leut.«
»Blödsinn, ich meine: worüber?«
»Über den Toches« *(den Allerwertesten).*
»Du verstehst mich nicht. Ich frage: Was hat er getan?«
»Was er getan hat? Er hat ›Gewalt‹ geschrien.«

»Haben Sie Austern schon gegessen?«
»Warum soll ich Oustern nicht gegessen haben? Oustern *(Ostern)* ist doch kein Trauerfest, wo man fastet!«

»Gestern ging ich mit meinem Moritzl im Tiergarten spazieren – kommt der deutsche Kaiser persönlich vorbei, und denk nur: Er erkundigt sich nach meinem Sohn!«
»Unmöglich!«
»Aber ja! Er hat sich zu seinem Adjutanten umgedreht und zu ihm wörtlich gesagt: ›Wemenem gehert dos schmeckedike Jingl?‹« *(Wem, wörtlich ›wem-einem‹, gehört das entzückende Jüngelchen?)*

Am Anhalter-Bahnhof in Berlin fragt ein Ostjude den Bahnhofportier, auf einen abgehenden Zug weisend: »Wo gait *(geht)* er?«
»Erfurt.«
»Ich seh, er furt *(fährt)*, ober wo gait er?«

Me sagt nicht »me sugt« – me sugt »me sagt«!

Schloime schaukelt über einem Text und murmelt im Sington: »Zu Dionys – eppes a Nomen; dem Tyrannen – a beser Mejlach *(hebräisch = König)*; schlich – is sech geschlochen; Möros – noch a Nomen; den Dolch – a Chalef; im Gewande – in sein Malbesch ...«
Sein Kollege, verwundert: »Schloime, was machst du da?«
»Ech taitsch *(dolmetsche; wörtlich: ›verdeutsche‹)* mir den Schiller.«

Salongespräch.
»Spielen Sie ein Instrument?«
»Jawohl, ich spiel Fagott.«

»Meschugge! Sie müssen nicht spielen far Gott *(jiddisch far = für oder vor)*, Sie müssen spielen far die Leut!«

Aus einem geschäftlichen Briefwechsel: »... Und habe ich ein Loch inmitten des Tuches entdeckt ...«
Und die Antwort: »... und war ich bisher der Meinung, daß ein jeder Tuches *(Toches oder Tuches, jiddisch: Allerwertester)* in der Mitte ein Loch hat ...«

Dialog: »Ach rach. Rach ach!«
»Rach ach ach!« *(Böhmisches Jiddisch. Heute praktisch untergegangen. Aufforderung, ebenfalls zu rauchen: »Ich rauch. Rauch auch!« – »Rauch ich (halt) auch!«)*

Nachfolgende Geschichte hat sich in Palästina zur Zeit der englischen Mandatsregierung wirklich zugetragen. Um sie zu verstehen, muß man wissen, daß das Jiddisch, beeinflußt von der Talmudlektüre (cf. Einleitung), den Sinn einer Aussage oft nicht durch die Wortstellung im Satze, sondern nur durch die entsprechende Satzmelodie ausdrückt. Die im Deutschen übliche Inversion im Fragesatz ist im Jiddischen daher nicht obligatorisch.
Ein Ostjude, des Englischen nicht mächtig, war angeklagt, ein Pferd gestohlen zu haben. Der englische Richter seinerseits verstand kein Jiddisch, so daß ein Dolmetscher beigezogen werden mußte. Im nachfolgenden geben wir die englischen Passagen deutsch wieder.
Der Richter: »Sie haben ein Pferd gestohlen?«
Der Jude, nachdem der Dolmetscher ihm den Satz übersetzt hat, verwundert: »Ech hob geganwet a Ferd?!«
Der Dolmetscher übersetzt wörtlich korrekt, aber ohne die fragende Melodie: »Ich habe ein Pferd gestohlen.«
Der Richter: »Warum haben Sie das Pferd gestohlen?«

Der Jude, erregt: »Ech hob geganwet a Ferd?! Ech brouch a Ferd?!«
Dolmetscher: »Ich habe ein Pferd gestohlen. Ich brauche ein Pferd.«
Der Richter: »Wozu brauchen Sie denn ein Pferd?«
Der Jude, außer sich: »Ech brouch a Ferd af Kapores!« *(Kapores: von Kappara, Plural Kapparot = eine bestimmte Art von stellvertretendem Sühnopfer. Die jiddische Redensart ›etwas auf Kapores brauchen‹ bedeutet ungefähr ›etwas für die Katz brauchen‹.)*
Der Dolmetscher aber übersetzt wörtlich korrekt: »Ich brauche das Pferd für ein rituelles Sühnopfer.«

Ein Wolga-Deutscher steht vor einem russischen Gericht, beschuldigt, ein paar Pferde gestohlen zu haben. Der Deutsche kann kein Russisch, und weit und breit ist kein Dolmetsch aufzutreiben. Da meldet sich ein Jude, er spreche Deutsch ›fließend wie Wasser‹.
Der Richter befragt den Beschuldigten auf Russisch, weshalb er die Pferde gestohlen habe.
Der Jude: »Reb Daitsch, der Oden frejgt ajch, farwoß ir hot gelakchent di ssussim.« *(Rabbi Deutsch, der Herr fragt Euch, weshalb Ihr die Pferde genommen habt.)*
Der Deutsche: »Ich verstehe nicht.«
Der Jude, aufgeregt: »Woß hejßt, ir ferschtejt nischt? Men frejgt ajch, farwoß ir hot gelakchent di ssussim!«
Der Deutsche: »Ich verstehe nicht.«
Darauf der Jude, auf Russisch: »Herr Richter, er versteht auch kein Deutsch!«

Galizisch-Jiddisch heißt »gut« = »git«.
Jüdische Schule. Französisch-Stunde. Der Lehrer: »Was heißt ›bon‹ auf Deutsch?«
Isidor: »Git.«

Lehrer: »Moritz, verbessere das!«
Moritz: »Gut.«
Lehrer, lobend: »Git!«

Das in den deutschen Sprachgebrauch eingegangene Wort »Rabbi« heißt wörtlich »Mein Herr oder Meister« und kommt von »Raw«, in galizisch-jiddischer Aussprache »Ruw«.

Erster Weltkrieg. Der Feldrabbiner besucht einen Schützengraben. Es ist schon Nacht und er wird angerufen: »Halt, wer da?«
»Feldrabbiner.«
»Feld*ruf*?«
»Ja, so kann man auch sagen.«

Jiddisches Sprichwort: »A Huhn, wos kräjt, un a Goi, wos schmußt jiddisch – sollen sein Kapore far mech.« *(Ein Huhn, welches kräht, und ein Nichtjude, welcher jiddisch spricht – sollen für mich Kapara (Sühnopfer) sein. Gemeint ist: Mögen solche Abnormitäten an meiner Stelle von dem Verhängnis getroffen werden, das eigentlich mir bestimmt ist.)*

Klein Moritz

Der Religionslehrer möchte in Moritzchen religiöses Empfinden erwecken. Er geht mit ihm durch die Winterlandschaft und sagt gefühlvoll: »Schau, wie der liebe Gott den Teich so schön hat zufrieren lassen!«
Darauf Moritzchen: »Kunststück: im Winter!«

Der Lehrer will Moritzchen den Begriff des Wunders klarmachen: »Stell dir vor, Moritz, einer fällt von der Spitze eines Turmes herunter und bleibt ganz heil: was ist das?«
»Zufall.«
»Du verstehst mich nicht«, sagt der Lehrer enttäuscht, »also stell dir vor, der Mann klettert nochmals hinauf, fällt wieder herunter – und ist wieder heil! Was ist das dann?«
»Glück!«
Der Lehrer: »Das meine ich nicht. Nun stell dir vor, er klettert ein drittes Mal hinauf, fällt wieder herunter und ist wieder heil. Na, was ist das jetzt?«
»Gewohnheit!«

Der Bischof besucht eine Schulklasse und fragt:
»Wen sollen wir am meisten auf der ganzen Welt lieben? Wer mir die Frage richtig beantwortet, der bekommt eine Mark.«
Hans: »Am meisten sollen wir die Eltern lieben.«

Bischof: »Brav, aber weiß niemand eine bessere Antwort?«
Christian: »Am meisten sollen wir den Herrn Lehrer lieben.«
Bischof: »Wer weiß noch etwas anderes?«
Moische: »Am meisten sollen wir Jesus Christus lieben.«
Bischof: »Da ist die Mark. Aber wie kommt es, mein Sohn, daß du als Jude das richtig beantwortet hast?«
Moische: »Nu, Exzellenz: für eine Mark!«

Der neue Lehrer fragt alle Kinder nach Namen und Religion.
Der kleine Sami sagt: »Römisch-katholisch.«
Sein Nachbar Eli wundert sich: »Warum, Sami, sagst du katholisch, wo du doch bist ein unsriger?«
Darauf Sami: »Was werd' ich protzen vor dem Goi?«

Lehrer zeigt auf den Globus: »Moritzl, such mir den Nordpol!«
Moritz: »Großartig! Peary hat ihn gesucht und nicht gefunden, Cook hat ihn nicht gefunden – ausgerechnet *ich* werd ihn finden!«

Lehrer: »Wer ist nach eurer Meinung schneller: eine Brieftaube oder ein Pferd?«
Moritzchen: »Zu Fuß: ein Pferd.«

Lehrer: »Moritzchen, wenn die Luftstrecke Berlin-Zürich siebenhundert Kilometer beträgt und eine Brieftaube in der Stunde hundert Kilometer fliegt: wie lange braucht sie?«
»Acht Stunden.«

»Es sind sieben Stunden! Wie kommst du auf acht, du Esel?«
»Nun – die Taube wird sich ausgeruht haben in Frankfurt ä Stündchen!«

»Moritzchen, schau, was für einen schönen Stoff für einen Anzug ich mir gekauft habe ... aber Moritzleben! Du schaust den Stoff auf der verkehrten Seite an!«
»Tateleben – bis ich einen Anzug daraus bekomme, wird der Stoff gewendet sein.«

Moritz hat ein Lehrbuch vor sich aufgeschlagen und murmelt buchstabengetreu: »Le chat – die Katz, le château – das Schloß, le chien – der Hund, moi même – ich selber ...«
Der Nachbar hört verwundert zu und fragt:
»Moritzl, was treibst du denn da?«
»Ich?« sagt Moritzchen stolz, »Französisch.«
»Oi so!« sagt der Nachbar bewundernd.
»Sie können ja auch Französisch!« stellt Moritzchen hocherfreut fest, »oiso: der Vogel!«

Bruno Cassirer hat ein wertvolles Bild erworben. Er führt seinen Neffen Klein-Wotan vor das Bild. Der schweigt.
Sagt Cassirer: »Nu?«
Klein-Wotan, mit leichtem Achselzucken: »Wenn ich mer ieb!« *(Das heißt: Wenn ich mich lange genug übe, bringe ich das auch zustande.)*

Der Lehrer hat den Schülern ans Herz gelegt, wenn sie in ihren späteren Jahren vor schwierigen Lebensfragen stehen, dann sollen sie sich fragen, was die großen Män-

ner der Geschichte getan hätten und sich danach verhalten.
Wer weiß mir ein Beispiel?« fragt der Lehrer.
Moritz: »Sagen wir, ich hätt geerbt von meinem Vater sein Geschäft, und es käm zu mir der Herschowitz, und er tät mir anbieten e Waggon Zwiebel. Werd ich mer fragen: ›Wieviel mecht wohl haben gegeben dafür Karl der Große‹?«

Abendgebet.
In der Volksschule suppliert für den erkrankten Lehrer der Katechet. Er will die Kinder auf die Pflicht aufmerksam machen, ein Abendgebet zu sprechen:
»Nun, Kleiner, was machst du vor dem Schlafengehen?«
»Ich putze mir die Zähne.«
»Gewiß, sehr brav, und was machst du, Hans?«
»Ich lese noch im Bett.«
So kommt er nicht zum Ziel, das sieht der Katechet ein. Also versucht er es anders: »Du da, was machen denn deine Eltern vor dem Einschlafen?«
Da meldet sich der kleine Moritz zum Wort: »Sie wissen es, Pfarrerleben, und ich weiß es auch; aber sagen Sie: Ist das eine Frage für die erste Klasse?«

Deutschunterricht. Der Lehrer erklärt:
»›Das Mädchen klopft‹, ist ein rein einfacher Satz. Wer von euch kann mir sagen, was das für ein Satz ist: ›Das Mädchen klopft ans Fenster‹?«
Moritz meldet sich: »Glauben Sie wirklich, Herr Lehrer, daß so ein Satz paßt für die erste Klasse?« *(In Großstädten machen sich leichte Mädchen durch Klopfen ans Fenster bemerkbar.)*

Grammatikstunde. Schüler Hans liest: »Das schöne Mädchen sitzt am Fenster, schaut hinaus und lächelt.«
Lehrer: »Wer kann den Satz ein bißchen kürzer fassen?«
Moritz: »Chonte.« *(= Dirne. Von Chano = lagern oder chanon = Gunst erweisen?)*

In der Schule. Moritz kommt zu spät und trifft vor der Tür seinen Freund Abraham.
Moritz: »Warum stehst du vor der Tür?«
»Er hat mich gefragt, was ist drei mal drei.«
»Drei mal drei? – sind neun!«
»Geh nicht rein, ich hab ihm dreizehn geboten.«

Lehrer: »Moritz, warum bist du nicht gekämmt?«
Moritz: »Wieso, Herr Lehrer? Wenn ich wär' nicht gekemmt *(jiddisch = gekommen)*, dann wär' ich doch nicht do!«

Moritz kommt zu spät in die Schule: »Herr Lehrer, es ist so ein Glatteis draußen, daß ich bei jedem Schritt vorwärts zwei zurückgerutscht bin.«
Lehrer, skeptisch: »Ja, wieso bist du dann da?«
»Ich hab mich umgedreht und bin heimwärts gegangen.«

In der Schule erklärt der Lehrer den Schülern den menschlichen Körper und sagt unter anderm: »Mit der Nase riecht man, mit den Füßen läuft man.«
Der kleine Sali: »Herr Lehrer, bei meinem Onkel ist es umgekehrt, bei ihm läuft die Naas und die Füße riechen.«

Moritz ist nicht zufrieden mit seinem ersten Schultag: »Alles Schwindel! An der Türe steht ›1. Klasse‹, und dabei sind die Sitze nicht einmal gepolstert, und am Kassenpult steht ein Bocher, der stellt dauernd unangenehme Fragen!« *(Bocher = Jüngling, hier nur im Sinne eines jüngeren Kerls.)*

Der Lehrer stellt den Schülern die Aufgabe, Haustiere zu nennen.
Hans: »Pferdchen.«
Anton: »Schweinchen.«
Lehrer: »Was soll dieser Unsinn! Es heißt ›Pferd‹ und ›Schwein‹. Wozu das dumme ›chen‹?«
Moritz: »Und wenn Sie zerplatzen, Herr Lehrer: Kanin*chen!*«

Lehrer: »Moritz, beweise mir, daß die Erde rund ist!«
Moritz: »Herr Lehrer – wir sollen beide so leben und gesund sein: Ich habe es nie behauptet!«

Lehrer: »›Und ein Jahr hat er's getragen,
Trägt's nicht länger mehr ...‹
Moritz, was meint der Dichter mit dem ›es‹?«
»Das Hemd, Herr Lehrer.«

Moritz heult: »Der Lehrer hat mich gehauen!«
»Was hast du angestellt?« will der Vater streng wissen.
»Gar nichts! Der Lehrer hat gefragt, wer den ›Faust‹ geschrieben hat. Ich habe gesagt, ich bin es nicht gewesen. Da hat er mir eine runtergehauen.«
Der Vater marschiert empört zum Lehrer.
»Stellen Sie sich vor«, sagt der Lehrer zornig, »ich habe Ihren Buben gefragt, wer Goethes Faust geschrieben

habe, und da hat er die Frechheit gehabt, mir zu antworten, er wäre es nicht gewesen!«
»Herr Lehrer«, sagt der Jude bittend, »mein Moritzl mag viele Fehler haben. Aber lügen – nein, das tut er nie! Wenn er sagt, er hat Goethes Faust nicht geschrieben, dann hat er ihn ganz bestimmt nicht geschrieben. Na, und wenn er ihn sogar geschrieben haben sollte, haben Sie doch ein Einsehen! Verzeihen Sie es ihm! Er ist ja noch ein Kind!«

Der Lehrer erklärt den Kindern ein Pfahlbaudorf. Er schildert, wie die einzelnen Häuser auf Pfählen im Wasser stehen. Der kleine Sali denkt lange nach, dann fragt er: »Herr Lehrer, wie ist das gewesen im Pfahlbaudorf? Die Hausierer haben müssen können schwimmen?«

Der kleine Moritz besucht eine christliche Schule. Erste Stunde: Wirtschaftsgeographie. Der Lehrer erklärt, daß aller Handel und Wandel nur möglich ist, weil das Jesuskind seine Hand schützend über die Menschen hält. Zweite Stunde: Religion. Der Lehrer erzählt die Weihnachtsgeschichte. Dritte Stunde: Geschichte. Der Lehrer erklärt, daß bei allem Tun der Menschen das Jesuskind mit dabei ist. Vierte Stunde: Zoologie. Der Lehrer fragt: »Moritz, was ist das, es sitzt auf dem Baum, hat einen buschigen Schweif und knackt Nüsse?«
Moritz, mißtrauisch: »Ich hätt' ja gedacht, es ist das Eichhörnchen. Aber es wird wohl wieder das Jesuskind sein.«

Lehrer: »Gott hat die Welt so herrlich erschaffen, Moritz: Was sollen die Geschöpfe deshalb tun?«
Moritz: »Sie sollen machen e Reklam dafor, Herr Lehrer!«

Lehrer: »Unser Kaiser pflegt immer zu sagen: ›Ich habe keine Zeit, müde zu sein.‹ – Moische,wiederhole! Wie pflegt der Kaiser zu sagen?«
»Er pflegt zu sagen: Hab keine Zeit, bin müd.«

Bildung

»Tate, ich les eben, Rilke soll als Dichter ganz schön verdienen. Tate – ein Dichter: was ist das?«
»Ein Dichter, Kind, schreibt, was sich reimt.«
»Was bedeutet das: sich reimen?«
»Nu paß auf. Zum Beispiel:

Ich geh in Stall –
Und laß a Prall.«

Moritzl, sehr angestrengt nachdenkend: »Nu gut – aber davon lebt er?«

»Ich war in der Oper.«
»Nu, war's schön?«
»Wie ich hingegangen bin, war's schön. Auf dem Heimweg hatten wir Regen.«
»Ich frag nicht nach dem Wetter. Ich frag: Was haben sie gegeben?«
»Fünf Gulden.«
»Unsinn. Ich meine: Was haben die Schauspieler gegeben?«
»Die? Nix. Die sind gratis hineingekommen.«
»Aber verstehen Sie doch endlich. Ich meine: In was waren Sie?«
»Im dunklen Anzug.«
»Ich frag nicht, was Sie anhatten, sondern: Auf was waren Sie?«
»Auf Fauteuil zehnte Reihe.«

»Himmel! Ich frage doch: Was hat man gespielt?«
»Ach so! ›Tristan und Isolde‹.«
»War's schön?«
»Nu – me lacht.«

»Sie waren in der Oper, Herr Rosinger? Was haben Sie gesehen?«
»Gesehen? Der Zifferer ist gesessen in einer Loge mit einer ganz jungen Schikse« *(christliches Mädchen).*
»Sie verstehen mich falsch, ich meine: was haben Sie gehört?«
»Gehört? – Also, – aber ganz im Vertrauen – der Bruchband soll in Konkurs gehen.«

Meisl kommt aus Tschernowitz in Geschäften nach Wien. Abends will er ins Burgtheater. An der Kasse fragt er:
»Nu – was spielen Sie heut?«
»Was Ihr wollt.«
»Guuut! Soll sein die Czardasfürstin!«

Für das Nachfolgende muß man wissen, daß die Wörter für ›schlagen‹ und für ›sein‹ in den slawischen Sprachen ähnlich klingen (polnisch ›bić‹ und ›być‹) und daß dortige Juden mit Jiddisch aufwuchsen und oft die Sprache ihrer slawischen Umgebung kaum beherrschten.
Bruchband eilt am frühen Abend heimwärts. Ein Freund begegnet ihm und fragt: »Wo kommst du her?«
Bruchband: »Ich? Aus dem Theater.«
Freund: »Was gab man denn?«
Bruchband: »Eierkuchen.«
Freund: »Unsinn!«
Bruchband: »Warte – nicht Eierkuchen, sondern Omlett.«

Freund: »Wie ist das möglich?«
Bruchband: »Ich hab's: Hamlet!«
Freund: »Ach so! – Und, war es schön?«
Bruchband: »Sehr schön.«
Freund: »Ja – war es denn schon aus?«
Bruchband: »Ach wo! Es fing erst an!«
Freund: »Und warum bist du heimgegangen?«
Bruchband: »Es blieb nichts anderes übrig, es wurde gefährlich. Weißt du, es trat einer heraus und schrie: ›Schlagen oder nicht schlagen?‹ *(Sein oder Nichtsein)* – und da dachte ich, wenn man schlagen wird, wen wird man zuallererst schlagen? Die Juden! Und darum bin ich gegangen.«

Festliches Diner. Der lyrische Dichter erscheint verspätet und überreicht der Hausfrau sein Bouquet mit den poetischen Worten: »Gnädige Frau, verzeihen Sie mir die Verspätung! Hätte ich *Amors Flügel* – ich wäre schon längst hier gewesen.«
Moritz findet das großartig. Einige Wochen darauf verspätet er sich ebenfalls in einer Gesellschaft. Er überreicht der Hausfrau das Bouquet und sagt: »Gnädige Frau – wenn ich *am Orsch Flügel* hätte, wäre ich schon längst hier gewesen.«

Rosenblüth, frisch geadelt, zu seiner unmanierlichen Gattin: »Was spuckst du ständig, Rosa? Glaubst du, weil wir seit gestern adlig sind, du bist schon eppes e Ahnfrau?« *(Verwechslung von Spucken und Spuken.)*

Der Komponist Meyerbeer hatte zwei armen Juden Karten zu einer seiner Opern geschenkt. Als sie sich bei ihm am andern Tage meldeten, fragte er, wie es ihnen gefallen hätte.

»Sehr scheen«, sagte der eine, »nor die Musik harget eweg.« *(Nur die Musik ruiniert, wörtlich: mordet weg.)*

Joine Nelken sitzt im Theater bei ›Maria Stuart‹. Es wird immer tragischer, und er weint bitter. Plötzlich sagt er zu sich selber: »Mein Gott, was treib ich da? Ich kenn sie nicht, sie kennt mich nicht – was reg ich mich so auf?«

Schmul war mit seiner Gattin im Theater bei ›Faust‹. Die Frau ist noch ganz aufgewühlt und wischt sich die Tränen. Auch Schmul ist tief nachdenklich. Schließlich sagt er: »Ein unklares Stück. Das Wichtigste wird nicht erklärt: Was hat das Mädel, die Gretel, eigentlich mit dem Schmuck gemacht, den Faust ihr geschenkt hat?«

Schmul vor dem Goethe-Denkmal: »No – wer ist er schon? Kein Feldherr, kein Kaiser ... bloß die ›Räuber‹ hat er geschrieben!«
»Was für Stuß *(Unsinn)!* Die sind doch von Schiller!«
»No also: Nicht einmal die ›Räuber‹ hat er geschrieben.«

»Es geht mir unausmalbar schlecht. Wie sagt doch Richard III. bei Shakespeare so schön: O Schmach und Gram, daß ich zur Welt, sie einzurichten kam!«
»Sie meinen Hamlet. Richard sagt: Ein Pferd, ein Pferd!«
»Aha. Auch sehr schön!«

»Hier ist ein Preisrätsel. Sag mal – wo ist das Capitol?«
»Das Kapitol *(= Kapital)*? Blöde Frage! In der Schweiz natürlich!«

»Tateleben, was ist das: Chorgesang?«
»Das weißt du nicht? Da singen sie en gros.«

Das ›ächzende‹ Kind.
Der Vater: »Was lernst du da für die Schule, Moritzl? Den ›Erlkönig‹? Den kann ich noch ganz auswendig:
›Den Vater grauset's, er reitet geschwind,
Er hält in den Armen das sechzehnte Kind ...‹«
»Tate, es steht mit ›A‹, das ›achtzehnte Kind‹!«
»Nu – wirst eine spätere Ausgabe erwischt haben.«

Der junge Isidor: »Papa, ich gehe heute in die Oper. Man gibt ›Die Jüdin‹.«
»Und dafür wirfst du das Geld aus dem Fenster? Geh zu deiner Mame hinein und schau sie an – und überleg dann selber, ob man für so etwas noch Geld ausgeben soll!«

Schimmelstein hat einen Wohltätigkeitsbasar mit so enormen Spenden bedacht, daß die gräflichen Veranstalter nicht umhin können, ihn zu dem Fest einzuladen. Schimmelsteins Gattin, Flora, erscheint in teuerster Aufmachung – dennoch bleiben die beiden zu ihrem Kummer unbeachtet ... Am andern Morgen liest Schimmelstein in der Zeitung unter ›Gesellschaftsnachrichten‹:
»... den Glanzpunkt des Festes bildete die üppige Flora, deren tropischer Duft allgemeines Entzücken hervorrief ...«
Da wendet er sich strahlend an seine Frau: »Spaß, mußt du dich parfümiert haben, Floraleben!«

Der westlich gebildete Sohn schwärmt für die Natur. Mit schwerer Mühe ist es ihm geglückt, den Papa zu einem Spaziergang auf den Stadthügel zu bewegen. Der

Sohn, innig bewegt: »Sieh nur, Papa, wie schön es ist da unten!«
Papa: »Der Schlag soll dich treffen! Dazu schleppst du mich so hoch *hinauf*, damit ich sehen soll, wie schön es ist da *unten?!*«

»Was machst du für ein Gesicht?«
»Ich hab beim Rennen Geld verloren.«
»Geschieht dir recht! Was hat ein erwachsener Jud zu rennen? Geh langsam!«

Schloime Kohns Sohn aus Pinne hat in Breslau ein neues Geschäft eröffnet. Der Papa will ihn überraschen und kommt eines Tages unangemeldet zu Besuch.
Der Alte, stolz: »Du siehst, ich habe dich sofort gefunden, obwohl ich deine neue Anschrift nicht hatte.«
»Wie ist das möglich?« wundert sich der junge Kohn, »Breslau ist doch voll von Kohns!«
»Ja«, sagt der Alte, »aber bei dir steht deutlich drauf: mai Sohn Kohn« *(Maison Kohn).*

Ein polnischer Dorfjude kommt nach Breslau und entziffert buchstabengetreu die Aufschriften an dem Modehaus Kohn: »Modes, Robes, Dentelles, Ruches, Peluches ... Ich muß schon sagen: Namen haben seine Compagnons!«

»Nach Sizilien wollen Sie, Herr Kronengold? Jetzt, im Juli? Aber dort sind doch jetzt vierzig Grad im Schatten.«
»Nu, muß ich denn punkt im Schatten gehn?«

Fischjouch schreibt aus Italien an seine Braut:
»... und bei der Gelegenheit bin ich ins Museum gegan-

gen und habe mich für dich neben der Statue des Ganymed photographieren lassen. Der *ohne* Kleider ist der Ganymed.«

Itzig mit seinem Sohn Jossele vor dem Bild der Heiligen Familie.
»Tate, weshalb ist das Kind so nackend und bloß?«
»Weil kein Geld da war für Windeln.«
»Und warum liegt das Kind auf Stroh?«
»Ich sag dir schon, weil kein Geld da war für ein Bett.«
»Typisch für die Goim! Kein Geld für Windeln und Bett – aber von Grünewald malen müssen sie sich lassen!«

Karfunkel und Frau sind in der Ausstellung für moderne Kunst. Vor einem Gemälde von Picasso bleiben beide stehen.
»Es ist ein Porträt«, behauptet Karfunkel.
»Unsinn«, meint die Frau, »das ist eine Landschaft!«
Sie können sich nicht einigen; also kaufen sie einen Katalog und schlagen nach – da steht »Mandelbaum an der Riviera.«
»Siehst du«, sagt Karfunkel frohlockend. »*Doch* ein Porträt.«

Herr von Pöllnitz zu seinem jüdischen Faktotum:
»Mordechai, verschaffen Sie mir bis morgen ein Paar hübscher Dackel. Hier haben Sie fünfzig Mark.«
Mordechai, zögernd: »Fünfzig Mark – und Sie sagten, daß es erstklassige Dackel sein müssen?«
Pöllnitz: »Da haben Sie zwanzig Mark mehr.«
Mordechai: »Glauben Sie, daß siebzig Mark genügen?«
Pöllnitz: »Ich geben Ihnen achtzig. Aber nach meiner Meinung ist das zuviel. Jetzt gehen Sie endlich!«

Mordechai steckt das Geld ein und geht. Bei der Türe dreht er sich noch einmal um und fragt:
»Verzeihung, gnädiger Herr, was sind das: Dackel?«

Goldstein zu seiner Frau: »Tu mer den Gefallen, Elsa, wenn de siehst e Landschaft, dann sag ›reizend!‹ oder ›himmlisch!‹, aber sag nicht immer ›unbezahlbar!‹!«

Frau Pollak von Parnegg

Frau Pollak von Parnegg, die Gattin eines geadelten und getauften Wiener Industriellen, hat wirklich gelebt. Sie war eine populäre Figur. Man behauptet, ihre eigenen Söhne hätten alle Aussprüche, die man ihr unterschob, gesammelt und ihr jeweils unter dem Titel ›Muttermund‹ dargebracht.

Frau Pollak von Parnegg, frisch geadelt und getauft, stellt anläßlich ihres ersten Soupers den Gästen ihre Kinder vor: »Moische von Parnegg, Sara von Parnegg, Itzig von Parnegg ...«
Sagt ein Gast: »Ganz schön. Aber sagen Sie: von Pollak ist keins?«

Variante:
Die Söhne heißen ›von Pollak‹, und der Minister fragt wohlwollend: »Und von wem sind die Töchter?«

In Wien hieß eine koschere Würstelei »Piowati« und eine koschere Konditorei gehörte einem Herrn »Tonello«.
Kommerzienrat Braun zu Herrn Pollak: »Sagen Sie mal, Ihre Gattin erzählt überall, Sie seien eifersüchtig wie Piowati. Was bedeutet das?«
Herr Pollak: »Das ist ganz einfach. Meine Frau meint,

eifersüchtig wie Othello. Und um sich ›Othello‹ zu merken, denkt sie an Tonello. Und Tonello verwechselt sie mit Piowati.«

Frau Pollak geht mit einem prächtigen Rassehund spazieren. Ein Bekannter bewundert: »Was für ein herrlicher Hund! Er hat doch einen Stammbaum?«
»Nicht daß ich wüßte. Soviel ich merke, pißt er unter einem jeden Baum.«

Frau Pollak: »Nein, Herr Baron, was einem doch die Kinder – sie sollen leben bis hundert Jahr! – für Freuden machen! Ich sag Ihnen: Mein Haus ist schon das reinste Freudenhaus!«

Man sucht überall nach Herrn Pollak von Parnegg, ruft im Büro, im Klub, bei Freunden an – er ist nirgends zu finden.
Frau Pollak geht ins Schlafzimmer – da liegt er tot unter dem Bett. Sie läutet dem Stubenmädchen und sagt streng: »Sehen Sie, *so* räumen Sie auf!«

»Gnädige Frau, unten ist ein Herr, der auf den Perser reflektiert.«
Frau von Pollak, die den Teppich annonciert hat, im Augenblick aber nicht daran denkt: »Geschichten! Nehmen Sie einen Putzlappen und wischen Sie es auf!«

Gesellschaft bei Frau Pollak. Beim Mokka moniert eine Freundin: »Es ist alles so elegant bei dir. Aber gerade deshalb stört es um so mehr, daß du keine Zuckerzange hast. So mancher Herr geht zuerst aufs Klosett, und dann nimmt er den Zucker mit den Fingern! Das ist unmöglich!«

Bei der nächsten Abendgesellschaft fehlt die Zuckerzange noch immer. Die Freundin zur Hausfrau: »Meine Liebe, es ist immer noch keine Zuckerzange da?«
Frau Pollak: »Aber natürlich ist sie da! *Draußen* hängt sie!«

Frau Pollak zeigt den Gästen ihre Villa. Eines der Zimmer ist völlig ausgeräumt. In der Mitte steht einzig ein riesiger eiserner Käfig. Die Gäste wundern sich. Darauf Frau Pollak: »Ja, wissen Sie, mein Mann ist auf einer Spanienreise und will uns einen echten Murillo von dort mitbringen.«

Frau Pollak sitzt im Café. Ein Bekannter kommt herein und sagt zu ihr: »Schwil *(= schwül)* ist draußen!«
Frau Pollak: »Sag ihm, er soll hereinkommen!«

Neuer Flügel bei Pollaks. Die Gäste bewundern ihn: »Spielen Sie vierhändig auf ihm?«
Frau Pollak, beleidigt: »Bin ich e Aff?«

Musikabend bei Pollaks. Der Geigenvirtuose fragt, ob er dem verehrten Publikum die a-Moll- oder c-Moll-Beethovensonate zu Gehör bringen solle. Darauf entscheidet Frau Pollak:
»Erst spielen Sie a mol, und wenn es den Gästen gefällt, dann können Sie es meinetwegen auch zeh mol spielen.«

Für ihre nächste Soirée möchte Frau Pollak etwas Besonderes haben. Eine Freundin rät ihr zum Roséquartett. Nach der Soirée fragt sie, wie der Erfolg war.
»Komischer Mensch, der Roséquartett, ich habe ihn engagiert – und er hat sich gleich noch drei andere mitgebracht.«

Der Dekorateur: »Gnädige Frau, was für Stil wünschen Sie für das Wohnzimmer?«
Frau Pollak: »Polsterstühl natürlich.«

Frau Pollak hat im Salon einen schönen Stich hängen. Ein kunstliebender Besucher macht sie darauf aufmerksam, daß in einer bekannten Kunsthandlung am Graben ein Pendant dazu ausgestellt ist. Am andern Tag fährt Frau Pollak zur Kunsthandlung: »E guten Tag, bitte geben Sie mir das Pendant!«
»Wozu, verehrteste Frau Baronin?« fragt der Kunsthändler.
»Nu, verzeihen Se, was geht das denn Sie an?« entgegnet indigniert Frau Pollak.

Frau Pollak will einen Ball geben. Ihr Sohn Leo, ein glänzender Tänzer und Ballarrangeur, ohne den kein Ball richtig gelingt, studiert in Brünn an der Technischen Hochschule. Die Mutter bittet ihn telegraphisch, zu kommen. Er telegraphiert zurück: »Es geht nicht. Ich liege mit Angina im Bett.« Prompte telegraphische Antwort der Mutter: »Gib ihr sofort zwanzig Kronen, schmeiß sie hinaus und komme!«

Empfang bei Frau Pollak, die sehr liebenswürdig die Gäste drängt, sich doch bedienen zu wollen. Eine Freundin wehrt sanft ab: »Aber vielen Dank, ich habe doch schon zwei dieser vorzüglichen Kuchen genossen!«
Darauf Frau Pollak mit dem süßesten Lächeln: »Sie haben zwar schon sechs gegessen, aber es schadet nichts, bitte nehmen Sie doch, meine Liebste!«

Herr von Prochaska sitzt beim Diner neben Frau von Pollak und erzählt ihr: »Mein Name ist tschechisch, Frau Baronin, und heißt auf deutsch ›Spaziergang‹.« Als die Gesellschaft den Tisch verläßt, um sich in den nächtlichen Park hinauszubegeben, faßt Frau von Pollak ihren Nachbarn kokett unter den Arm und sagt schelmisch: »Kommen Sie, Herr Kommerzienrat, machen wir zusammen einen kleinen Prochaska!«

Bei einem Diner im Hotel Panhans am Semmering kommt Frau Pollak neben den Statthalter von Nieder-Österreich, Baron Bleyleben, zu sitzen. Im Gespräch apostrophiert sie ihn dauernd mit »Herr von Bley«. Endlich wird die Sache dem Statthalter zu bunt und er korrigiert: »Gnädigste, ich heiße aber von Bleyleben!« Frau Pollak hebt ihr Lorgnon erstaunt zur Nase und fragt kokett: »Ja, sagen Sie, Herr Baron: sind wir denn schon so intim?« *(Bei intim-liebevoller Ansprache hängt man im Jiddischen dem Namen des Angeredeten das Wort ›Leben‹ an. Es ist der abgekürzte fromme Wunsch auf ein langes Leben, oder vielleicht auch nur der Ausdruck dafür, daß der Betreffende einem so teuer ist wie das Leben.)*

Premiere des ›Parzifal‹ in der Wiener Hofoper. Pollaks sind natürlich dabei. Nach der Oper gehen sie mit Freunden ins Opernrestaurant soupieren. Herr Pollak bestellt die auserlesensten Leckerbissen. Frau Pollak heftet auf ihren Gatten einen liebkosenden Blick und haucht zärtlich: »Bist du aber ein Gurnemanz!«

In Köln geht Frau Pollak mit ihrer Tochter Regina auf den Jülichplatz, um sich ein echtes Kölnischwasser zu kaufen. Im Geschäft der Firma Carl Maria Farina verlangt sie: »Bitte geben Sie mir e große Flasche Kelnerwasser.«

Der Verkäufer fragt: »Farina, gnädige Frau?«
»Nu – wann Se's unbedingt wissen wollen: far mei Tochter!« entgegnet Frau Pollak ärgerlich.

Frau Pollak erblickt in der Auslage eines Juweliers ein schönes Brillantendiadem und betritt den Laden, um nach dem Preis zu fragen.
Juwelier: »Fünfzigtausend Kronen.«
Frau Pollak: »Schade! Mein Mann hat mir zwar plein pissoir gegeben, aber das geht doch über mein Bidet.«

Das deutsche ›u‹ ist im Jiddischen zu ›ü‹ oder ›i‹ abgewandelt.
Frau Pollak im feinen Restaurant: »Garçon, bringen Sie mir die Men*u*karte! *(Menu phonetisch genau ausgesprochen.)*
Die Tochter: »Mameleben, man sagt nicht Men*u*, sondern Men*ü*!«
Frau Pollak: »Wegen dir werd' ach *(ich)* jüdeln!«

Frau Pollak ist nach Italien gefahren. Sie hat sich zuvor mühsam einige Kenntnisse in Italienisch erworben und kann sie schon bald sehr gut brauchen. Denn das Türschloß eines gewissen diskreten Raumes ist defekt, und sie kann nicht hinaus. »O dio mio«, schreit sie, »io sono eingerigoletto!«

Frau Pollak im Pariser Restaurant. Der Kellner stellt ein Glas Wasser vor sie hin.
Frau Pollak: »Was ist das?«
Kellner: »Un verre d'eau.«
Frau Pollak kostet vorsichtig und meint dann zu ihrem Gatten: »Wenn ich nicht wüßte, daß das ein ›verre d'eau‹ ist – ich würde wetten: es ist ein Glas Wasser!«

Frau von Pollak ist mit ihrer Tochter nach Paris gereist. Die Tochter hat die Fahrt nicht gut vertragen und liegt halb ohnmächtig auf dem Sofa. Frau von Pollak läutet nach dem Stubenmädchen, welches mitleidig ausruft: »Toute malade!« *(Ganz krank! Böhmisch-Deutsch: Tut ma lad = tut mir leid.)*
Frau von Pollak. »Daß Sie eine Böhmin sind, ist ja schön, daß meine Tochter Ihnen leid tut, auch. Aber sagen Sie mir endlich: Was heißt Oh dö Kolonje auf französisch?«

Interkonfessionelles

Nach einem alten christlichen Volksaberglauben benützen die Juden zur Bereitung ihrer Pessach-Brote, der Mazzen, das Blut von christlichen Kindern. Pogrome begannen in früheren Zeiten oft damit, daß die Pogromisten die Leiche eines geschlachteten Kindes zur Zeit des Pessachfestes in ein jüdisches Haus schmuggelten.
In einem ungarischen Städtchen geht das Gerücht um, man habe irgendwo ein ermordetes Kind gefunden. Die entsetzten Juden beginnen, sich zur Flucht vorzubereiten. Da kommt der Schammes und schreit aufgeregt vor Freude: »Juden! Gute Nachrichten! Das ermordete Kind ist eine Jüdin!«

Pfarrer zum Juden: »Ich will Ihnen eine hübsche Geschichte erzählen: Ein Jude wollte in den Himmel. Petrus wies ihn ab. Der Jude versteckte sich aber hinter der Türe, und als Petrus nicht achtgab, schlüpfte er hinein ... Drin war er nun, und man konnte ihn auf keine Weise loswerden. Aber Petrus hatte einen großartigen Einfall: Er ließ vor der Himmelstüre draußen die Versteigerungstrommel schlagen – da rannte der Jude schnell hinaus, und Petrus schloß hinter ihm zu.«
Der Jude: »Die Geschichte ist noch nicht fertig. Durch die Anwesenheit des Juden war der Himmel entweiht

und mußte neu geweiht werden. Man suchte daher im ganzen Himmel nach einem Pfarrer – es war kein einziger zu finden!«

In der Bahn sitzen ein Priester und ein Rabbiner. Sagt der Priester: »Nachts im Traum schaute ich ins jüdische Paradies. Ringsum Schmutz und Unrat und lauter ›Lait‹.«
Der Rabbiner: »Wie sich das trifft! Auch ich schaute nachts im Traum ins Paradies, aber ins christliche. Ein herrliches Reich, voll von Blumen, Düften und Sonnenschein – aber weit und breit kein Mensch!«

Antisemit: »Alles Unglück kommt nur von den Juden.«
Jude: »Nein, von den Bicyclisten.«
Antisemit: »Wieso von den Bicyclisten?«
Jude: »Wieso von den Juden?«

Kollektivschuld.
Die kleine Ilse: »Ich darf nicht mehr mit dir spielen, Moritzchen, die Mama sagt, ihr Juden habt Jesus gekreuzigt.«
Moritzchen: »Das haben wir ganz bestimmt nicht getan! Das müssen Kohns von nebenan gewesen sein.«

Antisemitismus.
Im Wiener Stadtpark sitzen zwei Juden und klagen über den Antisemitismus. Da kommt ein Vogel vorbeigeflogen und läßt etwas auf Itzigs Hut fallen.
»Siehst du«, sagt darauf Itzig bitter, »was ich dir gesagt hab: für die Goim singen sie!«

Schloime Feigenstock sitzt im Zug Krakau – Tarnow und ißt marinierte Heringe. Die Köpfe legt er beiseite. Ihm gegenüber sitzt ein polnischer Angestellter. Sie

kommen ins Gespräch und der Pole will wissen: »Wie kommt es, daß Ihr Juden so gescheit seid?«
»Das kommt vom Heringessen«, erklärt Feigenstock. »Besonders klug wird man vom Essen der Köpfe.«
Der Pole denkt nach. Dann bittet er: »Verkauf mir doch etwas von Deinen Heringköpfen!«
»Gut«, sagt Feigenstock gnädig. »Aber sie kosten das Stück einen Zloty.«
Der Pole zahlt für fünf Köpfe fünf Zloty, würgt sie herunter, sitzt lange mißmutig da und meint schließlich: »Eine Gemeinheit von Dir! Für fünf Zloty hätte ich doch an der nächsten Station fünf ganze Heringe kaufen können!«
»Ganz richtig«, bestätigt Schloime, »Du siehst: die Köpfe beginnen bereits bei Dir zu wirken!«

Kohn und Levy sitzen im Wiener Caféhaus und lesen Zeitungen. Sagt Kohn: »Schau – der Ätna ist ausgebrochen!«
Levy: »Wer ist der Ätna?«
Kohn: »Das ist ein Vulkan in Italien, der Feuer speit.«
Levy, nachdenklich: »Ist das für uns Juden gut oder schlecht?«

Vor dem Stephansdom in Wien.
»Tate, was ist das für ein Haus mit dem hohen Turm?«
»Mottele, das solltest du schon wissen: das ist eine Kirche.«
»Was ist eine Kirche?«
»Nun, die Goim sagen, da wohnt der liebe Gott drinnen.«
»Aber Tate, der liebe Gott wohnt doch im Himmel!«
»Sollst recht haben: wohnen tut er im Himmel. Aber da drinnen hat er sein Geschäft.«

Christlicher Nachbar zum Juden: »Mein Sohn hat soeben die Aufnahmeprüfung zum Gymnasium bestanden.«
»Wozu braucht ein Mensch Gymnasium?«
»Er kann nachher Priester werden.«
»Wenn schon.«
»Er kann sogar Bischof werden oder Kardinal.«
»Pah.«
»Sogar Papst kann er werden ... ich verstehe dich nicht, was willst du, soll er etwa Gott werden können?«
»Warum nicht? Die Karriere hat auch schon einer der Unsrigen gemacht.«

Lourdes.
Zollvisitation an der französisch-deutschen Grenze. Der Zollbeamte fördert aus dem Koffer Lembergers eine bauchige Flasche zutage: »Und was ist das?«
»Lourdeswasser, bloß Lourdeswasser.« *(Lourdes ist ein katholischer Wallfahrtsort mit einer wundertätigen Quelle.)*
Mißtrauisch öffnet der Zöllner die Flasche: sie enthält puren Cognac!
Lemberger staunt: »Was, schon wieder ein Wunder!«

Rabbiner.
Im Wiener Kaffeehaus gibt es eine Unzahl von Bezeichnungen für Kaffeearten: Mélange, Schale Gold, Kapuziner usw.
An zwei benachbarten Tischen des alten Café Fenstergucker kamen vor dem Krieg ein Mönch aus dem nahen Kapuzinerkloster und ein Rabbiner zu sitzen.
Der Rabbiner bestellt, mit einem maliziösen Blick auf seinen Nachbarn, einen »kleinen Kapuziner«.
Der Kellner zum Mönch: »Und Sie, Hochwürden?«

»Mir bringen Sie einen kleinen Rabbiner!«
»??«
»Nun, einfach dasselbe, nur mit ein bißchen weniger Haut.« *(Anspielung auf den jüdischen Taufritus.)*

Ein Jude kommt aus dem Radioverwaltungsgebäude heraus.
»Was hast du dort getan?« fragt ein Bekannter.
»Mi-mi-mich um dd-ie Stelle eines A-a-a-nsagers beworben.«
»Und? Hast du sie bekommen?«
»Nein! D-das sind alles A-a-antisemiten!«

»Ich sag Ihnen, was ich für Ärger hab mit die Antisemiten! Also: Am Montag früh war auf der Schwelle von mei Geschäft ä Haufen. Ich hab mir gedacht – hältst lieber s'Maul drüber! Am Dienstag wieder so ä Haufen. Ich hab mir wieder gesagt – schluckst es herunter! Am Mittwoch wieder. Da war ich schon bös und hab mir gedroht: Da wird sich die Polizei hereinlegen müssen! Aber am Donnerstag, wie da wieder so ä Haufen auf der Schwelle lag, hab ich die Geduld verloren und hab gewußt: Das wird e Fressen fürn Staatsanwalt!«

Schloime hat auf einer Auktion einen Papagei erstanden. Kaum hat er den Käfig zu Hause hingestellt, da schreit der Papagei: »Nieder mit den Juden!«
Schloime, bitter: »Der hat's nötig! Bei der Nase!«

Zwei deutsche Mädchen schwärmen von Liebesglück. Die eine: »Ach, wann endlich wird mein Siegfried kommen?!«
Die andere, befremdet: »Ilse, *muß* es denn ein Jude sein?!«

Auf der Friedenskonferenz nach dem Ersten Weltkrieg meinte der damalige Präsident Polens, Paderewski: »Wenn man den Polen nicht alle ihre Forderungen erfüllen wird, dann werden sie vor Wut alle Juden im Lande schlachten.«
Worauf Louis Marshal entgegnete: »Und wenn man den Polen alle Forderungen erfüllen wird, werden sie sich vor Freude betrinken und erst recht alle Juden schlachten.«

Bei der amerikanischen Armee war Pokern verboten. Ein Katholik, ein Protestant und ein Jude haben dennoch gepokert. Sie sollen sich vor Gericht verantworten.
Der Katholik: »Ich schwöre bei der Heiligen Maria, ich habe nicht gepokert!«
Der Protestant beruft sich auf Martin Luther und schwört ebenfalls, nicht gepokert zu haben.
Jetzt wird der Jude zum Eid aufgerufen. Er sagt: »Nu, Herr Richter, kann ich mit mir allein pokern?«

Feldwebel: »Einjähriger Müller! Wo waren Sie beim Kirchgang? Ich hatte Sie doch eingeteilt zu die Protestanten!«
»Verzeihung, Herr Feldwebel. Ich bin Dissident.«
»Was sind Sie? Dissident sind Sie? Ich will Ihnen mal was sagen: Ein ganz gewöhnlicher Freimaurer sind Sie! Wenn Sie mir nicht sofort eine anständige Religion nennen, stecke ich Sie das nächste Mal bei die Juden!«

Einem Hauptmann in Preußen wurden die vier neuen Einjährigen vorgeführt, alle vier in Zivil, Kaufleute und Juden. Der Hauptmann: »Sehr jut, meine Herren Einjehrijen, merken Sie sich: ick bin ein sehr humaner Vorjesetzter. Bloß drei Dinge kann ick nicht leiden. Erstens keinen Einjehrijen. Zweitens keinen Koofmich. Und drittens keinen Juden.«

Der Feldwebel notiert die Personalien der neuen Rekruten. »Augen«, murmelt er, wirft einen Blick auf den Burschen, der vor ihm steht, und schreibt: ›blau‹. »Nase«, murmelt er, blickt hin und schreibt: ›gerade‹. »Konfession?« fragt er hierauf.
Der junge Mann antwortet: »Mosaisch.«
Der Feldwebel streicht bei ›Nase‹ das Wort ›gerade‹ und ersetzt es durch ›krumm‹.
Rekrut: »Aber, Herr Feldwebel, meine Nase ist gerade!«
Feldwebel: »Ich weiß, aber es geht nicht. Wenn Sie mosaisch sind, haben Sie eine krumme Nase, sonst kriege ich Rüffel vom Hauptmann.«

Ein Jude sitzt neben einem fremden Herrn im Variété.
Ein Vortragskünstler tritt auf. Der Jude dreht sich seinem Nachbarn zu und flüstert: »Einer von unsere Leut!«
Eine Sängerin tritt auf. »Auch von unsere Leut«, sagt der Jude. Ein Tänzer kommt auf die Bühne. »Auch von unsere Leut«, erklärt der Jude.
»O Jesus!« stöhnt der Nachbar angewidert.
»Auch von unsere Leut«, bestätigt der Jude.

Zwei Juden kommen zum See Genezareth und wollen auf die andere Seite übersetzen. Am Ufer steht ein christlicher Fischer, der bereit ist, sie hinüberzurudern. Aber er will fünfzig Piaster dafür haben. Die Juden sind über den Preis entsetzt: »Sind Sie verrückt geworden? Was für eine Teuerung!«

»Aber was wollen Sie, meine Herren«, beschwichtigt der Fischer, »Sie sind doch hier an dem See, über welchen unser Herr Jesus zu Fuß gegangen ist!«
Einer der Juden: »Nu – kein Wunder! Bei den Preisen!«

Der protestantische Pfarrer kommt in den Himmel. Gleich am Tor übergibt ihm Petrus einen Volkswagen: »Weil du so brav und treu warst.«
Aber es geht nicht lang, da begegnet er seinem katholischen Kollegen. Der fährt in einem chromglitzernden Ford! »Warum kann der das?« will der Pastor wissen, »ist der mehr als ich?«
»Nun ja, du weißt ja, das Zölibat, die großen Opfer, das muß auch belohnt werden.«
Nach einer halben Stunde trifft er den Rabbi. In einem Rolls-Royce!
»Also der, der hat kein Zölibat und nichts, und ich wünsche jetzt eine Erklärung, warum …«
Sankt Petrus legt den Finger auf den Mund: »Bscht! Ein Verwandter vom Chef!«

In einem gottverlassenen Nest in Galizien haben sich der Rebbe und der katholische Priester als einzige Intellektuelle weit und breit angefreundet. Der Rebbe ist neugierig auf die Beichtpraxis. Nach langem Zögern ist der Pfarrer bereit, den Rebbe in die dunkle Nische mitzunehmen und lauschen zu lassen.
Es kommt eine Frau: »Heiliger Vater, ich habe schwer gesündigt. Ich habe meinen Mann einmal betrogen.«
»Ja, meine Tochter, das ist eine große Sünde. Ich werde den lieben Gott bitten, er soll dir verzeihen. Zur Buße sollst du ein Vaterunser sagen und zehn Gulden für den heiligen Antonius geben.«

Es kommt wieder eine Frau. Sie hat ihren Mann zweimal betrogen.
Der Pfarrer befiehlt: »Du wirst zwei Vaterunser sagen und dem heiligen Antonius zwanzig Gulden spenden.«
Plötzlich greift sich der Pfarrer an den Leib und jammert: »Mir ist nicht gut. Ich komme gleich wieder.« – Der Rebbe bleibt still sitzen.
Wieder kommt eine Frau: »Heiliger Vater, ich habe gesündigt, ich habe meinen Mann einmal betrogen.«
Der Rebbe beweist, daß er großartig ›begriffen‹ hat: »Meine liebe Tochter, das ist eine schwere Sünde. Ich werde den lieben Gott bitten, daß er dir vergibt. Zur Buße wirst du drei Vaterunser sagen, dem heiligen Antonius dreißig Gulden spenden, und du darfst deinen Mann noch zweimal betrügen.«

In Lemberg erzählte man sich folgende Geschichte: Ein katholischer und ein evangelischer Geistlicher sind zusammen mit einem Rabbiner beim Papst zur Audienz zugelassen.
Der Papst spricht zum Katholiken: »Sie, als Angehöriger unserer Kirche, dürfen mir die Hand küssen.«
Dann wendet sich der Papst an den evangelischen Pfarrer: »Trotz allem sind Sie schließlich Christ. Ich erlaube Ihnen, meinen Fuß zu küssen.«
Hierauf wendet sich der Papst zum Rabbiner. Bevor der Papst aber noch etwas sagen kann, dreht sich dieser um und sagt: »Ich kann es mir schon denken. Ich geh!«

Die Tochter von Kommerzienrat Kohn, die von einem Leutnant verehrt wird, steht am Fenster der väterlichen Villa und wartet auf den Verehrer, der jeweils seine Kompanie auf dem Heimweg zur Kaserne an der Villa vorbeiführt. An der Straßenecke befiehlt er zu singen,

und es erschallt das Lied ›So leben wir, so leben wir, so leben wir alle Tage‹.
Die Tochter, gefühlvoll: »Tateleben, hörst du, wie sie singen?«
»Was singen sie?«
»Sie singen: ›So leben wir, so leben wir, so leben wir alle Tage‹.«
Der Vater, kurz: »So leben sie auch.«

Dr. Eiergelb steht unmittelbar vor der Taufe. Er zieht einen christlichen Kollegen in die Ecke und fragt:
»Sagen Sie, was zieht man da an?«
Der Kollege kratzt sich am Kopf und meint schließlich:
»Ja, wie soll ich das wissen? *Wir* tragen die Windeln.«

Der Berliner Philosophieprofessor Lazarussohn ließ sich taufen und änderte dabei seinen Namen in ›Lasson‹ um. Da meinte ein christlicher Kollege: »Kaum will einer von ihnen den Unbeschnittenen markieren, so beschneidet er seinen Namen.«

Feiwel hat kürzlich zum Katholizismus konvertiert – nun sitzt er an einem Freitag im Restaurant und ißt Braten. Zufällig betritt der Priester, der ihn getauft hat, ebenfalls das Restaurant, sieht ihn sündigen und sagt streng: »Wie können Sie es wagen, am Freitag Fleisch zu essen?«
Feiwel: »Das ist kein Fleisch, das ist Fisch.«
Der Priester: »Was für eine Frechheit! Bin ich blind?«
Feiwel: »Und doch ist es Fisch! Ich habe es genau so gemacht wie Sie, Hochwürden. So wie Sie zu mir dreimal gesagt haben: ›Du warst Jude, jetzt bist du Christ!‹, so habe ich zum Braten gesagt: ›Du warst Fleisch, jetzt bist du Fisch!‹«

Der Priester, zornig: »Aber zum Kuckuck, schauen Sie doch hin: ist es denn Fisch?!«
Feiwel, achselzuckend: »Und ich, bin ich jetzt Katholik?«

Schapiros Sohn hat sich taufen lassen. Der Rabbiner macht dem alten Schapiro Vorwürfe: »Wenn eines Tages der liebe Gott Sie fragen wird: ›Wie konntest du zulassen, daß dein Sohn sich tauft!‹ – Was werden Sie ihm dann antworten?«
»Nu – ich werde antworten: Und *Ihr* Herr Sohn?«

Ein jüdischer Versicherungsagent will sich taufen lassen. Eine volle Stunde bleibt er beim Priester. Dann tritt er schweißbedeckt aus der Türe.
»Nun, hat er dich getauft?« wollen die Freunde wissen.
»Nein«, entgegnet der Agent, indem er sich den Schweiß abwischt, »aber ich habe ihn versichert.«

Mandelkern läßt sich in Wien zum lutherischen Glauben bekehren, obwohl hier Katholiken überall den Vorrang haben, und er erklärt: »Wenn ich direkt Katholik werde, fragt mich hernach jeder: ›Was waren Sie zuvor?‹ – Und dann muß ich sagen: ›Jude‹. Wenn ich mich aber *jetzt* katholisch taufen lasse, und es fragt mich einer, was ich vorher war, kann ich ihm antworten: ›Lutheraner‹!«

Der Angestellte hat sich taufen lassen. Am Tage darauf legt er seinem Chef ein Konzept vor, das weder Kopf noch Fuß hat, worauf der Chef ärgerlich ausruft: »Erst vierundzwanzig Stunden ein Goi – und schon ein Chammer *(Esel)!*«

Blau und Grün gehen an einer Kirche vorbei und überlegen, ob es nicht für das Geschäft günstiger sei, sich taufen zu lassen. Blau zögert noch, aber Grün faßt sich ein Herz, und mit einer größeren Spende für die Kirchenkasse bringt er es fertig, die Kirche eine halbe Stunde später getauft zu verlassen. Blau hat draußen gewartet und fragt neugierig:
»Na, erzähl: hat man dich angetröpfelt mit Weihwasser?«
Grün, streng: »Kusch, Saujud!«

Die Methodistenkirche einer amerikanischen Stadt hat für ihr hunderttausendstes Mitglied eine Prämie von zehntausend Dollar ausgesetzt. Kohn gelingt es, den Pfarrer gegen eine Provision von zehn Prozent zu überreden, es so einzurichten, daß er das hunderttausendste Mitglied wird.
Kaum zu Hause, bestürmt ihn seine Frau um einen neuen Pelzmantel, sein Sohn um ein Darlehen und seine Tochter um ein Auto. Als auch noch die jüdische Köchin eine Bitte vorbringt, wird er ärgerlich: »Kaum kommt ein Goi zu Geld, kommen die Juden und ziehen es ihm aus der Tasche!«

Fleckeles hat frisch konvertiert. Gleich bei der ersten Beichte stiehlt er dem Pfarrer die Uhr und beichtet:
»Ich habe eine Uhr gestohlen. Es bedrückt mich. Darf ich die Uhr Ihnen übergeben, Hochwürden.«
Pfarrer: »Was fällt Ihnen ein! Ich nehme sie nicht. Geben Sie sie dem Eigentümer zurück.«
Fleckeles: »Das habe ich eben versucht. Er will sie nicht.«
Pfarrer: »Dann brauchen Sie sich nicht weiter bedrückt zu fühlen und können die Uhr mit gutem Gewissen behalten.«

»Fräulein Herz ist eine großartige Schauspielerin! Und dabei noch so jung! Erst dreiundzwanzig Jahre!«
»Unsinn, sie ist bestimmt älter.«
»Ich habe doch aber ihren Taufschein gesehen!«
»Wenn es darauf ankäme, wäre ich jetzt drei Jahre alt.«

Nachmanson liebäugelt mit dem Gedanken an die Taufe. Von einer Reise nach Rom zurückgekehrt, äußert er sich sehr abfällig über den Lebenswandel der Kardinäle. Aber wenige Wochen später ist er katholisch getauft! Ein Bekannter stellt ihn zur Rede: »Wie soll man sich Ihre Taufe erklären, nach dem, was Sie über die Kardinäle behauptet haben?«
Nachmanson: »Ja, eben! Ich habe mir überlegt: eine Religion, die *das* aushält, ist bestimmt die beste.«

»Herr Rektor, von allen Anwärtern auf die Stellung eines Mathematiklehrers an unserm Institut scheint mir dieser hier am qualifiziertesten.«
»Ist aber ein Jud.«
»Was fällt Ihnen ein! Er ist getauft!«
»Ein gewässerter Hering bleibt immer ein Hering.«

Eine Zeitlang bekamen im alten Österreich frisch zum Katholizismus Bekehrte eine kleine Geldprämie von der Kirche.
Der alte Kaplanowitzsch, ein armer Teufel, läßt sich plötzlich taufen. Vorwürfe von allen Seiten.
»Kann mir vielleicht einer von euch sagen«, erwidert Kaplanowitzsch erbittert, »wo ich sonst das Geld für die Mazze hergenommen hätte?« *(Mazze, das ungesäuerte Osterbrot der Juden ist bedeutend teurer als das gewöhnliche Brot.)*

Ein Missionar entpuppt sich als getaufter Rabbi. Ein frommer Jude macht ihm bitterste Vorwürfe.
»Ich habe meine Überzeugung nicht gewechselt«, meint der Missionar. »Früher, als ich noch Rabbiner war, habe ich gepredigt, der Messias werde kommen. Heute predige ich, er ist schon gekommen. Ich war seit jeher überzeugt, daß er weder gekommen ist noch kommen wird.«

Die kleine Ilse Kohn unter dem Weihnachtsbaum:
»Mama, feiern eigentlich die Christen auch Weihnachten?«

»Feiern Sie Weihnachten?«
»Ach nein! Meine Frau und ich, wir sind schon zu alt dazu. Und die Kinder, die sind schon getauft.«

»Papi, wie alt muß man sein, um Jude zu werden?«
»Aber Schatzi, das hat doch nichts mit dem Alter zu tun!«
»Doch Papi, schau: ich bin noch ganz klein, und ich bin christlich. Du und Mami sind schon etwas älter und seid auch noch Christen. Aber Großpapa – der ist *schon* Jude!«

Erzbischof Kohn hat einen Chorknaben um Meßwein geschickt. Als der Knabe lange wegbleibt, wendet sich der Erzbischof zu seinem Ministranten, der ebenfalls getaufter Jude ist, und sagt: »Wo bleibt der Goi so lange?«

In Berlin gibt es ein bekanntes Warenhaus mit dem Namen ›Kaufhaus des Westens‹. Zu der Zeit, als massenhaft Juden zum protestantischen Glauben übertraten, nannte man, analog hierzu, eine berühmte protestantische Kirche in Berlin das ›Taufhaus des Westens‹.

Als sich vor dem Ersten Weltkrieg die Wiener Juden in Massen taufen ließen und es als vornehm galt, die Taufe in der Votivkirche vorzunehmen, sagten die Wiener: »Dem Kirchendiener der Votivkirche steigt schon die Schammesröte ins Gesicht!«
(Schammes = Synagogendiener.)

Amtsrichter: »Zeuge, Sie heißen?«
»Mendel Berisch Weinbaum. Kornhändler.«
»Sie sind wohl Jude?«
»Jawohl. Und ich bin stolz darauf.«
Der Amtsrichter, nach einem Blick in die Akten: »Dazu liegt keine Veranlassung vor.«

Blau und Grün, beide frisch getauft, beschließen, die Beichte abzulegen. Als erster ist Grün an der Reihe, und beim sechsten Gebot stellt der Pfarrer die Frage, mit wem er gesündigt habe. Grün weigert sich, Namen zu nennen. Der Pfarrer will ihm helfen: »War es die Milli vom Bäcker?«
»Aber nein, Pfarrerleben!«
»Oder die Mali vom Fleischhauer?«
»Bestimmt nicht, Pfarrerleben!«
»Dann vielleicht die Gretl, die Tochter des Tischlers?«
»Wo denken Sie hin, Pfarrerleben!«
Da sich Grün beharrlich weigert, Namen zu nennen, verläßt er den Beichtstuhl unverrichteter Dinge. Blau ist schon neugierig: »Nun, bist du losgeworden deine Sünden?«
»Das nicht. Aber drei piekfeine Adressen habe ich bekommen.«

Medizin und Hygiene

Über den Wert der Hygienewitze vgl. Einleitung, S. 60

Der alte Wasserzug hört schlecht. Der Arzt untersucht ihn und brüllt ins Hörrohr: »Sie müssen aufhören zu saufen, sonst werden Sie vollständig taub!«
Wasserzug nimmt sich die Warnung zu Herzen, und es tritt eine Besserung ein. Aber einige Monate später ist er vollkommen taub. Der Arzt schreit: »Ich habe Sie gewarnt! Warum haben Sie gesoffen?«
»Ach, Herr Doktor, nichts, was ich inzwischen gehört habe, war so gut wie Branntwein!«

In einer kleinen, armen Gemeinde kommt der Rabbiner mit Zahnweh zum Feldscher. Dieser reißt ihm den Zahn und sagt: »Ich berechne Ihnen nichts. Bald kommen die Feiertage – betrachten Sie das als mein Festgeschenk.«
Der Rabbiner: »Einverstanden. Aber erzählen Sie niemand davon! Sonst wird mir die Gemeinde, statt mir für die Feiertage Geldgeschenke zu schicken, den Rest der Zähne ausreißen wollen.«

»Halt mich nicht auf! Ich renne zum Doktor! Mein Weib gefällt mir nicht!«
»Warte, ich renne mit: mein Weib gefällt mir auch nicht.«

1918. Frontgebiet in Galizien. Ruhr und Cholera wüten. Mitten in der Nacht klopfen zwei Krankenträger an die Türe des Hotelzimmers von Herrn Bromberger: »Der Hotelwirt schickt uns. Er fürchtet die Ansteckungsgefahr. Sie müssen krank sein. Sie waren heute nacht zwölfmal auf der Toilette.«
Bromberger: »Jawohl, aber elfmal war sie besetzt.«

»Wir Juden sind nebbich von allen Seiten geschlagen: Hat ein Goi Durst – dann trinkt er ein paar Seidel Bier. Hat aber ein Jude Durst – dann läßt er sich untersuchen auf Zucker.«

Die Braut: »Isidor, du bist so süß!«
Der Bräutigam: »Kunststück! Bei 4% Zucker!«

Simche hat Kopfweh und will zum Arzt.
»Wegen Kopfweh geht man nicht zum Arzt!« tadelt sein Freund. Aber Simche ist anderer Ansicht: »Das verstehst du nicht. Der Arzt muß auch leben.«
Simche bekommt vom Arzt ein Rezept und marschiert damit zur Apotheke. »Sei kein Narr«, sagt der Freund, »das Kopfweh wird auch so vorübergehen!«
»Still«, sagt Simche streng, »der Apotheker muß auch leben!«
Simche bringt die Medizin aus der Apotheke und schüttet sie in den Straßengraben.
Der Freund, entsetzt: »Himmel! Die teure Medizin!«
Darauf Simche, entrüstet: »Na, was denn! Ich muß doch auch leben!«

Der Börsenmakler Wormser liegt mit Fieber im Bett. Seine Gattin rapportiert dem Arzt: »Die ganze Nacht hindurch hat er zwischen achtunddreißig und neununddreißig gehabt.«
Wormser, schwach: »Bei vierzig – verkaufen.«

Ein Jude klagt beim Arzt über einen unangenehmen Reizhusten. Der Arzt verschreibt ihm: »Dreimal täglich ein Glas voll Hunyadi Janos« *(bekanntes Abführmittel).*
Nach zwei Tagen ist der Jude wieder beim Arzt.
»Nun«, fragt der Arzt, »husten Sie noch?«
Der Jude: »Herr Doktor – *trau* ich mich denn?«

Der alte Börseaner Salinger ist erkrankt. Die Freunde trösten ihn, er werde sich bestimmt erholen und neunzig werden.
»Ach«, meint Salinger deprimiert, »warum soll Gott mich nehmen mit neunzig, wenn er kann mich haben mit zweiundachtzigeinhalb?«

Jude beim Augenarzt: »Seit einiger Zeit sehe ich schlecht.« Der Arzt greift nach seiner Buchstabentabelle, doch es erweist sich, daß der Jude nur Hebräisch lesen kann. Der Arzt, zufällig selber Jude, bringt ein hebräisches Gebetbuch. Der Jude liest mühelos. Der Arzt tritt langsam mit dem Buch Schritt für Schritt zurück – er ist schon drei Meter vom Juden entfernt, und der schnurrt den Text immer noch ohne jede Anstrengung herunter. Da ruft der Arzt verwundert:
»Aber hören Sie! Sie sehen doch unerhört gut!«
»Was hat das«, fragte der Jude, »mit dem Sehen zu tun? Welcher Jude kennt die Gebete nicht auswendig!?«

Die Mutter des Begründers vom Bankhause Rothschild wurde sehr alt. Als sie einmal wegen verschiedener Beschwerden den Arzt zu sich rief, meinte dieser: »Ja, ich kann Sie leider nicht jünger machen.«
Da meinte die alte Dame: »Ich will ja nur älter werden.«

Der Arzt zur Mutter des fiebernden Kindes:
»Hat die Kleine nachts phantasiert?«
Die Mutter: »Ja – aber nur ganz dünn!«

Kohn kommt eben aus der Ordination seines Arztes und trifft bei der Türe seinen stotternden Freund:
»Wa-wa-was f-fehlt di-i-r denn?«
»Prostataentzündung.«
»Wa-was iist dddenn ddas?«
»Weißt du: ich pisse so, wie du redest.«

Pintschewer zum Arzt: »Wenn ich den Körper schräg vorbeuge und dann drehe und zugleich den einen Arm von oben und den zweiten von unten her gegen den Rücken winde, dann tut mir der ganze Körper furchtbar weh.«
Der Arzt: »Und wozu diese ausgefallene Gymnastik?«
Pintschewer, verwundert: »Ja – aber wie soll ich sonst nach Ihrer Meinung einen Mantel anziehen?«

Der alte Krautsalat hat angefangen, mit sich selber zu reden. Die Söhne sind beunruhigt und bringen den Arzt.
Krautsalat, erbittert: »Zum erstenmal in meinem Leben unterhalte ich mich mit einem vernünftigen Menschen – und da will man mir einreden, ich sei verrückt!«

Vater und Sohn gehen gemeinsam ins Türkische Bad.
»Pfui, hast du aber schmutzige Füße!« meint der Vater.
»Aber Tate, deine Füße sind doch noch viel schmutziger!«
»Wie kannst du das vergleichen«, tadelt der Vater empört, »ich bin dreißig Jahre älter als du!«

Fräulein an der Kasse der Badeanstalt: »Wenn Sie zwölf Karten auf einmal nehmen, haben Sie Ermäßigung.«
Kloppstein, melancholisch: »Weiß ich, ob ich werde leben noch zwölf Jahr?«

Der alte Zifferblatt steigt sinnierend in den Badezuber und murmelt: »Wie so ein Jahr vergeht!«

Auf der Kurpromenade: »Herr Lewinson, haben Sie heute ein Bad genommen?«
Lewinson, befremdet: »Wieso, fehlt eins?«

Nudniak zum Hotelportier: »Geben Sie mir ein Zimmer.«
Portier: »Mit fließendem Wasser?«
Nudniak: »Wieso? Bin ich eine Forelle?«

Ein Leutnant von der K. K. Armee und ein Jude fahren in der polnischen Eisenbahn. Nach einer Weile fragt der Jude: »Herr Laitnantleben, was verwenden Sie für ein hervorragendes Parfüm?«
Darauf der Leutnant: »Fin de siècle!«
Nach längerem Schweigen fragt der Leutnant den Juden: »Sagen Sie, wieso stinken Sie so penetrant?«
Der Jude: »Auch fün die Seckln!« *(jiddiscb: von den Socken.)*

An einem Frühlingstag im Café.
»Herr Rebstock, ich frage Sie, was wird sein im Sommer ...«
»Was wird schon sein«, unterbricht ihn der Rebstock, »die Familie wird gehen aufs Land und die Preise werden um einiges steigen.«
»Aber nein, ich frage Sie, was wird sein im Sommer ...«
Wieder unterbricht ihn Rebstock: »Was soll sonst noch sein? Das Budapester Orpheum wird geben ein neues Programm, und der Lausitzer wird pleite gehen.«
»Lassen Sie mich endlich ausreden! Ich meine: was wird sein im Sommer, wenn Ihre Schweißfüße jetzt schon so stinken?«

(Galizisch Jiddisch wird das deutsche ›U‹ als ›I ‹gesprochen.)
Ein Galizier, frisch nach Berlin eingewandert, unterhält sich mit einem Glaubensgenossen, der schon länger dort wohnt.
Der Galizier: »Mein Brider ist listig.«
Der andere: »Meinen Sie ›listig‹ im Sinne von ›verschmitzt‹?«
Der Galizier: »Nein, dreckig ist der nicht.«

Der ungarische Humorist Karinthy *(Halbjude)* hat die Überquerung des Roten Meeres durch die Juden so erklärt: »Das Rote Meer hat sich lieber entzweigespalten, anstatt die Juden als erstes waschen zu müssen. So kamen die Juden mit trockenen Füßen in Budapest an.«

»Gedalie, überkommt dich nie die Lust, zu baden?«
»Doch. Aber ich kann meine Gelüste beherrschen.«

Im Strandbad: »Schmul, gehen wir ins Wasser?«
»Wozu? Gepißt habe ich schon, und schwimmen kann ich nicht.«

Der alte Melamed kommt in die Stadt, um seinen reich gewordenen früheren Schüler zu besuchen. Dieser will dem alten Mann eine Freude bereiten und ihn ins Theater mitnehmen. »Aber Sie müssen mir versprechen«, verlangt er, »daß Sie ganz bestimmt vorher die Socken wechseln.«
Am Abend im Theater verbreitet sich unter den Zuschauern rund um den Melamed starke Unruhe.
»Haben Sie wirklich die Socken gewechselt, wie ich es Ihnen angeraten habe?« fragt der Schüler vorwurfsvoll.
Der Melamed ist gekränkt: »Ich habe gewußt, daß Sie mir nicht glauben werden. Darum habe ich die alten Socken in der Brusttasche zum Beweis mitgenommen – da, sehen Sie!«

Lehrer: »Herr Lilienblum, keiner der Schüler will neben Ihrem Moritzchen sitzen. Das hält niemand aus. Moritzchen muß sich unbedingt besser waschen.«
Lilienblum: »Was geht Sie das an? Ich schicke Ihnen meinen Sohn, damit er etwas bei Ihnen lernen soll, und nicht, damit Sie an ihm herumriechen. Er ist keine Rose.«

Blau: »*So* willst du zum Wohltätigkeitsball, Sara? Das geht nicht! Entweder du ziehst dir das Dekolleté höher hinauf, oder du wäschst dich tiefer hinunter!«

»Mosesleben, du riechst sauer. Du mußt gehen baden.«
Moses geht schweren Herzens und kommt noch schwereren Herzens wieder: »Nie wieder, Sara! Hab ich verloren beim Baden meine Weste!«

Ein Jahr vergeht.
»Mosesleben, du riechst sauer! Du mußt gehen baden!«
Er geht wirklich und kommt strahlend wieder: »Sara, ich habe sie wieder, die Weste! Ich hab sie gezogen 's letzte Mal unters Hemd.«

»Rebbe, darf ich einen Floh am Schabbes töten?«
»Einen Floh? Ja.«
»Und eine Laus.«
»Laus? Unter keinen Umständen.«
»Wo bleibt da die Logik?«
»Chammer *(Esel)*, was verstehst du nicht? Laut Toragesetz darf man am Sabbat nur solche Arbeit verrichten, die sich unter keinen Umständen aufschieben läßt. Der Floh hüpft dir davon, da kannst du nicht warten. Aber die Laus – die bleibt dir doch!«

Der Wirt zeigt dem Gast sein Zimmer.
Der Gast, entsetzt: »Schauen Sie nur, da marschieren Wanzen auf der Wand!«
Der Wirt: »Ja, was wollen Sie denn: sollen etwa Bären auf der Wand marschieren?«

Schapliner will seine alte Hose verkaufen.
»Pfui«, sagt der Händler, »so ein stinkender Fetzen!«
»Aber ich bitte Sie«, erwidert Schapliner vorwurfsvoll, »diese Hose stammt noch vom Pharao persönlich!«
Der Handler: »Was für ein Unsinn!«
Schapliner: »Überzeugen Sie sich selber! Greifen Sie mit der Hand hinein – Sie werden sehen, die dritte Plage ist heute noch drin!« *(Die dritte ägyptiscbe Plage bestand aus Ungeziefer.)*

Frau, die dem Hausierer ein Insektenpulver abgekauft hat: »Seid Ihr auch sicher, daß es wirkt?«
»Ganz bestimmt!«
»Wie wendet man es an?«
»Wenn Ihr eine Wanze seht, müßt Ihr sie schnell mit dem Pulver bestreuen, und sie wird sterben.«
»Unsinn! Wenn ich die Wanze schon so nahe vor mir habe, kann ich sie auch mit der Hand erschlagen!«
»Wenn Ihr das vorzieht, könnt Ihr es auch so machen.«

In der Drogerie.
»Ich möchte ein Pulver gegen Flöhe.«
»Wieviel?«
»Was weiß ich! Wie Sterne! Millionen!«

Zoologische Philosophie.
Eisik kann nicht einschlafen, weil ihn ein Floh plagt. »Floh«, sagt er streng, »entweder du bist gesund: was tust du dann im Bett? Oder du bist krank: was hüpfst du dann?«

Der Melamed fragt den Buben ab. Das hebräische Wort für ›Federn‹ kann der Bub aber nicht ins Deutsche übersetzen. Der Melamed will nachhelfen.
»Hast du zu Hause ein Bett?« fragt er.
»Natürlich«, sagt der Junge.
»Ist Bettzeug drin?« will der Melamed wissen.
»Selbstverständlich«, entgegnet der Junge.
»Na«, meint der Melamed, »und jetzt wirst du mir wohl sagen können, was in dem Bettzeug drin ist.«
»Wanzen!« sagt der Junge in freudiger Erleuchtung.

»Hast du eine Ahnung, wo ich einen größeren Posten Ungeziefer bekommen kann?«
»Pfui! Auch eine Ware! Wozu brauchst du das?«
»Ich ziehe aus. Und im Vertrag steht, ich muß dem Hauswirt die Wohnung genau in dem Zustand übergeben, wie ich sie übernommen habe. Es darf nichts fehlen.«

Frau Pollak führt Frau Schlesinger stolz durch ihre Wohnung. Plötzlich huscht ein Tier an ihnen vorüber.
»Ai wai, haben Sie Ratten?«
»Aber nein, das ist unser Haustier, ein Iltis.«
»Und der Gestank?«
»An den wird er sich schon gewöhnen.«

Berühmte Juden

Der humoristische Wiener Schriftsteller Saphir war auffallend häßlich. Einmal befand er sich zusammen mit einem alten Herrn in Gesellschaft von lauter reizlosen Frauen. Da flüsterte er dem alten Herrn zu:
»Dies ist für uns beide ein denkwürdiger Tag! Heute sind nämlich wir beide hier das schöne Geschlecht.«

Saphir: »Nur dreierlei Menschen schlafen nachts unerschütterlich: die Kinder, die Toten, die Nachtwächter.«

Saphir geht in einer engen Gasse hinter einer Gruppe schnatternder Damen her, die ihn nicht vorbeilassen. Schließlich drückt er eine von ihnen beiseite, um vorbeizukommen.
Die Dame: »Unverschämter Kerl, was treibt er da?«
Saphir: »Gänse.«

Saphir war Hausbesitzer. Ein Offizier, der in einem seiner Häuser wohnte, wollte vor der Kündigungsfrist ausziehen. Saphir stellte die spaßige Bedingung, er würde den Auszug erlauben, wenn es dem Offizier gelänge, seinen Wunsch in einem einzigen Wort zu formulieren.
Da schrieb der Offizier: »Judicium! *(Jud, i zieh um!)*
Saphir schrieb zurück: »Officium!« *(O Vieh, zieh um!)*

Auf einer Gesellschaft hatte der reiche Baron Rothschild Saphir versprochen, ihm hundert Gulden zu leihen.
Am andern Tag meldete sich Saphir in Rothschilds Kontor.
»Ah – Sie kommen um Ihr Geld«, sagte Rothschild.
»Nein, *Sie* kommen darum«, antwortete Saphir.

Der Komponist Meyerbeer fragte Saphir, welche seiner – Meyerbeers – Opern ihm am besten gefiele.
»Die Hugenotten«, erklärte Saphir, ohne zu zögern, »da schlagen die Christen sich gegenseitig tot, und ein Jude *(nämlich der Komponist Meyerbeer)* macht Musik dazu.«

Zu einer jungen Klavierspielerin sagte Meyerbeer: »So ein wohlerzogenes Mädchen – und gar kein Takt!«

Christ zu Heine: »Sie stammen aus dem Volke, dem auch Jesus entstammt. Ich an Ihrer Stelle wäre stolz darauf.«
Darauf Heine: »Ich auch – wenn niemand außer Jesus ihm entstammte.«

Heine: »Ich vermache meine ganze Habe meiner Frau Mathilde unter der Bedingung, daß sie wieder heiratet.«
Der Freund: »Was hat das für einen Sinn?«
Heine: »Ich will, daß wenigstens *ein* Mensch auf der ganzen Welt meinen Hinschied von Herzen bedauert.«

Die alte Baronin Rothschild in Frankfurt hatte eine achtzehnjährige Gesellschafterin, die ihr französische Romane vorlesen mußte. Einmal, mitten in der Lektüre eines Romanes, stockte das junge Mädchen, begann zu stottern und bekam einen feuerroten Kopf.
Drauf sagte die Baronin: »Iwwerhibbele Se 's, Marieche, awer lechese e Zeddelche enoi!«

Königin Viktoria fragte ihren Premierminister Disraeli nach dem genauen Unterschied zwischen Unfall und Unglück.
Disraeli definierte: »Wenn zum Beispiel Gladstone *(sein politischer Gegner)* ins Meer fällt – so ist das ein Unfall. Wenn aber jemand ihn wieder herauszieht – dann ist das ein Unglück.«

1872 wurden dem damaligen deutschen Thronfolger bei seiner Besuchsreise die jüdischen Honoratioren von Breslau vorgestellt: Benno Guttentag, Moses Guttentag, Josua Guttentag ... Da drehte sich der Thronfolger zu seinem Adjutanten um und flüsterte, frei nach Goethe:

»Nichts ist schwerer zu ertragen
Als eine Reihe von Guttentagen.«

Der berühmte Berliner Schauspieler Dessoir hatte vor seiner Taufe Dessauer geheißen. Auf einer Besuchsreise in sein heimatliches Städtchen traf er in der Lokalbahn einen Jugendbekannten, der ihn dauernd mit ›Herr Dessauer‹ titulierte. »Ich heiße Dessoir!« korrigierte der Schauspieler streng.
An einer Station stieg Dessoir aus, um eine bestimmte Lokalität aufzusuchen. Der Jugendfreund schrie ihm aus Leibeskräften nach: »Herr Dessoir, Herr Dessoir! Das *Pissauer* ist ums Eck!«

Kurz nach seiner Taufe rief Dessoir unmittelbar vor seinem Bühnenauftritt voll Entsetzen: »Jesus, mein Bart will nicht kleben!«
Sein christlicher Kollege Döring meinte: »Bei der kurzen Bekanntschaft dürfen Sie schon noch ›*Herr* Jesus‹ sagen!«

Zum Bankier Goldberger kam ein hoher deutscher Adliger, der Geld brauchte, mit dem Witz herein:
»Guten Tag, Herr Geldborger!«
Darauf Goldberger: »Wenn Hoheit nichts zu versetzen haben als Buchstaben, wird aus unserm Geschäft nichts werden.«

Ein jüdischer Bankier aus Deutschland hat den Spruch geprägt:
Jede Gefälligkeit rächt sich.

Zu dem berühmten Wiener Schauspieler Sonnenthal setzte sich im Caféhaus ein fremder, aufdringlicher Kerl und bestellte beim Kellner: »B-b-bringen S-sie mi-mir Café!«
Hierauf Sonnenthal: »Mi-mi-mir a-auch.«
Der Fremde, entrüstet: »S-sie sind Sonnenthal, S-sie stott-tern doch g-g-gar nicht!«
»Doch«, sagte Sonnenthal, »in Wirklichkeit stottere ich auch, auf der Bühne simuliere ich bloß!«

Ein bekannter jüdischer Pianist gab in einem gräflichen Hause in Wien ein Konzert. Als der Applaus verklungen war, trat der Hausherr leutselig an den Pianisten heran und sagte:
»Ich habe schon Rubinstein gehört …« Der Pianist verbeugte sich geschmeichelt. Der Graf fuhr fort: »Ich habe auch Serkin gehört …« Der Pianist verbeugte sich noch tiefer. Der Graf beendete seinen Satz: »… geschwitzt wie *Sie* hat keiner!«

Der Philosoph Geiger aß mit einem katholischen Priester.
»Wann werden Sie endlich das alte Vorurteil aufgeben

und anfangen, nichtrituell zu essen?« fragte der Priester.
»Auf Ihrer Hochzeit, Hochwürden«, entgegnete Geiger.

Ein Schriftsteller zu seinem Kollegen: »Seit wir uns das letztemal gesehen haben, hat sich meine Leserschaft verdoppelt!«
»Gratuliere! Ich wußte gar nicht, daß du geheiratet hast!«

Der Komponist Imber sagte zum Hotelwirt: »Weck mich, sobald ich durstig werde.«
Wirt: »Wie soll ich wissen, wann Ihr durstig seid?«
Imber: »Wann du mich wecken wirst, werde ich durstig sein.«

Der Philosoph und Arzt Markus Herz hörte, ein früherer Patient sei dazu übergegangen, sich anhand von medizinischer Fachliteratur selber zu behandeln.
»Er wird noch an einem Druckfehler sterben«, meinte Herz.

Der Dichter L. A. Frankel verdiente sich seinen Unterhalt als Sekretär an einer jüdischen Kultusgemeinde.
Einmal starb ein Angestellter dieser Gemeinde. Ein übereifriger Bewerber um die vakante Stelle bat Frankel um Protektion, noch bevor der Verstorbene beerdigt worden war:
»Bringen Sie mich doch an seine (des Verstorbenen) Stelle!«
»Gern«, versprach Frankel, »aber ich weiß nicht, ob ich einen so schweren Kerl wie Sie ohne weiteres in den Sarg hineinheben kann.«

Die Freunde eines ungarischen adligen Dichters hatten diesem das elterliche Gut, das er hatte verkaufen müssen, als Geschenk zu einem Jubiläum zurückgekauft.
Da sagte der jüdische Dichter Joseph Kiß zu seinen Freunden: »Bei meinem Jubiläum kommt ihr billiger davon. Ich habe von meinen Eltern den Bettelstab geerbt – den hab' ich noch.«

Kritiker zum jüdischen Tragöden Jacob P. Adler: »Ich kenne einen, der bereit wäre, eine Million zu zahlen, wenn er Sie sehen dürfte. Und er meint es ernst!«
Adler, geschmeichelt: »Tatsächlich?«
Kritiker: »Ja, er ist nämlich blind.«

Einst kommt zum Examen bei dem berühmten Wiener Juristen Wlassak ein jüdischer Student namens Jerusalem (vermutlich ein Verwandter des Wiener Philosophen Wilhelm Jerusalem). Der Student ist ausnehmend schlecht vorbereitet. Wlassak quält sich mit ihm ab. Vor der Tür des Prüfungsraumes warten die neugierigen Kollegen Jerusalems. Wlassak tritt schließlich mit dem Kandidaten zur Tür heraus, wirft einen Blick auf die Wartenden und ruft aus: »Weine, Israel, Jerusalem ist gefallen!«

Zu einem jungen Komponisten, der einstweilen in Karlsbad bescheiden in Untermiete wohnte, sagte ein Freund: »Schau, da ist dein Fenster. Nach deinem Tode wird hier eine Tafel hängen mit der Aufschrift ...«
»Aber geh!« unterbrach der Komponist, vor Freude errötend.
»Es hat keinen Sinn, daß du mich unterbrichst, es nutzt ja doch nix«, sagte der Freund, »da wird also stehen: ›Zimmer zu vermieten.‹«

Heinrich Grünfeld wird in Gesellschaft von einer Dame gefragt: »Ist Adolf Busch *(bekannter Geigenvirtuose)* Jude?«
Hierauf Grünfeld: »Alle Violinvirtuosen sind Juden, nur Adolf Busch ist der einzige *Goi*ger.«

Ins Zimmer des Komponisten Moritz Moszkowski trat ein Kollege mit den Worten: »Puh, was für ein Dreckwetter!«
Hierauf Moszkowski: »A propos Dreck: was haben Sie Neues komponiert?«

Begegnung in Karlsbad. Der Historiker Grätz zum Literarhistoriker Karpeles: »Was treiben Sie?«
»Ich schreibe ab und zu.«
»Ich weiß: mehr ab als zu.«

Tristan Bernard: »Im Paradies hat man das bessere Klima – aber in der Hölle sicher die bessere Gesellschaft.«

Beim Dirigieren einer Oper von Richard Strauß nahm Leo Blech an den Noten einige Abänderungen vor. Richard Strauß rief empört: »Wer hat das komponiert: Sie oder ich?«
Leo Blech: »Gott sei Dank: Sie!«

Eine Dame, die sich von dem berühmten Berliner impressionistischen Maler Max Liebermann porträtieren ließ, fragte besorgt, ob das Porträt auch wirklich ähnlich sein werde.
»Ich male Sie ähnlicher, als Sie sind!« versprach Liebermann.

Einer Dame, die ihm zu viel dreinredete, sagte Liebermann: »Noch *ein* Wort, und ich male Sie genau, wie Sie sind.«

Als eine Dame klagte, er habe ihren Mund zu groß gemalt, tröstete Liebermann: »Ihr Mund ist so schön, der kann gar nicht groß genug gemalt werden!«

Die Maler Lesser Uri und Liebermann waren eine Zeitlang befreundet. Dann verkrachten sie sich. Und eines Tages wurde Liebermann hinterbracht, Uri prahle, in Wirklichkeit sei er der Urheber einiger von Liebermann signierter Arbeiten.
»Solange er nur behauptet, er habe *meine* Bilder gemalt, stört mich das nicht«, sagte Liebermann. »Wenn er aber eines Tages behaupten sollte, ich hätte *seine* Bilder gemalt, dann werde ich sofort Klage gegen ihn einreichen.«

Ein Kunstliebhaber beklagte sich bei Liebermann, er habe einen hohen Preis für den Van Gogh gezahlt, der in seinem Schlafzimmer über dem Bett hänge – nun habe sich das Bild als Fälschung erwiesen! Liebermann tröstete ihn:
»Ach, was liegt Ihnen dran, wen Sie *über* dem Bett haben. Die Hauptsache ist doch, wen Sie *im* Bett haben.«

Ein Professor der Medizin ließ sich von Liebermann porträtieren. Er wollte nur zweimal Modell sitzen und meinte: »Von meinen Patienten verlange ich auch nicht, daß sie mehr als zweimal für eine Diagnose zu mir kommen.«
»Das ist etwas anderes«, sagte Liebermann. »Wenn *Sie* etwas versauen, so deckt det der jrüne Rasen. Aber wenn *ick* etwas versaue, denn hängt det an der Wand.«

Liebermann wurde gefragt: »Weshalb setzen die Maler immer ihre Unterschrift rechts unten auf das Bild?«
Liebermann erklärte: »Det is, damit die Kunstkenner es sich merken und das Bild nicht verkehrt herum aufhängen.«

1932 in Berlin. Neben dem Haus Max Liebermanns im Alten Westen Berlins befand sich eine Villa, in der eine SA-Führerschule untergebracht war. Eines Tages sah ein SA-Mann über die Gartenmauer hinweg Liebermann beim Malen zu. Schließlich sagte der SA-Mann: »Für einen Juden malen Sie eigentlich ganz ordentlich, Herr Professor.«
Darauf Liebermann: »Für einen SA-Mann haben Sie eigentlich eine ganze Menge Kunstverstand.«

Als Hitler an die Macht gekommen war, meinte Liebermann zur politischen Lage: »Ich kann ja gar nicht soviel essen, wie ich kotzen möchte!«

Liebermann, sehr bedrückt zu dem durch seine Witzigkeit berühmten Berliner Bankier Fürstenberg: »Wissen Sie schon, wer heute gestorben ist?«
Darauf Fürstenberg: »Mir ist jeder recht.«

Von der Frau eines Finanzministers, die tief, aber vergeblich decolletiert auf einem Ball erschien, meinte Fürstenberg:
»Sie erinnert mich an ihren Mann. Der kommt auch immer zu mir mit seinem ungedeckten Defizit.«

Vor 1918 war es üblich, Angestellte nur mit ihrem Nachnamen, also einfach ›Meyer‹, ›Schulze‹ und so weiter zu rufen. Nach der Revolution kamen nun die Angestellten

des Bankiers Fürstenberg zu diesem und erklärten, von jetzt an habe er sie mit ›Herr Meyer‹, ›Herr Schulze‹ anzureden.
»Sehr gerne, meine Herren«, entgegnete Fürstenberg, »aber *mich* bitte ich Sie in Zukunft nur noch mit ›Fürstenberg‹ anzureden, ein Unterschied muß ja schließlich sein.«

An einem der Tage gegen Ende der zwanziger Jahre, an dem es wieder einmal zu einem Krach an der Effektenbörse gekommen war, verläßt Fürstenberg mit einem Bekannten zusammen das Börsengebäude.
Der Bekannte: »Wenn das so weitergeht, Fürstenberg, dann werden wir noch alle schnorren gehen.«
Fürstenberg: »Das glaube ich auch. Ich frage mich nur: bei wem?«

Fürstenberg schaut in Köln aus dem Fenster seines Schlafcoupés. Da erblickt ihn vom Bahnsteig aus Louis Hagen und sagt bittend: »Ach, lieber Herr Fürstenberg, ich muß auch mit dem Zug nach Berlin, habe aber keinen Schlafwagenplatz mehr bekommen. Bitte, lassen Sie mir doch das freie Bett in Ihrem Coupé!«
Darauf Fürstenberg: »Rundweg abschlagen möchte ich Ihnen das nicht. Ich werd' mir die Sache mal beschlafen.«

Als Fürstenberg seine Bank – die Berliner Handelsgesellschaft – übernahm, ließ er den Portier kommen, zeigte ihm ein Album mit den Bildern seiner sämtlichen Verwandten und sagte:
»Wenn einer von diesen kommt, bin ich nicht zu sprechen.«

Der Vater von Walter Rathenau wollte ein mit Fürstenberg verabredetes Treffen um vier Wochen verschieben.
»Da kann *ich* nicht«, sagte Fürstenberg ärgerlich. »Da habe ich eine Beerdigung.«

Auf der Börse trat jemand an Fürstenberg mit der Frage heran: »Bitte, wo ist hier die Toilette?«
Hierauf Fürstenberg: »Hier gibt's keine Toiletten. Hier bescheißt einer den andern.«

Auf dem Bahnsteig geht ein Bekannter auf Fürstenberg zu und fragt: »Wohin fahren Sie?«
»Nach Frankfurt.«
»Ich auch. Da können wir ja zusammen fahren!«
»Wenn ich Sie sehe, fahre ich *immer* zusammen.«

Fürstenberg: »Ausnahmslos alle Aktionäre sind dumm und frech. Dumm – weil sie fremden Leuten ihr Geld anvertrauen. Frech – weil sie für diese Dummheit auch noch Zinsen haben wollen.«

Fürstenberg: »Der Reingewinn ist derjenige Teil des Gesamtgewinns, den der Vorstand beim besten Willen nicht mehr vor den Aktionären verstecken kann.«

Ein witziger jüdischer Journalist, mit der großen Invasion aus Wien in die Reichshauptstadt geschwemmt, wurde von den Berliner Kollegen nicht allzu freundlich empfangen.
Einmal befand er sich mit einem Kollegen zusammen auf einer Dienstfahrt nach Amerika. Kurz nach Antritt der Reise fragte er den Kollegen: »Kennen Sie sich hier aus? Ich muß mal eben ...«

Der Angesprochene: »Gehen Sie den Gang entlang, bis Sie an eine Tür kommen mit der Aufschrift ›For Gentlemen‹. Sie können aber *trotzdem* reingehen!«

Liebstöckl war zur Zeit Max Reinhardts ein berühmter Wiener Theaterkritiker. Obwohl selbst nicht Jude, pflegte er nur zu mauscheln *(jiddisch oder mit Anklängen an den Jargon sprechen).* Max Reinhardt, der den barocken Pomp nicht nur auf der Bühne, sondern auch in seinem privaten Leben liebte, gab in seinem bei Salzburg gelegenen Schloß Leopoldskron einen großen Empfang. Zwischen Dienern, die Fackeln halten, empfängt Max Reinhardt seine Gäste auf der Freitreppe.
Sein Freund Liebstöckl fährt vor, steigt aus, stutzt und begrüßt Max Reinhardt: »Wos is, Max, Kurzschluß?«

Hitler-Zeit

Gleich zu Beginn der Nazi-Ära, als Juden in Deutschland noch leben konnten, läutete der Ausfahrer (der Christ war) einer Mazzebäckerei *(Mazze = ungesäuertes Osterbrot der Juden)* artig an der Türe eines Kunden und meldete freundlich:
»Heil Hitler, Herr Kohn, ich bringe Ihre Mazzen.«

Zu Beginn der Hitler-Ära fährt Blumenthal nach Berlin. Als er zurückkommt, erzählt er: »Ich habe Goebbels gesehen. Er sieht aus wie Apoll ...«
»Bist du wahnsinnig? Dieser mickrige Krüppel!«
»Laß mich doch ausreden! Er sieht aus wie *a pol*nischer Jüd.«

Im Hitler-Reich. Als Juden noch die Reichsbahn benützen durften, saß der alte Meisl einmal sinnierend allein im Abteil. Sein Blick fällt auf ein Propagandaplakat »Ein Deutscher lügt nicht!«
Meisl liest halblaut: »*Ein* Deutscher lügt nicht!« Dann meint er nachdenklich: »Mieses Perzent für achtzig Millionen!«

In der Nazizeit sitzen zwei Juden in ihrem Berliner Stammcafé. Plötzlich sagt der eine schwermütig: »Moses ist doch ein ganz großes Rindvieh gewesen!«
»Um Himmels willen! Wie sprichst du von unserm gro-

ßen Propheten! Er hat uns doch aus Ägypten herausgeführt!«
»Eben deswegen! Hätt' er uns nicht 'rausgeführt, so hätt' ich jetzt einen englischen Paß.«

1933. In einem deutschen Amtsgebäude meldet sich ein Jude mit der Bitte, seinen Namen ändern zu dürfen. Der Beamte: »Im allgemeinen lassen wir uns auf Namensänderungen nicht ein. Aber Sie werden wohl starke Gründe haben. Wie heißen Sie denn?«
»Adolf Stinkfuß.«
»Ja – da muß man schon Verständnis haben. Und wie möchten Sie heißen?«
»Moritz Stinkfuß.«

Kurz nach Beginn des Hitler-Regimes bemühten sich die alteingesessenen Juden in Berlin, ihren Besitz in kostbaren Antiquitäten anzulegen.
Ein Kunsthändler besucht seinen besten Kunden, einen reichen Bankier, öffnet behutsam einen mitgebrachten Ebenholzkasten und sagt: »Herr Pfeffer, ich habe Ihnen etwas ganz Schönes mitgebracht: eine Totenmaske von Franz Liszt.«
Der Bankier betrachtet die Totenmaske lange und fragt dann: »Haben Sie so etwas nicht in Hitler?«

Kurz nach 1933 kam ein Jude an einem Bettler vorüber, welcher auf der Brust eine Tafel mit der Aufschrift trug: »Vollständig blind. Nehme nichts von Juden.«
Der Jude trat nervös auf den Mann zu und flüsterte: »Ich gebe Ihnen fünf Mark – aber bitte, entfernen Sie die Tafel.«
»Auf Ihre Ezes *(hebräisch: Ratschläge)* habe ich gewartet!« entgegnete der blinde ›Nazi‹. »Wollen Sie mich lehren, wie man bei diesen Banditen bettelt!«

General von Ludendorff hält in einem Münchner Kaffeehaus eine antisemitische Hetzrede: »Die Juden und nur die Juden waren schuld an Deutschlands Niederlage!«
Da tritt ein jüdisch aussehender Herr auf Ludendorff zu und sagt höflich: »Ich wußte gar nicht, Herr Generalfeldmarschall, daß Sie Jude sind!«

Deutsche Schule zu Beginn der Nazizeit.
»Wie lautet dein Vorname, Hinrichs?«
»Baldwin.«
»Und deiner, Hartwig?«
»Knut.«
»Und dein Vorname, Rosenzweig?«
»Sie werden lachen, Herr Lehrer: Adolf.«

In einer Schulklasse in Hitlerdeutschland, in der noch einige jüdische Schüler sind, findet der Lehrer auf dem Pult des kleinen Moritz ein kleines Notizbuch. Auf der ersten Seite links steht drin: »Gott erhalte Adolf Hitler.« Auf der nächsten Seite wieder links: »Gott erhalte Hermann Göring.« Der Lehrer blättert weiter. Da steht, wieder links: »Gott erhalte Dr. Josef Goebbels.« Da sagt der Lehrer: »Kinder, hört, was euer Mitschüler Moritz geschrieben hat!« Er liest vor, blättert immer weiter, liest: »Gott erhalte Ernst Röhm!« Da stockt seine Rede. Denn auf der rechten Seite steht: ».. . hat er erhalten am ...«

Kurz nach Ausbruch der Hitler-Ära in Deutschland. – In der Nähe der Villa Mandelbaum ist Mandelbaums Hund von einem fremden Auto überfahren worden. Niemand getraut sich, dem Kommerzienrat Mandelbaum die traurige Nachricht zu überbringen. Ein jüdi-

scher Hausierer steht zufällig dabei. Er ist bereit, gegen ein Trinkgeld die Rolle des Boten zu übernehmen. Bald kommt er wieder heraus – mit einer fürstlichen Belohnung! Die Umstehenden sind perplex: »Mensch, wie hast du das bloß gemacht!«
Der Hausierer: »Sehr einfach! Ich hab gesagt: Heil Hitler, der Hund ist tot.«

Nazizeit. Zwei Juden begegnen einander auf der Straße.
»Herr Kohn, ich hab Ihnen zwei Nachrichten, eine gute und eine schlechte.«
»Zuerst bitte die gute!«
»Hitler ist tot.«
»Großartig! Und jetzt die zweite, schlechte?«
»Die erste stimmt nicht.«

Hitlerzeit. Kohn zu Levy: »Weißt Du den Unterschied zwischen Hitler und einem Leberkranken?«
»Nu?«
»Der eine ist leberleidend, der andere leider lebend.«

Die Juden in Deutschland waren bis zum Ausbruch der Hitler-Ära oft begeisterte deutsche Nationalisten und Militaristen.
Aus einem nationalsozialistischen Konzentrationslager nahe der holländischen Grenze gelingt es zwei Juden, zu entfliehen. Die aufgeregten holländischen Grenzwächter begehen sogar eine Grenzverletzung, um die beiden vor ihren Verfolgern, die bereits auf Motorrädern heranrattern, zu erretten.
Die Flüchtlinge werden von den triumphierenden holländischen Soldaten verpflegt, getröstet und dann, bei der Wachtablösung, mit ins Land hineingenommen.
Als sie mit der holländischen Truppe landeinwärts ge-

hen, wendet sich der eine zum zweiten und flüstert wehmütig:
»Und das nennen die Holländer marschieren! Wenn man das mit *unserer* SA vergleicht!«

Beim Auswanderungsbureau in Berlin treffen sich kurz nach Hitlers Machtergreifung zwei Juden.
»Moische«, fragt der eine, »wohin willst du auswandern?«
»Nach Schanghai.«
»Was! So weit?«
»Weit, von wo?«

Nazideutschland. Galizischer Jude wehrt mit einem Stock die wütenden Bisse eines Wolfshundes ab. Schlagzeile in der Zeitung: »Jüdischer Hausierer beißt deutschen Schäferhund.«

1937 in Wien. Gespräch über die ›Anschlußgefahr‹ *(Anschluß Österreichs an das Nazideutschland).* Grün ist zuversichtlich:
»Nie wird der Hitler in Österreich einmarschieren, denn sonst gibt es Krieg. Schau dir nur den Globus an: Da das kleine Deutschland in der Mitte – und das alles gehört zu England, das zu Frankreich, dort das riesige Rußland, von Amerika ganz zu schweigen ...«
»Ja, ich weiß es, Grün. Aber weiß das auch der Hitler?«

Innsbrucker Hauptbahnhof 1939. SS-Leute schleppen einige Juden zum Zug. Am Bahnhof stehen zwei richtige Tiroler mit Joppe und Lederhose. Wendet sich der eine an seinen Nachbarn: »Dö san doch saudumm, dö Juden! Sollten sich a Lederhosen und a Joppen anziehen wie

unseraner, und koa Mensch tät wissen, daß sie Juden san.«
Der andere: »Wemenem sogen Sie dos!« *(Jiddisch: Wem, wörtlich ›wem einem‹, sagen Sie das!)*

Naziherrschaft in Wien. Nachts in einer einsamen Gasse schwankt ein betrunkener, großmächtiger Goi auf den schüchtern dahinschreitenden Naftali zu und murmelt: »Sie – Sie sind – a Jud!«
Naftali, erschrocken: »Und Sie? Sie sind total besoffen.«
Der Betrunkene: »Ja, ja – aber das vergeht bis morgen früh.«

Nazideutschland. Ein Schweizer besucht einen jüdischen Freund: »Wie kommst du dir vor unter den Nazis?«
»Wie ein Bandwurm: ich schlängle mich Tag und Nacht durch die braunen Massen und warte, daß ich abgeführt werde.«

SS-Kommandant zum Juden: »Wenn du errätst, welches meiner beiden Augen aus Glas ist, lass ich dich laufen.«
Der Jude: »Das linke.«
Der SS-Kommandant: »Das ist richtig! Wie hast du das so schnell erkennen können?«
Der Jude: »Es hat mich so menschlich angeschaut.«

Hitlerzeit. Parteigenosse Müller erblickt auf der Straße seinen Bekannten Kohn und sagt neckend: »Heil Hitler!«
Kohn: »Bin ich Psychiater?«

Ein Amerikaner, an einem milden Märztag zu einem Emigranten, der noch nicht gut englisch kann: »Spring in the air!« *(Frühling in der Luft!)*
Der Emigrant *(der für ›spring‹ die deutsche Bedeutung einsetzt)*, melancholisch: »Why should I? *(Warum sollte ich?)*

Variante: Der Emigrant entgegnet erbittert:
»Spring yourself!« *(Spring selber!)*

Zwei jüdische Emigranten aus Wien bereden, was in zehn Jahren sein wird.
»Ich werd wieder in Wien sein. Ich werd mit meiner Rebecca im Prater gehen. Es wird ein alter Mann kommen in schlechten Kleidern. Ich werde stolz an ihm vorbeigehen und sagen: ›Schau hin, Rebecca, da geht er, der Hitler‹!«
»Ich habe gewußt, du bist ein Feigling! Ich werd auch wieder in Wien sein. Ich werd im Café sitzen und eine Zeitung lesen. Ich werd sie gelesen haben und beiseite legen. Ich werd eine andere Zeitung nehmen. Es wird ein Herr kommen und sehr höflich fragen: ›Verzeihung, mein Herr. Ist diese Zeitung frei?‹ Da werd ich kaum aufschauen und nur sagen: ›Für Sie nicht, Herr Hitler!‹«

Zwei jüdische Emigranten treffen sich am oberen Amazonas und tauschen Berufserfahrungen aus.
»Ich fang Schlangen. Ich sammle das Gift und bring es dann zur Flußmündung. Dann fahr ich wieder hierher. Me lebt.«
»Ich zapf die Gummibäum' an. Hab ich genug, bring ich zur Mündung und komm wieder hier herauf. Me lebt.«
»Was aber ist geworden aus dem Nafziger?«

»Der ist geworden e Abenteurer.«
»???«
»Der ist zurück nach Deutschland!«

Zwei emigrieren. Die Gemeinde dort wird sie unterstützen und fragt nach dem Beruf. Der erste ist Arzt. Da er die örtliche Approbation nicht hat, gibt man ihm wenigstens einen Posten als Pfleger im israelitischen Krankenhaus.
Der zweite sagt, er sei Kantor. Einem ehemaligen Kultusbeamten will man keine profane Arbeit zumuten. Man hilft ihm mit einer kleinen Pension.
Schließlich aber meint man, er könne seinen Dank durch gelegentliche Kantorenleistung in der Synagoge abstatten. Da läuft der »Kantor« verzweifelt zum Arzt:
»Wai, was nun? Ich kann doch gar nicht singen!«
»Du stellst dich auf, schreist einen einzigen Ton und fällst um. Das andere laß mich machen!«
So geschieht es. Der Arzt rudert durch die Menge: »Laßt mich, ich bin Arzt!« Er fühlt, horcht, richtet sich auf:
»Leben wird er, ihr Jüden! Singen? Nie mehr!!«

Noch einer ist emigriert. Er will sicher sein vor jeder Arbeit und erklärt daher: »Ich bin lahm!«
Sein Freund: »Bist du meschugge? Wenn du nicht dastehen willst als ein unehrlicher Mensch, wirst du dein ganzes Leben lahm sein!«
»Ach wo! Wenn es mir nicht mehr wird gefallen, geh ich nach Lourdes!«

Teitelbaum.
Wien 1946. An der Opernkreuzung unterhalten sich ein englischer und ein amerikanischer Offizier. Ein franzö-

sischer Major geht vorbei. Darauf der Engländer zum Amerikaner: »Joi, der Teitelbaum ist auch wieder in Wien!«

Pinkus hat es geschafft. Er ist aus Hitler-Deutschland entkommen und spaziert durch die Straßen von New York. Aufatmend sieht er sich um. Keine Bänke, auf denen »Nur für Arier« draufsteht. Keine Ämter, an deren Türen zu lesen ist: »Eingang nur für Juden.« Frohen Herzens betritt er ein Obstgeschäft, um ein Kilo Orangen zu kaufen.
»For juice?« fragt das Fräulein.
Darauf Pinkus, entsetzt: »Was, hier auch?!« *(Verwechslung von ›juice‹ = Saft mit dem sehr ähnlich ausgesprochenen ›Jews‹ = Juden.)*

Drei Emigranten treffen sich in New York. Sagt der erste: »Ihr werdet es mir nicht glauben – aber zu Hause in Berlin war ich der größte Konfektionär der ganzen Stadt.«
Sagt der zweite: »Ihr werdet es mir nicht glauben – aber zu Hause in Wien hatte ich ein Adelspalais.«
Der dritte hat einen Zwergpinscher auf dem Schoß sitzen und sagt: »Was mich angeht, so war ich zu Hause genau so ein Nebochant *(von nebbich, etwa: armer Teufel)* wie jetzt. Aber mein Pinscher, der war zu Hause ein Bernhardiner.«

In New York hat ein neu eingewanderter Jude eine Eisdiele eröffnet. Über der Eingangstür befestigt er ein großes Schild: »Juden ist der Eintritt verboten!«
Natürlich gibt es in der jüdischen Gemeinde große Empörung, und man schickt zu dem Juden eine Delega-

tion. Der Jude hört sich die Vorwürfe geduldig an und fragt dann trocken:
»Haben Sie denn mein Eis schon einmal gekostet?«

Entnazifizierung.
Der Beamte bemüht sich, den einfachen Parteigenossen Müller zu entnazifizieren: »Waren Sie unter Hitler eingesperrt? Haben Sie zur Widerstandsbewegung gehört? Hatten Sie sonstwie unter Hitler zu leiden?«
»Nein«, gesteht Müller, »es ist mir sogar sehr gut gegangen. Ich hatte immer genug zu essen und hatte sogar im Keller eine Menge sehr guten Wein versteckt.«
Der Beamte: »Ausgezeichnet! Fräulein, schreiben Sie: Das einfache Parteimitglied Müller hielt während der ganzen Hitlerzeit in seinem Keller einen gewissen ›Oppenheimer‹ versteckt.«

Der Zweite Weltkrieg ist beendet. In einem Wiener Café verlangt ein Jude den ›Völkischen Beobachter‹ *(Nationalsozialistische Zeitung).* Der Kellner sagt ihm, daß es ihn nicht mehr gibt. Das wiederholt sich täglich. Schließlich fragt der Kellner: »Warum fragen Sie täglich neu nach ihm, wo ich Ihnen doch täglich neu sage, daß es ihn nicht mehr gibt?«
»Eben: um zu hören, daß es ihn nicht mehr gibt.«

Die Judenvernichtungen der vorangegangenen Nazizeit haben zur Folge, daß die Justiz in der Bundesrepublik Deutschland in antisemitischen Angelegenheiten besonders streng vorgeht.
Auf einer Bundesstraße schleicht ein Mercedes 220 SE Cabriolet. Ein Volkswagen versucht zu überholen. Jedesmal, wenn er dazu ansetzt, tippt der Mercedesfahrer auf das Gaspedal und zieht ab. Das geht so etwa zehn-

mal. Schließlich, an einer Kreuzung, gelingt es dem Volkswagen, vorbeizuziehen. Der Volkswagen hält. Der Fahrer steigt aus und stoppt den Mercedes. Er geht auf den Mercedesfahrer zu und fragt:
»Gestatten Sie bitte eine Frage: Sind Sie Jude?«
»Nein.«
»Komm raus, du Schwein!«

Wiedergutmachung.
Was ist das Gegenteil von Arisierung?
Wieder*jud*machung.

Adolf Eichmann, der Organisator der Judenvernichtung, ist vom israelischen Gericht zum Tode verurteilt worden. Da stellt er den Antrag, zum mosaischen Glauben übertreten zu dürfen. Nach langem Zureden rückt er endlich mit der Begründung heraus: »Dann gibt's einen Juden weniger.«

Messianismus und Zionismus

»Chaim, der Rebbe meint, der Messias wird bald kommen!«
»Gott behüte! Da wird doch meine ganze Verwandtschaft seit der Erschaffung der Welt auferstehen – und sie werden alle zusammen herkommen und bei mir wohnen wollen!«

»Die Leute reden alle davon, der Messias werde bald kommen. Weißt du, Rifke, ich freue mich gar nicht darüber. Da werden wir doch alles im Stich lassen und nach Israel ziehen müssen. Jetzt, wo wir endlich so ein hübsches Haus haben!«
»Sorg dich nicht, Moische, Gott hat uns vor Pharao und vor Haman *(persischer Minister, der die Juden ausrotten wollte)* geschützt – er wird uns auch vor dem Messias bewahren!«

»Zionismus«, meinte seinerzeit ein jüdischer Berliner Rechtsanwalt, »ist eine schöne Sache. Was mich persönlich betrifft, so möchte ich, sobald der jüdische Staat besteht, Konsul in Berlin werden.«

Unlösbares Problem.
»Schloime, ich habe nachgedacht, wer der klügste Mensch der Welt sein muß. Ich habe so überlegt: Das klügste Volk, das wirst du zugeben, sind die Juden. Und

die klügsten unter allen Juden sind die russischen, daran zweifelt doch niemand. Die allerklügsten unter den russischen Juden sind die Zionisten – das ist auch klar. Die klügsten von den Zionisten sitzen im Zentralkomitee – wie sollte es anders sein? Und den klügsten Mann aus dem Zentralkomitee machen sie zu ihrem Präsidenten, nicht wahr? ... Und nun: dieser ist ein Esel, wie man seinesgleichen auf der ganzen Welt nicht wiederfindet!«

Nach einem alten Glauben werden dem Kommen des Messias besonders verruchte und traurige Zeiten vorangehen.
Treptiner meinte: »Alle Merkmale der messianischen Zeit sind heute da: die Armut, die Not, die Verderbtheit, die Herrschaft der Dreisten – nur der Esel fehlt, auf dem der Messias einreiten soll, denn alle Esel sind inzwischen zu jüdischen politischen Führern avanciert.«

Auf zwei Dinge wartet der Jude täglich: auf die Post und auf den Messias.

Die Frau kommt mit einer großen Neuigkeit nach Hause: »Der Messias ist gekommen!«
Der Mann: »Das ist ja Unsinn!«
Die Frau: »Gar kein Unsinn! Du kennst den christlichen Metzger? Ein anständiger Mann, nicht wahr? Und du gibst zu, daß er noch nie gelogen hat? Nun also er hat es gesagt!«

Ein Jude mußte aus seiner bisherigen Heimat flüchten. Nun betritt er in Israel das Land und seufzt:
»Zweitausend Jahre haben wir umsonst um Rückkehr gebetet – und ausgerechnet mich muß es nun treffen!«

Im Mittelmeer begegnen sich zwei Dampfer. Der eine kommt aus Israel, der zweite fährt hin. Auf beiden Dampfern stehen auf dem Verdeck Juden, Einwanderer nach Israel auf dem einen, Rückwanderer auf dem andern. Als die Passagiere beider Schiffe auf Sichtweite an der Reling lehnen, machen sie sich gegenseitig das Idiotzeichen, indem sie sich mit dem Finger an die Stirn tippen.

»Herr Doktor, was haben Sie gegen den Zionismus?«
»Prinzipiell nichts. Nur ein paar einzelne Einwände: Erstens, warum habt ihr euch ausgerechnet Palästina ausgewählt? Im Norden Sumpf, im Süden Wüste. Habt ihr kein besseres Land finden können? Zweitens, warum wollt ihr unbedingt eine tote Sprache wie Hebräisch dort sprechen? Und drittens verstehe ich nicht, weshalb ihr euch ausgerechnet die Juden ausgesucht habt. Es gibt sympathischere Nationen.«

Gespräch auf dem Kurfürstendamm von Berlin zwischen einem Zionisten und einer jüdischen jungen Dame.
Der Zionist: »Hier in Deutschland werden Sie trotz Ihrer Schönheit und Bildung von den Nichtjuden verachtet. In Palästina aber werden Sie sich gleichberechtigt fühlen.«
Das Fräulein: »Aber was ist der Unterschied? Ich werde ja auch dort wieder nur jüdischen Verkehr haben.«

Am Pier von New York redet ein alter, zerlumpter Jude auf den Kapitän eines nach Israel fahrenden Schiffes ein: »Herr Kapitän, haben Sie ein Mitleid mit einem sterbenden Juden! Nehmen Sie mich um Gotteslohn mit nach Israel, damit ich begraben sein kann im Lande meiner Väter!«

Der Kapitän erbarmt sich und nimmt den Bittsteller mit. Aber bei der Ausfahrt aus Haifa steht derselbe Mann wieder am Pier und fleht, der Kapitän möchte ihn doch wieder nach New York zurückbringen.
»Wissen Sie«, erklärt er, »mein Leiden hat sich gebessert. In Israel sterben – ja. Aber leben?!«

Bibelquiz des Radio Jerusalem. Der Sprecher verkündet: »Erster Preis: eine Woche Aufenthalt in Israel. Zweiter Preis: drei Wochen Aufenthalt in Israel. Trostpreis: ein Jahr Aufenthalt in Israel.«

Ein Jude wird im kommunistischen Polen verhört: »Sie haben Verwandte im Ausland?«
»Nein.«
»Was heißt: Nein? Wer ist David Cohn in Tel Aviv.«
»Das ist mein Bruder.«
»Wer ist Chaia Goldbaum in Haifa?«
»Das ist meine Schwester.«
»Zum Donnerwetter, ich frage nun nochmals: Haben Sie Verwandte im Ausland, ja oder nein?«
»Nein, bestimmt nicht! Von der ganzen Familie bin ich der einzige, der im Ausland lebt.«

Ein jüdischer Tourist trifft in Israel einen früheren Bekannten aus Europa und fragt: »Wie lange bleiben Sie hier?«
Der andere seufzt: »Lebenslänglich.«

Jüdisches aus Israel

Ein Einwanderer, Doktor der Volkswirtschaft, teilt folgendes Erlebnis aus seiner Anfangszeit in Israel mit: Orangenpflücken. Der Aufseher schaut ihm interessiert zu und fragt dann: »Sie sennen *(= sind)* a Doktor?«
»Ja.«
»Aber Chirurg sennen Se nischt.«
»Nein. Warum?«
»Weil: schneiden kennen Se überhaupt nischt.«

Zu Beginn der Nazizeit pendelt Kohn dauernd zwischen Europa und Israel hin und her. Als er zum dritten Mal in Israel landet, fragt man ihn, was das für einen Sinn hat.
»Da ist es nicht gut, und drüben ist es erst recht nicht gut, überall Zores *(Sorgen).* Ruhe hat man nur auf dem Schiff.«

An manchen Bahnhöfen und Hafengebäuden sind für die Ankommenden Schilder und Spruchbänder aufgehängt mit der Aufschrift:
»Willkommen in ...!«
Im Hafen von Tel Aviv steht geschrieben: »Auf Ihnen hama gewartet!«

Assimilationsdurstige Juden pflegten ihre Kinder gern nach deutschen Helden zu benennen.
Kurz nach Ausbruch der Hitler-Ära spielen Klein-Wotan und Klein-Siegfried am Strand von Tel Aviv.

Schaut Klein-Siegfried: »Was ist, Wotan, nicht beschnitten?«
Sagt Klein-Wotan: »Mer wissen noch nicht, ob mer werden bleiben.«

Arabisch-israelischer Krieg. Bombenangriff auf Tel Aviv. Moische sitzt im Keller und klärt: »Wenn die Engländer uns schon müssen schenken ein Land, was ihnen nicht gehört: warum nicht gleich die Schweiz?«

Ministerrat in Jerusalem. Der Finanzminister erläutert die schlechte Zahlungsbilanz. Darauf der Handelsminister: »Ich beantrage, wir erklären Krieg an die USA. Wir schicken ein Kanonenboot nach New York und beschießen die Stadt.«
Kriegsminister: »Dann kommt die sechste Flotte, und wir haben den Krieg verloren.«
Handelsminister: »Dann besetzen uns die Amerikaner, wir bekommen einen Marshallplan wie die Deutschen, und es geht uns genauso gut wie Deutschland.«
Kriegsminister: »Sehr schön. Aber was geschieht, wenn wir, nebbich, den Krieg gewinnen?«

In den Autobussen von Tel Aviv hängt unmittelbar über dem Ausgang eine Verbotstafel. In andern Ländern pflegt auf dem Schild zu stehen: »Es ist gefährlich, abzuspringen!« In Tel Aviv lautet der Text: »Spring nur! Du wirst schon sehen!«

Radioansager in Israel: »Wir senden täglich um 10, kann sein um 1/4 11, aber alleräußerst um 11 auf Welle 350 (für Sie 320!).«

Schrammeln. Sami Blau, nach Tel Aviv emigriert, ist auf die blendende Idee gekommen, dort einen original Wiener Heurigen aufzumachen. Gleich am Eröffnungstag ist das Lokal voll bis auf den letzten Platz. Da kommen noch vier Herren mit kleinen Koffern.
»Bedaure, meine Herren«, erklärt der Portier, »ich kann Sie nicht hineinlassen.«
»Sie müssen: mir sennen *(jiddisch: wir sind)* die Schrammeln.« *(Schrammeln = volkstümliche Wiener Gartenmusik für Quartett.)*

Nach der Gründung des Staates Israel übernahmen israelische Lotsen den Dienst an der klippenreichen Küste, den zuvor Engländer besorgt hatten. Ein Schiff fordert wieder einmal einen Lotsen an. Der Kapitän schaut den Juden, der sich gemeldet hat, mißtrauisch an und fragt: »Kennen Sie denn hier diese Gegend mit den vielen Riffen?«
Der israelische Lotse, stolz: »Jedes einzelne!«
Es dauert keine Viertelstunde – ein Krach, und das Schiff ist auf ein Riff aufgefahren. Da dreht sich der ›Lotse‹ freundlich zu dem Kapitän um und erklärt: »Das war das erste.«

»Wie geht es Sandberg?«
»Der ist in Italien und baut den Sozialismus auf.«
»Und was macht der Lippschitzer?«
»Der hat einen herrlichen Posten in England; er baut dort den Sozialismus auf.«
»Und was hört man von Diamant?«
»Der ist in Israel . . .«
». . . und baut den Sozialismus auf, ich weiß.«
»Bist du meschugge, doch nicht im eigenen Land!«

Viele Israel-Witze kreisen um Kontraste und Konflikte zwischen den verschiedenen Einwanderergruppen. Die ganz Alteingesessenen (Vatikim. Einzahl Vatik), zum Teil Abkömmlinge der zionistischen Intelligenz aus Rußland, gelten als geschäftsuntüchtige Idealisten. Polnische und erst recht litauische Juden werden im Witz als gerissen dargestellt. Rumänen gelten als Schwindler und Langfinger. Der meiste Spott trifft die deutschen Juden, die sogenannten Jeckes. ›Jecke‹ kommt von ›Jacke‹ und bezeichnet ursprünglich den Juden, der von der Kaftantracht der östlichen Orthodoxen zur westlichen Kleidung übergegangen ist. Am Jecke verspottet man deutschnationale Gesinnung, mangelnden Talmudschliff, mangelnde Hebräischkenntnisse, Geschäftsuntüchtigkeit.

»Was ist der Unterschied zwischen einem Jecke und einer Jungfrau?«

»Jecke bleibt Jecke.«

In der gefährlichen Zeit leisten die Männer Nahariyas nächtlichen Wachtdienst. Mit den paar vorhandenen Gewehren ziehen sie zur libanesischen Grenze, um drohende Angriffe abzuwehren. Herr Y, ein alter Jecke, führt eine solche Patrouille. Plötzlich hört man ein verdächtiges Geräusch.

»Wer da!« schreit Herr Y auf deutsch. Von drüben schallt eine hebräische Antwort zurück. Herr Y schreit wild zurück:

»Sofort deutsch reden! Sonst schieße ich!«

Der nachfolgende Witz beruht auf der Verwechslung von scheket = Ruhe, mit schekez oder schegez, männliche Form von schikse, im Jiddischen gebräuchlicher Ausdruck für einen primitiven, nichtjüdischen Burschen.

Der Autobus fährt über eine Straße nahe der Grenze, wo schon oft Überfälle durch bewaffnete Araber vorgekommen sind. Die Passagiere unterhalten sich laut und sorglos. Da ruft der Fahrer streng seinem Nebenmann zu: »Scheket!«
Worauf dieser, tief gekränkt: »Ich gebe ja zu, daß ich ein deutscher Jude bin – aber *das* denn doch nicht!«

Ein Jecke will auf dem Markt eine magere Kuh verkaufen. Er verlangt nur hundert Pfund – niemand beißt an. Ein polnischer Jude tritt mitleidig an ihn heran und sagt: »Lieber Freund, du packst das falsch an. Laß mich es machen! ... Hallo! Leute! Erstklassige Kuh! Bester Futterverwerter! Geringfügige Ansprüche! Höchster Milchertrag! *Nur* vierhundert Pfund!«
Käufer umdrängen den polnischen Juden. Da schiebt der Jecke alle aufgeregt beiseite und schreit: »Seid Ihr verrückt! So eine großartige Kuh kann ich doch für vierhundert Pfund nicht hergeben! Ich behalte sie!«

Litauische Juden (Litwaks) stehen bei ihren Glaubensgenossen in dem Ruf, besonders lebenstüchtig und raffiniert zu sein.
Neue Einwanderer in Israel stürzen sich natürlich zunächst einmal auf jeden Job. Einmal steht in der Zeitung ein Inserat: »Amme gesucht. Persönliche Vorstellung dann und dann.« Zur angegebenen Zeit schellt es an der Tür. Ein bärtiger Litwak steht da und erklärt, er sei auf das Inserat hin gekommen.
Die Hausfrau, entsetzt: »Sie wollen eine Amme sein?!«
Der Litwak: »Nu – warum nicht? *Einmal* zeigt man mir eine Sache – und schon kann ich sie.«

Rumänisches Restaurant in Tel Aviv. Ein Gast kommt, hängt seinen Mantel hin, setzt sich zum Tisch und verlangt gekochtes Rindfleisch. Der Kellner geht hinaus und kommt mit dem Bescheid: »Leider nicht mehr vorhanden.« Der Gast bestellt ein Schnitzel. Der Kellner geht wieder hinaus und meldet abermals: »Leider nicht mehr vorhanden.« Der Gast bestellt noch dies und das – nichts ist da. Da sagt der Gast wütend: »Bringen Sie mir meinen Mantel!«
Der Kellner geht hinaus, kommt herein und meldet: »Leider auch nicht mehr vorhanden.«

Konjugation in Tel Aviv.
Drei Juden stehen vor der Auslage eines Uhrengeschäftes. Der Vatik *(Alteingesessener)*, verträumt: »So eine Uhr *werde* ich einmal haben.«
Der Pole: »So eine Uhr *habe* ich längst.«
Der Rumäne: »So eine Uhr hast du *gehabt.*«

Einige Einwanderer aus einem unterentwickelten Lande bekommen ein hübsches Häuschen zugewiesen. Am Abend werden sie von den Nachbarn eingeladen zu einem modernen Picknick im Garten. Die Hausfrau grilliert Würstchen am offenen Grill.
»Merkwürdig«, sinniert der alte eingeladene Großvater, »früher war das Klo draußen und wir aßen im Haus. Jetzt ist es umgekehrt.«

Ein orthodoxer Rebbe und sein Gabbe *(Synagogenvorstand)* kommen nach Tel Aviv und spazieren am Strand. Sie sehen Mädchen im Badanzug am Meer liegen.
»Was machen die dort?« fragt der Rebbe verwundert.
Der Gabbe: »Sie lassen sich in der Sonne braten.«
Der Rebbe: »Nu – und roh sind sie schlecht?«

Aus dem Zirkus in Tel Aviv ist ein Löwe ausgebrochen. Sieben Tage bleibt er spurlos wie vom Erdboden verschluckt – dann wird er mühelos im Verwaltungsgebäude der Histadrut *(Gewerkschaftsverwaltung)* aufgefunden. Er hatte nämlich einen großen Fehler begangen: sechs Tage lang hatte er täglich einen Beamten der Histadrut gefressen – das war nicht weiter aufgefallen. Am siebten Tage jedoch fraß er den kleinen Jemenitenjungen, der das heiße Kaffeewasser von Büro zu Büro zu tragen pflegte. Und das fiel auf!

Ben Gurion, das Regierungsoberhaupt von Israel, will in Hemdsärmeln in die Knesset *(Parlament)* gehen. Einer hält ihn zurück und meint: »Das verletzt die Würde der Knesset! Ziehen Sie doch die Jacke an!«
Ben Gurion: »Nein, ich habe Churchills Erlaubnis. Als ich nämlich in London war, wollte mir Churchill das Unterhaus zeigen, und ich wollte in Hemdsärmeln mit ihm gehen. Da sagte er: ›So etwas geht hier nicht. Das können Sie bei sich in der Knesset machen.‹«

Wer ist der tüchtigste Kaufmann der Welt?
Ben Gurion. Die Linksparteien behaupten, er habe das Land an Amerika verkauft; die Rechtsparteien werfen ihm vor, er habe das Land an Rußland verkauft; wenn einer die gleiche Sache zweimal verkaufen kann, dann ist er der größte Kaufmann der Welt.

Israelischer Militärjux

Über den Realitätswert der israelischen Militärscherze vgl. Einleitung S. 74

Assentierung in Tel Aviv. Schmul gelingt es, dem Stabsarzt weiszumachen, daß er fast vollständig blind ist. Als untauglich freigestellt, eilt er schnurstracks ins Kino. Wie groß ist sein Schreck, als er neben sich just den Stabsarzt sitzen sieht. Aber schnell gefaßt, wendet er sich an ihn mit der Frage: »Fräulein, bin ich hier richtig im Autobus nach Rechavia?«

Suez-Krise. Herrschel Mandelbaum ist erst vor einigen Jahren nach Israel eingewandert. Er hat gerade seine Dienstzeit beendet, als er plötzlich wieder eingezogen wird. Er ist darüber sehr erzürnt, weil er erst ein halbes Jahr Zeit hatte, um sich ein neues Geschäft aufzubauen, und läuft in seiner Uniform grollend durch die Stadt. Da begegnet ihm ein hoher israelischer Offizier, den Herrschel nicht grüßt. Der Offizier stellt ihn zur Rede:
»Wie heißen Sie?«
»Herrschel Mandelbaum.«
»Kompanie?«
»Nein, Mandelbaum und Söhne!«
»Warum haben Sie mich nicht gegrüßt?«
»Von wem denn, Herr Oberst?«

»Haben Sie meine Achselsterne nicht gesehen?«
»Bin ich ä Sterngucker?«
»Wissen Sie, was Ihnen jetzt blüht?«
»Bin ich ä Prophet?«

Rekrutenaushebung in Tel Aviv. Kahen steht im Adamskostüm da. Der Arzt kommandiert: »Umdrehen! Tiefe Rumpfbeuge! Tauglich.«
Darauf Kahen: »Das hätten Sie mir auch sagen können ins Gesicht!«

Manöver in Israel. Eine Flußbrücke trägt (für die Manöver) ein Schild: »Die Brücke ist gesprengt.«
Der Hauptmann sieht von seinem Hügel aus durch das Fernrohr empört, wie eine Gruppe Infanteristen seelenruhig dennoch über die Brücke marschiert. Zornig fährt der Hauptmann mit seinem Jeep heran und will die Soldaten tüchtig anschnauzen. Da sieht er zu seiner Verblüffung, daß sie ein Transparent tragen mit der Aufschrift: »Wir schwimmen.«

Die neugebildete israelische Armee führt Manöver durch. Soldat Levy sieht einen Mann der feindlichen Truppe vorbeirasen. Levy legt mit dem ungeladenen Gewehr auf den ›Feind‹ an und schreit dazu: »Ra-ta-ta-ta!«
Der Feind rennt weiter.
Levy schreit zornig: »Wieso fällst du nicht? Ich habe dich doch soeben erschossen!«
»Was heißt erschossen!« entgegnet der Feind verächtlich, »ich bin doch ein Tank!«

Eine andere israelische Patrouille hat festzustellen, ob eine bestimmte Brücke für die Truppe passierbar ist und kommt mit dem überraschenden Bescheid zurück:

»Brücke passierbar für Artillerie und Tanks, nicht passierbar für Infanterie.« Der Offizier, wütend: »Was für ein Unsinn!«
Patrouille: »Durchaus kein Unsinn! Auf der Brücke sitzt ein riesengroßer böser Hund.«

Der Leutnant einer israelischen Kompanie tritt an die Soldaten heran und murmelt beiläufig: »Habt acht!«
Der inspizierende Hauptmann: »Herr Leutnant, wenn Sie nicht lauter reden, wird man Sie nicht verstehen!«
Leutnant zum Hauptmann: »Wird sich schon herumsprechen!«

Israelisch-arabischer Krieg. Belagerung von Jerusalem. Die Juden hatten mit der Beschaffung von Waffen unter der englischen Mandatsherrschaft große Mühe. Immerhin, sie besitzen sogar Maschinengewehre. Eines davon wird postiert, auf eine arabische Stellung gerichtet – und nun muß sich erweisen, ob es brauchbar sein und schießen wird.
Da hält ein jüdischer Soldat den Schützen zurück und bittet nervös: »Verlaß dich nicht auf ein Wunder. Sag lieber erst Tehillim.«
(Rein äußerlich hat dieser Witz Ähnlichkeit mit jenem, wo eine Frau auf den Rat des Rabbiners, sowohl bei Durchfall wie auch bei Verstopfung ihres Kindes Tehillim zu beten, einwendet: »Tehillim stopft doch!« Aber ›Tehillim stopft‹ verspottet die magische Auffassung des Gebetes, während dieser israelische Witz über die Wirklichkeitsfremdheit des Galutjuden lacht, für den die Wirkung eines Gebetes etwas Normales ist, dem dagegen das Funktionieren eines Gewehres, der normale kausale Vorgang also, als Wunder erscheint.)

Zwei Juden melden sich freiwillig zur israelischen Kriegsmarine. Der Assentierungsbeamte fragt: »Können Sie schwimmen?«
Wendet sich der eine zum andern: »Was hab ich dir gesagt? Schiffe haben sie auch keine!«

Jüdische Marine. Erster Maat zum Kapitän: »Herr Kapitän, Sturm zieht auf, die Barometer fallen ...«
Der Kapitän, aus den Gedanken auffahrend: »Was? Fallen? Schnell, alles abstoßen, auf der Stelle verkaufen!«

Eisik Goldberg kommt nach Israel und meldet sich freiwillig zum Militär. Er kommt zu den Fliegern. Kaum hat er sich ein bißchen daran gewöhnt, im Aeroplan zu sitzen, da befiehlt man ihm, mit dem Fallschirm abzuspringen. Er sagt »widui« *(das Sündenbekenntnis, das man vor dem Tode spricht)* – und springt.
Dann läuft er zum Offizier und meldet: »Schreibt auf, daß ich zweimal gesprungen bin.«
»Goldberg! Ihr habt es doch nur einmal getan!«
»Nein. Zweimal. Zum ersten Mal und zum letzten Mal.«

Moische und Jankel sind zur israelischen Armee eingezogen worden und unter die Fallschirmspringer geraten. Sie sollen ihren ersten Übungssprung machen. Der Sergeant erklärt: »Es ist alles ganz einfach. Ihr springt aus dem Flugzeug, zählt bis zwanzig und drückt auf den Knopf hier rechts am Geschirr. Dann öffnet sich der Fallschirm. Sollte er sich dennoch nicht öffnen – und das geschieht vielleicht einmal in hunderttausend Fällen –, dann zählt ihr noch einmal bis zwanzig und drückt hier auf den linken Knopf, und dann öffnet er sich ganz gewiß. Unten warten dann auch schon die Autos, die euch zum Camp zurückbringen.«

Moische und Jankel springen, zählen auf zwanzig und drücken auf den rechten Knopf – die Fallschirme bleiben geschlossen. Sie zählen abermals auf zwanzig, drücken auf den linken Knopf – die Fallschirme öffnen sich nicht. Da sagt Moische zu Jankel: »Typisch jüdische Organisation. Du wirst sehen, wenn wir unten ankommen, sind die Autos auch nicht da.«

Philosophie und Wissenschaft

»Da lese ich eben, Einstein ist nach Japan und Amerika eingeladen worden. Warum ist er so berühmt? Was bedeutet seine Relativitätstheorie?«
»Sie bedeutet, daß dieselbe Sache je nach dem Zusammenhang etwas ganz anderes bedeuten kann. Nehmen wir an, du sitzest im Hemd auf dem heißen Ofen – dann wird dir eine Sekunde erscheinen wir eine Stunde. Nehmen wir aber an, es sitzt ein Mädel im Hemd auf deinen Knien, dann kommt dir eine Stunde vor wie eine Sekunde. Hast du verstanden?«
»Ja, natürlich ... und mit die zwei Sachen reist er?«

Einsteinsche Relativitätstheorie, *von* Einstein selber *auf* Einstein selber angewendet: »Werde ich mit meiner Theorie recht behalten, dann werden die Deutschen sagen, ich sei Deutscher, und die Franzosen, ich sei Weltbürger. Werde ich unrecht behalten, dann werden die Franzosen behaupten, ich sei Deutscher, und die Deutschen, ich sei Jude.«

Theologische Relativitätstheorie.
Geht ein Mädel zu einem Rabbi, so ist der Rabbi ein Rabbi und das Mädel ein Mädel.
Geht der Rabbi zu einem Mädel, so ist der Rabbi kein Rabbi und das Mädel kein Mädel *(Mädchen im Sinne von Jungfrau).*

Tierpsychologie.
»Jankel, was rennst du vor dem Hund davon? Du weißt doch: Hunde, die bellen, beißen nicht!«
Jankel: »Ja, *ich* weiß. Aber weiß ich, ob der *Hund* weiß?«

»Warum wedelt der Hund mit dem Schwanz?«
»Das ist doch klar: deswegen, weil der Hund stärker ist als der Schwanz. Sonst würde der Schwanz mit dem Hund wedeln.«

Frei nach Schopenhauer.
Ein Ingenieur kommt in ein galizisches Städtchen. Er bestellt dort bei dem jüdischen Schneider eine Hose. Die Hose wird nicht rechtzeitig geliefert, und der Ingenieur fährt wieder weg. Sieben Jahre später ist er wieder dort. Da bringt ihm der Schneider die fertige Hose. Der Ingenieur wundert sich. »Der liebe Gott hat die ganze Welt in sieben Tagen fertiggestellt – und Ihr braucht für Eure Hosen sieben Jahre?«
Der Schneider, zärtlich über die Hosen streichelnd:
»Ja, aber seht Euch an die Welt, und seht Euch an die Hose!«

Frei nach Hegel.
Ein Dorfjude kommt in den Zoologischen Garten von Moskau, bewundert lange befremdet die Giraffe und erklärt schließlich mit Entschiedenheit: »Das kann nicht sein!«

Die Weltgerechtigkeit.
Ein kleiner Bub entziffert auf dem Friedhof die blumigen Lobreden auf den Grabsteinen und fragt dann seinen Vater:
»Tate, stirbt ein Ganew *(Gauner)* nie?«

Definitionen.
1. Was heißt ›konsequent‹?
Heute so und *morgen* so.
Was heißt ›inkonsequent‹?
Heute *so* und morgen *so.*

2. Was ist Chuzpe? *(Frechheit)*
Wenn einer Vater und Mutter erschlägt und dann im Schlußwort des Angeklagten im Mordprozeß mildernde Umstände erbittet, weil er elternlose Waise ist. Das ist Chuzpe.

Ethik.
»Tate, was heißt eigentlich Ethik?«
»Ich will dir geben ein Beispiel: Da kommt in mein Geschäft ein Kunde, kauft eine Ware um sechzig Schillinge und zahlt mit einem Hunderter. Wie ich hinschaue, hat er vergessen das Wechselgeld. Siehst du, jetzt beginnt die Ethik: Soll ich mir behalten das Geld – oder soll ich es teilen mit meinem Compagnon?«

Kapitalverbrechen.
Der Sohn des Bankiers Redlich fragt seinen Vater, was ein Kapitalverbrechen ist.
Der alte Redlich: »Wenn dir dein Geld nicht wenigstens zehn Prozent Zinsen bringt, dann begehst du ein Verbrechen an deinem Kapital. Das ist ein Kapitalverbrechen.«

Freier Wille.
Allen Warnungen zum Trotz hat Kommerzienrat Schlesinger mit Gattin einen Ausflug ins Landesinnere Siziliens unternommen und ist Wegelagerern in die Hände gefallen. Fazit: Auto weg, Brieftasche weg, Frau ver-

gewaltigt. Wie die Räuber endlich abgezogen sind, meint Schlesinger: »Sara, ab heute sind wir geschiedene Leute! Zugegeben, daß wir den Räubern in die Hände gefallen sind, war Schicksal. Daß sie uns alles abgenommen und dich vergewaltigt haben, war auch Schicksal. Aber daß du kontra gegeben hast, das war dein freier Wille.«

Massenpsychologie.

Menasse Katzenkopp sitzt am Fenster und ruft einem Bekannten zum Ulk zu:

»Schloime, lauf schnell zum Markt! Dort tanzt ein Lachs.«

Schloime läuft tatsächlich zum Markt. Unterwegs erzählt er allen Passanten die aufregende Nachricht, und zuletzt wälzt sich die ganze Bevölkerung zum Marktplatz ...

Menasse Katzenkopp sieht der Massenbewegung mit wachsender Verblüffung zu, dann greift er nach seinem Hut, eilt zum Ausgang und ruft dabei seiner Frau zu:

»Ich gehe auch zum Marktplatz. Wer weiß, tommer *(vielleicht)* tanzt dort wirklich ein Lachs.«

Erkenntnistheorie.

In gewisser Hinsicht unterscheidet sich die jüdisch-mystische Philosophie mancher mittelalterlicher Autoren wenig von den Auffassungen des deutschen Idealismus bei Fichte. Da wie dort wird der realen Welt die Realität abgesprochen.

Ein Chassid hat eine Predigt über den ›Bitel hajesch‹ *(Verneinung des Seienden)* gehört und ist vollkommen von der These überzeugt. »Nichts existiert«, murmelt er, kommt tief nachdenklich nach Hause, sucht im Finstern

nach Zündhölzern und stößt sich dabei empfindlich am Ofen.
»Der Ofen jedenfalls«, konkludiert er, indem er sich das Schienbein reibt, »existiert offenbar dennoch.«

Assoziation.
»… und dann bin ich jenem Kerl begegnet, dem … wie heißt er bloß … na, wie kann einem ein so einfacher Name nur entfallen – äh – er heißt – so ähnlich wie Napoleon … Richtig: Rosenblum!«

Zwei Juden im Bahncoupé. Der eine stellt sich vor: »Gestatten Sie, Regenbogen.«
»Regenbogen, Regenbogen«, sagt sein Gegenüber nachdenklich. »Warten Sie, das kommt mir so bekannt vor … Sagen Sie: Sind Sie nicht so ein kleiner Dicker mit einem roten Spitzbart?«

Talmud-Psychologie.
Von Möllnitz, enerviert zu seinem jüdischen Faktotum: »Warum antwortet ein Jude auf eine Frage immer mit einer Gegenfrage?«
Faktotum, verwundert: »Warum soll ein Jude *nicht* antworten auf eine Frage mit einer Gegenfrage?«

Religionsphilosophie.
1. »Chaim, was bist du heute zum Gottesdienst gekommen? Du hast doch gesagt, du glaubst gar nicht an Gott!«
»Das ist wahr, ich glaube nicht an ihn. Aber weiß ich denn, ob ich recht habe?«

2. Der gerührte Gatte vor dem Bildnis seiner eben verstorbenen Gattin: »Sara, das bist du, meine Teure. Nie wieder werden wir uns sehen – es sei denn, im

Jenseits … (Sehr beunruhigt:) Gibt es denn ein Jenseits? (Aufatmend:) Mein Vetter Bielschofski sagt: Nein.«

3. Vater zum Sohn: »Mein Sohn, Gott ist allgegenwärtig!«
Der kleine Sohn: »So? Und was macht dann Gott am Schabbes in der Trambahn?!« *(Am Sabbat ist fahren verboten.)*

4. Der Sohn will in der weiten Welt sein Glück versuchen.
Der Vater, gerührt: »Also fahr mit Gott!«
»Aber Vater, wird Gott fahren in der vierten Klasse?!«

5. »Auf dieser Welt geht es uns sehr schlecht. Dafür wird es uns im Jenseits desto besser gehen … Das heißt, gelacht hätt' ich, wenn sich herausstellen würde, daß es das gar nicht gibt, das Jenseits.«

Existentialismus.
1. *Die Chassidim pflegten sich wenig mit dem trocken-juristischen Studium des Talmuds abzugeben. Dagegen waren sie der Beschäftigung mit religiös-mystischer Philosophie durchaus nicht abgeneigt.*

Ein Chassid tanzt lustig und singt dazu: »Der Mensch ist aus Staub, und zu Staube wird er.«
Ein zufällig dabeistehender Nachbar: »Und darüber tanzest du? Das ist doch zum Weinen!«
Der Chassid: »Wieso zum Weinen? Wäre der Mensch aus Gold, und er würde zu Dreck – das wäre zum Weinen. Aber so: am Anfang Dreck, am Ende Dreck, und in der Mitte ein wenig Schnaps – da soll man nicht tanzen?!«

2. *Hübsch, wenn auch technisch veraltet, ist folgende Existenzialanalyse:*
Drei Dinge beherrschen die Welt:
Das Kino: im Kino sieht man, ohne zu hören.
Das Radio: da hört man, ohne zu sehen.
Die Parnassa *(Einkommen):* von ihr ist weder etwas zu hören noch zu sehen.

3. »Moische, was meinst du: Lebt der Mensch von innen heraus oder von außen herein?«
Moische klärt sehr lange und entscheidet schließlich: »Wenn du mich so fragst, kann ich dir nur antworten: Ja.«

Lehrsatz: Es kratzt sich keiner hinterm Ohr bechinem *(umsonst)*, außer er hat Dajes *(Sorgen)* oder Kinem *(Läuse)*.

Naturkunde.
1. »Ich lese hier in so einem modernen Buch, daß in Wirklichkeit die Sonne steht und die Erde sich dreht … Wozu brauchte Josua dann der Sonne zu befehlen, daß sie stehenbleiben soll, wenn sie ohnehin schon stand?«
»Schafskopf, damals stand sie nicht! Er hat sie zum Stehen gebracht und hat vergessen, den Befehl aufzuheben. Seither steht sie.«

2. »Rebbe, wie entsteht eigentlich der Regen?«
»Weißt du, die Wolken sind eine Art von riesigen nassen Schwämmen. Wenn sie nun bei Wind aneinanderstoßen, dann ist es, wie wenn Schwämme ausgepreßt werden, und dann kommt das Wasser heraus.«
»Was habt Ihr für einen Beweis, Rebbe, daß es so ist?«
»Na – du siehst doch: es regnet!«

3. Der Schüler zum Melamed: »Rebbe, ich kann absolut nicht begreifen: wie funktioniert ein Telegraph?«
Der Melamed: »Sehr einfach. Du mußt dir an Stelle des Drahtes einen riesenlangen Dackel vorstellen. Trittst du den Dackel hinten – dann heult er vorne.«
»Aha. Und drahtlose Telegraphie?«
»Dasselbe – ohne den Dackel.«

Soziologie

Einer kommt zum Rebbe:
»Rebbe, es ist entsetzlich. Kommst du zu einem Armen – er ist freundlich, er hilft, wenn er kann. Kommst du zu einem Reichen – er sieht dich nicht einmal! Was ist das nur mit dem Geld!«
Da sagt der Rebbe: »Tritt ans Fenster! Was siehst du?«
»Ich sehe eine Frau mit einem Kind an der Hand. Ich sehe einen Wagen, er fährt zum Markt.«
»Gut. Und jetzt tritt hier zum Spiegel. Was siehst du?«
»Nu, Rebbe, was werd' ich sehen? Nebbich mich selber.«
Darauf der Rebbe: »Siehst du, so ist es. Das Fenster ist aus Glas gemacht, und der Spiegel ist aus Glas gemacht. Kaum legst du ein bißchen Silber hinter die Oberfläche – schon siehst du nur noch dich selber!«

»Tate, was ist Kapital, und was ist Arbeit?«
»Das will ich dir erklären: Wenn ich mir beim reichen Silberstein hundert Rubel leihe, so ist das Kapital. Wenn aber Silberstein versucht, sie von mir wieder zurückzubekommen, dann ist es Arbeit.«

Zu Lakriz kommt ein Mann in den Laden, legt einen Schilling hin und sagt: »Das haben Sie mir heute früh zuviel herausgegeben.«

Lakriz ist tief betroffen: »Um Gottes willen! *Wieviel* muß ich ihm zuviel herausgegeben haben, daß er bringt mir zurück einen ganzen Schilling!«

»Ich bin stolz, daß ich bin e Jüd! Wär ich nicht stolz, wär ich doch e Jüd, – bin ich lieber gleich stolz!«

Drei unterhalten sich in Polen in der Bahn.
»Woher seid Ihr?«
»Aus Krotoschin.«
»Seid Ihr da viele Jüden?«
»Nu, so siebentausend.«
»Habt Ihr auch Goim?«
»Vielleicht dreihundert, was man so braucht als Straßenkehrer und Feuerwehrsleut.«
Der zweite ist aus Inowraclaw. Dort ist es ähnlich.
»Und woher seid Ihr?«
»Aus New York. E große Stadt.«
»Seid Ihr da viele Jüden?«
»Nu, so zwei Millionen.«
»Gottes Wunder! Habt Ihr auch Goim?«
»So fünf Millionen.«
»Gott der Gerechte. Was e Verschwendung! Zu was braucht Ihr so viele Feuerwehrsleut!!«

Ein Jude will am Bahnschalter in Wien eine Karte nach Pinczew lösen – da sieht er, wie ein eleganter Herr ebenfalls eine Karte nach Pinczew in Empfang nimmt. Der Jude ist verblüfft. Vielleicht hat er sich geirrt. Er geht dem Herrn nach – der Herr steigt tatsächlich in denselben Zug, in den auch er steigen muß. Also setzt er sich dem Herrn gegenüber hin und fängt an zu grübeln: »Aus Pinczew ist er nicht, ich kenne alle dort. Also was kann er dort wollen? Vielleicht eine Partie? Aber mit

wem? Des reichen Doliner Tochter hat kürzlich geheiratet, und was sonst momentan zu haben ist ... Nein, das ist nichts für ihn.
Aber vielleicht etwas Geschäftliches?
Nein, es läuft ja momentan rein nichts in Pinczew.
Also was in aller Welt ... Ah, ich weiß schon! Der Salmen Karo, dieser Lump, will sich wieder einmal mit seinen Gläubigern ausgleichen, und das wird ihm jetzt, wo es schon das drittemal ist, ohne juristischen Beistand nicht gelingen. Demnach ist der Herr sein Rechtsanwalt ... Aber ein Anwalt aus Wien – das kostet doch ein Vermögen! Wird sich der Karo, dieser kleinliche Kerl, das wirklich leisten wollen? ... Ah, ich weiß schon! Da war doch einmal ein Neffe von ihm, dem die Eltern früh gestorben sind. Der hat später in Wien die Rechte studiert. Und der Karo hat ihm derweil das Vermögen seiner Eltern verwaltet. So viel möcht' ich in zehn Jahren verdienen, wie der alte Lump dabei für sich eingesteckt hat! Aber dem Jungen hat er natürlich eingeredet, daß er sich für ihn die Beine ausreißt und daß er ihm folglich dankbar sein muß. Und das scheint ihm der junge Mann geglaubt zu haben, und folglich kommt er womöglich gratis zu seinem lieben Onkel, um ihm aus der Patsche zu helfen ...
Kohn hat der Junge geheißen, ich weiß es noch genau ... Aber hat es nicht geheißen, daß er große Karriere gemacht hat? Hofrat soll er sogar geworden sein! ... Na – da wird er sicher längst getauft sein ... Und wenn er sich getauft hat, dann heißt er natürlich schon lange nicht mehr Kohn ... Wie kann er jetzt heißen? Koner vielleicht? Das ist noch zu nah, zu verdächtig. Vielleicht Korner? Auch noch zu ähnlich. Vielleicht Körner oder Kerner? – Ja, das könnte schon gehen! ... Guten Tag, Herr Doktor Kerner!«

»Guten Tag. Aber ich kenne Sie ja gar nicht. Woher wissen Sie meinen Namen?«
»Den habe ich mir ausgerechnet.«

Auf der Bahnfahrt nach Przemysl. In einem Abteil sitzen sich zwei Juden gegenüber, ein älterer Herr und ein junger Mann, der sich verzweifelt bemüht, ein Gespräch in Gang zu bringen. Schließlich verfällt der junge Mann auf den alten Trick und sagt zu seinem Gegenüber: »Verzeihung, der Herr, könnten Sie mir vielleicht sagen, wie spät es ist?«
Der Herr antwortet nicht. – Sie fahren Station um Station. Vergebens versucht der junge Mann, mit seinem Gegenüber ins Gespräch zu kommen. Schließlich nähert man sich schon den Vororten von Przemysl. Der junge Mann faßt sich nochmals ein Herz und sagt mit vorwurfsvoller Stimme:
»Verzeihung, mein Herr, jetzt habe ich Sie wie ein höflicher Mensch gefragt, was die Uhr ist. Und Sie gaben und gaben mir keine Antwort.«
Der Ältere wendet sich ihm zu und sagt: »Lieber Mann, ich will Ihnen sagen, was gewesen wäre, wenn ich Ihnen gesagt hätte, was die Uhr ist. Sie hatten mich gefragt, was die Uhr ist. Ich hätte Ihnen gesagt, wir haben neun Uhr. Sie hätten mir gesagt, was ich für eine schöne Uhr habe. Ich hätte Ihnen gesagt: Ja, die Uhr ist ein wertvolles Stück. Sie hätten gesagt, wenn man sich eine so wertvolle Uhr kaufen kann, muß man auch machen gute Geschäfte. Ich hätte gesagt, ja, ich mache gute Geschäfte. Sie hätten mich gefragt, was für Geschäfte ich mache. Ich hätte Ihnen gesagt, ich mache in Kleber und Heu. Dann hätten Sie mich gefragt, wo ich wohne. Ich hätte Ihnen gesagt, daß ich wohne in Przemysl. Sie hätten mich gefragt, ob ich habe ein schönes Haus. Ich habe ein

schönes Haus. Sie hätten mich gefragt, ob ich habe Familie. Ich habe eine Familie mit drei Töchtern. Sie hätten gefragt, ob die Töchter schön sind. Ich hätte gesagt, sie sind schön. Dann wären Sie gekommen und hätten einen Besuch gemacht. Ich hätte Ihnen gesagt, Sie können mich immer besuchen kommen. Dann hätten Sie bei mir angehalten um die Hand meiner Tochter Ester ... Jetzt frage ich Sie: Was soll ich mit einem Schwiegersohn, der keine Uhr hat?«

Vor Gericht.
Richter: »Zeuge, wie heißen Sie?«
Zeuge: »Menuchim Jontef.«
Richter: »Beruf?«
Zeuge: »Altkleiderhändler.«
Richter: »Wohnort?«
Zeuge: »Inowrazlaw.«
Richter: »Konfession?«
Zeuge: »Ich heiße Menuchim Jontef, bin Altkleiderhändler, wohne in Inowrazlaw – werd' ich sein ein Hussit?!«

»Wissen Sie, was ich erfahren habe? Der reiche Maurice Lafontaine hat früher Moritz Wasserstrahl geheißen.«
»Auch eine Neuigkeit! Ich habe ihn sogar schon gekannt, als er noch Moische Pischer hieß.«

Maurice Lafontaine sitzt in der Bahn einem fremden Herrn gegenüber, der sich ihm vorstellt: »Ich heiße Ungern-Sternberg« *(bekanntes Adelsgeschlecht)*.
Lafontaine, herablassend: »Das glaube ich, daß Sie ungern Sternberg heißen!«

»Gestatten, ich heiße Mauskopf.«
»Ich heiße nur Maus.«
»Nein, bitte, umgekehrt: ich heiße *nur* Maus*kopf.*«

»Gestatten, Krohn.«
»Angenehm. Asch. Auch a Jüd?«
»Nein, ich bin Kathole!«
»Nu, wissen möchte ich, Herr Krohn, woher habense das R?«
»Ihnen gesagt, Herr Asch, aus Ihrem Namen!«

Bei der amtlichen Festlegung der Familiennamen machten sich vor allem in der Donaumonarchie die bevollmächtigten Beamten gern den Spaß, mittellosen Juden lächerliche Namen anzuhängen. Bemittelte Juden konnten sich mit Hilfe von Bestechung wehren.
Naftali, der bisher einen wohlklingenden Beinamen geführt hat, kommt deprimiert vom Namensamt nach Hause.
»Wie heißen wir jetzt?« fragt die Frau neugierig.
»Schweißloch.«
»Gewalt! Konntest du dir nichts Anständigeres aussuchen?«
»Was heißt ›aussuchen‹ bei dieser Räuberbande! Schon für das ›w‹ allein habe ich fünfzig Gulden extra bezahlt.«

Ein litauischer Jude teilt folgende jüdische Selbstcharakteristik mit, die wir in der Originalform wiedergeben:
Jiden senen *(= sind)* a gut Folk, inteligent un *(= und)* kulturell, fähig un genial – ober *(= aber)* sehr paskudne *(polnisch: ekelhaft, unausstehlich).*

Warum leben die Juden auf der ganzen Erde verstreut?
Damit sie sich gegenseitig besser aus dem Weg gehen können.

Aus einem Reisebericht:
»... und dann kamen wir in die dreckigen Gäßlein, wo sich das Judentum am reinsten erhalten hat.«

Einfache Ostjuden pflegen bei Angabe des Alters sowohl von sich selber, wie auch von Bekannten, denen sie wohlwollen, den freundlichen Wunsch beizufügen: »Bis hundert Jahr!«
Richter: »Zeuge Mandelbelag, wie alt sind Sie?«
Zeuge: »Fünfzig – bis hundert Jahr, Euer Gnaden.«
Richter: »Das ist mir zu ungenau! Bitte exakt!«
Zeuge: »Fünfzig – bis hundert Jahr!«
Jüdischer Assessor: »Gestatten Sie, daß ich mich einmische. Darf ich die Frage an den Zeugen richten? Zeuge Mandelbelag – bis hundert Jahr. Wie alt seid Ihr?«
Zeuge: »Fünfzig.«

Ein Schwarzer sitzt in der Trambahn in New Orleans und liest eine jiddische Zeitung. Da klopft ihm ein weißer Jude auf die Schulter und fragt: »Schwarz zu sein reicht Ihnen wohl nicht?«

Ein alter Jude liegt im Sterben. Seine um das Sterbebett versammelten Angehörigen gebärden sich sehr aufgeregt und sehr zudringlich. Da richtet sich der Sterbende auf und ruft:
»Euer Geld kriecht ihr, awwer hetze lass ich mer net!«

Das Wort ›Poretz‹, vom hebräischen Paritz = Bandit, Räuber, bedeutet im Jiddischen primär einen nichtjüdischen Gutsbesitzer, sekundär jeden elegant und westlich gekleideten Herrn.
Eine Mutter geht mit ihrem Jüngelchen spazieren – mitten auf der Hauptstraße des Städtchens faßt sich das Bübchen an den Bauch. »Setz dich einfach hier in die Ecke!« schlägt die Mutter vor. Der Bub befolgt den Rat, aber plötzlich fährt er errötend hoch und erklärt: »Da kommt e Poretz!« Die Mutter blickt den näherkommenden Herrn scharf an und sagt beruhigend zum Bübchen: »Mach weiter, Jankele, es ist bloß e jiddischer Poretz.«

Mischpoche. *(Familie, Klan. Bei den Juden wird die Pflicht zur Wohltätigkeit von der Religion exakt geregelt. Pflichten auch gegenüber entfernteren Verwandten können daher sehr belastend werden.)*
1. »Tate *(Vater)*, sag einmal, ich hab' da gelesen ein komisches Wort: Mischpoche. Ist das was zum Essen?«
»Nein, zum Essen ist das nichts, aber schlecht werden kann einem darauf trotzdem.«

2. »Weißt du, warum Moses mit den Juden vierzig Jahre durch die Wüste gezogen ist?«
»???«
»Weil er sich geschämt hat, mit der Mischpoche auf der Straße zu gehen!«

3. Jüdischer Fluch und Segen: »Reich sollst du sein, als der einzige aus der ganzen Mischpoche!«

4. Karl Kraus: »Die Bezeichnung ›Familien*bande*‹ hat einen Beigeschmack von Wahrheit.«

Woraus besteht ein alter Jud?
Aus fünfundzwanzig Prozent Moire *(Furcht)*, fünfundzwanzig Prozent Dawke *(Widerspruchsgeist)*, fünfundzwanzig Prozent Chuzpe *(Frechheit)*, drei Prozent Zukker – und die restlichen zweiundzwanzig Prozent sind undefinierbar.

Der Sohn des Schammes *(Synagogendiener)* von Pinne will partout nicht Schammes werden. Er schwärmt für die ›Bretter, die die Welt bedeuten‹ und brennt zu einer Schmiere durch, die eines Tages in Pinne gastiert. Trotz Kummer und Erbitterung will der alte Schammes sehen, was sein Sohn da treibt, und er sitzt unter den Zuschauern, als sein Sohn klangvoll deklamiert: »Auch ich bin in Arkadien geboren.«
»Nischt Emmes! *(nicht die Wahrheit!)*« ruft der Schammes bitter dazwischen, »in Pinne is er geboren!«

An der Technischen Hochschule in Prag hält der Mathematikprofessor Prüfungen ab und fragt den Czernowitzer Studenten Naftali Menuchin:
»Sagen Sie mir, Herr Kandidat, was ist eine Konstante?«
»Woos? Herr Professor wissen nicht, wos eine Konstante ist?!«

Levy hat lange gezögert, seine deutsche Heimat zu verlassen. Erst kurz vor dem Zweiten Weltkrieg entschließt er sich zur Auswanderung und kommt mittellos in London an. Da sieht er einen eleganten Herrn aus einer großartigen Villa herauskommen, ein livrierter Chauffeur reißt die Türe des Cadillacs auf, der Herr will einsteigen … Aber ist denn das nicht sein alter Berliner Freund Breslauer? Rasch geht Levy auf den Herrn zu: »Breslauer, du?!«

»Jawohl. Ich.«
»Und die Villa – gehört sie dir?«
»Jawohl. Mir.«
»Und der Cadillac? Und der Chauffeur?«
»Jawohl. Gehört alles mir.«
»Da bist du doch glücklich!«
Seufzt Breslauer tief: »Glücklich? Kann denn ein Engländer glücklich sein nach dem Verlust von Indien?«

Wozu braucht ein Jude Füße? Zur Brith *(Beschneidung)* bringt man ihn, zur Chupe *(Traubaldachin)* führt man ihn, ins Kewer *(Grab)* trägt man ihn – wozu also braucht er Füße?
Um zu machen Pleite. *(Pleite heißt hebräisch wörtlich: Flucht.)*

Und wozu braucht e Goi e Kopp? Tefillin *(Gebetsriemen. Sie werden um Haupt und Arm geschlungen)* legen tut er nicht, Pejes *(die Schläfenlocken der orthodoxen Juden)* trägt er nicht, e Ssechel *(Verstand)* hat er auch nicht – nu, wozu dann der Kopp?

Ergänzende Variante:
»Ja, so sagst du! Ich aber hab' einen Hutladen. Wem hätt' ich meine Hüte verkauft, wenn die Goim keine Köpp hätten?«

Der Jude und sein Witz

Im Talmud steht geschrieben: Eïse hu gibor? *(Wer ist ein Held?)* Hakowesch et jizro. *(Wer seinen Trieb beherrscht.)*
Die Ostjuden haben die Antwort variiert: Hakowesch a Gleichwertl. *(Wer einen Witz unterdrückt.)*

Moschko sitzt in der Bahn und fährt sich jeden Augenblick mit einer Bewegung über das Gesicht, als ob er eine Fliege verscheuche.
»Was machen Sie da?« fragt sein Visavis verwundert.
»Ich erzähle mir Witze«, erklärt Moschko, »und sooft ich merke, daß ich den Witz schon kenne, winke ich mir ab.«

Drei jüdische Handelsreisende sitzen in der Bahn. Sie haben sich bereits alle Witze erzählt, die sie kennen. Allmählich kommt es soweit, daß einer von ihnen nur den Mund zu öffnen braucht, damit die beiden andern sofort schreien: »Den kennen wir schon!«
Da haben sie eine Idee: sie notieren und numerieren alle ihnen bekannten Witze auf ein großes Blatt. Von Zeit zu Zeit ruft dann einer dem andern plötzlich eine der Nummern zu – und jetzt lachen sie wieder.

Variante:
Ein neuer Reisender kommt auf einer Station hinzu. Lange hört er in stummer Verwunderung der Zahlen-

schlacht zu. Schließlich läßt er sich das Spiel erklären. Die Sache gefällt ihm und er beschließt, mitzumachen. Er inspiziert die Witzliste und ruft lustig: »Siebenundzwanzig!« – Niemand lacht.
»Was ist denn?« fragt er verstört. »Das ist doch ein blendender Witz!«
»Das schon«, geben die andern zu, »aber erzählen muß man ihn halt können!«

Von Drujanow, dem bekannten Witzfolkloristen, schreibt man mir aus Israel folgende Geschichte, die ich wörtlich genau wiedergebe:
Drujanow hot amul getroffen in der gass Bialikn; sugt er ihm: »Ich hob far dir a giten Witz – oj, nor ich hob vergessen!«
Sugt ihm Bialik: »Ojb a vergessenen, hob ich a bessern.«
(Drujanow trifft einmal in der Gasse Bialik; sagt er zu ihm: Ich hab' für dich einen guten Witz – oh, nur: ich habe ihn vergessen!« Sagt ihm Bialik: »Wenn es sich um einen vergessenen handelt, dann hab' ich einen bessern!«)

Reisende im Zug langweilen sich. Ein jüdischer Commis erzählt ihnen jüdische Witze. Aber allmählich wird es ihnen doch über. Der Commis fängt wieder an: »Kohn geht ...«
Da bittet ein Mitreisender: »Erzählen Sie doch endlich mal was anderes! Nicht immer bloß von Kohn!«
Der Commis, bereitwillig: »Also gut. Die Frau von Kohn bekommt ein Kind ...«
»Ich hab' doch gebeten: *nicht* von Kohn!«
»Ja eben!«

Worin ähneln sich ein orthodoxer Jude und ein alter Witz? Sie haben beide einen Bart.

»Warum hat Kain Abel erschlagen?«
»Weil Abel ihm alte jüdische Witze erzählt hat.«

Die Ostjuden pflegten zu behaupten:
Wenn man einem Bauern einen Witz erzählt, lacht er dreimal. Das erstemal, wenn er den Witz hört, das zweitemal, wenn man ihm den Witz erklärt, das drittemal, wenn er den Witz versteht.
Der Gutsherr lacht zweimal: das erstemal, wenn er den Witz hört, das zweitemal, wenn man ihn erklärt. Verstehen wird er ihn nie.
Der Offizier lacht nur einmal, nämlich wenn man ihm den Witz erzählt. Denn erklären läßt er sich prinzipiell nichts, und verstehen wird er ohnehin nicht ...
Erzählt man aber einem Juden einen Witz, so sagt er: »Den kenn ich schon!« und erzählt einen noch besseren.

Dankliste an die Spender von Witzen

Bei Auswanderern aus Mittel- und Osteuropa ist die Herkunft, sofern bekannt, in Klammern angegeben.

J. D. Abramski, Schriftsteller (Ukraine), Jerusalem
F. Adler, Limassol, Zypern
Dr. M. M. Adler, Hull, England
Dr. phil. Jean Améry (Wien), Brüssel
F. J. Arendt, Haney, Kanada
Oberregierungsrat a. D. Dr. David B. Ascher (Berlin), Haifa, Israel
Wolfgang Bach, Langen/Hessen
Dr. F. C. Bachem, Meersburg am Bodensee
Oberregierungsrat i. R. Max Bachmann, München
Heinz Badt, Basel
Baksa-Sos Laszlone, Budapest
Stud. Adalbert Banzhaff, Lörrach
Istvan von Barczay, Kondo, Ungarn
Prof. Dr. Frederic Bargebuhr (Hamburg), Iowa, USA
Kornél Barna (Ungarn), Lehrbeauftragter der Universität Heidelberg
Heinz Baumeister, Dortmund
Heino von der Becke, Bad Godesberg
Stud. phil. Werner Becker, München
Prof. Dr. Franz Joseph Beranek (Tschechoslowakei), Gießen
Heinrich Berger, Den Haag
Paul Berger, Berlin
Alexander Berkes (Ungarn), Düsseldorf
Dr. phil. Jos. Bernfeld (Czernowitz), Paris

Paula Bernhardt (Deutschland), Israel
Dr. A. Bernhauser, Wien
Walter Bierbaum, Viechtach/Bayern
Ing. Lambert Binder, Wien
Wilhelm Bittner, Treuchtlingen
J. Blaauw, Dordrecht, Holland
Ludwig Blau, Wien
Direktor Ernst Bolik, Hannover
Otto Borchers, Bonn
Clementine Börner (Deutschland), Stockholm
Ing. Hans Bortsch, Erlangen
Hans Jürgen Brandt, Stuttgart
Dr. Adolf Braun, Wien
W. Breitkopf, Berlin
Architekt Hans Ludwig Brin, Kopenhagen
Hans Dieter Buchwald, Staatl. Hochschule, Braunschweig
Carl Bühler, Göppingen
Hans Bulcke, Lenzkirch
Dr. med. Michaele Burian (Wien), Bad Hersfeld
Jancu Chitzes (Rumänien), Genf
Cand. Ing. Dieter Claus, Berlin
Hildegard Closset, Dortmund
Arthur Cohn, Bad Harzburg
Wolfgang Golden, Düsseldorf
Dr. Heinz Colm, Mailand
Wolfgang Cordan (Berlin), Mexiko
Dr. phil. h. c. W. R. Corti, Winterthur, Schweiz
Dr. Hans Cramer, Leverkusen
Dr. Hans Dittrich, Sürth bei Köln
Otto Dölle, Escola Alem., Benguela, Angola
Alfred Dresel (Berlin), Oxchott, England
P. R. Siard Eberl, Chorherr des Stiftes Schlägl, Oberösterreich
Jizchak Efratt, israelischer Botschafter a. D., Cholon, Israel
Georg Eisenkolb, Wien
Günther Elbin, Pfalzdorf/Niederrhein
Fritz Elble, Konstanz am Bodensee
Dr. jur. Lilli Erlanger, Luzern
Dr. med. Hermann Fabry, Bochum

Walter Fackler, Ludwigsburg
Dipl.-Ing. Walter Fehre, Wörschach, Österreich
Dr. Ludwig Feist, Bad Godesberg
H. A. Feldmann, Klapmuts, Südafrika
Erwin Felkel, Florenz
Dr. H. Feuchtwanger (Deutschland), Jerusalem
Dr. phil. Kuno Fiedler, Purasca, Tessin
Prof. Dr. Franz Fischer, Tübingen
Dr. Rudolf Flury, Redakteur, St. Gallen, Schweiz
Wilhelm Foag, Wehringen
Josef Foissner, Wien
René Foitl, Paris
Nelly Frank, Genf
Architekt J. Fresco, Curaçao
Rosmarie Freidig-Cosmann, Dübendorf, Schweiz
Baruch Freudenfall (Podolien), Ajeleth-Haschachar,Israel
Dr. rer. pol. Aurel Friedmann (Ungarn), Israel
Helene Fuchs, Heidelberg
Dr. med. F. Funk, Kirrberg/Saarland
Prof. Dr. H. Gachot, Schirmeck-Belmont, Frankreich
Anders Garay (Ungarn), Stockholm
Georg R. Gaertner, Trier
Leo Gehrt, Krefeld
Dipl.-Phys. Mebus Geyh, Laatzen
Prof. Dr. med. H. A. Gins, Berlin
Arthur Glaser, Bankier (Berlin), Watford, England
Hubert Glatz, Villach, Österreich
Prof. Dr. Ladoslav Glesinger, Zagreb
Maxi Gobiet (Brünn), Wien
Dipl.-Ing. Hans Götz, Wien
Dr. med. Hermann Graebener, Bruchsal
Karl W. Graebener, Karlsruhe
Jetty Gräfe (Wien), London
Ludvik Gregor, Prag
Edoardo Guglielmetti, Zürich
Momtschilo Grtschitsch, Wolfsburg
Dekan Wilhelm Gümbel, Nagold
F. E. Gumpert, London

Dr. med. Alexander Gutfeld, Bückeburg
Prof. Paula Häberlin, Basel
Dipl.-Ing. A. G. Hackl, Wien
Dr. Albert Hahn, München
Dr. Alfred Halward, Sâo Paulo, Brasilien
Dr. Robert Hampel, Wien
Peter Hansen, Bremen
D. N. Hare, Jehuda, Israel
Joachim Hasper à Sperda, Oberleutnant a. D., Heilbronn
Adrian Heeb, Basel
Erwin Heidemann, Berlin
Dr. med. P. E. Heine, Sauerlach/Bayern
D. Heinrich, Süssenbach
G. Heinrichs, Hohenbostel-Deister
Gerichtsref. A. W. Heinzerling, Weinheim
von Hellermann, General a. D., München
F. A. Hengen, Rülzheim/Pfalz
Alfred Hennig, Berlin
Urschel Henschel, Oberhessen-Osterfeld
Josef Hermann, Ising/Bayern
Makso Hermann, Osijak, Jugoslawien
Prof. Dr. P. Hexner, Pennsylvania, USA
Hermann Hieber, Braunau bei Bad Wildungen
Eva Hilgendorf, Berlin
Alfons Hiller, Ulm
Prof. Dr. H. Hinderks (Hamburg), Belfast
Prof. Dr. Otto Hintner, München
Dr. phil. Alexander Höchberg (Frankfurt), Basel
Stud. phil. Helga Hopp, Berlin
Dr. phil. Arthur Hübscher, Frankfurt/Main
Konrad Hummler, St. Gallen, Schweiz
Fred Jackson, Keston, England
Anne Jaeckel, Solingen
Marianne Jaray (Wien), London
Ludwig F. Jauner, Wien
Gerhard Jeske, Hamburg
Lottie Joseph, San Franzisko
Dr. med. dent. Otto Jung, Alzey/Rhein

Dr. phil. Christine Kainz, Wien
Dr. Fritz Karger, Basel
Pfarrer Harry Karnowsky, Crailsheim
Walter Karsch, Herausgeber des Tagesspiegels, Berlin
Legationsrat i. R. Emil Keil, Haag am Hausruck, Österreich
Dipl.-Ing. Otto Kellermann, Sonthofen/Allgäu
Oberschulrat a. D. Heinrich Kerkhoff, Hamm/Westfalen
Assessor Hanns Werner Kern, Köln-Riehl
Ing. Rudolf Kinzel, Bamberg
Dipl.-Ing. B. Klaften, München
Dr. Benno Klein, Murnau/Bayern
Chefredakteur Horst Knapp, Wien
Hans Wilhelm Kogler, Wiesbaden
Harry Köpnik, Bad Schwarten
Josef Koppmair, Bildhauer, München
Rüdiger Kornuth, Kiel
Dr. Helene Marie Krapp, Zell u. A.
Dow Kraus, Neot Mordechai, Israel
Gerhard Krause (Danzig), Hamburg
Prof. Dr. Karl Krejci-Graf (Galizien), Frankfurt/Main
Tilde Kriesi-Nascher, Bischofszell
Kurt Krolop, Germ. Institut, Halle-Wittenberg
Ing. Wolfgang Krüger, Erlangen
Dr. med. Franz Kuhn, Ichenhausen
Dr. Charlotte Kühner (Deutschland), Berg, Schweiz
Max Ladstätter, Florenz
Else Lakonny (Tschechoslowakei), Neustadt/Wttg.
Ing. Basilio Lanyi (Ungarn), Buenos Aires
Dr. med. Günter Lasch, Bad Godesberg
Cand. med. Manfred Lasser, Leoben, Steiermark
Chefredakteur Robert Lehmann, Köln
Karin Leonhardt, Paris
Wolfgang Liebeneiner, Bad Mergentheim
Reg.-Rat. Josef Lindinger (Tschernowitz), Wien
Paul Johannes Lindner, Köln
Cand. phil. Joachim Linke, Hamburg
Dipl.-Ing. Georg Linzboth, Bratislava
Rose Lipschitz (Budapest), London

Staatsanwalt Ernst Löllke, Hamburg
Rechtsanwalt W. H. Lotze, Soest/Westf.
Dr. Löwenfeld, Rolandia, Brasilien
Stud. phil. Hartmut Lück, München
Pfarrer Ernst Ludwig, Rüdersdorf bei Berlin
Dr. med. Wolfgang Lühning, Lemgo
Dr. Heinrich von Lüttwitz, Wuppertal
Hubert Macioszek, Köln-Ostheim
Dr. Wolfgang Mädje, Oldenburg
Richard Mannheim (Berlin), London
Jean Paul Marchand, Institut de Physique, Genf
René Markowski, Rotenfels/Baden
Dr. Alfred Martin, Weissbach/Marzoll
Walter L. Maschke, Hamburg
Minna Masur, Tel Aviv, Israel
Oberforstmeister a. D. Karl Matzek (Galizien), Ulm
Dr. med. Ingeborg Meidinger, Erlangen
Prof. Erwin Meinhard, Wien
Anton O. Meining, Freiburg
Dr. Karl Melnizki, Zahnarzt, Graz
Paul Mettler, St. Gallen
Pater Ivo Meyer, S. J., Schrirampur, Indien
Erich Michael (Schlesien), Cadolzburg b. Nürnberg
Drs. Katharina und Momme Mommsen, Berlin
Dr. Martin Müllerott, München
Graf E. A. zu Münster, Reutlingen
Prof. Dr. med. dent. F. Robert Munz, London
Elisabeth Nadler, Hersel/Nordrhein-Westfalen
Prof. Dr. Georg Nador (Budapest), Heidelberg
Emil Nebenhäuser, München
Dr. med. H. Neumann, Malans, Schweiz
Hans Nöldechen, Rheidt/Rhein
Cand. theol. Christian Oehring, Mainz
Bedrich Oesterreicher, Prag
Will Oesterreicher, Würzburg
Michael Passweg (Israel), Köln
Dr. Dr. Rudolf Pechel, Lenk, Schweiz
C. V. Peck (Ungarn), Schweden

Ed. A. Pfeiffer-Ringenkuhl, Taufkirchen bei München
Dr. Karl Pfoser, Wien
Dr. Piekniczek, Wien
Sasa Pietrasova, Prag
Otto Pietsch, Segeste/Niedersachsen
Dr. Hans Pirker, Rechtsanwalt, Irdning/Steiermark
Prof. Dr. med. M. Plessner, Jerusalem
Oberstleutnant a. D. F. W. Plodowski, Setterich
Folkart Plumhoff, Allensbach
Dr. phil. Helmut Praschek, Berlin
Dr. Erich Prokopowitsch, Wien
Ing. Michael Puszet (Polen), Lugano
Karl Raschke, Hamburg
Johann Rathmacher, Worms
Dr. med. Walter Rechmann, Enskirchen
Stud. phil. Ilse Reckert, Freiburg/Br.
Dipl.-Volkswirt Albrecht Riemann, Erlangen
Dr. Dr. Edith Ringwald, Basel, Schweiz
Werner Rittenberg, Illerstein/Bayern
Dr. M. v. Roesgen, Mainz
Kurt Rosenwald, Washington
Jochen Rottke, Bremen
Dr. E. W. Sachs, Zuidlaan, Holland
Horacy Safrin, Schriftsteller (Lwow), Lodz
Prof. Dr. chem. Louis Sattler, New York
Prof. Dr. Jakub von Sawicki, Warschau
Cand. phil. Anna Schafer, Audorf/Westf.
Oswald Schafft, Prien am Chiemsee
Fritz Schäuffele, Schweiz. Fernsehen, Bern
Else B. Schapira, München
Franz Xaver Scherer, Seewalchen, Österreich
Hans Scherrer, Reklameschriftsteller, Köln
W. D. Schipper, Hilversum
Karl Schiwy, Arolsen
Helmut Schluroff, Nieder-Roden/Hessen
Prof. Dr. Carlo Schmid, Bonn
Jakob Schmid, Burg, Schweiz
Dipl.-Ing. Gerhard L. Schmidt, Victoria, Australien

Dipl.-Politologe Giselher Schmidt, Hangelar/Sieg
Richard Schmidt, Bad Godesberg
Direktor Johannes Schmoll, Düsseldorf
Manfred L. Schnapke, Koblenz
Monika Schnedl, Wien
Dr. med. E. Schöler, Chefarzt i. R. (Danzig), Paderborn
Eduard G. Schott, Seattle, USA
A. Schreiber, Schönaich
Dipl. rer. pol. K. H. Schreiber, Den Haag
Dr. Paul Schüler, Mainz
Prof. Dr. J. H. Schultz, Berlin
Cand. jur. Peter Schultze-Krafft, Heidelberg
Dr. Heinz Schwab, Sâo Paulo, Brasilien
Dr. med. K. F. Schwebel, Solingen
Rechtsanwalt Holm G. Seltmann, München
J. Semenko (Ukraine), München
Prof. Dr. H. Sieber, Muri, Schweiz
Paul Sieghart, London
Dipl.-Ing. Otto Siegl, Rostock
Walter Silbermann, Montevideo
Dr. jur. Gyula Simon, Budapest
Dr. Eugen Slavik, Zilina, Tschechoslowakei
Leo Smart, Watford, England
Prof. Dr. Günther Snatzke (Österreich), Bonn
Ing. Paul Solti, Frastanz, Österreich
Dipl.-Ing. Hans Sommer (Tschechoslowakei), Genf
A. Spiegelglas, Zürich
Dr. Elis. Spielmann, Wien
Dr. Einhard Spilling, Hamburg
Hella Steiner, Wien
Dr. med. E. Steinert (Prag), Klagenfurt
Eduard Steudinger, Leibniz, Steiermark
George S. Stokowski (Baltikum), Dornstadt
Cand. med. Heiner Stolbrink, Köln
Theaterdirektor Franz Stoss, Wien
L. Strauss, Lengnau
Sigmund W. v. Szremowicz, Bremen
Lotte Takach (Wien), Venedig

J. Tamás (Ungarn), Schönenwerd, Schweiz
Dr. Karl Taube, Leverkusen/Rhein
Prof. Dr. Jakob Taubes, Berlin
Medizinalrat Dr. H. Temple, Wien
Sophie Temple, Wien
Prof. Susanne Thieme, Germersheim/Rhein
Ing. Herbert Tischler, Wien
Harro Träubel, Eberbach am Neckar
Dr. phil. Wilhelm Treichlinger (Wien), Zürich
Dr. Pavle Treue, Zagreb, Jugoslawien
W. Treuherz, Rochedale, England
Brigitte Tsingioti, Waldkirch
Dr. Kurt Turnovsky, Wien
Marcel Ullmann, London
Vladimir Vaneček, Marienbad
Andrea Vasella, Fribourg, Schweiz
Käte Vogel, Dorfen
Ungarischer Generalkonsul a. D. Harald E. Voigt, Falkenstein/Taunus
Dr. jur. Lion Wagenaar, Jerusalem
Dipl.-Ing. Kurt Wagner, Kulmbach/Bayern
Maria Wagner, Wien
Dr. Fritz Waldstein, Wien
Rafael Warschawski (Jerusalem), München
Adolf Wassertrüdinger, Wien
Aladar von Weigerth, Baden-Baden
Bronja Weiherthal, Essen
Pfarrer Erhart Weiss, Zwickau
Dr. med. Natalie Weisselberg (Polen), Offenbach
Heike Wendl, Weiden am See, Österreich
Karl Ernst Wentzel-Vockrodt, Steinhagen/Westfalen
Paul Wernst, Marburg
Piotr Widymski, poln. Geschäftsträger in Djakarta
Stud. med. Peter Wieczorek, Amelsbüren
Anneliese Wiener, Berlin
Fritz Wieshöfer, Trossingen
Dr. Winkelmann, Darmstadt
Ludwig Winter, Hanau

Dr. Gerd Wolandt, Würzburg
Dr. iur. Peter Wolf, Wien
Doz. Dr. med. Eduard Wondrak, Olmütz
Redakteur Paul Uccusic, Wien
Mrs. C. Ullmann, London
Marcel Ullmann, London
Dr. R. Zauner, Linz
Dr. rer. pol. Dr. phil. h. c. Heinrich Zillich
Redakteur Jürgen Zimmermann, Basel
Gösta Cornelius Zwilling, Wien

Einige Witze sind den Rezensionen von Prof. Dr. Otto Forst de Battaglia und Sigismund von Radecki entnommen.